박경리 朴景利 (1926. 12. 2.~ 20

본명은 박금이(朴今伊). 1926년 경남 ████ ████ ████ ████ ████
동리의 추천을 받아 단편 「계산」으로 ████ █████ 「표류도」(1959), 『김
약국의 딸들』(1962), 『시장과 전장』(1964), 『파시』(1964~1965) 등 사회
와 현실을 꿰뚫어 보는 비판적 시각이 강한 문제작을 잇달아 발표
하면서 문단의 주목을 받았다.

1969년 9월부터 대하소설 『토지』의 집필을 시작했으며 26년 만인
1994년 8월 15일에 완성했다. 『토지』는 한말로부터 식민지 시대
를 꿰뚫으며 민족사의 변전을 그리는 한국 문학의 걸작으로, 이 소
설을 통해 한국 문학사에 뚜렷한 족적을 남긴 거장으로 우뚝 섰다.
2003년 장편소설 『나비야 청산가자』를 《현대문학》에 연재했으나
건강상의 이유로 중단되며 미완으로 남았다.

그 밖에 산문집 『Q씨에게』 『원주통신』 『만리장성의 나라』 『꿈꾸는 자
가 창조한다』 『생명의 아픔』 『일본산고』 등과 시집 『못 떠나는 배』 『도
시의 고양이들』 『우리들의 시간』 『버리고 갈 것만 남아서 참 홀가분
하다』 등이 있다.

1996년 토지문화재단을 설립해 작가들을 위한 창작실을 운영하며
문학과 예술의 발전을 위해 힘썼다. 현대문학신인상, 한국여류문학
상, 월탄문학상, 인촌상, 호암예술상 등을 수상했고 칠레 정부로부
터 가브리엘라 미스트랄 문학 기념 메달을 받았다.

2008년 5월 5일 타계했다. 대한민국 정부는 한국 문학에 기여한 공
로를 기려 금관문화훈장을 추서했다.

토지

토지

박경리
대하소설

2부 1권

5

다산
책방

차례

북국의 풍우(風雨)

1장 화재

1911년의 오월, 용정촌(龍井村) 대화재(大火災)는 시가의 건물 절반 이상을 잿더미로 만들었다. 사진(沙塵)을 거슬러 올리며 달려든, 오월에 흔히 부는 서북풍이 시가를 화염의 바다로 몰아넣고 걷잡을 수 없게 했던 것이다.

아직 공사가 진행 중에 있는 절[雲興寺]에 피신한 서희 일행은 용이와 길상, 월선이, 임이네, 홍이, 그리고 간도(間島)에 오면서부터 서희 시중을 들게 된 새침이와 부엌일을 하는 달래 오망이, 일꾼 두 사람이었다. 절로 오게 된 것은 지난 삼월 포교하러 왔었던 중 본연(本然)이 일본 통감부(統監府) 파출소의 서기였던 최기남(崔基南)의 협조를 얻어 사찰 건립에 착수하였을 때 서희는 적지 않은 금액을 희사하였기 때문이다. 물론 절로 피신해온 사람은 서희 일행만은 아니었고, 용정촌의 교포 이재민의 대부분은 천주교성당으로 혹은 일본영사관으로 몰려갔다는 것이다.

경상도 하동땅에서는 삼천리 밖, 두만강 너머 북녘에 있는 남의 땅에는 오월에도 찬서리가 내린다. 서희는 절방 하나를 비워 간신히 하룻밤을 보냈으나 나머지 사람들은 뜨락에 끌어다 놓은 짐짝을 의지하고 혹은 서로의 체온을 의지하며 악몽 같은 밤을 지새웠다. 날이 밝아왔을 때 공포와 절망 그리고 추위 때문에 사람들 얼굴은 모두 풀빛이었고 고량(高粱)을 섞은 주먹밥으로 아침 요기를 한 뒤에도 어떻게 해야 좋을지 엄두가 나지 않는 모양이다. 여자들과 아이들은 이불 혹은 모포를 뒤집어쓰고 옹기종기 한곳에 모여 앉아 있었다. 그들과 떨어져서 헛간 처마 밑에 이불을 감고 짐짝처럼 나둥그러져 있는 것은 임이네다. 간간이 흘러나오는 신음 소리만 없었더라면 송장으로 잘못 알았을지 모른다. 남정네들은 어지러운 절 마당을 미친 듯이 서성거리는가 하면 용정촌을 끼고 서남으로부터 동북쪽을 향해 흐르는 해란강(海蘭江)을 바라보며 말라 터져서 피가 배어난 입술을 떨고, 더러는 불탄 자리를 살피러 가는 사람도 있었다.

느지막해서 월선의 삼촌 공노인(孔老人)이 찾아왔다.

"거기까지는 불이 안 갔다 캐서 맘 놓고 있었습니다."

소금에 절인 푸성귀처럼 후줄그레한, 웃음도 울음도 아닌 표정으로 월선은 공노인 어깨 너머 저만큼 등을 돌리고 앉아 있는 용이 모습을 바라보며 말했다.

"아슬아슬하게 불은 면했다마는 용정이 망했구나."

　몸집이 작달막한 공노인은 피곤에 지친 듯, 서희를 보러 간다면서 절방 쪽으로 종종걸음이다. 얼마 후 돌아 나온 그는,

"아기씨께 우리 집으로 옮기시도록 했으니 너거들도 집으로 가자. 한데서 이래가 되겠나."

　임이네가 가지 않을 것이 뻔했고 용이도 평소 공노인을 피하는 터여서 월선은,

"애기씨가 가시는데, 방을 두세 개는 쓰시얄 기고…… 우리는 고만 여기 있다가 빈터에 막이나 쳐서 나가겠십니다."

하고 사양한다. 공노인은 고개를 돌려 용이 쪽을 굵고 핏기 어린 눈을 굴리며 바라보다가,

"그라믄 니 마음대로 해라. 니가 사서 하는 고생을 내가 말리겠나. 니 숙모가 말리겠나."

　화를 내며 중얼중얼 중얼거리며 돌아간다. 공노인은 용이 못나고 임이네가 악독해서 조카딸이 고생한다고 늘 그들을 좋지 않게 생각했었다. 공노인이 돌아가는 것을 먼발치로 본 용이는 백양나무 밑으로 옮겨가 앉는다. 담배 한 대를 피워 물고 통포슬[銅佛寺] 근처 문루구사(門樓溝社)에서 청인(淸人)의 땅을 소작하고 사는 영팔이 생각을 한다. 그곳에는 임이도 시

집가서 살고 있었다.

'송충이는 솔잎을 묵어야…… 그새 삼 년이 지나갔고나.'

여위어서 더욱 길어진 영팔이 얼굴이 떠오른다.

삼 년 전 이맘때쯤, 그러니까 햇수로는 삼 년이지만 만 이 태가 되는 셈이다. 그때 영팔이네 식구들과 용이 식구들은 한 집에서 복닥거리며 살았었는데 어느 날 갑자기 영팔이는 길 떠날 채비를 차리는 것이었다. 어디 가느냐고 물었더니 천보 산(天寶山) 동광(銅鑛)에 광부로 가려는 사람이 있어 따라가 보 겠노라는 대답이다.

"무신 그런 뜬금없는 말을 하노. 그라믄 니도 광부가 되겠 다 그 말이가?"

"언제꺼지 이라고 있일 수 있나. 거기 가봐서 있일 만하믄 식구들 데리갈란다. 머 날삯으로 쳐서 오십 전을 준다 카이."

"안 된다. 그런 되지도 않을 소리 집어치우고 나랑 장시나 하자. 밑천은 애기씨가 좀 주실 모양이니……."

"내사 장시는 못하겠네."

"와 못하겠노."

"장시도 이골이 나야 하는 기고 땅 파묵던 놈이 무신……."

"하믄 하는 기지. 누구는 배 속에서부터 배우 나오나?"

"그것도 그렇지마는 친한 새 동사(同事)하는 거 아니거마는. 친구 잃기 십상이제."

"안 된다! 안 된다믄 안 되는 줄 알아라. 굶어도 묵어도 함께 있이야제. 우떻기 해서 우리가 여까지 왔다고 니만 따로 떨어져 나갈 기고."

울먹였으나 기어이 뿌리치고 떠났다. 그러나 영팔이 식구를 데리러 돌아왔을 때 광산에 자리를 잡은 것은 아니었다. 지난해부터 천보산 동광은 청나라 변무독(邊務督) 진소상(陳昭常)이 봉금(封禁)을 하여 일이 없어졌고 돌아오는 길에 퉁포슬 근처에서 청인 땅을 얻어 부치기로 했다는 것이다.

"그런 외진 곳에 마적단이라도 오믄 우짤 기고."

용이 다시 말리려 했다.

"머 그리 외진 곳도 아니더마. 나믄서부터 농꾼인데 믿을 거는 땅밖에 더 있겄나. 천보산에 같이 간 사램이 날보고 봉밀구(蜂蜜溝)로 안 가겄느냐고 해쌓더마는……."

"봉밀구가 어딘데?"

"두도구(頭道溝)서 한 백 리 된다 카지? 어랑촌(漁郎村)을 지내서 골짜기로 들어가믄 거기가 봉밀구라 카더마."

"머하는 곳인데?"

"금 캐는 곳이란다. 사금(砂金) 나는 데가 있고 더 골짜기로 들어가믄 금광이 있다 카더마. 한 십 년 전만 해도 오천 멩이나 되는 광부가 일을 했다 카이 굉장했던 기라. 요새는 금도 줄어들어서, 그렇더라 캐도 심심찮이 벌이는 될 기라 캄서, 하다못해 거기서는 나무들이 좋아서 숯을 구워 팔더라도……."

"실없는 소리."

"머 내사 안 가기로 작정했이니께…… 어떤 나그네 말이 그
곳에는 되놈들이 몰래 앵속(罌粟)을 심기 따문에 낯선 사램이
가믄 큰일 난다는 기라. 그래서 홀몸이믄 모르까, 식구들 데
리고 우찌? 그런 곳에 갔다가 아편쟁이라도 되믄 신세 쫄딱
망칠 기고 생각을 고치묵었구마."

영팔은 구릿빛 얼굴에 흰 이빨을 드러내며 웃었다.

"같이 가자 카든 사람은 우떤 사램인데?"

"짚세기를 팔라고 갔다가 신집에서 만낸 사램인데 전라도
서 동학을 했다 카던가? 전쟁이 나는 바람에 일진회를 따라왔
다더마. 철도 까는 데 인부 노릇을 한 모양이라."

"그거 시시한 놈이고나. 그런 자를 가까이하믄 안 되제."

"가까이하나 마나 함께 안 갔이니께."

"대개 그런 놈이 일본놈 염탐꾼이라 카더마."

"염탐하믄 했지, 별기이 있나? 알고 보믄 그 사람도 우리겉
이 고향을 버린 불쌍한 사람이제."

결국 영팔이는 말리는 용이를 뿌리치고 가족과 함께 떠났
다. 그곳에 가서 정착한 영팔이는, 일 년에 네댓 번, 여위어서
더욱 길어진 얼굴에 쓸쓸한 웃음을 띠며 용정촌 용이를 찾아
오곤 했는데 때로는 부모 무덤에 어느 누가 벌초를 해줄까 보
냐 하며 울기도 했다.

어딜 다녀오는지 길상이 홍이와 함께 절 마당을 들어선다.

길상의 발길이 용이 있는 쪽을 향해 옮겨지는 것을 본 홍이는 슬그머니 방향을 바꾸며 월선이 있는 곳으로 가버린다. 홍이는 아비를 몹시 두려워했다.

길상은 용이 옆에 와서 강 쪽을 바라본다.

"작년 이맘때, 그때도 오월이었제?"

"오월이었지요."

강물에 시선을 둔 채 대꾸한다.

"무신 구신 든 달이 아닌가 모르겠네."

지난해 오월에도 한번 용정촌이 발칵 뒤집힌 일이 있었다. 그때 화재는 대단찮은 것이었지만 때를 같이하여 청나라 병정이 총질하는 불상사가 발생한 데다 마적 떼 내습이라는 유언비어가 나돌아 시가는 일대 혼란 속에 빠졌던 것이다. 산으로 도망가는 사람, 회령(會寧)으로 피난짐을 실어내는 사람, 그러나 뒤늦게 허위임이 밝혀져 가라앉긴 했으나 대단한 소동을 겪었던 것이다.

"김훈장께서는 어디로 가싰으꼬."

"거기 가셨겠지요."

거기란 유림계(儒林契)의 모임 장소를 가리킨 말이다.

"이리로 뫼시고 오는 긴데."

"가시잔다고 오셨겠어요?"

"……."

"애기씨를 여간 꺼려해야지요."

"불이 나기 전에 아프시다 캐서 찾아가보았더마는, 마침 불이야 하는 바람에 뛰쳐나오고는…… 그 양반 기신 곳은 불이 늦기 옮겼으니 피신은 하셨겠지."

"……."

"아침이나 얻어잡샀는지 모르겠네."

"그 어른도 딱하지요. 딱하기로야 모두 다 마찬가지지만……."

"남우 땅에 와가지고,"

미처 말이 끝나기도 전에,

"남의 땅이긴 매일반 아니오. 우리 땅이 어디 있습니까?"

길상은 신경질을 부리는 것 같다. 용이 힐끗 올려다본다. 한동안 서로 간에 말이 없다. 짐짝을 기대고 앉아서 울고 있는 여자를 바라볼 뿐이다.

"이 차중에 영팔이 있는 데 가서 농사나 지어보까 싶은 생각이 드는데……."

"농사……."

"송충이는 솔잎을 묵어야제. 영팔이 생각이 옳았던 기라."

용이 심정이나 형편을 잘 알고 있는 길상은 못 들은 척 잠자코 있다.

"이보오!"

새침이 목소리다. 그것도 못 들은 척한다.

"이보오!"

"왜 그래?"

역정을 내며 돌아본다.

"아기씨께서 얼피덩(얼른) 오랍시오."

그냥 뻗치고 있던 길상이 부시시 발길을 옮겨놓는다. 피곤한 그 뒷모습을 바라보던 용이는 다시 생각에 잠긴다. 남의 집 불구경을 하는 심정이라고나 할까, 홀가분해졌다고나 할까, 용이는 몇 해 동안 용정촌에서의 생활을 몸서리치며 생각한다. 지긋지긋한 생활이었다.

월선이 공노인의 도움을 받아 국밥집을 시작한 것은 영팔이 통포슬로 떠나기 전의 일이다. 옛날 이곳에서 국밥집을 차린 경험이 있었고 또 주막도 차린 일이 있는 월선이기에, 처음에는 용이도 대수롭게 생각지 않았었다. 대수롭게 생각할 겨를도 없이 그 자신 육장(六場)을 돌면서 곡식을 받아 파는 뜨내기 장사를 하게 되었던 것이다. 그러나 장사란 용이 생각하던 것과는 딴판이었다. 운도 따라야겠지만 경험이 없었고 낯이 설었고 무엇보다 구변이 없는 게 제일 곤란했다. 기껏 하노라 하여도 장사는 본전치기가 일쑤였다. 장사도 이골이 나야 한다던 영팔이 말을 용이는 몇 번 생각했는지 모른다. 대신 국밥집은 번창하여 월선이 혼자로는 손이 모자라 임이네도 가겟방에 나앉게 되었다. 일이 이렇게 되고 보니 결국 용이네 세 식구는 월선의 국밥집에 매달려서 사는 결과가 되었다. 우직하고 보수적인 농민의 습성이 뼛속까지 스며 있는 남

도(南道)의 사내, 안으로 수줍어하고 섬세하지만 오기가 또한
대단했던 용이는 차츰 비뚤어지기 시작했다.

'오뉴월 뙤약볕에 끌밭(메마른 밭)을 맸으믄 맸지, 촌에서는
어디 기집이 장 출입이나 하던가? 그런데 이 꼴이 뭐꼬?'

사실 그러했다. 장에는 남정네가 가기 마련이었다. 남의 집
통지기, 천인의 계집, 지아비 없는 늙은 과부 아닌 이상 농부
들도 양반들 법도에 준해서 형식이나마 제 여자에게 내외를
시키는 것이 불문율로 되어 있었다. 곳이 다르고 풍습이 다르
다는 것으로 용이는 부끄러운 마음을 달래려고도 했고, 달리
방편도 없는 처지에 참아야 한다는 생각도 해보았으나 순간
이었다. 한 사내가 보잘것없이 되어간다는 느낌을 떨쳐버릴
수 없었다. 한 지붕 밑에 두 여자를 거느린다는 일만 해도 그
러했다. 투전판을 기웃거리는 건달패라면 모를까, 무슨 푼수
로? 기껏 농사나 지어먹던 놈이, 제 혼자 입치레도 못하는 주
제에, 길을 걷다가도 그 생각을 하면 세상이 좁아 보였다. 노
점에서 점심 요기 삼아 술 한잔을 들이켤 때도 이마빡을 치듯
수치심은 달려들었고, 그러면 용이는 해란강 나루터로 나간
다. 그곳에서 강물을 바라보며 언제까지 서 있는 것이다. 고
향을 버린 죄라고 뇌면서. 머리칼은 벌써 희끗희끗했다. 두
어깨도 구부정했다. 흰 베수건 어깨에 걸어, 장구를 메고 싱
긋이 웃던 사내, 큰 키를 점잖게 가누고 맴을 돌며 장단을 치
던 풍신 좋고 인물 좋았던 사내, 그 젊은날의 모습은 찾기 어

려웠다. 용이는 심신이 모두 보잘것없이 변해버렸다. 소심하게 남의 눈치를 살폈으며 항상 누군가가 자기 흉을 보고 욕을 하는 것 같은 강박이 그의 행동거지를 불안정하게 했다. 집에 들면 한 달이고 두 달이고 식구들과 말을 하지 않았다. 그런가 하면 돌연 거칠다 못해 미친 것처럼 포악해지는 일이 있었다. 다만 일 년에 몇 번 있는 제삿날, 흰 베두루마기에 갓을 쓰고 홍이와 함께 제사를 모실 적에 옛날의 용이를 찾아볼 수 있었다. 이날만은 홍이에게도 조금은 애정을 표시한다. 이렇게 천성이 변하고 나이보다 늙게 된 것은 앞서 말한 이유에서지만 사실은 보다 심각한 문제는 따로 있었다.

용정촌의 월선옥(月仙屋)이 장사 잘한다는 것은 이미 오래전부터 파다하게 나돈 소문이거니와 속 모르는 사람들은 한밑천을 잡아도 단단히 잡았을 거라고들 수군거렸다. 그러나 실정은 그렇지가 못했다. 삼 년 동안 겨우 식구들의 의식을 해결했을 뿐 벌어놓은 것은 없었다. 벌어놓은 것이 없다는 사실은 남의 눈에도 수수께끼였지만 아는 사람은 알고 있었고 용이나 월선이 까닭을 전혀 눈치채지 않았던 것도 아니었다. 그칠 줄 모르는 임이네 탐욕 때문이다. 그가 찬 속주머니는 밑없는 항아리 같은 것이었던지, 들어가도 들어가도 끝이 없었다. 청나라 돈 일본 돈 할 것 없이, 아마 동전은 백동전이 되고 백동전은 은전이 되고 은전은 다시 지전으로 둔갑하여 어디 깊은 곳으로 숨어들어 가는 모양이었다. 월선이는 셈에 우둔하였다. 용이는 용이대로 하숙집을 들르듯 잠자고 밥 먹는 일 이외 일체를 모르는 척 지내왔었다. 임이네의 축재방법 혹은 훔치는 방법은 교묘했다. 교묘하지 않더라도 그러기로 마음만 먹는다면 푼돈쯤 얼마든지 집어낼 수 있는 가게 사정이었고 임이네도 처음에는 푼돈에서 시작했겠지만 도벽(盜癖)이란 거듭될수록 액수에 대담해지기 마련이다. 증거는 없었다 하더라도 명확한 일을 용이도 끝내 모르는 척하고 있을 수만은 없었다. 내버려둔다면 월선은 거지가 되겠다는 생각이 들었던 것이다. 임이네를 불러다 놓고 따졌다.

"마른하늘에 베락 치겠소! 세상에 이런 애멘 소릴(억울한 소릴) 듣고 우찌 살겠소? 내가 쇠전 한 푼이라도 손을 댔다믄 앉고 일어서질 못할 기요! 그라고도 내 손이 온전하까! 손가락이 옹굴어져서 문둥이가 될 기요! 하늘이 씨퍼렇게 내리다보고 있소! 뵈기 싫으믄 뵈기 싫으니 나가라고 곱기 말할 일이지, 이렇기 금사망을 씨워서 쫓아내겠다 그 말이오? 야아, 좋소. 내가 나가믄 될 거 아니오. 천장에 배미(뱀) 든 것맨치로 이녁들 싫음 내가 나가믄 될 거 아니오. 홍이는 내가 낳은 자식이니 데리고 나가겠소. 길가서 얼어 죽든지 굶어 죽든지 이녁들 참견할 것도 없고요."

부잣집 마나님같이 몸이 불은 임이네는 눈을 부릅뜨고 용이 얼굴을 똑바로 쳐다보며 거침없이 말을 쏟아놓았다. 뻔한 일인데, 움직일 수 없는 일인데, 용이는 일시 당황한다. 그것을 느낀 임이네는 참나무같이 단단한 주먹으로 방바닥을 친다.

"아이구 분해라! 사고무친*한 곳에 이런 설움 줄라꼬 끌고 왔던가? 이렇그름 사람을 괄시하는 법이 어디 있단 말이오? 주야로 손발 잦아지게 종질해가믄서 새 주둥이 겉은 입 하나 사는 것뿐인데, 우떤 년이 우떻게 속새질(고자질)을 했는지는 모르겠소만 무신 죄를 졌길래 불러다 놓고 이렇기 죄인 추달하듯이, 억울하고 분하고, 이래가지고 우찌 살겠소! 내가 따로 작량을 했다믄 내 귀한 자식 멩줄인들 성하까."

"머라꼬? 홍이 멩을 두고 맹세한다 그 말가!"

"야. 내 청백하니 멋엔들 맹세 못하겠소?"

"고슴도치도 제 자식은 귀타 카는데, 천하에 몹쓸 기집!"

얼굴이 파아랗게 질린다. 임이네는 태도를 표변하고 운다.

"내가 멋 따문에 따로 주무니를 차겄소. 옷 입고 밥 묵으믄 고만이지. 가닥 다른 자식 임이가 있으니 의심을 하는지는 모르겠소만 제집자식 출가시키믄 고만이지 내 죽은 뒤 물 떠줄 홍이가 있는데 머한다꼬 딴맘 묵을 기요. 성님한테 자식이라도 있으믄 모르까 혈혈단신 우리 홍이를 그리 귀키 생각하는데 살림이 어디 갈 기라꼬."

월선이를 성님이라 부르는 것도 희귀한 일이거니와 누그러져서 호소하듯 우는데, 그러나 결국 자기 자신이 결백하다는 것에 대해서는 한치 양보가 없었다. 승강이는 계속되었으나 바위에 계란 부딪는 꼴이었다.

20

"몹쓸 년! 하늘 안 무섭나!"

지쳐버린 용이는 주먹으로 볼을 쥐어박고 밖으로 뛰쳐나갔다. 낯선 주점에 들어간 그는 술을 청해놓고 밤늦게까지 혼자 앉아 있다가 김훈장 숙소로 찾아가는 것이었다. 밤길을 가면서 중얼거렸다.

"설마, 지도 사람인데 그쯤 했이믄 그 짓을 또 할라꼬?"

그러나 여전했다. 월선이도 신경을 쓰는 눈치였지만 돈은 귀신처럼 빠져나갔다. 어쩔 수 없는 욕망이었던 것이다. 용이는 타일러도 보고 매질도 했으나 임이네 입에서 나오는 말은 한결같이 천지신명에 맹세코 청백하다는 말뿐이었다.

"이년아! 한 번이라도 좋으니 했다고 해봐! 내 그러면 세 식구, 빌어묵어도 니한테 다 맽기고 나갈 기니."

참으로 용이는 그렇게라도 하고 싶은 심정이었다.

"안 한 거를 우찌 했다 칼 기요! 꼬지는 타고 개기는 설 일* 이제. 보선목이라 뒤집어 보이까? 심심하믄 죄 없는 사람 불러다 놓고 둥개둥이를 치니* 정말 이자는 나도 못살겠소. 그렇기 못 보겄거든 고만 비상을 믹이서 직이부리소."

이쯤 되면 돈 문제가 아니었다. 요지부동한 임이네 거짓과 거짓말을 벗기고야 말겠다는, 순전히 쌈을 위한 쌈이 되고 마는 것이다. 옛날에는 말 없이도 다스려졌던 여자가 어느새 거인(巨人)이 되었고 사내는 힘 잃고 이 빠진, 천부의 자긍심만은 잃지 않으리라 몸부림치는 한 마리의 사자. 월선이로 인한 사랑의 투정이라면 얼마간의 연민도 가질 수 있는 용이였다. 그러나 비참했던 이력 때문에 버림당하지 않는 것만이 살길인 줄 믿었던 지난날의 임이네는 아니었다. 남편 없어도 돈 있으면 산다는 배짱이었다. 용이보다, 아니 이 세상 어느 누구보다 소중한 것은 돈, 오직 돈이었다. 돈에게만 그는 그 자신의 장래를 걸었다. 이 세상 마지막이 온다 하여도 혼자만은 살아남을 것 같은 왕성한 생명력, 불모의 바위틈을 피 흘려가며 기어오르는 생명에의 의지, 무서운 힘이었다. 그런 뜻에서는 본시부터 임이네는 거인이었다. 한번은 공노인이 용이를 불러냈다.

"사내가 잘나믄 열 계집도 거나린다 하는데 자네는 어찌 처리하길래 집구석이 그 모양인고?"

"볼 낯이 없십니다."

"내 본시부터 월선이가 계집자식 있는 자네를 따라 사는 것을 좋잖게 생각했네만 지 어미가 그런 처지고 보니……."

"그거는……."

"알고 있다. 알 만치는 알고 있다 말이다. 너거들이 첫정이라서 그런 것도 알고 임이넨가 그 계집 내력도, 그러나 사정은 어떻든 간에 자네가 월선이를 불쌍하게 생각는 맘이 있다면……."

노기와 모멸의 빛이 늙은 눈에 가득 찬다.

"아무튼 남 보기 세 식구가, 불쌍한 여자 하나를 뜯어먹고 산다 해도 변명할 수 없는 처지 아니가."

"……."

"가게 집세는 밀리기 일쑤라 하는데 임이넨가 빈주먹 쥐고 온 그 계집은 어디서 돈이 나서 이자놀이고? 기가 맥히서, 용정촌의 사람들을 다 모아놓고 어디 한번 물어보자! 월선옥이 집세 밀릴 만큼, 그렇게 파리를 날리는 국밥집인가 아닌가. 세상 사람이 웃을 일 아니가. 체모가 없어도 유분수지. 누가 채리준 가겐데? 질기(길게) 그라면 내 그눔의 가게 불을 싹 질러버릴 기니 자식도 없이 불쌍한 그거를……."

공노인은 흥분했다. 그날 밤 늦게 술이 취해 돌아온 용이는 방에 들어서자 임이네 머리채부터 낚아챘다. 죽일 기세였다. 주먹이 얼굴을 내리친다. 코피가 쏟아지고 비명이 울려 퍼진다.

"보소! 보소! 와 이러요?"

위기를 느낀 임이네는 월선의 등 뒤로 도망쳤다. 월선을 떠밀어 자빠뜨리고 용이는 임이네를 다시 낚아챈다.

"아부지! 아부지!"

자다 일어난 홍이 울부짖는다. 그러나 주먹은 임이네를 난타하고 있었다.

"보소! 참으소, 야?"

하며 월선이 다시 막아서는데 어느 사이 쓰러졌던 임이네 손은 월선의 두 다리를 껴안고 넘어뜨렸다.

"병 주고 약 주는 것가아! 니 죽고 나 죽자!"

피투성이가 된 임이네는 월선에게 덤벼들었다. 얼마간 술기운에서 깨어난 용이 눈에 비친 광경은,

'지옥이구나, 지옥. 이기이 지옥이다!'

가까스로 몸을 뽑아낸 월선이 어찌할 바를 모르다가 밖으로 뛰어나간다.

"제집 소나아(사나이) 공모해서 날 쳤것다?"

선불 맞은 멧돼지같이 이번에는 용이에게 들이덤빈다. 용이는 아까와 달리 때릴 생각은 잊고 울음도 아니요 웃음도 아닌, 목구멍에서 구룩구룩 소리를 내다가,

"지옥이다, 지옥! 이기이 지옥이구나!"

임이네 악담을 들으며 집을 나섰을 때 월선이는 밤거리에 우두커니 서 있었다. 용이는 잠자코 걷기 시작했다. 월선이 뒤따라온다. 시가를 빠져나와 쓸쓸해진 거리에 이르렀을 때 용이 돌아보았다.

"머하러 따라오노."

"그만 가입시다, 집에."

월선이 다가서며 그의 팔을 잡는다.

"내, 내, 내가 사람가? 사내자식이가?"

기어이 울음을 터뜨렸다.

그날로 용이는 집을 나간 채 소식이 없다가 두 달 만에 몹시도 추운 날 심한 기침을 하며 돌아왔다. 그랬는데 그 후 어

느 날 임이네는 꼭 한 번 실수를 했다. 이웃 기름집 아낙에게 꾸어주기 위해 십 원짜리 한 장과 일 원짜리 열 장을 꼬기꼬기 접어서 품에 넣었다가 미처 건네주기 전에 그것을 떨어뜨렸던 것이다. 공교롭게도 용이 주워들었다.

"이기이 무신 돈고?"

임이네가 당황한 것은 일순간이었다.

"홍이 털외투 하나 사줄라꼬 모은 돈이오."

태연스럽게 말했다.

"뭐라꼬!"

"이녁이사 괜찮겠지마는 성님은 어디 그렇소? 해달라 카기가 미안스럽어서요."

"참말로 니는 지옥에 떨어질 년이구나."

"……."

"사램이 잘못을 저지르는 것은 있을 수 있는 일이제. 그러나 잘못을 알기 때문에 사람 아니가? 니는 우찌 니 잘못을 모르노."

용이 얼굴은 평소와는 다르게 슬프게 보였다.

"내가 멋을 잘못했단 말이오? 종년겉이 부리묵음서 그까짓 돈 이십 원, 남으 집을 살았이믄 품삯을 받아도 받았일 거 아니요!"

"허허어!"

실성한 것처럼 용이는 웃다 말았다. 오히려 이날은 흐지부지 끝이 났지만 홍이 외투를 사기 위해 모았다던 그 돈은 결국 외투 사는 데 쓰이지는 않았다. 그러나 불안을 느꼈음인지 이자놀이만은 중지한 눈치였다.

어제저녁, 불이 나기 전에 용이는 김훈장이 앓고 있다는 말을 들었기에 또 고향 생각이 나서 그런 기지, 하며 술 한 병을 들고 찾아갔었다. 세들어 있는 단칸방, 컴컴하고 통풍도 잘 안 되는 방에 기척도 없이 누워 있던 김훈장은 용이 성냥을 그어 남포에 불을 붙이자 때 묻은 이불을 걷고 일어나 앉으며 탕건을 집어 쓰는 것이었다.

"어디가 편찮으십니까."

"뭐 노상 그렇지."

하다가 손수건을 꺼내어 코를 닦는 척하며 눈물을 씻는다. 서희의 눈치를 보아가며 길상이 다소의 금품을 갖다 주기는 하나 할 일 없고 무료해서도 그랬겠지만 동가식서가숙, 같은 처지의 망명 선비들 신세를 지는 일이 더 많았다. 어려울 때는 용이를 찾아올 만도 한데 체통이 소중한 김훈장은 스스로는 발걸음을 하지 않았다.

"이렇기, 혼자 눕어 기시믄 우짭니까."

"……."

"애기씨 댁에라도 가시야지요."

"싫네. 그 애가 나를 반기지도 않겠지만 반긴다 하여도 거기는 안 가겠네."

"……."

"내 자네를 보고 할 말은 아니네만 사람이란 씨가 있는 법
이야. 그럴 수는 없어. 간 곳마다 그 애 말이 입질에 오르내리
니 심히 듣기가 거북해."

용이는 쓰게 입맛을 다실 뿐이다.

"명색이 양반이면 사내도 못할 짓을, 그래 규중의 규수가?
아무리 낯선 땅이기로, 겨우 열아홉 나이의 처녀 몸으로 미천
한 시정배하고 한 당이 되어 장사라니? 투기사업이라니?"

미천한 시정배란 공노인을 가리켜 한 말이다.

"하기는 최참판댁 여인네라면…… 허나 윤씨부인은 그렇지
가 않았어. 참으로 그 풍토가 능히 본받을 만했었지."

"형편이 다르니께요."

"진토(塵土) 속에 묻혀도 옥은 옥이야. 으으응, 그럴 수가 있
나. 부사댁 이공 경우만 해도 그렇지. 이공이 누군데? 돌아간
그 애 부친 최공하고 이공이 어떤 사이였나? 한데 서희가 그
렇게 대접할 수 있겠나? 부친이나 다름없는 이공의 청을 거절
하다니. 설령 그런 인연이 아니었다 하더라도 말일세. 나라를
위해 몸 바친 사람들한테 군자금 몇 푼 못 주겠느냐? 친일파
가 짓는 절에는 희사를 하면서 말이야. 서희는 조선의 백성이
아니었더란 말인가?"

하고 시작하는 김훈장의 푸념을 듣고 있는데 별안간 거리가
시끄러워졌다. 불이야 외치는 소리가 들려왔다. 밖으로 뛰어

나온 용이는 불길이 바로 자기 가게 근처에서 나는 것을 보고 달려갔을 때, 기름집에서 난 불이 옮아 이미 불길은 가게를 휩싸고 있었다.

"홍아! 홍아!"

미친 듯 울부짖는 월선의 고함이 고막을 찢는다. 거리는 아비규환의 도가니로 화하고 거무칙칙한 어둠과 시뻘겋게 솟아오르는 불기둥과 사태처럼 쏟아지는 사람의 무리, 짐짝—용이 혼잡을 헤치고 뛰어들었을 때 베개 하나를 품에 안은 임이네가 불길 속을 어찌할 바를 모르고 헤매고 있었다.

"홍이는?"

"호, 호, 홍이요?"

베개만 안은 채 임이네는 몽롱하게 용이를 쳐다보았다.

"아아는 우짜고 베개만,"

베개를 뺏아 불길 속에 냅다 던지며,

"이기이 아아가!"

임이네를 거리 쪽으로 밀어 던지고 불 속으로 뛰어들려 하는데,

"보소오! 보, 보소! 홍이 여기 있소!"

"아부지! 아부지이!"

사람 울타리 속에 갇힌 월선과 홍이 악머구리처럼 동시에 외쳤다. 이때 나자빠졌던 임이네가 벌떡 일어섰다.

"베개! 베, 베개, 아아앗! 내 베개!"

불 속으로 달려간다.

"아니 저기이!"

간신히 치맛자락은 잡았는데 그새 불길이 옷에 옮는다. 용이는 임이네를 거리 쪽으로 질질 끌어내어 몸뚱이를 땅바닥에 굴리듯, 옷에 옮긴 불을 끈다. 그러나 임이네는 괴상한 소리를 지르며 불길 속으로 뛰어들려 한다.

"이기이 환장했나!"

"내 베개! 아아악! 내 베개!"

용이 팔에서 빠져나가려고 발버둥을 치던 임이네 사지가 갑자기 뒤틀리고 무섭게 경련을 하더니 까무러치고 말았다. 용이는 비로소 그 베개 속에 큰돈이 들어 있었을 것을 깨달았다.

"어째 이럽매? 밥으 묵잖구 일어납세."

달래오망이 목소리가 들려왔다. 소리 나는 쪽으로 고개를 돌린 용이 눈알이 금세 시뻘게진다. 월선이는 어디 갔는지 보이지 않았고 홍이만 맥빠진 얼굴을 하고서 송장같이 나동그라진 제 어미 옆에 앉아 있었다. 이상한 감각, 용이는 전신을 부르르 떤다. 뱀 한 마리를 밟은 것 같은 감각이 전신을 타고 올라온다. 힘을 준다. 발에 힘을 준다― 죄책, 무섬증, 잔인한 증오심, 뒹굴며 싸운다. 힘을 준다. 힘을 준다! 뱀의 창자가 터진다. 뒹굴고 굽이치면서 뱀은 죽는다. 용이 얼굴에 땀이 흘러내린다.

'배미다! 배미! 저 기집은 숭악한 독사배미다!'

2장 회영루(會英樓)에서

"부르셨습니까?"

서희는 방문을 열어놓고 기다리고 있었다. 길상은 방문 밖에서 양미간에 꼬막살을 잡히고 있는 서희를 넌지시 건너다본다.

"이부사댁 서방님 소식은 들었느냐?"

또박또박 잘라 하는 말은 따지는 품이다.

"듣지 못했습니다."

길상의 시선은 서희 미간에서 위쪽으로 기어 올라간다. 술이 달린 옥색 빛깔의 박래품(舶來品) 비단 목도리 하나가 벽에 걸려 있었다.

"듣지 못했다?"

꼬막살이 펴지면서 눈이 날카롭게 빛난다.

"아직은, 하지만 무사하시겠지요."

"뭐라구?"

"송선생님댁에까지 불은 번지지 않았으니 별일 없을 것입니다."

"송선생댁에 그냥 묵고 계신지 아닌지 어떻게 안단 말이냐?"

"지금이라도 가서……."

"무슨 변고라도 나지 않았다면, 설마한들 그래 해가 중천에 떠올랐는데 나를 찾아보지 않는단 말이냐?"

"……."

"내 있던 곳이 불바다가 됐는데도 말이야."

"그럼 송선생님댁에 가보겠습니다."

길상의 시선은 다시 내려와서 서희의 심중을 나무라듯 일
별을 던지고 돌아선다.

'그렇게 수모를 당하고 사내장부라면 올 리가 없지.'

부드럽고 텁수룩한 머리칼이 바람에 흩날린다. 손바닥으로
머리를 쓸어넘기며 길상은 어수선한 절 마당을 빠져서 백양나
무가 드문드문 서 있는 내리막길을 지나간다. 절은 시가와 과
히 멀지 않은 곳에 있었으므로 곧 시가에 이르렀다. 새벽녘에
불은 제물에 꺼졌는데 아직 연기가 피어오르는 곳이 있다. 깨
어진 질그릇 벽돌이 곳곳에 쌓여 더미를 이루고 날씨는 찌뿌
둥하니 개운치 않다. 구름 사이로 엷은 햇빛이 무참하게 쓰러
진 회신(灰燼)의 거리를 비춰주고 있었다. 바람이 일 때마다 재
에 덮인 불씨가 희미해진 불덩이를 드러내곤 한다. 허물어진
집터에는 모닥불을 모아놓고 꼬챙이에 끼운 감자를 굽고 있는
아이 업은 아낙이 있었다. 얼굴에는 눈물 자국 콧물이 엉겨붙
은 아이 둘이 목을 뽑고 그것을 지켜본다. 타다 남은 판자 기
둥 따위를 주워 모으는 사내가 있고 잿더미를 헤치고 삽질하
는 사내가 있고 우두커니 불탄 자리를 내려다보고 있는 늙은
이가 있다. 아우성도 이야기 소리도 없는 조용한 폐허. 멀리
해란강 하반(河畔)을 따라 육도천(六道川)이 합류하는 회령 가도

를 향해 펼쳐진 상부(商埠) 예정지(豫定地) 넓은 들판에 청나라 농부들이 밭에 씨앗을 뿌리고 있었다. 이곳의 파종기는 일러야 사월 하순, 대개의 작물은 오월이 파종의 적기다.

불탄 자리가 끝나고부터 거리는 시끄러워진다. 짐짝들이 길편에 즐비하게 쌓여 있었다. 화재를 면한 이 지역 주민과 불난 자리에서 쫓겨온 이재민들이 우왕좌왕 붐비고 있다. 잡답 속을 전족(纏足)한 청국 여인은 은귀고리를 흔들며 새된 소리로 지껄이며 지나간다. 그을음을 뒤집어쓴 청인 사내가 외바퀴 수레를 밀고 간다. 맨상투의 바지저고리 바람의 사내가 가고 아이가 절룩거리며 따라간다. 마차 소달구지가 가고 지게 짐이 간다. 청국말 조선말이 왕왕거리듯 귓전을 스친다. 길상은 그들 속을 헤치며 빠져나간다.

'어거지 떼를 써도 푼수가 있지, 그럴 나인가?'

길상은 서희의 복잡한 심정을 생각하는 것이다. 서희로부터 심한 모욕을 받은 뒤 이상현이 발걸음을 끊은 지 달포가 된다. 상현에게도 잘못은 있었다.

'아무리 고생을 해도 자기 뜻대로 하려는 그 성질만은 변함이 없군. 하긴 뜻대로 할 수 없으니까 성질을 부리겠지만 될 법이나 한 일인가?'

"에구망이나! 나도 한분 봅세!"

"잘으 생깄궁, 헌헌장부으 앙이겠능가?"

"어느 에미나이가 저 총각으 꽉 잡을란가 모릅지."

북새통에 거리를 나돌던 처녀 아이들의 수군거리는 목소리가 들려온다. 한가한 말을 하는 것으로 보아 화재를 당한 축들은 아닌 모양이다. 길상은 얼굴을 반듯하게 쳐들고 지나가는 것이지만 목덜미는 벌겋게 물든다. 노상 젊은 여자들의 관심의 대상이었다. 젊은 여자뿐만 아니라 용정촌에서 길상을 탐내는 사람은 많았다. 스물여섯, 총각 나이론 늙은 편이지만 말수가 적고 어딘지 모르게 근심 띤 독특한 표정은 사람의 마음을 끌리게 한다. 대부분 두만강 연변에서 일찍부터 건너온 이곳 사람들은 남도 사람들처럼 반상(班常)을 가리는 기풍이 별로 없는 것 같았다. 해서 길상이 비록 하인의 신분일망정 준수한 외모와 침착한 행동거지, 학식도 녹록잖게 들었다는 점에서도 좋게 생각들 하는 것 같았다. 자연 혼담이 생기고 유복한 집안에서 딸을 주겠다고 자청해오기도 했다. 그럴 때마다 웬 까닭인지 서희는 완연하게 불쾌해하는 낯빛이 되었다. 그런 태도는 길상에게 고민스러운 것이었다. 서희가 이상현을 사모하고 있는 것을 알기 때문이다.

남십자가(南十字街) 장터에서 왼편으로 꺾어 한참을 걸어 들어갔을 때 조용한 주택가가 나타난다. 송선생댁은 상당히 넓은 면적을 그곳에 차지하고 있었다. 삥 둘러진 높은 담장 안에 여러 동(棟)의 건물이 있는 규모가 큰 저택이다. 용정촌에서는 손꼽히는 자산과 명망이 있는 송병문(宋丙文) 씨가 당주인데 이미 환갑을 지낸 노인이며 중풍으로 몸이 자유롭지 못했다. 송선생이란 그의 둘째 아들 장환(章煥)이다. 부친 송병문 씨가 설립한 상의학교(尙義學校)의 교사로서 실질적인 경영자 다.

대문이 활짝 열려 있었다. 뜰에는 짐이 쌓여 있고 사람들로 붐빈다. 친지들이 짐짝을 끌고 몰려든 모양이다. 화재를 면한 집도 소동을 겪기로는 다를 게 없다.

"이기 뉘기요? 하동집으 길상이 앙입매 간밤으 혼짝 났지 비?"

출랭이같이 생겼으나 사람이 좋아 보이는 머슴 점생이 어 디서 풀쑥 나타나 위로의 말을 걸었다.

"그래 어디메 들었습매?"

"절로 피했지요."

"쯔쯔, 사람으 다치잖구?"

"예. 이선생은 학교 가셨습니까?"

"앙입매. 핵교오 앙이 갔슴. 사랑으로 들어가봅세."

짐짝이 나둥그러진 사이를 빠져서 길상은 뒤뜰 쪽으로 돌 아나간다. 사랑은 마치 여관집 같았다. 청나라식으로 벽돌을 튼튼하게 쌓은 건물인데 네댓 개의 방이 즐비하니 붙어 있다. 방 앞은 난간으로 된 복도다. 맨 끝의 상현이 거처하는 방 앞 에서,

"서방님 계십니까?"

"길상이냐?"

기다리고 있었던 것처럼 방문이 열렸다.

"들어오게."

들어오라 한 사람은 생각지 않았던 김훈장이었다. 장죽을 입에서 뽑으며 얼굴을 일그러뜨리고 웃는다. 반가워서 그러는 것이었다.

"생원님께선 여기 계셨구만요."

방으로 들어간 길상은 자리에 앉는다.

"무슨 일로 왔느냐?"

초조하고 반가운 빛을 애써 감추며 상현은 냉정하게 물었다.

"애기씨께서 별일 없으신지 알아보라 하셨습니다."

길상은 상체를 세운 채 상현을 건너다본다. 상현의 얼굴은 점점 상기되어간다. 그것이 민망스러운지 성이 잔뜩 나버린 표정으로 변해간다. 김훈장은 벌레를 씹은 듯 쓴 얼굴이다. 육십 노인이 아니라 칠십도 넘어 보이게 늙은 모습, 고운 때가 묻은 두루마기에 머리에 쓴 갓은 윤이 흐르는 새 것이다. 유림계에 나가 있거나 아니면 남의 사랑에서 소일하는 김훈장의 처지를 생각하여 길상이 지난가을 갓방에서 탕건과 갓을 오 원에 장만해주었던 것이다.

"그래 애기씨께선 어디로 피하셨느냐?"

화난 표정인 채 상현이 물었다.

"절에 계십니다."

"절에?"

"절에 갔을 테지."

심술궂게 말하며 김훈장은 재떨이에 대고 장죽을 뚜드린다.

"큰 손해는 없었고?"

다시 상현이 물었다.

"집이 탔을 뿐입니다. 마침 고방은 비어 있었구요."

"그래?"

그러고는 썰렁한 방 안에서 서로 멍멍히 바라본다. 방 안이 조용해지자 바깥의 소음이 두드러진다. 상현이 눈살을 찌푸리고 김훈장의 신경도 곤두서는지 표정이 꾸겨진다. 식객의 자격지심이다. 식객이라지만 상현은 상의학교에 나가서 학생들을 가르치고 다소의 급료나마 받는 처지지만 불길에 쫓겨왔다고는 하나 불청객인 김훈장은 송선생댁과 아무런 친분이 없다. 송병문 씨가 건강했을 무렵에는 어떤 인연의 손님이든 찾아오는 사람을 섭섭하게 하지 않았고 사랑방은 마음 놓고 쉬어가는 곳이었다. 그러나 그의 맏아들 송영환(宋永煥)은 인색한 사람이었다. 이심전심 길상의 마음도 편안치가 않다. 처량한 김훈장 처지 때문에 우울해진다.

"이서방이 몹시 걱정을 하더군요."

"이서방도 절로 갔나?"

"예. 생원님 뫼시고 올 거를 그랬다고 하면서……."

"내가 왜 거길 가아!"

버럭 소리를 지른다.

"친일배나 가지. 내 갈 데 없으면……."

순간 풀이 죽는다. 상현과 길상의 눈이 동시에 창문 쪽으로 쫓겨간다.

"개판이다, 개판. 개판이라도 유분수지. 어떻게 된 놈의 세상이길래……."

으음 하고 큰기침이다. 궁색하여 큰소리를 쳐보는 터이지만.

"양놈의 교를 믿는 야소쟁이도 저이들이 어느 나라 백성인 줄은 알고 마음으로라도 왜적들에 대항해나가는데 이 나라 고래로 내려온, 음, 그렇지. 그, 그놈의 중놈까지 앞장서서 친일을 아니하나, 지각이 있는 애라 믿었던 서희가, 그 아이가 그놈의 절에 시주를 해? 시주를 한단 말이야? 의병들 군자금도 거절했던 그 아이가? 하기는 오장육부가 다 썩어가는 유림 놈들도 쇠전 한 푼 얻어볼까 들먹거리고, 동학놈들은 숫제 발 벗고 나서서 원수의 주구 노릇을 하니, 이래가지고도 나라가 안 망했다면 귀신이 곡을 했을 게야."

여러 가지 설움이 겹쳐서 장죽을 든 손이 부들부들 떤다. 상현과 길상은 침묵을 지킨다. 김훈장의 심정은 안다. 함께 울고 싶은 기분이다. 그러나 짜증스러워지는 것도 어쩔 수 없다.

"자고로 한 집안이 망하려 들어도 온갖 잡신들이 먼저 나서서 굿을 치기는 하지만 이, 이거는 공자 맹자 부처까지 메고 나와 도깨비굿을 치고 있으니 손바닥만 한 이 고장에서, 내 땅도 아니요 쫓겨나온 남의 땅에서."

재떨이를 장죽으로 마구 친다.

"모두가 다 그런 거는 아니지 않습니까. 유림이나 동학도나 불교도도 말입니다. 그중 소수가, 어느 시절이든 있을 수 있는 일이지요."

상현이 말을 막는다.

"그, 그건 그렇지."

어성이 낮아졌다. 길상은 자리에서 일어선다.

"그럼 가보겠습니다."

"아, 아니, 왜?"

김훈장은 허둥지둥이다. 바늘방석에 앉은 것 같은 나를 설마 어떻게 조처해주겠지 하고 품었던 기대, 아무 언질도 없이 일어서다니 싫었던 것이다.

"좀 더 얘기나 하다 가지그래."

이번에는 서글픔에 목이 멘 음성이다.

"그럴 새가 없습니다. 지금부터 처리할 일이······."

상현은 입술을 깨무는 듯 묘한 표정이다. 그 역시 길상이 길을 터주면 함께 가서 서희를 보고 싶었던 것이다. 분별 없는 생각이 치민다. 길상에게 우롱을 당한 것 같아 괘씸하다. 질투가 뭉글뭉글 피어오른다.

"다시 들르겠습니다."

그들 두 사람의 얼굴을 외면한 채 길상은 밖으로 나왔다.

오던 거리를 되돌아 지나가는데 불탄 집자리에 막을 치고 있는 사람들이 많이 눈에 띈다. 찬 서리나 피해보자고, 어둠이 오기 전에 서두는 것이다.

절 마당을 들어섰을 때 용이는 그제도 백양나무를 등지고 땅바닥에 앉아 있었다. 멍해 있는 그의 눈에는 길상이 보이지 않는 모양이다. 서희 방 앞에 이르른 길상은,

"다녀왔습니다."

방문이 열리고 길상을 빤히 쳐다본 서희는,

"그래서?"

하며 다음 말의 재촉이다.

"이부사댁 서방님은 별일 없이 송선생댁에 계셨습니다."

"별일 없이? 병들지도 아니하고?"

세게 말을 내뱉는데 입매가 뱅글뱅글 돈다.

"그리고 생원님께서도 함께 계시더군요."

"그 늙은이가 함께 있어? 쇠파리처럼 여기저기 잘 붙어 다니는구먼."

이쪽에서 굽혀 사람을 보냈는데도 오지 않는 상현에 대한 노여움이 애꿎은 김훈장에게 튄 것이다.

"애기씨!"

길상의 얼굴이 벌게진다.

"무슨 그런 말씀을 하시오!"

서희는 지나쳤다 싶었는지 길상을 노려볼 뿐 대꾸는 없다.

"뜻이 맞아서 이곳까지 함께 오신 어른 아닙니까. 애기씨까지 그러시면 그 어른더러 돌아가시란 말씀이오?"

곧은 길을 가듯 사양이 없다.

"내 험담을 하고 다니는 늙은이를 어떻게 받들란 말이냐?"

"험담은 무슨 험담입니까. 섭섭해 하신 말씀이지요."

"듣기 싫여!"

그러나 길상은 개의치 않고 할 말은 한다.

"가실 곳이 만만치 않아 이부사댁 서방님을 믿고 그곳으로 피신하신 모양인데 아시다시피 서방님도 그 댁 객원이고 보면 심중이 편하겠습니까?"

"……."

"무슨 조처가 있어야 할 것 같습니다만……."

그러나 서희는 들은 척하지 않고,

"이서방은 어디 있지?"

하고 딴전을 피운다. 난처할 때 하는 서희의 버릇이다.

"밖에 있습니다."

"일꾼들은?"

"근처에 있겠지요."

"지금부터 공서방 객줏집으로 내 옮겨가야 해."

"옮기셔야지요."

"일꾼들 불러다 짐을 나르게 하고, 길상이는 내일,"

하다가 멀리 하늘로 시선을 던진다. 눈동자가 힘없이 흔들린다. 눈동자가 고정되었다 싶었을 때 다음 순간 서희는 싸늘하게 길상을 응시하는 것이었다.

"내일, 길상이는 회령으로 가야 해."

"……"

"회령에 있는 재목을 모조리 사는 게야. 수량이 많지 않으면 원목을 그곳 제재소에서 키기로 하고."

"그렇게 많이 어디다 쓰시려구요."

"많을지 적을지 그것은 가봐야 알 일 아니냐? 두고 보아. 재목이 동이 날 테니."

"……"

"우선 이게 오백 원인데."

하며 서희는 흰 종이에 싼 것을 내밀었다. 길상이 받아든다.

"일꾼들을 데리고 가서 일부 목재는 실어 보내고 나머지는 계약을 걸어놓아요."

"그렇게 하지요."

"그리고 다음은 이서방이 해야 할 일인데 이서방은 따로 일꾼을 사서 불탄 자리를 말끔하게 하고, 우리 집터만이 아니라 장터 옆의 그 자리도 함께 치우는 거야."

"그러면 그 터에서 살던 사람들은 어떻게 하지요?"

"어떻게 하다니? 상부국에서 샀었더라면 벌써 헐렸을 집들 아니냐? 이제는 헐고 말고 할 것도 없이 불이 났으니 땅은 땅임자 마음대로야."

"하지만……."

"뭐가 하지만? 하라면 하라는 대로 하는 거지."

더 이상 말하지 않고 길상은 물러난다.

늦은 점심때쯤, 절에 있는 짐 일부를 날라다 놓고 서희가
옮겨간 공노인의 객줏집은 비좁은 골목 안에 있었다. 봉놋방
이라 하여 나그네들이 함께 묵는 큰방 이외 손님을 받는 방은
네 개였는데 그중 두 개를 치우고 서희가 들었다. 공노인의
마누라는 허리가 길고 팔이 길고 공노인보다 키가 큰 안늙은
이였으나 꼬장꼬장 말라서 늙기로는 영감보다 더한 것 같았
다. 그는 양딸 송애(松愛)와 함께 늦은 점심을 짓느라 바빴다.
달래오망이와 새침이는 간밤에 버린 옷들을 모아 우물가에서
빨래를 하고 있었다. 이윽고 서희 방에 점심상이 들어갔다.
그런 뒤 길상과 일꾼 두 사람이 앉아 있는 봉놋방으로 송애
는 밥상을 날라왔다. 동실동실한, 귀염성이 있게 생긴 송애는
들어오면서부터 얼굴이 홍당무였다. 일꾼들은 길상의 눈치를
힐끔 살핀다. 길상은 모르는 척 일꾼들만 빤히 쳐다본다.

"반찬도 없는 점심이 늦어서 배고프제?"

공노인의 마누라 방씨가 뒤따라 들어왔다.

"아아니, 이서방은 어디 가고?"

"예, 저어……."

길상이 우물쭈물 말한다. 용이는 짐을 날라놓고 도망치듯
절로 돌아간 것이다.

"사람도, 점심이나 묵고 가지."

용이 심정을 아는 방씨는 언짢아서 혀를 찬다.

"송애야."

"예."

"절에 점심 좀 날라다 주어라."

"숭녕 디리고 가겄소."

"사람들도, 와서 밥이나 묵지."

하다가 홍당무가 되어 나가는 송애 옆모습을 본 방씨가 빙긋
웃는다. 언제였던지 길상을 두고 송애가 어떻겠느냐 하며 월
선에게 묻던 공노인의 말을 송애도 들어 알고 있었던 것이다.
그만하면 걸맞는 짝이라고 방씨도 그때 말을 했었다. 그러나
월선이는 그 일에 대하여 통 말이 없었고 흐지부지되고 만 일
이었다.

해가 두어 뼘쯤 남았을 때 길상은 공노인 객줏집을 나서서
다시 송선생댁을 찾아갔다.

"무슨 일로 왔지?"

혼자 책을 읽고 있던 상현은 지치고 힘이 쑥 빠진 얼굴이
다. 길상이 돌아간 뒤 혼자서 내내 마음속으로 싸움을 벌였던
것이다.

"생원님께서는 어디 가셨습니까?"

"아까 나가셨는데……."

"어디 가신단 말씀도 없으시고요?"

"잠시 다녀오겠다 하시면서 나가셨다."

"그럼 돌아오시는 거지요?"

"돌아오시겠지. 한데 왜 그러나?"

"이걸 좀 전해주시겠습니까."

종이에 싼 돈을 내밀었다.

"그게 뭔가?"

"돈입니다."

"그래?"

상현이 받아든다. 우선 잠자리는 상현과 함께 하더라도 식사만은 밖에 나가서 하라는 뜻으로 길상은 돈 십 원을 싸가지고 온 것이다.

"그럼 저는 가보겠습니다."

하자 잠시 생각하는 눈치더니,

"바쁜가?"

상현이 물었다.

"바쁠 건 없지만 내일 회령으로 떠납니다."

"뭣하러?"

"목재를 살려구요."

"벌써 집을 짓자는 겐가?"

별일 없이? 병들지도 아니하고? 하면서 서희는 상현에 대한 감정을 그런 식으로 감정을 길상에게 쏟아놓더니 상현도 역시 서희에 대한 감정을 그런 식으로 길상에게 비벼댄다.

"지금 안 바쁘면, 아직 저녁 먹을 시간은 아니고…… 어디 가서 술이나 한잔씩 할까?"

"예?"

"불 소동에 애를 썼을 테니 풀어야지."

길상은 할 말이 있나 보다고 생각한다.

"그렇게 하지요."

나란히 송선생댁을 나선다. 두 사람의 키는 엇비슷하게 중 키는 훨씬 넘는다. 몸매는 상현이 편이 가늘어 보인다. 거리는 여전히 붐비고 있었다. 잠시 동안 불탄 방향으로 시선을 보낸 상현은 눈길을 거두고 그와 반대편을 향해 곧장 걸어간다. 회 영루(會英樓)라 쓰인 청 요릿집 나무 간판 앞에 걸음을 멈춘 상 현은 비스듬히, 자세도 눈길도 비스듬히 길상을 돌아본다. 두 사람은 오래되어 낡고 비좁은 층계를 밟으며 올라간다. 층계 는 디딜 때마다 삐걱삐걱 소리를 냈다. 이 층은 아래층보다 좁 고 탁자도 세 개가 놓여 있을 뿐인데 텅 비어 있었다. 거리 쪽 으로 창이 하나 나 있었으나 삼면이 벽이어서 침침하고 곰팡 이 냄새 기름 냄새가 찌들어 있는 것 같다. 두 사람은 창가 자 리에 마주 보고 앉는다. 변발의 소년이 따라왔다.

"머 들어해?"

"음, 술 두 근하고,"

"……."

"집을 것 두어 가지, 해삼탕이 좋겠구먼. 나머지는 알아서 가져와."

송선생과 더러 왔기 때문에 소년과 상현은 서로 낯이 익다. 길상은 창밖을 내다본다. 찌푸렸던 하늘은 개고 서산 쪽으로 기우는 해, 구름이 흘러가고 있다. 다소 급한 속도로. 어젯밤처럼 바람이 불 모양이다.

"자네가 항상 김생원을 생각해주어서 고맙네."

상현도 창밖 구름을 바라본다. 다시,

"허장성세(虛張聲勢), 어디로 가나 통분, 통분, 통분, 귀에 못이 박힐 지경이니 귀찮은 노인임에 틀림이 없겠으나."

길상은 고개를 돌려 상현의 눈을 본다. 가느스름하게 좁혀져 있어 평소의 강한 눈빛을 볼 수 없다.

"연만하신 분이니 할 수 없지 않은가? 한 시절 전에만 해도 이곳에는 글 하는 선비들의 씨가 말라서 귀하게들 모셔가곤 했다더라만 요즘에야 어디 그런가?"

"……."

"밟히는 게 망명 선비들이니 어디 시골 서당에도 훈장 자리가 있을 성싶지 않고 쫓아버릴래야 쫓아버릴 곳이 있어야 말이지. 내 자리나마 물려드렸으면 싶지만 통분 소리가 아이들 귀에 못이 돼도 곤란할 테니 말이야. 핫하하……."

상현은 자기 자신을 비웃듯 허탈한 웃음을 한바탕 웃어젖힌다. 소년이 와서 황주(黃酒) 두 근과 해삼탕 두부 튀긴 것을 각각 한 접시, 탁자 위에 그것들을 펴놓는다. 길상이 술병을 들어 상현의 술잔에 술을 붓는다. 자기 잔에도 따르고 두 사람은 말없이 술을 들이켠다. 그렇게 해서 마신 술이 거의 바닥이 났다. 모진 추위를 이기노라 마시기 시작했던 술, 망향의 설움 때문에도 마신 술, 두 사람은 모두 주량이 어지간하다. 길상은 얼굴이 벌겠으나 상현의 거무스름했던 얼굴은 창백해갔다. 다시 소년을 부르고 술 한 근을 더 청한다. 안주도 집지 않고 깡술을 그들은 마신 것이다.

"자네는 그 나이에 장가도 안 들고 어쩔 셈인가."

드디어 상현은 포문을 열었다.

"글쎄요."

슬그머니 뇌는 말과 달리 눈은 경계심을 나타낸다.

"달리 생각는 바가 있어서 그런가?"

"달리 생각이 있어서가 아니라, 글쎄요, 본시 중 될 몸이 사바세계에 나왔기 땜에 그럴까요?"

하고 처음으로 웃는다. 석연찮은 웃음이다.

"이유치고는 납득하기 어렵군그래."

"굳이 그걸 이유라 하진 않습니다. 장가갈 때가 되면 가겠지요."

"갈 때가 안 됐다 그 말인가?"

한동안 말이 없다가,

"제 일신상의 문제는 근심 마십시오. 나이 이쯤 됐으면 조만간에 제 자신이 처리하게 되겠지요."

듣기에 따라서 어린 주제에, 하는 경멸의 뜻이 있었다고도 할 수 있었다. 그러나 상현은,

　"그야 그렇지. 자네 일에 내가 관여할 바는 아니지. 허나."

　좁혀진 눈이 벌어지면서 번쩍 빛났다.

　"서희에 관한 일이라면 사정이 다르지 않겠느냐?"

　"⋯⋯."

　"자네한테는 상전이요, 나는⋯⋯ 그렇지. 비록 핏줄은 닿지 않았다 하더라도 양가의 내력을 봐서는, 또 서희는 천애고아가 아니냐? 오누이, 그런 처지라 하여도 허튼 말은 아닌 성싶은데?"

　"물론 그렇습니다."

　"해서 하는 얘기야. 서희는 혼인을 해야 할 게야."

　"해야겠지요."

　"뉘하고 해야 한다고 생각하나?"

　"그걸 제가 어떻게 알겠습니까?"

　"자네하고 해야 한다고 생각한 적이 있었나?"

　고삐를 늦추지 않고 육박해온다. 벌겋던 길상 얼굴에 핏기가 싹 가셔진다. 상현은 그 얼굴을 뚫어져라 바라본다.

　"자네가 장가들지 않는 이유가 바로 거기 있지?"

　번쩍번쩍 빛을 발하는 상현의 눈을 받는 길상은 한순간 휘청거리는 것 같았으나, 웃었다.

　"서희애기씨 일이라면 모르겠습니다만 아까도 말씀드렸듯

이 제 일신상의 일에는 관여하지 말아주십시오."

"일신상의 문제가 아니야. 너의 마음속의 문제다."

"저의 오장육부를 끄내 보여라 그 말씀이시오?"

얼굴에 노기가 떠오른다.

"세상이 달라지고 곳이 달라졌다는 말씀을 드린다면 저는 비겁한 놈이 됩니다. 세상이 달라지지 않고 곳이 달라지지 않았다 하더라도 억지를 쓰시는 일은 선비 체통에 어긋나는 일 아니겠습니까?"

비로소 상현은 머쓱해진다. 마침 술이 왔다. 그들은 아까와 달리 천천히 술을 마신다.

"못 오를 나무는 쳐다보지도 않는 게야."

상현은 주정 비슷하게 다시 시작했다.

"자네가 똑똑한 것도 알고 잘생긴 것도 안다. 이곳은 내 땅이 아니지만 우린 조선사람이야."

"……"

"아무리 세상이 뒤죽박죽 반상의 구별이 없어졌기로 일조일석에 근본이 바뀌어지는 것은 아니야. 내 땅이 아니라고 해서, 양반들이 김훈장 꼴이 되고 양가의 규수가 장사꾼으로 떨어졌다 해서 그것을 기화 삼는다면 내 칼이 자네 목에 들어갈 줄 알란 그 말이니라."

"저도 한 말씀 드리지요."

"……"

"못 오를 나무 쳐다보지도 마십시오. 신언서판(身言書判)이 분명하신 서방님을 저도 우러러왔었습니다. 이곳은 내 땅이 아니지만 물론 우리는 모두 조선사람입니다. 나라가 망하니 삼강오륜도 땅에 떨어졌다고들 하더군요. 그러나 양반의 체통만은 엄연하게 남아 있는 것으로 믿습니다. 내 땅이 아니라고 해서, 천애고아라 해서 뼈대 있는 집안의 규수를, 야심의 노리개로 삼을 시, 저의 칼도 그냥 있지는 않을 것입니다. 저는 분명 골수까지 종놈으로 썩어버린 놈이니까요. 그걸 충성심이라고들 하지요."

상처받은 짐승같이 영악한가 하면 체념하듯 한 그런 눈이 상현을 쳐다본다.

"이놈!"

"……."

"종놈의 신분으로 뉘한테 그따위 헛바닥을!"

"서방님, 구차스럽소이다. 신분을 불러내지 않을 수 없는 그 정도로 허약한 분인 줄 미처 몰랐소이다."

"이놈! 뭐라구?"

"저도 연장자(年長者)라는 원병을 청하리까?"

길상은 일어섰다. 상현도 일어서는데 두 주먹이 부들부들 떤다.

"먼저 가보겠습니다."

길상은 돌아보지도 않고 나간다. 상현은 자리에 주저앉으며 주먹으로 탁자를 친다.

3장 교사 송장환(宋章煥)

비걱거리는 층계를 밟고 소년이 뛰어 올라왔다. 멍하니 앉은 상현을 보자 어리둥절한다. 소년은 분명히 탁자 치는 소리를 들었다.

"불러 했소?"

"뭐?"

희미한 눈을 들어 변발의 소년을 쳐다보더니,

"아아……."

무안 타는 아이같이 픽 웃는다.

"이 애야."

"……."

"너는 왜 머리를 짜르지 않았느냐?"

"그런 소리 우리 사람보고 하면 안 돼해."

소년은 화난 목소리로 대꾸했다.

"왜?"

"남의 여자 좋아하면 머리 짤라해."

"남의 여자 좋아하면?"

남의 여자 좋아한다는 말이 간통을 의미하는 것을 알아차린 상현은 쓴웃음을 띤다. 소년도 얼굴을 붉힌다.

"머리 짜르려면 부득이 간통을 해야겠구먼."

간통이라는 말뜻을 모르는 소년은 덮어놓고 계속 얼굴을 붉힌다.

"그는 그렇고 여기 술 한 근 더 가져오려느냐?"

"혼자 들어해?"

"너하고 같이 마실까?"

소년은 낄낄 웃으며 내려간다. 비걱거리는 층계를 밟고 내려가는 발소리를 들으며 상현의 눈은 거리를 내려다본다.

'납작하게 당했구나. 만만찮은 놈인 줄 내 진작부터 알고 있었으나, 그놈의 말이 옳기는 옳아. 양반 내세우면 뭘 하나. 이불 밑의 활개치기지. 흐흐흐…… 체통? 지조? 떠들어대던 그 꼬락서니라니. 남의 밥 얻어먹으면서 곧 죽어도 장죽은 두드려야 하고 서 푼짜리도 안 되는 양반, 이 판국에 무슨 놈의 얼어 죽을 양반이냐 말이다.'

허허, 허허 하고 김빠진 소리로 웃는다. 술기운이 밀려온다. 머리가 무거워진다. 내리 덮이는 눈이 별안간 크게 벌어진다. 거리를 지나가는 일본 영사관의 조선인 순사가 눈에 띄었던 것이다. 순사 옆에 검정 두루마기를 입은 삼십 가까운 사내가 담배를 붙여 물며 급히 따라간다. 어디서 본 일이 있는 사내 같다.

'어디서 보았을까? 용정촌의 사람 같지는 않은데?'

얼굴을 똑똑히 본 것은 아니다. 모습이 어쩐지 눈에 익은 것 같다. 순사와 함께 가기 때문에 신경에 걸렸는지 모른다. 영사관의 순사를 보면 언제나 신경이 곤두서는 것은 그간의 어쩔 수 없이 된 심리적 습관인데 그들이 시계에서 사라지자 상현의 의식은 다시 몽롱해지기 시작했다.

'산포수가 장군 소릴 듣고, 돈푼 있는 상민이 양반을 거느리는 시절이야. 한데 내가 뭐랬지? 종놈의 신분으로 뉘한테 그따위 혓바닥을 놀리느냐구? 흐흐흐…… 그러는 내 꼴이야 말로 어릿광대, 한심스럽구나. 새파랗게 젊은 놈이 말이다.'

산포수란 홍범도(洪範圖)를 가리킨 말이요, 돈푼 있는 상민이란 연추의 최재형(崔在亨)을 가리킨 말이다. 이동진이 그 두 사람을 존경하고 있듯이 상현도 그 두 사람을 존경하고 있었다. 어쩌면 종놈이라고 욕설을 퍼부은 길상도 마음속으로는 존경하고 있었는지 모른다.

서희와 언쟁을 벌인 것은 달포 전의 일이었다. 언쟁의 발단은 서희가 절 짓는 데 적잖은 금액을 희사한 데 있었다.

"통감부 파출소의 서기질하는 최가 놈이 후원하여 짓는 절에 아무리 공으로 얻은 값 없는 돈이기로 그럴 수 있습니까?"

"공으로 얻은 값 없는 돈이라구요?"

"그렇소."

"그 값 없는 돈을 내어놓으라시던 분은 뉘시던가요?"

그때 상현은 서희의 면상을 치고 싶을 만큼 분노를 느꼈다.

이들 두 사람은 하동서 떠나면서부터 사이 나쁜 오누이처럼 다투기를 잘했었다. 상현은 성미가 급한 편이었고 서희는 상대가 남자라 해서 숙어드는 일이라곤 전혀 없었다. 그러나 상현은 부친 이동진에게까지 그런 태도로 비꼬는 서희를 용서할 수 없었다. 돈을 내놓으라시던 분이 뉘였느냐고 한 데는 다음과 같은 내력이 있었다.

삼수갑산(三水甲山) 방면에서 의병을 이끌고 끈질기게 일본군에 저항했던 산포수 출신 홍범도가 두만강 얼음장을 밟고 간도로 옮긴 것은 지난해 연초의 일이었다. 홍범도가 독립군을 재정비하는 데 새로운 군병을 규합하는 일에 못지않게 필요한 것은 군자금이다. 이 무렵 연추에 있는 이동진이 보낸 정 아무개라는 사람이 서희를 찾아왔다. 그는 홍범도의 부하로 군자금을 모금하러 나선 사람이었다. 서희의 경제사정을 소상하게 알고 있는 이동진으로서는 상당한 기대도 했을 것이다. 이동진이 용정촌으로 모금 길을 떠나게 된 정 아무개라는 사람 앞에서 서희에게 보내는 편지를 쓰고 있을 때 상현은 연추에 있었다. 물론 모금의 대상이 서희 한 사람은 아니었지만 낯선 사람이 혼자 가느니보다 상현도 함께 가는 편이 좋았을 텐데 무슨 까닭인지 부친은 상현더러 같이 가라는 말을 하지 않았다. 얼마 후 정 아무개라는 사람으로부터 온 소식에 의하면 서희는 협조할 것을 거절했다는 것이다. 노발대발할 줄 알았던 부친은 쓰게 웃을 뿐 아무 말이 없었다. 괘씸한 생각으로 말하면 상현도 남 못지않았으나 부친의 그같은 태도에는 왠지 마음이 놓였다. 동시 서희의 행동은 자기에 대한 반발이 아닐까 하고 의심도 했었다.

"나에게 하실 말씀은 아닌 줄 압니다만 악전(惡錢)도 쓰기에 따라서?"

"치우시오! 동가식서가숙하면은 독립투사요? 비분강개나하며 남의 속주머니 사정을 살피는 게 애국애족이란 말씀이오?"

"뭐라구요?"

"절 짓는 데 시주를 했기로, 부처님을 위한 시주였지 중을위한 시주였더라 그 말씀이오?"

"주머니 사정을 살피다니, 말이면 다 하는 줄 아시오? 언제아버님이 댁의 주머니 사정을 살폈단 말씀이오?"

얼굴이 새파래져서 자리를 박차고 일어났던 것이다.

상현은 갖다 놓은 술을 따라서 천천히 입으로 가져간다. 늪에 빠져들어 가는 기분이다. 취기만으로 그런 것은 아니다. 막막하고 갈피를 잡을 수 없었다. 고향으로 돌아가야 하는지이곳에 남아 있어야 하는지 마음은 방향을 잡지 못한 회오리바람, 모든 일을 체념해버리기에는 피가 뜨겁고 젊다. 그렇다고 무엇을 향해 돌진해 가기에는 신산(辛酸)을 맛본 일이 없는나이 어린 서방님의 그 의지가 쇳덩이 같다 할 수는 없었다. 상현이 간도 연해주 사이를 왔다갔다 하며 작정을 못하고 방황하는 이유 중에는 서희의 존재가 있다. 그러나 그것이 전부는 아니다. 행동력이 부족한 대신 사태를 파악하는 날카로운 통찰력이 있는 상현의 판단으론 적수공권 애국심 하나를 짊어지고 국외로 탈출해온 독립지사들이 기라성같이 간도와 연해주에 깔려 국토 탈환의 피맺힌 눈을 부릅뜨고 있으나 각기 분산되어 있는 병력을 한곳에 긁어모아 보아야 만(萬)이 되지 못할 것이요 국토 없는 백성에게서 군자금이 나온들 새 발의 피 같은 것, 막강한 일본을 어찌 대적할 것인가. 요원하다 할 수밖에 없고 국제정세만 해도 그러했다. 서로의 이해 때문에 일본과 손을 잡고 서로 두둔하는 구미제국(歐美諸國)은 논외로 하더라도 일본과는 숙적인 아라사 청국의 형편 역시 낙관적일 수는 없었다. 낙관이기커녕 비관적이라는 게 정직한 얘길 것이다. 아시아 진출의 야망을 일본에 의해 저지당한 아라사는 국내의 사정도 시끄러웠지만 '범슬라브주의'를 떠메고 발칸반도를 발판으로 삼으려 했고 부동항(不凍港)과 바다를 얻으려는 기나긴 그 숙원은 이제 동에서 서로 옮긴 터이요, 청국은 청국대로 쇠잔한 말로를 걸으면서 사방에 준동하는 혁명세력에 시달리고 있었다. 하나는 완전히 시점을 옮기었고 하나는 풍전등화의 운명, 호시탐탐하는 일본을 견제할 능력도 방책도 없는 것이다. 그나마 때에 따라서는 일본 압력에 못 이겨 조선의 독립군을 핍박하고 귀찮은 존재로 백안시하고, 하기는 어느 나라건 망명 정부나 망명 단체를 달가워하지 않

는 것이 상례다. 더더군다나 제 나라 안에 남의 군대가 존재
하는 것은 그리 기분 좋은 일은 못 된다. 국제정세는 그렇다
치고 좁은 간도 땅 안에서 조선인들은 어떠한가? 몇 가닥으
로 분열하여 일본 관헌의 입김이 닿는 곳엔 친일파 밀정으로
전신(轉身)하는 무리들이 속출하는 판국에 상현은 과연 조선이
독립할 것인가 하는 문제에 대해서는 늘 비관적이었다. 아니
절망적 기분이었다.

'고향으로 돌아간다. 돌아가서 일본으로 유학을 해? 처가
신세를 지면서 말이지? 아니야. 차라리 상해(上海)로 가는 편
이 낫겠지. 나에게는 그 편이 좋을 것 같다. 외국인 선교단체
에서 경영하는 학교도 많다는 얘길 들었어. 그러나 학자(學資)
를 어떻게 하지? 아버님께서는 학자 때문에 일본에 유학하라
하셨을까? 그것만이 이유는 아니겠지. 나를 고향으로 쫓으려
는 데는 다른 이유가 있는 게야. 아버님은 틀림없이 내 처신
을 근심하고 계셔.'

서희의 군자금 거절의 일이 있은 뒤 작년 동짓달 연추를 떠나
기 전날 밤 일을 생각한다. 간도와 연추를 내왕하며 지내는 그
동안 이동진은 상현에 대하여 쭉 관망하는 태도를 취해왔다.
그러나 그날은 밤이 저물도록 이들 부자는 얘기를 나누었다.

"이제 그만했으면 너도 이곳 사정에는 소상해졌겠지?"

"글쎄요. 대강은."

"어떻게 생각하나."

"어떻게라니요?"

"너 자신 어떻게 할 생각이냐 그 말이니라."

"……."

"아직도 작정한 바가 없다 그 말이냐?"

"네."

"음…… 그러면 네가 삼 년 동안을 간도와 연해주 사이를 내왕하며 보고 듣고 해서 무엇을 느꼈느냐?"

"절망을 느꼈을 뿐입니다."

깊이 주름진 이동진 얼굴에 동요가 나타났다.

"주나라의 조는 먹지 않겠다고 수양산으로 도망가서 고사리를 캐 먹다가 굶어 죽은 백이(伯夷) 숙제(叔齊)의 운명과 조금도 다를 것이 없을 성싶습니다. 총칼을 들고 독립투쟁을 외치지만…… 국경지대 일본 수비병을 습격한다 해서, 이등박문 같은 자가 몇 놈 죽어 자빠진다 해서 일본은 터럭 하나 까딱하겠습니까?"

이제는 동요가 아니라 고통이 이동진의 얼굴을 스치고 지나갔다. 평정으로 돌아온 뒤에도 이동진은 지도를 펴놓고 작전에 골몰하는 그런 표정이더니,

"네가 집을 떠나올 때 내 안부만 알게 되면 돌아오겠노라 하고 너의 어머니한테 언약을 한 모양인데?"

아무 일도 없었던 것처럼 화제를 돌려놓는 것이었다.

"하지만 어머님께서는,"

잠시 말이 막히다가,

"젊은 혈기에 쉬이 돌아오겠느냐고 하셨습니다."

"그래? 그러니 각오는 하고 있을 거라 그 말이냐?"

"……."

"그동안 내 생각에는 장차 무엇이 되든 이곳의 사정을 알아 두는 것도 헛된 일은 아니려니, 하여 너를 굳이 돌아가라 하지는 않았다만,"

"……."

"이제는 더 이상 머물 필요가 없겠지."

"돌아가라 그 말씀입니까."

"음, 과일도 익어야 제 맛이 나고 곡식도 알이 차야 먹을 것이 있는 법이야. 너는 아직 익지도 않았고 알이 차지도 않았다."

"무슨 뜻이온지,"

"모르겠느냐?"

이동진은 아들을 빤히 쳐다보았다.

"설익은 과일을 먹으면 배탈이 나고 영글지 않은 곡식 열 섬이 영근 곡식 한 섬만 하겠느냐?"

상현의 얼굴은 일그러졌다. 앞서 한 자기 말에 대한 반격으로 생각한 것이다. 애송이 너가 뭘 안다고, 하는 뜻으로 받은 것이다. 이동진은 아들의 기색은 살피려 하지 않고 계속한다.

"나라도 없는 백성이 남의 땅에서 허송세월을 하고 있을 순 없지. 하기는 한두 사람이 나선다고 해서 될 일이 아니요, 총

칼만 휘두른다고 해서 될 일도 아니다. 더더군다나 하루 이틀 새 무엇이 이루어지리라 생각한다면 그것도 어리석지. 앞으로 얼마나 많은 세월을 기다려야 하는지, 또 싸워야 하는지…… 세월이 길고 보면 당장에 급하다고 햇병아릴 잡아먹을 수는 없는 일이지. 길러서 알을 낳게 하고 많은 닭을 쳐야 한다 그 말이니라. 하긴 늙은 우리도 마음이 급한데 젊은 사람들이야 말해 뭘 하겠나. 그러나 너는 돌아가야 해. 고향으로 내려가서 처가하고 상의하여 일본으로 유학하도록 해라."

이동진은 절망을 느꼈다는 아들 말에는 아무 언급이 없었다. 상현도 고향으로 돌아가라는 부친의 말에 명확한 답변을 하지 않았다. 과연 자신이 고향으로 돌아가게 될는지 확실한 판단을 내리지 못한 때문이다. 하동을 떠나올 때 어머니한테 한 언약을 그는 저버렸다. 그 일을 생각할 때마다 상현은 괴로웠다. 젊은 혈기에 돌아오기가 쉽겠느냐고 하던 어머니의 말을 상기함으로써,

'어머님은 그것을 아셨던 거야.'

하고 가까스로 괴로운 일에서 도망을 치곤 했었지만, 두 번씩이나 언약을 저버린 괴로움을 맛보기는 싫었다. 그렇다고 해서 굳이 떠나지 않으리라 결심한 것은 아니었다.

어느덧 거리에는 황혼이 깔려 있었다. 저녁때여서 그런지 한결 오가는 사람이 줄어든 것 같다. 회색 양복을 입은 청년이 머리를 더풀거리며 걸어온다. 술기운도 있고 해서 상현은

창문 밖을 내다보며,

"송선생! 송선생!"

하고 소리를 쳐 부른다. 힐끗 올려다본 송장환이 난처한 표정
이 되다가 얼른 걸음을 바꾸어놓는다. 비걱비걱 나무 층계 밟
는 소리가 들리고 이어 송장환의 웃는 얼굴이 나타났다. 광대
뼈가 약간 솟은 것이 특징이라면 특징일까. 온건해 보이는 인
품이다. 상현보다 세 살 위인 스물넷.

"왜 이러시오? 어둡기도 전에."

"미안합니다. 학교에도 안 나가고, 앉으시지요."

송장환은 맞은편 의자에 조심스레 앉는다.

"울적해서 이러시는군."

"울적하지 않을 때가 있어야 말이지요. 이 고장에서 울적하
지 않을 사람은 또 몇이나 되겠소. 주객전도라더니 위로를 받
아야 할 분이 위로를 주시는군요."

술기운에 넉살을 피운다. 소년을 불러 술잔과 젓가락부터
가져오게 한 상현은 술을 따랐다.

"우선 한 잔 드십시오. 화재는 기왕 당한 거구요."

"고맙소."

송장환은 술잔을 드는데 양미간에 깊은 주름이 잡힌다. 피
곤과 초조함이 한꺼번에 몰려온 모양이다. 이번 화재에 여기
저기 산재해 있던 송병문 씨 재산에도 상당한 피해가 있었던
것이다.

"하여간에 야단났어요."

술잔을 놓으며 송장환은 입맛을 다신다.

"피해가 많은가요?"

"피해는, 창고가 두 개 탔고 그 속에 있는 물품이 좀, 그것도 그렇지만 학교 일이, 그렇잖겠소? 이래가지고 아이들이 절반이나 나오겠어요?"

"차차 정리가 되면은……."

송장환은 고개를 저었다.

"정리가 뭡니까? 떠날 사람들이 많을 걸요. 아무리 자식들 교육에 열의가 있다 하여도 생업의 터전을 잃고서야?"

송장환은 재산상의 피해보다 학교 일을 더 걱정하는 눈치다. 재산상의 피해는 그의 형이 수습할 성격의 것이긴 했다. 다시 술 한 잔을 마시고 해삼탕을 집어서 우물우물 씹던 송장환은,

"내 오면서 들었는데 영사관에서는 보통학교 안에다 양곡을 쌓는다는 게요."

"이재민들 구호양곡이겠지요."

"이재민들 구호양곡임엔 틀림이 없으나 그게 그리 단순하지 않으니 탈이지요."

"……."

"생도들을 잡아두자는 술책임이 뻔해요. 거기다 지금…… 백오십 명가량 생도 수가, 그쯤 될 텐데 한술 더 떠서 남의 학교 학생들까지 뺏아갈 생각은 아닌지 모르겠소. 우리도 무슨

대책을 세우긴 세워야 할 텐데, 이선생도 아시다시피 아버님이,"

무심결에 형 송영환을 비난하려다 말고 피시식 웃는다. 적자만 내고 있는 학교 운영을 송영환이 달가워하지 않는다는 것을 상현도 알고는 있었다.

"사실, 그놈들과 경쟁하는 것 같은 인상을 주는 것도 치사스럽고, 내 그놈의 학교 망하기를 정화수 떠놓고 비는 심정이었는데,"

일견 온건해 보이던 송장환의 표정이 순간 험악해졌다. 간도보통학교 얘기만 나오면 맹렬한 적개심을 나타내는 것은 그의 버릇이었다. 상현도 그 심정을 충분히 안다. 서전서숙(瑞甸書塾)의 비통한 폐교에 뒤이어 그 자리에 간도보통학교라는 것을 일본측에서 세운 때문이다.

이상설(李相卨), 이동녕(李東寧), 박무림(朴茂林) 등 그 밖의 여러 사람이 종성간도(鐘城間島)*에 학교를 설립하고 조선사람 자제를 교육하고자 갖은 애를 쓴 것은 오래전 일이거니와 청국 관헌들의 방해로 뜻을 이루지 못하다가 천신만고, 겨우 천주교의 비호를 받아서 당시 천주교 회장이던 최병익(崔秉翼)의 신축 가옥을 매입하게 되었고 스물두 명의 생도를 모아 서전서숙을 시작한 것이 육 년 전 일이었다. 그러던 것이 경비 일체를 부담했던 숙장(塾長) 이상설이 헤이그[海牙] 밀사로 만국평화회의에 다녀옴으로써 왜경에 쫓기는 몸이 되자 서전서숙은

폐숙 위기에 놓이게 되었다. 이때 당시 통감부 파출소 소장이던 간교한 사이토[齋藤]가 최기남을 시켜 매월 이십 원의 보조금을 내겠으니 서숙을 계속하는 게 어떠냐고 제안해왔다. 물론 그것은 매수공작이었으며 그 제안을 받아들일 서숙도 아니었다. 문을 닫고 훈춘 방면으로 떠난 서숙은 갑반(甲班) 학생들만 데려다가 타두구[塔頭溝] 근처에서 일 년간 수업을 계속하여 졸업식을 올린 뒤 서전서숙은 해산하고 말았다. 한편 사이토는 청국 정부의 맹렬한 방해를 물리치고 서전서숙 자리에 간도보통학교라는 간판을 내걸고 생도를 모집했으며 이듬해 팔월에는 지금의 자리에다 교사를 신축하여 이전해 왔던 것이다.

"울며 겨자 먹기로 앞으론 어쩔 수 없이 되놈들하고 손을 잡아야 할 모양이오."

"그렇게 되겠지요. 한일합방이 되고부터 청인들 생각도 많이 달라진 모양이니."

"그러나 문제는 있어요. 식자들의 대세 판단에서 온 생각이다 뿐이지 이곳 사람들의 감정은 그리 쉽게 풀릴 수 없을 겁니다. 이 고장에 첫 삽질을 한 사람도 조선사람이요 피와 땀이 어려 있는 이 땅을 조선의 영토라 믿고 있는 사람들의 심정으로 보면, 참 오랜 반목이었고 싸움이었고 원한이었지요."

송장환은 술을 연거푸 마신다. 노여움 대신 얼굴에 비애가 흐른다.

"청인들은 그네들 정부를 업고 와서 귀화가 아니면 땅을 내놔라, 그러나 우리 백성들은 쥐꼬리만 한 나라의 도움도 없이 대항했던 겁니다. 그러니 영악해질 수밖에요. 이범윤 선생께서 애를 쓰셨지만 대세는 우리에게 불리하게 변했고, 사실 일본의 통감부 파출소가 생겨지자 그 날개 밑으로 기어든 사람들 모두가 친일파는 아니었더란 말이오. 빈대 미워서 초가삼간 불태운단 말이 있지 않소?"

"그 사정이야 어디 제가 모릅니까."

취기가 돌면서 송장환은 다변해지고 흥분해가는 성싶다.

"이곳에 있어서 교육이란 이선생도 아시다시피 어디 순수한 교육이오? 삼파전 싸움이란 말입니다. 맹렬한 정치싸움 아닙니까? 우리부터 교육은 독립운동의 일환으로 생각하고 있으니까요."

상현이 쓴웃음을 띤다.

"얼마 전만 해도 청국 관헌들이 우리 땅에서 왜 너이들 사람 학굘 세우느냐고 눈이 벌게져서 방해를 했고 우리는 우리대로 왜 우리가 우리 학교 못 세우느냐고 왕왕거렸지요. 했는데 일본이 슬금슬금 물심양면의 온갖 계교를 부리며 들어서면서 바빠진 게 청국이란 말입니다. 일본 보고 짖어대다가 우리 보고 짖어대다가 우린 또 우리대로 우리의 자주(自主)를 이쪽으로 외치고 저쪽으로 외치고, 하하핫…… 삼파전이 벌어진 게지요, 삼파전이. 우리네 조선인 학교도 그래요. 친일의 나팔을 부는가 하면 반일사상의 피리를 불고, 반청 친청, 하하핫…… 하하하핫…… 이쯤 되면 전쟁이지요. 삼파전이 뭡니까? 사파 오파요. 한데 청국과 우리들의 구호가 차츰 닮아 가더란 말입니다. 일본여우가 늑대로 변했거든요. 좀 더 있으면 호랑이로 변할 겁니다. 그러니 별수 있습니까? 늑대를 때려잡기 위해선 묵은 원한을 잊어야지요."

송장환의 목소리는 술이 들어갈수록 높아졌다. 허탈한 웃음도 잦아졌다. 어느덧 밖은 어두워져 있었다. 언제 누가 와서 켜놓았는지 벽에 걸린 남폿불이 깜박거리고 있었다. 그 불빛에 송장환의 얼굴이 번들거린다.

'왜 나한테는 송선생과 같은 이런 열의가 없을까?'

상현은 술이 깨는 기분이다. 불빛에 번들거리는 송장환의 얼굴을 우두커니 바라본다. 이래서는 안 되는데 싶으면서 구경을 하는 것 같은, 냉정해지는 자신을 상현은 어떻게 할 수가 없다.

"명동, 거 훌륭한 학굡니다. 간도에선 일등 학굡니다. 아니지요. 간도뿐이겠소? 조선 천지에서도 그만한 학굔 없을 게요. 작년에는 중학교를 새로 세웠고 금년에는 또 여자 학교를 세운다는 소문이오. 그곳 교사 김학연(金學淵)이라는 분, 그분이 서전서숙의 출신이거든. 연해주, 만주 일대에서 왜 학생들이 제발로 찾아오는지 아십니까? 그 구석진 학교로 말입니다. 유림의 골수파들이 모여서 만든 그 학교 안에 교회당을 세운 연유를 아십니까? 이상설(李相卨), 이동휘(李東輝), 훌륭한 분 많지요. 많구말구요. 그러나 김약연(金躍淵) 선생, 훌륭하신 분입니다. 아암 훌륭하구말구요. 좋은 교사가 있어야 좋은 학교가 될 거 아닙니까? 좋은 학교가 되어야 좋은 인재가 쏟아져나올 것 아닙니까? 좋은 인재가 많이 나야 잃은 나랄 찾지 않겠습니까? 그 김약연 선생 훌륭하십니다. 그 골수파 유림이 말입니다. 좋은 선생 얻기 위해 예배당까지 지었다 그 말이지요. 신학문을 한 기독교 신자 선생이 그걸 요구했거든요. 그 결단이야말로, 나라 사랑하는 마음이 아니라면 차마 내릴 수 없는 결단이지요. 그러니 좋은 선생이 안 모이겠소? 좋은 학생들이 천 리 길 만 리 길을 제 발로 걸어오게 안 생겼소. 이, 이기이 뭡니까. 우리 상의학교 말입니다. 학생 뺏길까봐 전전긍긍, 비참해요. 아버님만 저리 안 되셔도, 우, 우리 형님은 역적입니다. 반역자지요. 어어 그리고 또오 불효막심, 노랭이 구두쇠, 여, 역적,"

하다가 트림을 한다. 항상 조심스럽고 예의가 바른 송장환이 술이라고 들어가면 이 지경이었다.

　'흥, 내일 아침이면, 이선생 내가 어제 실수를 안 했는지 모르겠소? 혹 귀에 거슬린 말이라도 했다면 술 탓이니 용서하시오, 하며 이 사람 좋은 인물은 씩 웃겠지?'

　"수틀리면 내 가만히 안 있을 작정이오. 이선생에 대한 대접도 그렇고 이번에는 세상없어도 형님한테 따질 작정,"

'고향으로 내려간다? 일본 가서 공불 하고, 그러고 나면? 알 낳는 암탉이 된단 말이지?'

"그, 그 명동학교 음, 그, 그렇지요. 김약연 선생이……."

그새 술은 더 가져왔었고 송장환은 이제 마구 폭주다.

"그, 아암요, 두고 보시오. 두, 두고 보시오. 그 명동학교에서 쏘, 쏟아져나올 게요. 몇십 명, 몇백 명, 아, 안중근 의사가 말입니다."

송장환의 혀 꼬부라진 목소리, 이제 상현은 그의 횡설수설에 귀를 기울이고 있지 않았다.

'망할 자식! 길상이 이놈! 뭐, 오르지 못할 나무 쳐다보지 말라고? 내가 왜 못 올라. 오늘이라도 마음만 먹으면 오른다! 나쁜 놈의 자식, 건방진 놈 같으니라고…… 서희하고 여기서 고향 땅 안 밟으면 될 거 아니야?'

송장환이 비틀거리며 일어섰다.

"가시려구요."

"가, 가야지요."

부실부실 호주머니 속을 뒤적인다.

"그럼 갑시다."

상현이 일어선다. 부축하다시피 송장환을 데리고 아래층까지 내려온 상현은 셈을 마치고 거리로 나왔다.

'이 친구 술버릇이 잘못 들어 골치깨나 썩이는군.'

상현은 완전히 술이 깨 있었다. 송장환이 폭주하는 동안 그는 거의 술을 마시지 않았었다.

'아아니 저 작자.'

검정 두루마기 사내, 순사와 같이 가던 사내가 길 모퉁이를
돌아간다.

'옳지! 맞았어. 생각이 나는군! 바로 그 작자야!'

상현은 기억해냈다. 연추에서 돌아올 때 마차를 함께 타고
온 사내라는 것을. 눈두덩이 부숭했다. 눈을 내리뜨고 주변을
살피는 것이 불쾌하여 눈살을 찌푸렸던 일이 생각났다.

4장 꿈

몸부림을 치다가 길상은 잠을 깼다. 전신이 땀에 흠씬 젖고
머리는 빠개지는 것 같다. 무거운 것으로 얻어맞은 듯 가슴이
쓰리고 아프다. 꿈속에서의 울부짖음이 상기도 목구멍에 맴
을 돌고 벌떡 일어나 앉는데 어제저녁 때 상현과 함께 청 요
릿집에서 술을 마신 생각이 났다.

'어째 그런 꿈을 꾸었을까?'

머리를 흔들어본다. 머릿골이 덜거덕덜거덕하며 소리가 나
는 것 같다.

'음…… 그렇지. 아침 일찍 회령으로 떠나기로 했었는데,'

한동안 우두커니 앉았다가 밖으로 나간다. 아직 어둡다. 하

늘에는 푸르스름한 별이 가물거리고 집 안은 괴괴하니 인적기가 없었으나 부엌 쪽에서 불빛이 새어나온다. 길상은 불빛을 따라 부엌 쪽으로 다가간다. 선반 위에 남폿불을 올려놓고 아궁이에 불을 지피던 송애가 돌아본다.

"아이크! 놀래라."

불빛을 받고 서 있는 길상의 모습이 송애 눈에 괴이하게 비쳤던 것이다. 평소와는 전혀 다른 낯선 사내 같았다.

"세숫대야는 어디 있지?"

낮은 음성도 평소와는 다르다. 먼 곳에서 휘몰아치는 바람소리, 삭막하면서도 울음같이 들린다. 목을 비틀고 돌아보던 송애는 얼떨떨해하다가,

"우물가에 있소."

흰 바지저고리의 모습이 유령같이 사라지고 우물로 향해 뒤켠으로 돌아가는 발소리가 들린다.

'왜 저럴까? 이상한 얼굴이네? 술이 취해서 어제저녁엔 밥도 안 먹더니. 아이구 내 정신 좀 봐.'

송애는 부리나케 가마솥을 열고 길상을 위해 데운 물을 한 바가지 떠가지고 급히 우물가로 간다.

"여기 더운물 있소."

"……"

"저어…… 더운물 가져왔다니까."

"일없어."

찬물 속에 손을 담그더니 길상은 우둑우둑 얼굴을 씻는다.

"아직은…… 날씨도 설렁한데 기왕 데운 물을."

무안하여 주춤거리다가 송애는 부엌으로 돌아간다. 머슴 전서방이 있어서 조반 준비는 늘 그가 해왔었지만 길상이 아침 일찍 회령으로 떠난다는 말을 들었기에 송애는 일부러 전서방보다 먼저 일어나 조반을 지으려 했던 것이다.

'성미도 참…… 별난 성미도 다 있지.'

그동안 길상은 공노인네 객줏집을 자주 드나들었는데 늘 송애에게는 무뚝뚝하고 냉정했던 사람이었다. 몇 번인가 아무 까닭 없이 송애에게 화를 낸 일이 있었고 한번은 우물가에서 빨래를 하고 있다가 어쩐지 이상하여 돌아보았을 때 쌓아 올려 놓은 장작더미 옆에 길상이 기대어 서서 뜨거운 눈길을 쏟고 있었다. 줄곧 송애 뒷모습을 바라보고 있었던 모양이다. 송애도 당황했지만 길상이 더 당황하여 얼굴을 붉히며 황급히 그 자리를 떴다. 송애는 기쁜지 무서운지 가슴이 뛰어 정신없는 방망이질을 했던 것이다. 손님들이 끊일 새 없이 드나드는 객줏집에서 자란 송애는 그런 눈빛이 무엇을 의미하는가를 모를 만큼 우둔하지는 않았고 갓 스무 살, 철이 든 나이이기도 했다. 남자의 욕정이다. 그것은 타는 듯 뜨거운 욕정의 눈이었다.

세수를 끝낸 길상은 허리를 펴며 옆집 지붕을 올려다본다. 검푸른 하늘에 검은 선을 그어놓은 듯한 부드러운 지붕허리

다. 회령으로 떠날 것을 생각하고 잠시 밀어놓았던 꿈이 새벽
찬 공기와 함께 다시 마음속으로 흘러들어오는 것을 느낀다.
간밤의 일도 선명하게 되살아난다. 얼굴에 열이 오르면서 전
신이 떨려온다. 뭔가 견딜 수 없는 것이 파동치기 시작한다.
차츰차츰 빠르게 세차게 피가 역류하고 솟구치면서 바람이
인다. 마음 바닥에서 바람이, 바람이 울부짖고 걷잡을 수 없
는 폭풍을 몰고 온다. 나뭇가지가 수없이 부러지고 흩날리고
거목(巨木)이 통째 뽑혀서 나둥그러진다. 새들의 날갯죽지가
찢어진다. 뇌성벽력, 천지가 아우성이고 뭇 짐승들이 일제히
일어서서 포효한다. 길상은 두 손으로 머리 골을 움켜쥔다.
얼마만 한 시간이 지나갔을까. 미친 바람은 썰물처럼 멀어져
서, 멀어져가고 남은 빈터에…… 현기증이 난다. 적막한 바람
과 녹진녹진한 현기증과 오색의 환상과 환상, 장작불 타는 시
꺼먼 밤의 오광대놀이가 한 마당 막을 올리고 지나간다. 숲이
나타나고 강물이 나타나고 황톳길이 나타나고 섬진강을 따라
굽이쳐 뻗은 삼십 리, 하동으로 가는 길이 나타난다. 그 위로
세월이 발소리를 내며 지나간다. 마음 바닥을 쿵쿵 밟으며 지
나가는 세월의 발소리, 끊이지 않는 기나긴 세월의 행렬, 지
나가다가 어떤 것은 되돌아오곤 한다. 윤씨부인의 모습이 지
나간다. 우관스님이 지나간다. 문의원, 최치수, 김서방, 봉순
네, 수동이, 돌이, 이들은 무리를 지어 어디로 가는 것일까.
죄악의 늪같이 꺼무한 눈동자를 깜박거리지도 않고 쳐다보

며 지나가는 여자는 귀녀가 아닌가. 텁석부리의 강포수는 곰 같이 뒤뚝거리며 가고 도포 자락을 너풀거리며 뻐드렁니의 김 평산이 지나간다. 헤일 수 없이 많은 사람들이 세월과 팔짱을 끼고 어두운 길을 지나가는 것이다. 아아 봉순이의 우는 모습 은…… 언제였던지 별당 뜨락의 백일홍 나무 꽃잎 속에 넣어 준 날개 상한 벌의 모습인가! 별안간 세월은, 사람들은 갈 길 을 멈추고 길상의 심장 바닥에서 지신(地神)을 밟기 시작한다. 빠른 장단의 꽹과리가 울린다. 느린 장단의 둔중한 징 소리가 넓게 울려 퍼진다. 장구 소리, 북소리, 마을 농부들의 함성, 핏대를 세운 곰보 목수의 얼굴, 꽹과리 소리보다 크고 징 소 리보다 넓게 퍼지는 곰보 목수의 우렁우렁한 목청이 산을 울 리고 메아리 되어 사라지고, 장단이 빨라진다. 경풍 들린 것 처럼 빠르고 높아지는 꽹과리, 더욱 넓게 울려 퍼지는 징 소 리, 깨깽, 깨애갱! 더어으응— 깨깽, 깨애갱! 더어으응— 끼 어드는 장구 소리, 북 소리, 푸른 하늘이 빙글빙글 돈다. 단풍 든 나무들이 우쭐우쭐 춤을 춘다. 농부들은 미친 듯이 분홍 꽃 노랑 꽃의 고깔을 흔들어댄다. 아낙들의 웃음소리가 물결 친다. 강아지, 아이들이 논둑길로 달려온다. 누가 뭐라건 무 표정한 두만아비는 느릿느릿 징을 치는 것이다. 부엌 쪽에서 돌아 나오는 발소리에 지신 밟는 소음은 일제히 숨을 죽인다.

길상이 발길을 옮겨놓는다. 어둠 속을 다가오는 송애, 다가 가는 길상, 마주치는가 했더니 길상은 송애 옆을 바람처럼 스치고 지나친다. 뒤꿈치에 힘을 주고 송애가 돌아섰을 때 흰 옷을 입은 길상의 모습은 집 밖을 향해 사라져가는 것이었다.

객줏집을 나선 길상은 아무도 없는 골목을 빠져나와 큰길로 접어든다. 역시 강아지 한 마리 얼씬거리지 않는 길, 사람도 시가도 모두 피곤한 잠에 빠져 있는 것이다. 불타버린 폐허 옆을 지나간다. 군데군데 쳐놓은 이재민의 막들이 보채다 잠이 든 아기같이 적막 속에 엎드려 있다. 구릉진 곳을 휘청휘청 올라간다. 자작나무 몇 그루를 지나서 바위 옆에까지 간 길상은 바위에 등을 기대고 가물거리는 별들을 오랫동안 올려다본다. 도대체 얼마나 오랜 세월을 별들은 저렇게 가물거리고 있었더란 말인가. 시가 쪽으로 시선을 옮긴다. 방금 지나온 그 자리가 희미한 어둠 속에 웅크리고 있었다. 무너지고 재가 되고 폐허로 변한 곳, 저 잿더미는 죽음일까? 저 사물의 변화는 과연 죽음일까? 끝이 없는 세월과 가이 없는 하늘은 있는 것일까, 없는 것일까? 끝이 없고 가이 없는 것이라면 없을 것이다. 근원의 생명도 항구불멸이라면 근원의 생명이란 없는 것이다. 그렇다면 죽음도 없는 것이다. 다만 영원한 것이 어둠 속, 잠든 이 시각에도 쉬지 않고 숨을 쉬고 있을 뿐이란 말인가. 저 하늘의 별도 숨을 쉬고 있고 거적으로 둘러진 움막 속에 잠든 사람들도 숨을 쉬고 날개를 접은 가냘픈 벌레들도 숨을 쉬고 한 뿌리 풀잎, 한 줌의 흙까지 영겁의 위대하고 묵중한 시간을 호흡하며 더불어 가고 있을 뿐이란 말인가.

영겁으로 흘러가버린, 아니 지금도 흐르고 있을 그 숱한 사람들, 세월과 팔짱을 끼고 가던 사람들, 마음 바닥을 구르며 지신을 밟던 사람들, 그들은 과연 죽은 사람들일까?

'절을 둘러싼 산봉우리 밖에는 세상이 없는 줄 생각했었지……'

그렇게 믿었던 어린 상좌는 좀 더 커서 윤씨부인 가마를 따라 섬진강 강물을 따라서 가느다란 운명의, 세월의 줄을 타고 이곳까지 오지 않았는가. 이곳 언덕에 와서 우뚝 서 있는 한 육신이 과연 자기 자신일까. 길상은 생각해보는 것이다. 한 인간의 육신이 흐느껴지도록 슬프다. 제행무상(諸行無常), 제법무아(諸法無我), 어찌 이 육신을 살았다 할 수 있으며 떠나간 사람들을 죽었다 할 수 있단 말인가.

'꿈 때문에 내가 이런 생각을 하는 겔까? 꿈 때문에……'

천지는 노을에 물들어서 이 세상이 아닌 것처럼 아름다웠다. 일몰 후, 물기를 머금은 듯 싱싱하고 푸르른 들판, 생기에 넘친 푸른 들판 가득히 강물 가득히, 그리고 끝없는 하늘과 구름에도 노을이요, 쉴 새 없이 잔잎새를 흔들어대는 버드나무 사이에도 점철된 노을은 곱기만 하다. 길상은 일찍이 이처럼 아름다운 노을을 본 적이 없다. 바랑을 지고 바위에 걸터앉아 쉬고 있던 혜관스님이,

'길상아?'

하고 불렀다.

'예.'

'저 노을빛으로 적탱(赤幀)을 그렸음 좋겠지?'

'스님, 저것은 빛깔이 아니옵니다.'

'빛깔이 아니라?'

'예. 구름이요 하늘이요 강물, 어찌 빛깔이겠습니까.'

'하하핫…… 하하하핫…… 너의 말을 듣고 보니 과연 네 말이 옳구나. 그렇지, 어찌 저 빛깔이 인간의 것이겠느냐.'

혜관스님은 골이 진 까까머리를 손바닥으로 슬슬 만진다.

'길상아.'

'예.'

'내 옛적에 초화(草畵)만 익히고 있었을 무렵이니라. 그때 내게 그림을 가르쳐주시던 원초스님께 어떻게 하면 훌륭한 탱화를 그릴 수 있겠느냐고 물어본 일이 있었지.'

'예.'

'원초스님께서 말씀하시기를, 첫째 부정(不淨)한 마음을 갖지 말라. 그런 다음은 인내이니라. 풀무간에서 땀을 흘리는 대장장이도 부정하고 인내 아니한다면 어찌 서리 빛 칼을 만들겠느냐? 하물며 부처님께 발원하여 사찰을 장엄하는 그림을 부정한 마음으로, 인내하는 마음 없이 어찌 그리겠느냐? 청정한 마음으로 인내, 만 번 인내 속에 한 번쯤 기쁨이 오느니, 그것이 법열(法悅)이니라.'

'……'

'그래 내가 또 물었지. 수도를 아니하여도 법열이 오느냐고, 했더니 이놈 혜관아! 그것도 못 깨친 돌대가리 놈아! 네깟 놈이 백 년을 좌선한들 무슨 소용이며 팔만장경을 읽은들 무슨 소용인고? 하시며 노발대발, 물감 접시를 내 얼굴에 던지시고,'

길상은 어디서 많이 듣던 말이라 생각했다. 또 그 얘기구나 싶기도 했다.

'덮어놓고 잘못했다고 빌었지. 그랬더니 다시 말씀하시기를 금어승(金魚僧)에게는 그림 그리는 게 즉 수도이며 고행이라 하시는 게야. 그러나 세 번째로 중요한 것은 일체중생의 슬픔을 슬퍼하는 마음이니라. 삼악도(三惡道)의 중생을 제도(濟度)하시기 전에는 성불(成佛) 아니하시겠다는 지장보살의 그같은 비원(悲願)이 없고야 아름다운 관음상은커녕 어찌 삼악도의 처참한 정경인들 화폭에 옮길 수 있겠느냐? 슬퍼함이 불심이요 불도이니라, 그렇게 말씀하시더군.'

'……'

'헌데 원초스님은 나를 두고 노상 말씀하시기를 우직한 놈, 우직함은 천심만 못하느니, 어찌 몇 자 폭, 몇 자 길이 속에 부처님이 드실꼬? 부처님 드실 화폭은 무한대한 것, 그걸 우직한 네놈이 깨칠 리가 없지. 그러시던 스님께서도, 흐흐흣…… 어쩌다 행방을 감추신단 말이야. 그래 거지 꼴이 되어 돌아오시는데, 스님 그림 안 그리시고 어디 갔다 오십니까 하고 물어볼라치면 탁발하고 다녔네. 왜요? 하고 다시 물으면

마음을 씻으려고 갔더니라 하신단 말이야. 스님께서도 천심이 못 되셨다 그 말씀 아니겠느냐? 하하핫……'

노을은 진홍빛으로 짙어간다.

'역시 저 빛깔로 적탱을 그렸으면 얼마나 좋을꼬?'

혜관스님의 말이 끝나기도 전에 별안간 노을은 시꺼먼 연기로 화하고 시꺼먼 연기는 하늘 가득히 퍼져 나간다. 어둠이 오나 보다고 생각했다. 그런데 어찌 된 일인가. 들판은 삽시간에 시가로 변했고 그 시가에 늘비한 집들이 마구 무너지는 게 아닌가. 불기둥이 솟아오르는 게 아닌가.

'스으님! 혜관스님!'

그러나 길상은 어느덧,

'애기씨! 애기씨! 서희애기씨!'

하며 외치고 있었다.

'나 여기 있어! 길상아! 나 여기 있단 말이야!'

소리만 들릴 뿐 모습은 보이지 않는다. 길상은 이리 뛰고 저리 뛴다.

'어디 계시오! 애기씨! 애기씨!'

여전히 보이지 않는다. 나 여기 있다는 목소리만 애처롭게 들려온다. 길상은 미친 듯 무너지고 치솟는 불더미 속을 달려들어 갔다.

'길상이 이놈!'

벽력 같은 소리에 돌아보니 이상현이 눈을 부릅뜨며 노려보고 서 있다.

'애기씨가 불 속에 갇혔소!'

'이노옴! 네가 무슨 상관이냐! 종놈 주제에.'

'제가 어째 종놈이오? 나는 절에서 그 댁엘 갔을 뿐이오!'

별안간 상현은 껄껄 웃어젖힌다.

'종놈이 아니라면 중놈이라 하지. 이 중놈아! 네가 어찌 서희를 찾느냐?'

'무슨 말씀이오?'

'서희는 죽든 살든 내 사람이라는 것을 몰라서 그러느냐?'

'뭐라구요? 그러면 소실로 삼겠다 그 말씀이오! 최참판댁 애기씨를 말입니다. 말이라고 하시는 게요? 안 되오! 안 되오!'

'발버둥치기 아니라 벽수를 넘어도 허사는 허사야. 이미 나는 서희를 이렇게,'

돌아서는데 처음에는 바랑이었다. 그런데 노랑 저고리에 분홍치마, 보랏빛깔에 검정 전을 두른 누비바지에 꽃버선을 신은 네댓 살 먹은 계집아이가 아닌가.

'앗'!

계집아이는 서희였다.

'똑똑히 봤겠다? 알겠느냐? 그러면 우리는 가네. 잘 있어 길상이, 길상이, 이 중놈아!'

'안 됩니다! 안 됩니다! 애기씨를 두고 가시오! 애기씨!'

등에 업혀 가는 서희의 분홍 치마가 꽃잎처럼 나풀거린다.

'길상아! 나 여기 있어.'

'애, 애, 애, 애기— 씨이,'

조금씩 어둠이 걷히기 시작한다.

'내가 어찌 종놈이냐구? 절에서 그 댁엘 갔을 뿐이라구……
꿈속에서 그런 말을 했겠다? 평소에 나는 늘 그런 생각을 하
고 있었더란 말인가.'

길상은 웃는다.

'할 수 없는 종놈이로구나. 뼛속까지 썩어버린 종놈, 그따
위로 비천하게 변명을 했다는 것부터가…….'

성당의 종소리가 울려 퍼진다. 아침 안개가 사방에서 밀려
온다. 언덕을 내려오는 길상의 귀에 종소리는 쫓아온다.

'저 소리는 무엇인가. 종소린가? 종소리…… 다 같은 쇠를
녹여서 만든 종소리란 말이지?'

길상은 산사에서 듣던 새벽 종소리를 생각한다. 오장이 목
구멍까지 넘어오는 것같이 슬펐던 상좌 시절의 그 종소리를.
그 시절 혜관스님으로부터 들었던 얘기는 또 어찌하여 간밤
에 꾼 꿈속에서 그같이 생생하게 되풀이되었더란 말인가.

'하기는 상현서방님이 장가든 몸만 아니었더라면…… 어지
간히 짝이 맞는 부부, 애기씨하고는 천생연분이 됐을지도 모
를 일 아니겠는가?'

5장 가스집

이른 조반을 먹고 길 떠날 차비를 차린 길상은 서희가 묵고 있는 방 앞으로 갔다.

"애기씨."

"이제 떠나는 게냐?"

닫혀진 방문 안에서 서희는 말했다.

"네. 한데 응칠이만 데려가기로 했습니다."

문밖에서, 서희가 보는 것도 아닌데 길상은 얼굴을 꼿꼿이 세운 채 눈만 내리깐다. 겨루는 자세인 것이다. 한참 있다가,

"왜?"

서희는 이미 길상의 의도를 알아차린 눈치였다.

"집 짓는 데 쓰일 목재만 사 올 생각입니다."

"무슨 말을 하는 게냐? 집 짓는 데 쓸 목재지 그럼 배라도 만들려 했다 그 말이냐?"

서희는 능청을 떨며 길상의 신경을 건드려놓는다.

"아닙니다. 제가 말씀드린 뜻은 남에게 팔 재목은 아니 가져오겠다 그겁니다."

"뭐라구?"

"불이 나서 홈싹 망해버린 사람들을 상대로 장사하실 생각은 마십시오. 집이랑 곳간을 짓고 또 빈터에 가게들을 지으실려면 그것만으로도 쉬운 일은 아닙니다."

이 이상 더 욕을 먹어서 되겠습니까? 김생원 말씀대로 윤씨부인의 손녀 서희애기씨께서 떨어진 밥풀까지 주워 잡수시겠다 그 말씀입니까? 마음속으로 계속한 말이다. 서희가 무서워 입 밖에 내지 못한 말은 아니다. 그랬다간 발 벗고 나서서 재목장사까지 하려 들 서희의 성미다. 어제 한 말이 진심이 아닌 것도 알고 있다. 필요 이상으로 악착하게 굴어보겠다는 일시적인 오기, 떼를 써본 것인데 물론 상현에 대한 노여움 때문이다. 해서, 어제는 잠자코 있었다. 하룻밤을 지내고 보면 서희 심경도 달라지리라 생각하고. 어차피 회령에는 가야 했다. 용정은 반 이상이 불타버렸으니 그렇다 치고 국자가에도 목재상은 있다. 청인들이 경영하는 것으로 대개가 목파(木把)라는 벌목꾼 두목에게 경비 일체를 대어주고 겨울 동안 벌목한 것을 강물이 불어나는 여름에 흘려보내는 원목(原木)을 취급하니 역시 제재된 목재를 사려면 회령 쪽이 거리는 다소 멀지만 손쉽다.

서희는 아무 말이 없다. 내심 길상이 그렇게 말해주어 다행이다 싶으면서 굽히는 것이 싫어 입을 다물고 있는 모양이다.

"그럼 다녀오겠습니다."

여전히 말이 없다. 물러 나온 길상은 응칠이를 데리고 나섰다.

"길상이 가나아?"

공노인과 함께 내다보며 공노인댁 방씨가 말했다.

"네."

마차 타는 곳에까지 갔을 때 그곳은 평상시보다 설렁했다. 마차손님도 드문드문 나타났고 마차 수도 적다.

"용정이 망했소꼬망. 여기 냉 바람 부느 거 봅세."

코감기가 든 응칠이 코맹녕이 소리를 하며 사방을 둘러본다. 노상 붐비고 활기에 넘쳐 있는 곳이었던 것이다.

"불이 났으니 그렇지."

"이저부터 집으 짓구 하재믄."

"그런 걱정은 두었다 하고, 어서 타자."

그들은 마차에 올랐다. 다음은 보따리 하나를 들고 다섯 살가량의 계집아이와 함께 젊은 여자가 마차에 올랐다. 햇볕을 못 보고 살았는지 여자의 얼굴은 병자같이 핏기가 없었다. 이들이 마지막 마차손님이었다.

해가 뜨기 전에 마차는 용정촌을 출발했다. 용정과 회령 사이는 백삼십 리가 넘는 이정(里程), 신흥평(新興坪)까지의 사십 리 남짓한 길은 비교적 넓고 평탄하여 달리기는 수월할 것이다. 육도천(六道川)을 건너고 강변을 따라 달리고 있다. 강 건너 쪽은 계속하여 들판이요 왼편은 나직한 구릉이 나타났다가 사라지곤 한다. 날씨는 쾌청하나 바람은 있다. 마차 손님들은 대부분 내지서 온 장사꾼들이다. 그들은 줄곧 용정촌의 불을 화제로 삼고 있었다. 입성도 조촐하고 식자도 들었음직한 두 사내는 친숙한 사이인 모양이다. 내내 계속하여 얘기를 하고 있었다.

"시천굔가 시궁창굔가 그놈의 집자리가 몽땅 타버렸더구면."

입술이 두텁고 코가 뭉실한 사십 가까운 사내의 말이었다.

"일진횐가 뭔가 한통속인 그것 말이지?"

실팍하게 골격으로만 짜여진 것 같은 사내의 목소리는 걸걸했다.

"한통속인지 두 통속인지 그건 모르겠네만 한때 세도가 제법이었지. 학교도 여러 개 만들어 친일파 하눌님교를 펴가면서 신도들 주머니를 오래오래 울거낼 줄 알았을 터인데 그놈의 친일파는 하눌님 영험이 없었던 모양이라."

"통감부 파출소가 물러가면서 꿩 떨어진 매* 신세가 됐지 뭐."

"그뿐이라면 또 좋게? 청나라 아문에서 받는 그 구박은 또 얼마나 자심한고?"

"이번 불 소동에 뒷설거지 자알한 셈이야. 이제는 두 번 다시 발붙이진 못할 걸세."

"그건 두고 봐야 알 일이고."

동학의 거물이며 일진회 회장이던 이용구가 교주 손병희와 손을 끊고 갈라져 나오면서 개칭(改稱)한 동학교의 분파 시천교는 한때 간도에서 만을 헤아리는 교도에 십여 개 사립학교까지 설립하는 등 그 교세(敎勢)가 만만치 않았다. 간도의 시천교란 본시 일진회에 소속된 동학교도로서 노일전쟁 때 소위 북진군 수송대(北進軍輸送隊)라는 것에 참가, 혹은 첩보원 등 일본군에 사역되다가 전쟁이 끝나자 그 일부가 흘러들어왔는데 때마침 간도의 조선인을 보호한다는 허울 좋은 구실을 앞세운 일본이 통감부 파출소(統監府派出所)와 헌병 분견소(憲兵分遣所)를 설치하게 되면서부터 일본 세력을 업은 시천교는 크게 교세를 확장해갔던 것이다. 그러던 것이 재작년 십일월 청일협약(淸日協約)으로 통감부 파출소가 철수하고 영토 사법권이 완전히 청국에 귀속됨으로써 청관(淸官)들은 결코 유쾌한 존재가 못 되었던 친일의 집단 일진회와 시천교에 압박을 가하게 되고 교세는 날로 떨어졌다. 교도들은 대부분이 종교적 신념보다 시세에 편승하는 무리들이요 또 한편으론 청인들 박해에서 일본을 방패 삼으려 했던 우매한 사람들의 입교였던 만큼 형세변동에 따라 그것은 쉽사리 와해될 수 있는 성질의 것이었다.

어느덧 응칠이는 세상 모르게 잠들어 있었다. 코가 막혀서 이따금 쿵쿵 소리를 내곤 한다. 검은 얼굴이 누리끼해 보인다. 감기도 감기려니와 어지간히 지쳤을 것이다. 길상이도 피곤하기로는 마찬가지였다.

"그는 그렇고 당분간 용정 장사는 어렵게 됐네."

"어렵게 됐지."

"자네는 어쩔란가?"

"청진으로 나가서 북어장사나 해볼까? 배편으로 말이야."

"그러면 먹일 곳은?"

"부산에 가서 풀면 어떨까?"

"글쎄…… 그나저나 왜인들 등쌀에 장사나 제대로 하겠던가? 큰 자본으로 덥석덥석 거머채서 싼 값으로 풀어먹이니, 은행에서는 어렵잖게 뒷돈을 대주는 판이고 이러다가 장차 조선사람들은 막걸리장사, 도부꾼, 그런 정도나 남아날까?"

"이래저래 만신창이다. 위로부터 아래까지 다 먹자는 게야. 식성도 좋지."

"그건 그렇고 또 시끄러워졌으니."

"그 일 땜에?"

"그렇지. 한번 터졌다 하면 온통 그물을 펴서 큰 고기들을 마구잡이로 붙잡아들이니,"

"우린 피래미라 잡힐 걱정은 없다마는 제기랄! 총독인가 총댄가 죽지도 않았는데 왜 그리 법석이지?"

"허허어, 웬 목청이 그리 커?"

"아직은 청국땅이야."

"괜히 함부로 입 놀리다가 암살범으로 잡힐라?"

"잡아봐야 이따위 피래미, 까막소 콩밥이나 줄지 별수 있을라구?"

"점점 어려워질 게야."

그들 대화에 귀 기울이며 또는 스쳐 보내며 길상은 새로 짓게 될 집을 생각하고 있었다. 거처할 집과 곳간과 몇 채가 될지 모르는 가게, 이 세 가지 건물을 두고 실질적인 계획을 짜보는 것이었으나 어느덧 머릿속에서는 엉뚱한 집을 짓고 있었다. 길상은 그 일에 열중하여 마차가 어디쯤 달리고 있는지, 자신이 마차를 타고 있다는 일조차 잊는다. 별당을 짓는 것이었다. 아름답고 아담한 별당을 짓고 있었다. 기초에서부터 주춧돌을 놓고 차근차근히 치밀하게 공사는 진행된다. 기둥이 서고, 대들보가 올라가고 굴도리, 중중보, 하중도리, 마루보, 중도리 그리고 마지막 마루도리까지 올라가고 보면 집의 뼈대는 다 되는 셈이다. 기와가 올라가고 문짝들이 만들어지고 마루를 깔고 공정은 끝없이 계속된다. 방 안 치장에는 열 폭 병풍에 그림을, 가지가지 세간이 차례로 만들어진다. 화조문(花鳥紋)을 파는 마음의 손은 바쁘다. 푸른 숲속에 우뚝 솟아오른 팔작지붕의 별당, 구름이 지나가고 노을이 흐른다. 문득 간밤의 꿈 생각을 한다. 까닭도 없이 등골이 오싹해지는 것을 느낀다. 길상은 순간 자기 자신이 속세 깊숙한 곳에 두 발을 디밀어놓고 있음을 깨닫는다.

'한번 머리를 깎고 산문에 들어서면은 후일 환속을 한다 하여도 반드시 절로 되돌아오는 것이 그게 숙명이야.'

뉘한테 들었었는지 기억은 뚜렷하지 않다. 길상은 고개를 흔들어댄다. 그리고 다시 집과 곳간과 가게를 짓는 계획으로 되돌아간다. 지금 당장에는 서희의 야심과 집념이 길상의 현실인 것이다.

'어차피 이곳은 철새같이 잠시 머무는 곳인데 돈 들이고 힘 들여 집을 지을 필요는 없겠지.'

가게나 곳간은 장사를 위한 것이니 그렇다 치고 서희가 살 게 될 집만은 호사스레 지으려면 못 지을 것도 없었다. 서희 는 부자였으니까. 이번의 화재만 하더라도 낡아버린 집과 곳 간을 태운 것밖에 손해랄 것이 별로 없었다. 집 한 채가 전재 산인 다른 사람들과는 형편이 다르기 때문이다. 그러면 서희 가 어떻게 하여 부자가 되었는가. 그러니까 1908년 칠월 초 순, 일행이 회령가도를 지나 용정촌에 도착했는데 공노인이 그때까지 용정촌에 살고 있었다는 것, 그 사실이 일행에게는 매우 중요하였고 서희가 축재(蓄財)할 수 있었던 요인이기도 하다. 공노인 말에 의할 것 같으면 그는 삼십 년 전 울창한 수 림으로 뒤덮여 있던 간도에 약초를 캐러 건너왔던 일이 있었 는데 그 무렵은 장인석(張仁碩) 박윤언(朴允彦)이라는 두 조선인 이 키를 넘는 가시덤불을 헤치고 개간한 지 십 년 남짓, 용정 촌은 한갓 촌락에 지나지 않았다는 것이다. 얼마 후 조선으로 돌아와 강원도 등지로 떠돌아다니며 인삼장수를 하던 공노 인은 십여 년 전, 하동서 만난 조카딸 월선이를 데리고 마누 라와 함께 다시 간도 용정촌으로 건너왔다는 것이다. 이십 년 사이에 몰라보게 대처로 변모한 용정촌에서 공노인은 약초 매매를 하는 한편 월선과 마누라에게 국밥집을 차려주었고 국밥장사가 잘 되어 한밑천 잡았을 때 월선은 홀연히 고향으

로 떠났으며 그 후 공노인은 용정촌을 떠볼까 하고 망설이다
가 결국 거간을 겸한 객주업을 시작했다는 것이다. 거간을 겸
한 객주업이란 상거래에 소상해지는 일이요, 많은 사람과 접
촉할 수밖에 없는 직업이다.

"내 본시 과욕한 성미는 아니니…… 전답 물려줄 자식이 있
는 것도 아니겠구 두 늙은이 굶지 않으면 고만인데, 그래서
모은 재물이라곤 별로 없으나 남한테 몹쓸 짓은 안 했지. 밑
천이라면 신용을 얻은 것, 그게 밑천이라면 밑천일까?"

언젠가 공노인은 자부심을 가지고 그런 말을 했었다. 어쨌
든 신용 하나가 밑천인 공노인은 서희에게 둘 없는 좋은 길잡
이였다. 윤씨부인이 농발 대신 괴어두었던 막대기 속에 숨겨
두었던 금은을 국자가 청인에게 주선하여 거금 삼천 원을 만
들어준 것도 청국말에 능하고 그쪽 사회에 면식이 많은 공노
인이었다. 자금 삼천 원을 굴리는 데 적절하게 주선한 것도
역시 공노인이었다.

연길의 도윤공서(道尹公署)가 있는 국자가의 무역계통이 길
림(吉林)과 훈춘이라면 용정촌은 간도에 있어서 회령을 경유한
청진(淸津)무역의 중심지라 할 수 있고 회령가도를 통해 대부
분 일본 조선과의 간도 무역은 이루어지는데, 간도에서 내보
내는 것은 주로 곡물과 가축이다. 이런 사정을 그 방면에 밝
은 공노인으로부터 알아낸 서희는 면밀하게 검토를 했고 길
상의 의견도 충분히 참작한 끝에 우선 거처하기에 불편하지

않을 정도의 집을 장만하고 큰 곳간을 마련한 뒤 한 달에 여섯 번 서는 장날이면 인근 촌락에서 모여드는 곡물, 두류(豆類) 그중에서도 특히 백두를 매점하여 곳간에 쌓아올리는 일부터 시작했다. 그리하여 물건이 귀해지고 값이 앙등할 무렵이면 청진서 돈보따리를 들고 온 상인에게 곳간 문이 열리는 것이다. 이런 식으로 안방에 앉은 서희는 촉수와도 같은 그 예리한 신경을 사방으로 뻗쳐 삼 년 동안 자본을 두 배로 늘리는 데 성공했다. 이 같은 성공은 서희의 굳은 의지와 정확한 판단력에 의해 이루어진 것이지만 공노인의 성실한 주선과 손발이 되어 움직여준 길상의 존재가 없었던들 가능하지 못했을 것이다. 그러나 재산을 크게 비약시킨 결정적인 기회는 청나라 상부국(商埠局)에서 토지를 매입했던 그때다. 당시 청나라 정부에서는 상부지* 안의 토지 전부를 매입하여 민간인에게 조차(租借)하고자 두도구(頭道溝), 백초구(百草溝), 국자가의 상부지소를 모두 매수했다. 그러나 용정촌만은 사정이 달랐다. 여러 해 전에 청국으로 귀화한 조선인의 명의로 취득한 십만 평가량의 토지는, 소수의 일인들도 포함되어 있었으나 이미 수백 명 조선인에게 분매(分賣)되어 대부분이 조선인들 소유였으므로 상부국의 매입은 용이하지 않았던 것이다. 그러던 것이 작년 여름 상부국에서는 도로의 부지, 모범 가옥의 용지 등 필요에 의해 땅을 매입키로 했는데 이 정보를 재빨리 가져온 사람이 공노인이다. 이때 서희는 실로 대담무쌍한 곡

예를 했던 것이다. 시가 요지에 오백 평을 평당 육 원으로 사서 그것을 상부국에 십삼 원으로 전매하여 일약 삼천오백 원의 이득을 올렸다. 당시 평당 칠 원에 산 팔백 평은 사백 평을 십사 원에 팔고 나머지 사백 평은 처분 못한 채 상부국의 토지 매수는 중지되었다. 평당 십오 원까지 치솟는 땅값을 감당 못한 상부국은 부득이 중지할 수밖에 없었던 모양이다. 서희는 두 번째 투자에서도 투자액을 빼고도 사백 평의 땅을 얻은 셈이다. 이때 토지 투기로 일확천금을 꿈꾸며 자기 자본은 물론 빚까지 끌어들여 토지를 샀다가 미처 처분 못한 사람들 중에는 도산자가 속출했고 용정촌에는 한때 경제공황까지 빚어졌던 것이다. 서희는 운이 좋았다.

신흥평에 도착하자 일단 마차에서 내린 손님들은 점심 요기를 하기 위해 길변에 있는 주막으로 들어간다. 그동안 말도 배를 채우고 쉬는 것이다.

"이제부터는 편하게 갈 생각은 말아야지."

"학성(鶴城)까지 가려면 말들도 목구멍에서 단내가 날 게야."

마차 손님들은 막걸리 잔을 들이켜며 혹은 밀가루 부침을 질겅질겅 씹으며 말했다. 화호리령(火狐狸嶺)을 지나 안미대(安味臺)로부터 학성에 이르기까지 화룡(和龍) 골짜기는 가쁜 언덕의 연속이요, 좁은 길폭, 험난한 노정이다.

"그러나 날씨가 좋아서."

"이런 하늘이 사람을 속이려 들면, 모를 일이구면."

"봄비쯤이야, 촉촉이 내리는 편이 먼지 안 나고 좋지 뭘 그래."

"아무래도 해 지기 전에 나루터까지는 못 갈라?"

"어려울걸."

길상은 주막 안에 빈 자리가 없었으므로 주막 밖에 깔아놓은 초방석(草方席)에 앉아서 웅칠이와 함께 점심 요기를 하고 있었다. 웅칠이는 국밥을 먹고 길상은 너부죽한 밀가루 파적을 안주 삼아 막걸리 잔을 기울이고 있었는데 그의 눈이 마차 쪽으로 간다. 마지막 손님이던 젊은 여자가 마차에서 내리는 것을 무심히 바라본다. 여자는 주막 쪽을 힐끗 쳐다보더니 두 팔을 뻗쳐 아이를 안아 내린다. 여자는 아이를 데리고 주막과는 반대 방향의 길 아래로 내려간다. 한참 후 아마도 아이가 소피를 본 모양, 그들은 다시 길 위로 올라왔다. 그리고 마차 있는 쪽으로 걸어가는데 아이가 도리질을 하고 몸을 흔든다. 그러더니 별안간 주막을 향해 아이가 달려온다.

"옥아! 옥아!"

여자는 놀라서 아이 뒤를 쫓아온다. 계집아이는 길상이 앞에 와서 우뚝 멈추었다.

"이 간나아 어째 이러능 기야?"

어미가 팔을 낚아채려 하자 계집아이는 다시 심하게 몸짓을 하더니 울음보를 터뜨린다.

"배고프다 말이 아앙—."

여자의 얼굴이 시뻘겋게 변한다. 어찌할 바를 모른다.

"어쩌자고 이러능 기야?"

"아침도 굶었다이, 엉엉이잉……."

당황한 길상은 엉겁결에 파적 하나를 아이 손에 쥐여준다.

"이 간나아! 비렁뱅임둥? 어째 에미 우세시키는 기야?"

머리를 쥐어박는데 아이는 눈물방울을 떨어뜨리며 파적을
얼른 베어먹는다.

"이보오다."

응칠이 제법 점잖게 부른다.

"아주망이, 배고파서 우는 아아르 때리는 벱이 어디세 있슴
둥?"

"아무 말두 하지 맙소꽝이!"

여자 눈에 눈물이 가득 고인다. 고생에 시든 것 같았지만
예쁜 얼굴이다.

"모르으믄 참견 맙소!"

여자는 아이를 끌고 간다. 끌려가면서 아이는 연신 파적을
베어 먹는다. 이윽고 그들은 마차 속으로 사라졌다. 길상은
졸지 간에 당한 일이라 멍해 있고 응칠이는 힐긋힐긋 마차 쪽
을 쳐다보며 열심히 밥을 먹는다.

"응칠아."

"옛꼬망."

길상은 주막을 가리키며,

"뭐, 먹을 것 좀 싸달라 해서 마차 속에 올려주어라."

"그러겠슴."

응칠이는 입안에 든 것을 우물우물 씹으며 주막 안으로 들어갔다. 한참 만에 파적인 듯 기름이 배어난 종이뭉치를 들고 나왔다. 마차 있는 곳으로 어슬렁거리며 간 응칠이는 그것을 아이에게 안겨주었는지 해를 가늠하듯 하늘을 쳐다보며 돌아온다. 돌아와서 먹다 둔 국밥을 다시 먹기 시작한다. 우물우물 씹어 삼키면서,

"성님."

"왜 그래."

"아까 그 안깐 모름둥?"

"몰라."

"그 안깐 가스집(과부)이란 말이."

응칠이 말에 의하면 남십자로 근처에 있는 재봉소에서 삯바느질을 하고 있던 여자라는 것이다. 그와 함께 바느질을 하던 중년 여자가 재봉소의 임자였고 가스댁은 고용인이었다는 것이다.

"어찌 그리 잘 알어?"

길상은 퉁명스럽게 묻는다. 응칠이는 그 말 대답은 없이,

"불이 났이이, 의지할 곳이 없으이 가스집이 어찌 살겠습매? 그러이 떠나는 게 아닙매까? 불쌍합꼬망."

"불쌍한 사람이 한둘이라야지."

"그는 그렇소꼬망."

응칠이는 사발 바닥에 남은 국물을 훌쩍 마시고 손바닥으로 입가를 훔치며 숟가락을 놓는다.

주막 안의 사람들이 한 사람 두 사람 밖으로 나온다.

마차는 다시 떠날 차비를 차린다.

6장 검정 두루마기의 사내

햇볕에 바싹하니 잘 마른 가자미를 채반에 거두어 담고 뒤꼍에서 전서방이 돌아 나오는데 봉놋방 옆의 좁은 통로를 지나 중대문을 들어선 검정 두루마기의 사내.

"주인장 계신가?"

찐득한 목소리로 물었다. 눈두덩이 부숭하고 살결은 불그레했다. 수염이 없는 맨드르르한 얼굴, 머리끝으로 올라갈수록 좁아진 두상의 사내는 중키쯤 되어 보인다.

"뉘기요?"

전서방은 엉거주춤 채반을 든 채 희뿌연 눈시울을 깜박거리며 묻는다.

"일전에 한번 찾아온 일이 있는 김두수라는 사람이네. 주인장한테 여쭈어보게나."

거만스럽다. 전서방은 선 자리에서 공노인의 거처방을 향해,

"쥔어른!"

바깥 말소리가 들렸을 터인데,

"왜 그래."

하고 공노인은 되묻는다.

"김두수라는 분이 찾아왔소꼬망. 일전에 오싰다문서리."

한동안 말이 없다가,

"들어오시라 하게."

바느질을 하고 있었던지 공노인댁 방씨가 반짇그릇과 일감을 안고 송애 방으로 건너간다. 검정 두루마기, 김두수라는 사내는 구두를 벗고 방 안으로 들어간다.

"안녕하셨습니까."

조그마한 눈이 위협하듯, 아마 버릇인 듯싶지만 안늙은이처럼 안존스럽게 앉아 있는 공노인을 내려다보며 그러나 깍듯이 인사한다.

"예. 어서오시오. 앉으시지요."

두루마기 자락을 걷으며 앉는다. 회색 주란사 바지에 고동색 법단 대님을 쳤고 왼쪽 무릎 위에 올려놓은 발엔 회색 양말을 신고 있었다. 불이 나기 이틀 전이었던가, 공노인이 대문 앞의 좁은 골목을 서성대고 있었을 때 어디 마땅한 매가(賣家)가 없겠느냐? 물어보던 김두수, 그 위협하듯한 조그마한 눈을 공노인은 기억하고 있었다. 용정촌의 사람은 아니었고 처음 보는 얼굴인데 그 눈이 좋지 않았다. 믿을 수 없는 위인,

그래서 건성으로 알아보겠노라 대꾸했던 것이다.

"주인장께서는 이번에 운수대통했소이다."

하며 김두수는 껄껄껄 웃는다.

'아직 삼십은 안 됐을 텐데? 젊은 놈이 어지간히 되바라졌
군. 노는 품을 보아 선비하고는 인연이 없겠고 어디서 아전쯤
해먹던 집구석의 손(孫)인가 보군.'

"운수대통이랄 것도 없소. 금덩이를 주은 것도 아니니."

무안을 주었으나 김두수는 개의치 않는다.

"이리 말짱하게 화를 면했는데도 운수대통이 아니란 말씀
이오?"

"불행 중 다행이라 할 수는 있을 게요. 그러나 용정촌이 절
반이나 결딴났는데 뭐가 좋다고 운수대통이겠소."

"하하 참, 제 살기도 바쁜 세상에 남의 걱정까지 할 겨를이
있습니까?"

"허허어, 그게 그렇지가 않소. 내 용정에 사는 한 사람으로
서 용정이 망하는데 객주업인들 되겠느냐 그 말 아니오."

웃어버리면 그만일 것을 공노인은 부득부득 우기려 든다.

"망하기는 왜 망합니까? 그것 다 생각하기 나름이지요."

"아아니, 여보시오 젊은 양반, 가뭄 들면 농꾼만 굶어 죽는
답디까?"

"걱정하실 것 조금치도 없소. 돈주머니만 풀어놓으면 불나
기 전보다 몇 배 훌륭한 집들이 들어설 게고 그러고 보면 전

보다 번창할 것 아닙니까?"

"누가 돈주머니를 풀어놓소?"

눈에 경계심이 나타난다.

"그야 돈 있는 사람이겠지요. 누구긴요."

"돈 있는 사람? 청인들 말씀이오? 아니면 왜인들 말씀이오?"

"하하핫……."

김두수는 걸맞지 않는 웃음을 또 터뜨린다.

"그야 되어봐야 알 일 아니겠소? 그는 그렇고 일전에 제가 말씀드린 일은 어찌 되었지요?"

"어찌 되나 마나 이 북새통에."

"그러실 테지요."

"……."

"그는 그렇고 아무래도 주인장께서는 운수대통이오. 이 북새통에 한밑천을 잡으실 테니 말입니다."

"무슨 그런 말을 하시오?"

"두고 보면 내 말이 옳을 껩니다. 불타버린 빈터만 가지고 어쩌겠다는 게지요? 뭘 가지고 집을 짓습니까?"

"……."

"땅이라도 팔아서 이곳을 뜨는 이외 달리 방도가 없는 사람이 수두룩할 게요. 안 그렇습니까? 그렇게 되고 보면 상부국에서 눈독을 딜일 거란 말씀이오. 아무튼 거간들이야 한세월을 만난 셈이지요 안 그렇소? 주인장."

공노인은 잠자코 골통에 담배를 넣어 붙여 문다.

"지난번에는 어디 마땅한 매가를 주선해달라고 부탁을 했는데 그때 실정이 마땅한 빈터도 없는 터여서…… 기왕지사 불은 났고 하니 주인장께서는 요지에 자리 하나 잡아주슈."

"땅을 사서 집을 짓겠다아 그 말씀이오?"

"그렇소."

"요지라…… 무슨 영업이라도 하시려고 그러오?"

"지난번에 말씀하지 않았던가요?"

"글쎄올시다. 생각이 안 나누마요."

"다름이 아니라 요릿집을 할려구요, 점잔하게 말입니다."

"댁이 하시려오?"

"할 사람은 따로 있지요."

"혹 왜인이 와서 하는 것 아니오?"

"아, 아아니 왜 이러시오?"

김두수는 어이없다는 듯 공노인을 바라본다.

"그러면 댁이 전주(錢主)라 그 말씀이오?"

하더니 공노인은 김두수의 행색을 유심히 살핀다.

"말하자면 합자 비슷한 건데 한 사람은 지금 내지에서 기다리고 있지요."

"하긴…… 댁의 말씀대로 땅을 팔려는 사람이 나오긴 나올게요."

"아암요. 나오구말구요. 그러니 내 뭐라 했습니까. 운수대통이라 하지 않았소? 목수, 미장이, 기와장이들도 한밑천 잡겠다고 벼르고 있는 판이오. 빈터가 즐비하니 생겨날 건데 거간이라고 공치라는 법이 있겠소? 망하는 사람이 있어야 흥하는 사람이 있고 세상이란 다 그렇고 그런 것 아니겠소?"

'저 눈이 좋잖아.'

거간 노릇을 하노라면 별의별 사람들과 접촉하게 된다. 사기꾼도 있고 흉악한 위인도 있다. 그런 별의별 사람 중의 한 사람인 김두수가 유독 마음을 찜찜하게 하는지 공노인은 뚜렷한 이유를 알지 못한다. 흉악하게 생긴 얼굴도 아니요 사기꾼 같이 뵈지도 않는다. 그보다 상대가 누구이건 흥정은 붙여야 하고 사고파는 사람이 많아야 되는 것이 거간이란 직업이다. 그럴 바에야 이 젊은 사람이 거간들 세월 만났다고 한 말이 그른 것도 아니요 가산을 태우고 노상에 나앉은 남들 불운에 비해 공노인의 운이 좋았다는 것도 과히 빗나간 말은 아니다.

"젊은 양반, 고향이 어디시오?"

풀쑥 묻는다.

"예?"

"말씨 보아 영남인 듯싶은데?"

"예. 바로 보셨소. 경상도 태생이오."

"멀리서 오셨구려."

"뭐 태생이 그곳이다 뿐이지 일찍부터 떴으니까요."

"경상도 어디요?"

"아, 네."

하다가 김두수는,

"함안이오."

"함안?"

"예, 함안이외다. 행세하는 집 자손으로 태어났으나 시운(時運)을 못 만나 이곳까지 흘러왔지요."

어두운 그림자 같은 것이 얼굴을 스치고 지나간다.

"나라 잃은 백성들로서 모두 겪는 고초 아니겠소?"

비로소 공노인 음성이 누그러진다. 김두수의 얼굴은 어느덧 본시 상태로 돌아와 있었다.

"함안이라…… 내 함안에는 가본 적이 없소만 진주가 아니 멀고 마산도 가까운 곳이지요?"

"예. 주인장께서는 어찌 그리 잘 아시오. 고향이 어디신데?"

"나는 강원도 태생이오만 소싯적부터 댁과 마찬가지로 고향을 떴지요. 까마득한 옛날의 일이외다. 조상 무덤도 잊고 사는 신세요."

"무덤도 잊고……."

혼잣말같이 입속으로 뇌어본다.

"젊을 때는 모르고 지냈는데 나이 들수록…… 뭐 이런 얘기 하면 무슨 소용이겠소……. 한데 함안에는 내 가본 일이 없으나 진주, 통영, 하동,"

순간 김두수의 낯빛이 변한다. 공노인은 허공을 보며 골통을 빨고 있었으므로 김두수의 달라진 낯빛을 보지 못한다.

"하동에는 한때 내 형님이 계셨던 곳이고, 그 당시 나는 인삼장사를 했는데 인삼도 팔 겸 한번 가본 일이 있지요."

상대로부터 경상도 태생이라는 말을 들은 뒤에도 물론 처음부터 말씨로 짐작한 바이지만 공노인은 서희 일행에 관한 얘기는 입 밖에 내지 않는다. 그리고 무슨 생각에선지 용건 따위는 귀찮은 짐짝을 밀어놓듯 고향을 떠나 유랑 길에서 겪은 이야기를 늘어놓기 시작하는 것이었다.

"내가 이래 봬도, 안 가본 곳이 없어요. 이제는 나이 들고 해서 이곳에 주질러 앉고 말았으나 지금이라도 기력만 있다면 여기 이러고 있지는 않을 게요. 지난 일을 곰곰이 생각해 보면 사람의 맘이란 이상한 거라 좋은 일보다도 고생스럽던 일, 목숨이 오락가락했던 일이 도리어 감회 깊게 생각된단 말이오. 내 한창 시절에 이곳으로 건너와서 약초를 캐러 다닌 일이 있었는데?"

'무슨 놈의, 옴대가리 찜쪄먹는 소릴 하는 게야? 누군 방구석에서 구들만 지키고 있었나?'

완연하게 짜증스런 표정을 지어보고, 입맛을 다셔보고, 또 얼굴을 들어 천장을 보고, 그러나 공노인은 오불관언이다. 조근조근 군것질이라도 하는 것처럼 서둘지도 않고 얘기를 계속한다.

"내가 이래 봬도, 몸은 짝달막한 게 볼품은 없지마는 담은 찬 편이지요. 하기는 젊었으니까…… 별의별 일을 다 겪은 중에서도 유독 잊을 수 없는 일은 서태포(西太浦)에서 비적을 만난 일이오. 댁에서는 서태포에 가보신 일이 있으시오?"

"가본 일 없소."

"그럴 게요. 지금도 그곳은 위험하고 사람들도 잘 다니지 않으니까. 아주 험난한 곳이지요. 어디 있는고 하니,"

"주인장, 우리 용건부터 먼저 얘기합시다."

"허허 급히 먹는 밥이 체하더라고, 불난 지가 며칠 됐다고 그러시오? 그래 서태포가 어디 있는고 하니, 왕청현(汪淸縣) 춘명사(春明社) 근처인데 열 자, 스무 자나 되는 큰 나무들이 가득 들어차서 하늘이 안 보이고 가시덤불만 해도 사람들 키를 넘는 그런 험한 곳이지요. 우마는커녕 사람들도 다니기 어렵고 도무지 길이 없거든요. 말 듣기로는 그곳에 사금이 나는 모양인데, 지금도 그곳은 비적들의 소굴이라는 게요. 그래서 아무도 접근 못한다는 게요. 아, 그런 곳을 모르고 약초를 캔답시고 기어들어갔으니."

"주인장."

"허허어, 사고파는 일이란 느긋하게, 그래야 피차간에 실수가 없는 법이오. 그래 그곳을 멋모르고 기어들어갔으니, 비적한테 덜커덕 잡히지 않았겠소. 죽었구나 싶었지요. 해가 거물거물 넘어가는데 아, 내가 귀신도 모르게 죽는구나 싶었지요.

한데 역시 청국이 대국은 대국이더구만. 비록 비적질을 하는 몹쓸 놈들이지만 쪼작(쪼잔)하지 않고 도량이 큰 데가 있어요."

김두수는 비적 얘기가 나오면서부터 약간은 흥미를 느끼는 모양이다.

"그래 해가 거물거물 지는데 나를 죽이려고 데리고 나가지 않았겠소? 이제는 살길이 없다고 생각을 하니 도리어 맘이 착 가라앉더구만. 아니 맘이 착 가라앉는다기보다 아무 생각이 없어지더란 말이오. 어쩌면 넋이 먼저 나가버렸던지 모르지요. 한데 그들이 나를 보기를 대추씨만 한 놈이 배짱이 좋다 싶었던 모양이라. 뭐라 묻더구만. 그때는 청국말을 몰랐으니, 후에 생각하니 너 죽는 게 안 무섭느냐 그 말이더구만. 말도 알아들을 수 없고 해서 잠자코 쳐다만 보았지요. 실상 눈에는 아무것도 보이지 않습디다. 다시 무슨 말을 하더구만요. 그것도 후일에 생각하니 왜 살려달라고 빌어보지 않느냔 말 아니겠소? 역시 잠자코 쳐다만 보았지. 그랬더니 청룡도가 번쩍합디다. 이제 정녕 죽었구나, 한데 나둥그러진 게 팔뚝만 한 자작나무라. 어찌 된 일인가 어리둥절해 있는데 비적이 날 보고 가라는 듯 마구 손짓을 하더란 말이오. 그래도 멍하니 서 있노라니 엉덩이를 걷어차면서, 하하하핫…… 다리야 날 살려라 하고 뛰었지요. 하하핫…… 대왕청 강물을 보았을 때 아, 내가 살았구나 하고 제정신이 들더구만."

다시 말을 잇기 위해 공노인이 입맛을 다시는 사이 김두수는 얼른 몸을 일으켰다.

"이거 얘기 도중에 안 되었소만, 다른 볼일도 있고 해서."

"그러시오? 얘기하다 저녁이나 들고 가실 걸."

"아닙니다. 후일 또 들르지요."

"그러려오?"

공노인은 문밖까지 전송해준다. 얘기를 끝내지 못해 무척 섭섭해하는 표정이다.

"그럼 잘 가시오."

"한번 들르겠습니다."

"그러시오. 서둘르지는 말고. 사고파는 일이란 성미 느긋해야, 그래야 실수가 없는 법이오."

객줏집 앞 골목을 나선 김두수는 침을 뱉는다.

"빌어먹을! 눅진눅진한 엿가락같이 늘어져서, 누가 공밥 먹고 놀러다니는 줄 아나? 제에기랄!"

마주 대하고 있을 때는 몰랐었는데 밖에 나와 생각하니 김두수는 왠지 공노인한테 당한 것 같은 기분이 된다. 안존스런 안늙은이 같았던 그 인물이 여간내기가 아니라는 생각이다.

'청국놈겉이, 잡아당기면 늘어지고 놓으면 오그라들고, 개떡같이 재미도 없는 얘기를 늘어놓는 것부터가,'

역시 당했다는 기분이다. 무엇을 어떻게 당했는가 모호하여 화가 난다. 행길로 나선 김두수는 오가는 사람들을 한동안 바라보고 서 있다가,

'땅이나 한번 둘러볼까? 몇 군데 점찍어놓고…… 어느 게 떨어지든지…… 빌어먹을 놈의 첨지. 거간이 어디 자기 혼잔가?'

천천히 걸음을 옮긴다.

'아무래도 해삼위의 도착은 늦어지겠는걸? 금녀는 어찌 됐을까?'

아직 정리가 안 된 자리에 가건물, 막들이 쳐져 있다. 가마니를 두른 것, 양철을 덮은 것, 벽돌을 쌓아올려 놓고 타다 만 판자를 덮은 것, 어수선하다. 노전에서 아낙들이 저녁을 짓고 있다. 아이들은 어른들의 딱한 처지 같은 것은 아랑곳없이 여기저기 몰려다니며 쇠붙이, 사기 파편 등을 주워들고 논다. 김두수는 기웃기웃 길 양켠을 살피면서 걸어간다.

"이 간나아 새끼, 콱 뒈져라이. 어째 에미 속을 이리 썩이는 기야."

거적을 두른 막 옆에서 얼굴에 검버섯이 피고 바싹 마른 아낙이 우는 사내애한테 신경질을 부린다.

"이잉 이이잉…… 어망이는 알지도 못하구서리, 이잉…….."

"무시기야? 울기는 어째 우니야! 말으 해야지비."

"홍이 간나 나더르 돈으 내라 하잖는가."

"돈으?"

"그럽매?"

"앙이, 그기 무시기 말입지?"

"어망이가 지해 돈으 꾸어서리 주잖는다 그 말입꼬망. 아이

106

들으 있는 앞에서, 그렁이 내 분해서리 경상도 문딩이라 욕으
했지비. 그랬덩이 나르 친다 말이……."

경상도 문딩이라는 말에 지나가던 김두수는 힐끗 쳐다본
다.

"이 간나아 새끼, 되세 혼으 내야지비. 부매들으 일 개지구 배
꼽으 딱지도 앙이 마른 간나 새끼가아, 무시레? 돈으 내놔라?"

아낙은 역시 거적으로 둘러놓은 막 옆으로 달려간다.

"홍이 이 간나아! 여기 나오라이!"

하는데 아낙의 쪽이 풀어지면서 비녀가 땅에 떨어진다. 얼른
주워 입에 물고 쪽을 틀어서 다시 비녀를 꽂는다.

"홍이 이 간나아! 앙이 나오겠슴? 어찌 우리 기영일 때렸지
비?"

움막 뒤에 숨어 있었던 모양이다. 홍이 후닥닥 뛰어나온다.

"기영이 새끼! 죽이준다아!"

주먹을 휘둘러 보이며 거리를 향해 쏜살같이 내뺀다.

"이 간나! 어디매 도망으 치는 기야!"

"우째 그라요?"

물통을 들고 오던 월선이 묻는다. 두드러진 경상도 말씨에
땅을 살펴보며 서 있던 김두수가 다소 당혹한 것 같은 복잡한
표정으로 월선을 쳐다본다.

"아아들이 쌈했는가 배요?"

아낙은 순간 할 말을 모르는 듯 멈칫한다.

"보나 마나 우리 홍이가 기영이를 때렸는갑소."

"국밥집으 아주망이보고서리 내 무시레 말으 하겠습꽝이. 할 말 없습매. 홍이에미 일어나믄 말으 하겠꼬망?"

풀이 죽으면서 미안해하는 얼굴이다.

"머 아아들 쌈을 갖고 그러요. 홍이 놈 보믄 야단칠 기니께 그만 참으소."

"국밥집으 아주망이보고는 내 말 앙이 할라 했소꼬망, 그러나 참을 수 없으이, 아주망이 들어봅소. 내레 빚으 떼어묵제는 것도 앙이겠고 집으 태우고 무시기 맴이 태펭하겠습둥? 그러잖애도 홍이에미 내해 하나 있는 은가락지 내놔라 하쩹매? 어디메 그런 인심이 있겠관디? 모두 붙들구 물어봅게나. 어디메 인심이 응? 홍이에미 사람으 속으 홈박 썩이놓덩이 이저는 간나새끼까지. 홍, 무시기 팔자가 좋다아고 무시기 어떠래? 첩간나아라 욕으 합등마네도 뉘기 홍이에미 근본으 모를 줄 알았습매?"

첩간나아라는 말에 월선의 낯빛이 달라진다. 그러니까 그 저께 일이었다. 임이네와 기영어미라는 아낙 사이에 큰 시비가 벌어졌던 것이다. 돈이 든 베개를 불태우고 환장하다시피 된 임이네는 마찬가지로 거지 꼴이 된 기영어미에게 꾸어준 돈을 내놓으라 하며 덤볐다. 돈을 못 내겠으면 손가락에 끼고 있는 은가락지라도 내놓으라는 것이었다. 불이 나기 전만 해도 월선이 몰래 돈거래를 하던 이들은 서로의 이해관계 때문에 무척 가까운 사이였고 기영어미는 임이네 비위를 맞추기 위해 까닭 없이 월선에게 적의를 나타낸 일이 한두 번이 아니었다. 그랬던만큼, 접시 바닥같이 얕은 여자의 마음이 이제 와서는 월선에게 아첨을 떨며 첩간나아라 하더라는 둥 고자질이다.

"그만하소. 내 홍이 잡아와서 야단치믄 될 거 아니오."

월선은 화를 벌컥 낸다.

"아아들으 머를 알겠슴둥? 에미가."

"시끄럽소. 아아들 말 듣고 배 짼다 안 합니까."

김두수는 계속 집터를 살피고 있었다.

'음…… 이곳이…… 좀 시끄러울까? 깊숙이 들어가는 편이 나을는지도 모르지.'

주거니 받거니 시부리고 있던 아낙들이 별안간 싹 갈라져서더니 제가끔 자기네들 막으로 총총히 가버린다. 모여 있던 조무래기들도 흩어진다. 김두수는 그냥 여전히 빈터를 기웃기웃 쳐다보고 있었다. 그러다가 어쩐지 한쪽 뺨에 시선을 느낀다. 휙 고개를 돌려 옆을 본다. 중년 사내, 상투를 틀고 망건을 두른 사내가 유심히 자기를 쳐다보고 있는 것을 깨달은 김두수는 눈에 노기를 띠며 상대를 노려본다. 그러나 상대편은 눈을 돌리기는커녕 더욱 시선을 집중시킨다.

"……?"

"자네."

"앗! 이, 이서방!"

하던 김두수는 도망이라도 치려는 듯 몸을 사린다.

"마, 맞다! 니 거복이, 거복이다!"

덥석 손을 잡는다. 김두수의 얼굴이 하얗게 변해간다.

"니가 우찌 여까지 왔노!"

"저어."

하얗게 얼굴빛이 변해버린 김두수는 뒷걸음질을 친다.

"마지막, 니 어무니 장사 지내고는, 그, 그렇구나. 이기이 처음."

김두수는 얼굴을 푹 숙인다. 목덜미 양 볼이 벌겋게 물든다. 한참 만에,

"아재씨."

하고 얼굴을 든다.

"오냐."

"어디 음식점에라도 가입시다. 노상에 서서 어찌 얘기를 하겠십니까."

목소리는 침착해져 있었다. 나란히 걸음을 옮긴다. 우연을 우연대로 받아들이려고 작정한 김두수의 침착해진 태도와는 반대로 이번에는 용이 걸음걸이가 몹시 흩어진다. 그는 서희 생각을 했고 도망치려는 듯 몸을 사리던 김두수의 행동을 뒤늦게 깨달았다.

'그냥 모르는 척 지나쳐버릴 것을 그랬나?'

허름하나 따로 방이 있는 음식점으로 들어가면서 김두수는,

"술 한 상 잘 차려주게."

여유 있게 말했다. 방으로 들어간 그들은 서로의 얼굴을 물끄러미 바라본다. 얼마 전에 거적을 둘러친 막사리 앞에서 기영이어미와 주거니 받거니 하던 상대가 월선이 아닌 임이네였었더라면 아마 김두수는 이렇게 용이와 마주 보고 앉는 일은 없었을 것이다. 월선은 일찍부터 마을서 떠났기 때문에 김두수, 그러니까 형장의 이슬로 사라진 김평산의 아들 김거복은 월선을 기억하지 못한다. 그러나 열다섯 살까지 한마을에서 살았었던 임이네, 아비와의 공범자로서 죽은 칠성의 아낙이던 임이네를 몰라보았을 리가 없다.

"아재씨도 많이 늙으셨습니다."

"그새 십 년, 십이 년인가?"

"예. 십이 년입니다. 이런 곳에서 만날 줄은…… 허허 헛…….”

허하게 웃는다.

"아까, 그냥 모르는 척하고 갈라고 생각했지요."

"…….”

"니 어무니 장사 지냈다는 말씀만 안 했어도 지는 그냥 달아났을 겝니다. 그때…… 영팔이아재는 지게 송장을 지고 갔지요."

"영팔이도 이곳에 와 있다."

"예. 그렇습니까."

"퉁포슬에서 청국사람 땅을 부치고 있지."

"하기는…… 영팔이아재 소식을 안들 무슨 소용입니까? 알고 싶지도 않습니다."

"……"

"어쩌다가 그때 일이 생각나면 목구멍에 피가 올라오는 것 같소. 싹 잊어버렸으면 얼마나 좋겠습니까."

"……"

"그때…… 그때 우리한테 동정을 한 사람들도, 나, 나는 고맙게 생각하지 않소. 피멍은 피멍대로 남아야지요. 쓸어준다고."

핏줄 하나하나가 모두 혼란을 일으키는가 얼굴에 푸릇푸릇한 반점이 돋아나고 눈알이 시뻘겋게 물든다. 김두수는 십이 년 전의 그날을 눈앞에 보고 있는 것이다.

아버지가 관가로 끌려간 다음 날 이른 아침, 안개비가 자욱이 깔린 아침이었다. 치마를 뒤집어쓰고 살구나무에 목을 맨 어머니, 시체도 살구나무도 비에 흠씬 젖어 있었다. 봄을 재촉하는 실비가 새벽까지 내렸건만 움도 트지 못했던 죽은 살구나무, 까마귀들은 지붕 위에서, 정자나무 얽힌 가지 끝에서 까우까우 울었다. 자욱하니 깔린 안개를 뚫고 도롱이에 삿갓을 쓴 뗏목꾼이 뗏목을 몰고 하구를 향해 떠내려가던 섬진강, 약이 된다는 목맨 나무가 순식간에 몽다리*로 변해버린 일,

최참판댁 눈이 두려워 삽짝들을 닫아놓은 쓸쓸한 마을 길을 지게 송장을 지고 가던 영팔이는 땀을 흘렸고 곡괭이를 든 윤보 용이 한조가 묵묵히 걸어갔으며 지팡이를 짚고 숨이 차하며 서서방은 비탈길을 올랐었다. 음산한 바람이 불던 북향의 산비탈, 각박한 땅에는 돌과 솔방울이 굴러 있었으며 소나무 사이로 영을 넘어가던 구름은 그 얼마나 무심했던가. 추위에 먹빛이 된 동생의 얼굴, 얼어서 게 다리같이 꾸부러졌던 동생의 손가락.

"거복아, 니 오늘이 며칠인지 아나? 열이레다. 너거 어무니 돌아간 날 그러니께 이월 열엿새라 말이다. 여기가 니 어무니 산소고. 잘 명님[銘念]해두어라. 알겠나?"

무덤을 만들어놓고 골통에 담배를 넣으며 말하던 윤보의 목소리는 지금도 귓가에 쟁쟁하다.

"윤보아재……."

"윤보형님은 죽었다."

"죽어요……."

소나무에 머리를 처박고 또 처박으며 울부짖었다. 형아! 형아! 하며 부르던 한복이의 목소리는 두견새의 울음이던가. 이마빡을 타고 흘러내리는 피보다 더 진하고 많은 피가 마음속에서 흘렀다. 형아! 형아! 울부짖던 목소리. 지금은 늙어서 주름잡힌 이 사내가 그때 쫓아와서 팔을 잡아주었었지. 상투를 틀고 있구나. 고생에 찌든 얼굴이구나. 서글한 눈빛만은 옛날과 다름이 없고, 그 눈이 지금 나를 쳐다보고 있다. 네놈은 어디서 뭘 하고 지냈느냐고 묻는구나.

바람이 들창문을 흔든다.

"거복아."

"예."

"니는 우찌 네 동생 소식을 안 묻제."

"물으믄 머하겄십니까."

"한복이가 평사리에 와 있는 것 아나?"

얼굴이 새파랗게 질린다.

"예? 평사리에 와 있다구요?"

"음."

"거긴 왜요! 거긴 왜 갔는가요!"

"너거 어머니 산소가 그곳에 안 있나."

젊은 사람치고는 살이 찐 김두수의 양쪽 볼이 파들파들 떤다.

"산소 때문에 개겉이 천대를 받으면서 그곳에 산다 그 말입니까!"

"개겉이 천대를 받다니, 그기이 무슨 소리고?"

"사람 대우를 받고 산다 그 말이오?"

"아무도 한복이를 천대하는 사람은 없다."

"시체가 방에 들어가기도 전에 나무를 몽다리로 만들던 인심이!"

한동안 말이 없다가,

"아이가 착실하고 근면해서, 칭찬 않는 사램이 없다."

"고래 등 같은 그 집에서 두 눈에 불을 켜고 있을 텐데도 말입니까?"

고래 등 같은 그 집이란 최참판댁이다. 용이는 입맛을 다시며 묵묵부답, 서희가 이곳에 와 있다는 말을 못한다. 못하는 게 아니라 안 한다.

"그, 그놈이…… 머할라꼬 거기는 기어들어갔는고. 으흐흐……."

그예 흐느껴 운다.

술상이 들어왔다. 김두수는 소매 속에서 손수건을 꺼내어 눈물을 닦고,

"아저씨 술 받으시오."

코 먹은 소리로 말하며 술잔을 들어 내밀었다. 술을 들이켠 뒤 용이 쪽에서,

"자아, 자네도 한 잔 들게."

"예."

술잔을 받은 김두수는 용이에게 경의를 표하기 위해 고개를 옆으로 돌려서 잔을 비운다.

"그래 그동안 니는 우찌우찌 지냈노."

"장사도 해봤고…… 철도 놓는 데 인부들 패장 노릇도 해봤지요."

더 이상 묻지 말라는 듯 고개를 숙인다. 용이도 마음속으로는 짐작이 갔다. 자랄 때부터 동생과는 달리 말썽을 부렸고 도벽도 있었던 것을 알기 때문이다.

"야무지게 해가지고 고향에 돌아가야 안 하겠나? 나도 그렇지마는."

"고향 말입니까?"

허허허 헛헛 하고 웃는다.

"이곳에서 아재씨를 만난 것도 한탄스러운데…… 죽어 송장이 되어도 고향에는 안 갈 겝니다."

김두수는 다시 허허허 헛헛 하고 웃는다.

7장 이사(移徙)

어젯밤 비가 제법 실팍하게 내리더니, 길이 진창이다. 내왕이 뜸한 시골길이라 진창은 더욱 심하다. 시가를 빠져나올 때 동쪽에서 북쪽으로 크게 걸려 있던 무지개는 어느덧 엷어지면서 녹아드는 얼음조각처럼 지워져가고 있었다. 뿌연 수증기 사이를 뚫고 햇빛은 들판 가득히 쏟아지는데 행여 비라도 또 내릴세라, 그러면 소중한 갓이 망가질 것인즉 갓 위에 갈모를 쓴 김훈장이 장죽을 들고 두 활개를 치며 마차 소달구지가 지나간 바퀴 자국을 따라 걷는다. 외갓집에 가는 아이처

116

럼 즐거워 보인다. 길상은 보따리를 들고 김훈장 뒤를 천천히
따라간다. 시내서 엄치(엄청) 나왔건만 목적의 농가는 아직 보
이지 않고 불그레한 물빛의 육도천을 바가지 한 짝이 숨바꼭
질하듯 떠내려간다. 바람이 없는 좋은 날씨다. 유월로 접어든
들판에는 싱싱한 녹색이 쫙 깔려 있었는데 때때로 햇빛에 희
번덕이곤 한다. 소를 몰고 논둑길을 가는 아이는 보릿가루라
도 먹는 건지 고개를 쳐들고 손바닥의 것을 입속에 털어 넣는
다. 김훈장과 길상은 큰길에서 좁은 길로 꺾어든다.

"곧 장마철이 될 게야."

물 고인 곳을 피해 걸으며 김훈장이 말했다.

"네."

"장마가 지면 이 길도 막혀버릴 터인데 용정의 일들은 언제
끝나나."

수송의 성시기(盛時期)는 강이 얼고 길이 빙판으로 변하는
겨울이 와야, 해빙기나 장마철에는 강물이 범람하고 길이 끊
어지기가 일쑤여서 우마의 내왕은 자연 어려워진다.

"서둘러야지요. 물자도 물자려니와 목수가 귀해서 상전 모
시듯 합니다만."

"그럴 게야."

용정의 일이란 서희의 집 일을 두고 한 말이다. 불만이 쌓
이고 쌓여 비방을 서슴지 않는 김훈장이지만 팔은 안으로 굽
더라고 역시 내심으로는 서희를 위해 걱정이 되는 모양이라

생각하고 길상은 속으로 미소한다.

"목수 얘기가 났으니 말이네만 윤보 생각이 나는군. 자네도 생각이 날 게야."

"네."

"그자가 죽지 않고 이곳에 함께 왔더라면…… 의병장 홍범도만큼이야 할까마는 거 재목이 컸었는데……."

"컸었지요. 그만한 인재도 드물겠지요."

"위인이 순직하고 입정이 나빠 탈이었지만 도량이 넓고, 무엇이든지 포용할 수 있는 인물이었지. 사욕이라곤 터럭만치도 없는, 목수로서 기량도 좋았고, 옛말에도 도편수는 정승감이라야 한다고들 했으니, 태어날 곳에 태어났더라면 아주 훌륭한 장수가 되었을 게야."

김훈장이나 길상이는 다 같이 윤보에 대해서는 추억이 많다. 생사를 같이했고 또 그의 죽음을 지켜본 이들이 감회 없이 윤보를 회상할 수 없는 것이다. 김훈장의 경우는 특히 그러했다. 기분이 좋아서 활갯짓을 하고 가던 김훈장이 윤보 말을 하고부터 풀이 죽는다.

'하긴 윤보 목수가 함께 왔더라면 김훈장이 저리 쓸쓸해 뵈지는 않았을 거야.'

용이는 김훈장을 어려워했다. 눌변(訥辯)인 데다가 넓은 세상을 돌아다니며 식견을 넓힌 윤보와는 달리 의기상투(意氣相投)할 만한 국가대사에 대한 경륜이 없는 평범한 농부였고, 길상은 한때 김훈장이 글을 가르친 일이 있었으나 나이의 격차가 많았고 입이 무거워서 비록 하인의 처지라 하여도 접근하기 어려운 데가 있었다. 그리고 서희는 말할 것도 없거니와 상현도 김훈장을 경원하여 말상대가 되어주려 하지 않았다.

"아직은 애기씨도 객줏집에 계시는 형편이고 집, 가게를 한꺼번에 시작하여 일의 두서도 없고,"

"어흠!"

"가시는 집이 너무 험해서 말입니다."

"이 사람아, 언제 내가 고대광실에 살았었나."

"아무튼 얼마 동안만 불편하시더라도 참아주십시오. 다시 뫼시러 오겠습니다."

그것은 길상의 즉흥적인 말이다. 송병문 씨 댁에 상현과 함께 기거하는 것을 보다 못해 그동안 마땅한 방이 없을까 하고 여기저기 수소문해봤으나 반 이상을 태운 용정에 빈방이 있을 리 없다. 겨우 공노인이 주선해준 것이 객줏집에 야채를 팔러오는 아낙네 집인데 용정에서는 상당히 거리가 있는 외진 곳의 농가였다. 서희는 멀리 떨어져 가는 것을 잘된 일이라 하여 찬성이었고 그 농가에 가보고 온 길상은 마음이 무거웠다. 그러나 달리 방도가 없는 바에야 하는 수 없는 일이다. 김훈장을 찾아가서 이러저러한 집이 있기는 있으나 음식도 험할 것이요 비바람을 가릴 정도로 퇴락된 방인데 어떻게 할까 보냐고 했었다. 김훈장은 숨이 트이는 듯 얼굴이 환해지며 기뻐했다. 해서 길상은 김훈장의 이삿짐 보따리 하나를 들고 지금 그 농가로 가는 길이다. 김훈장이 기뻐한다고 해서 길상의 마음이 편한 것은 아니었다. 오히려 기뻐하기 때문에 마음이 언짢았던 것이다.

"잡숫는 것도 험하겠지만……."

아무래도 마음이 찐찐(찜찜)하여 길상이답지 않게 중언부언이다. 오히려 김훈장이 투덜대기라도 했더라면 함께 짜증을 부리고, 그 편이 나았을는지 모른다.

"허허어, 이 사람아. 내 지난날 보리죽 먹던 처지를 몰라서 그러는 겐가?"

"……."

"호사할려고 이곳에 온 것도 아니겠고 고생은 이미 작정한 바라…… 윤보처럼 그 골짜기에서 죽었더라면 좋았을 것을, 나라 망하는 꼴 안 보고 뼈는 내 땅에 묻혔을 테니 말이야. 실상 늙은 목숨 이어가는 것도 구차스럽네."

"어째 그런 말씀을 하십니까?"

"아, 아닐세. 내가 뭐 섭섭해서 한 말은 아니야."

"잘못이야 한두 가지가 아니지요. 우선 저부터가……."

"……."

"언제까지 이러고 있을 건가 하는 생각도 들구요."

"길상아."

"네."

"자네 정이천(程伊川)을 아는가."

"네."

"정자(程子)는 이런 말씀을 하셨느니라. 아사(餓死)는 지극히 작은 일이요 실절(失節)은 지극히 큰 일이라고. 내 굶어 죽지 않으려고 이곳에 온 것은 아닐세. 여까지 온 바에야 설사 굶어 죽는 한이 있어도 누굴 탓하겠느냐. 젊은 자네들은 앞날도 길고 할 일도 많지. 늙은 우리야 부끄럽지 않게 죽을 자리를 찾아왔을 뿐 추호도 개의치 말아라."

"……."

"모두들 고생하기론 마찬가지야. 나라 잃은 우리 늙은이들 운명이란 어차피 객사하기 마련이고…… 자네 운헌 선생을 아나?"

"네. 생원님 계신 곳에서 두어 번 만나뵈었습니다."

"참 그랬었지. 그 양반도 오래가긴 어려워."

"네?"

"기동을 못하셔."

"그렇게 편찮으십니까?"

"노쇠겠지. 눈이 짓무르고 피골이 상접해서, 어차피 나도 그렇게 되겠지만."

보나 마나 못 먹어서 난 병인 것을 짐작할 수 있었다. 길상은 그 노인의 성함을 모른다. 김훈장이 노상 운헌(雲軒) 선생하고 불렀기 때문에 운헌 선생으로 알고 있을 뿐이다. 시골 농사꾼 늙은이같이 생긴 김훈장과 달리 학처럼 깨끗하게 늙은 선비로서 나이도 김훈장보다 몇 살은 위인 듯싶었고 유림계에 나가면서 사귄 모양이었다.

"운현 선생께서는 문중에서 여러 분이 와 계시지요?"

"음. 여러 분이 오셨지. 몇 분은 해삼위로 떠나셨고 이곳에 두 분이 남으셨는데 조카 되시는 벽촌 선생이 나이는 더 잡수셨지."

"젊은 분은 안 오셨습니까?"

"젊은이들…… 고향에는 모두 미성(未成)한 아이들만 남은 모양인데…… 거 훌륭하신 양반이지. 아는 사람은 다 아는 석학이야."

"네. 모습만 뵈도 학덕이 높으신 분으로 짐작할 수 있었습니다."

"재야(在野)의 선비로서 중앙에 진출은 아니했으나 문벌도 좋고, 하기는 주자학(朱子學)에서는 이단사설(異端邪說)로 보는 양명학(陽明學)을 했으니…… 서희 부친 최공도 한때 그것을 연구한 일이 있었지. 나로서는 양명학을 뭐라 할 수는 없네만."

"양명학이란 실학에 가까운 학파 아닙니까?"

"아, 아니지. 그렇지는 않지. 한데 학문이란 그 물줄기를 타고 올라가보면 이상한 게야. 주자께서는 아까 말한 정이천의 영향을 아니 받았다 할 수 없고, 그래서 정주학(程朱學)이라는 터이고 정이천의 형님 정명도(程明道)는 후일 양명학에 그 양지

양능(良知良能)의 설을 크게 미쳤으니,"

하다가 생각이 난 듯,

"내가 지금 가는 집에 남정네가 없다면서?"

"네."

"그게 하나 마음에 걸리는구먼."

"글쎄올시다……."

"날씨 좋구먼. 들판도 널찍하고,"

"생원님 저기, 바로 저 집입니다."

드문드문 농가가 보인다. 길상이 손가락질하는 집은 멀리서 보기에는 제일 초라한 것 같다.

마당으로 들어섰을 때 닭 모이를 뿌려주고 있던 아이가 쳐다보며 알은체한다.

"어머니 계시냐?"

길상이 묻는다.

"예."

공손히 대답하고 나서 부엌 쪽을 향해,

"어머니, 손님 오셨습니다."

일전에 길상이 방을 보러 왔을 때 야채장수 아주머니는 없었고 아이가 응대를 했었는데 여남은 살밖에 안 된 아이의 태도가 침착하고 예의바른 데 이상한 느낌을 가졌었다. 역시 그때와 마찬가지로 아이의 말씨나 행동거지는 이상한 감을 준다.

'잘 가르쳤구나.'

김훈장도 그것을 느꼈음인지 유심히 아이를 바라본다. 사십쯤 되었을 성싶은 야채장수 아주머니가 손을 닦으며 부엌에서 나온다.

"안녕하십니까, 아주머니."

길상이 인사를 하자,

"오시느라 수고하셨소."

의젓하게 미소를 짓는다.

'이상하다?'

용정에서 볼 때와 지금 보는 아주머니 모습이 전혀 다르다. 뼈대가 굵고 여자치고는 완강한 체격인데 장사꾼 아낙으로 무심히 보아왔던 그에게서 전에 없던 위엄 같은 것을 느낀다.

"생원님을 뫼시고 왔습니다. 아주머니께서 수고를 해주셔야겠습니다."

"수고랄 것 있겠소? 집이 누추해서 부끄럽소."

야채장수 아주머니는 이 같은 말씨를 쓰지 않았다고 길상은 생각한다. 도깨비한테 홀린 것 같은 묘한 기분이다.

"별말씀을 다 하십니다. 생원님, 이 아주머니께서,"

얼떨떨해하던 김훈장이,

"네. 앞으로 신세지게 됐소이다."

나무막대기처럼 뻣뻣이 말했다. 여인은 뒤돌아보며,

"어머님,"

언제 나왔는지 눈빛처럼 하얗게 센 머리를 쪽찐 안늙은이

가 마루에 앉아 있었다. 점잖고 깨끗하다. 여인은 가까이 다가가 두 손을 맞잡는 자세를 취하며,

"어머님, 작은방에 드실 손님이 오셨습니다."

"그러냐?"

하며 김훈장을 쳐다보는 안늙은이의 눈빛은 곧았다.

"처음 뵙겠습니다. 이번에 소생이 신세를 지게 됐습니다."

어느덧 김훈장은 공손하게 인사를 하고 있었다. 안늙은이는 미소하며 고개를 끄덕인다. 인사가 끝난 뒤 김훈장과 길상은 허둥지둥 방으로 들어갔다. 그새 도배를 한 모양이었다. 얕은 천장에 울둑불둑 고르지 못한 벽이나마 깨끗했고 종이 냄새가 풍겨왔다. 야채장수 아주머니, 외딴 곳의 누추한 농가, 김훈장은 물론 길상이도 그 이상의 아는 바가 없다. 두 사람은 동시에 숨을 내쉰다. 마음 놓고 찾아왔다가 호되게 뺨이라도 맞은 것 같은 기분이라 할까.

아무튼 이리하여 김훈장은 농가의 하숙인이 된 셈인데 집안의 식구라고는 늙은 시어머니와 며느리, 그리고 열다섯 살, 열한 살의 손자, 모두 넷이었다. 찢어지게 가난한 중에도 손자들은 용정에 있는 학교에 보내고 있었으며 큰아이는 중학에 다닌다고 했다. 상대가 여인네와 아이들이니 체면상 김훈장은 집안 내력을 물어볼 수 없었고 그들은 그들대로 집안일을 말하는 일이 없었으므로 김훈장의 궁금증은 풀리지 않았으나 무섭게 법도를 지키는 이네들 생활태도에서 상사람이

아님은 물론 범상한 사람들도 아닌 것을 짐작할 수 있었다.

십여 일이 지난 뒤 김훈장은 조반을 먹고 나서 나들이 차비를 차린다. 때묻은 바지저고리 위에 행여 때가 묻을세라 신주 모시듯 걸어놓은 흰 무명 도포를 내려 조심스럽게 입는다. 다음은 망건 위에 갓을 올려 쓴다. 갓끈을 손바닥으로 슬슬 비비며 윤을 내는 김훈장의 표정은 매우 만족스런 것이었다.

"나가볼까?"

얇은 방문을 열고 허리를 구부리며 나온다. 똑바로 서서 의젓하게 나올 수만 있었다면 김훈장은 더욱 만족했을 것이다.

"생원님, 나가십니까?"

둘째 정호(廷晧)가 밖에서 들어오다가 물었다.

"오냐. 어머님은 어디 가셨느냐?"

"예. 용정에 나가셨습니다."

"그래? 너는 왜 학교에 안 갔느냐?"

"오늘은 일요일입니다."

"응, 그럼 정석이는?"

"형님은 밭에 나갔습니다."

"너도 함께 가서 일을 해야지."

"예. 나갔다가 할머님이 편찮으셔서,"

김훈장은 기특하다는 듯 부드러운 미소를 띤다. 그간 소일 삼아 정호에게 한문도 가르쳐보곤 했는데 총기가 좋은 아이였다. 김훈장은 둘째가 썩 마음에 들었다.

"그럼 다녀오마. 혹 저녁에 못 돌아오더라도 기다리지는 말아라."

"생원님, 다녀오시오."

문밖까지 따라나오며 인사를 했다.

오래간만에 용정 시가에 들어섰다. 집들을 짓느라고 여기저기 몹시 시끄러웠고 활기를 찾은 듯 보여지기도 했다. 김훈장은 마음속으로 서희 일이 궁금했으나 서희 집자리 부근까지 왔을 때는 걸음을 빨리한다. 그랬는데 공교롭게 용이와 부딪치고 말았다. 용이는 커다란 꾸러미를 들고 있었다.

"생원님."

허리를 굽히며 새까맣게 탄 얼굴에 미소를 띤다.

"아니, 자네 신색이 왜 그런가?"

"햇볕 보고 일을 하니께요."

서희에 대해 너그러워져 있던 김훈장 마음에 괘씸한 생각이 든다.

"자네도 최참판네 하인인가?"

"그런 말씀을,"

"돈 많은 사람이니 인부 사서 하면 될 거 아닌가."

용이는 피해 서듯,

"한분 찾아가서 뵈올라꼬 생각했습니다마는, 지내시기가 우떻습니까."

"괜찮네."

"마침 홍이 놈이 생원님 계신 댁의 애하고 한 학교에 댕기서 생원님 소식은 종종 듣고 있십니다."

"홍이 놈이 정호하고 한 학교에 다녀?"

"예."

"그놈 맹랑하구나. 정호 놈은 통 그런 말을 안 하던데?"

용이와 헤어진 김훈장은 입구부터 좁은 골목을 들어간다. 어수선한 동네다. 따닥따닥 붙은 집들은 모두 지붕이 얕고 수챗구멍에서 썩는 물 냄새가 코를 찌른다. 골목길에도 질적질적 수챗물이 괴어 있다. 즐빗이 처마와 맞닿은 집들 중에 다소 두드러져 보이는 대문 앞에서 걸음을 멈춘 김훈장은 헛기침을 하고 목을 가다듬은 뒤,

"일 오너라!"

좀 기다렸다가 다시,

"일 오너라! 게 아무도 없느냐?"

"뉘시오?"

사내 목소리다.

"운헌 선생 계신가?"

"예ㅡ."

눈이 딩굴딩굴한 젊은 사내는 대문을 따주고 좀 우습게 보는 표정을 짓더니 들어가버린다. 몸채 옆을 지나 달아서 지어낸 뒷방 쪽으로 갔을 때 노인 한 사람이 툇마루에 걸터앉아서 앞집 처마에 가려 좁다랗게 된 하늘을 올려다보고 있었다.

"아니, 벽촌 선생."

슬그머니 얼굴을 돌린 노인은 눈으로 알은체한다.

"그간 안녕하시었습니까."

"예."

"오랫동안 찾아뵙질 못하고."

"김생원께서는 시골생활이 어떠시오?"

"있을 만합니다."

"거 다행이구면요."

"운헌 선생께서는?"

"방에 누워 계시오."

눈을 내리깐다.

"차도가 있으신지요."

대답이 없다. 노인은 느릿느릿 몸을 일으킨다. 키도 크고 골격도 굵은 늙은이, 수염과 머리는 반백이었고 보기에 건강한 것 같지는 않다. 눈 밑으로 축 처진 군살이 불룩불룩 흔들린다.

"좀 나갔다 오겠소. 김생원께서는 들어가보시우."

그러나 김훈장은 노인을 따라 대문간까지 간다.

"어째 차도가 없으신 모양이군요."

"예."

눈 밑으로 처진 군살이 심하게 흔들린다.

"약을 지으러 가는 길이오만 별무신통할 게요."

숙부(叔父)보다 나이 많은 조카는 대문 밖 골목을 멍하니 바라본다.

"이영근 선생 자제분들이 병원으로 뫼시고 가자고들 하지만 성미를 아시지 않소? 남의 신세라곤 터럭만치도 안 지시려니, 그 고집을 누가 당하겠소? 명대로 갈 터인데 무슨 여한이 있겠느냐 하신다 말씀이오."

김훈장은 눈만 멀뚱멀뚱 하고 노인을 쳐다볼 뿐이다.

"그럼 다녀오겠소. 그동안 말벗이나 되어주시오."

노인은 대문 밖으로 나가고 우두커니 서 있던 김훈장이 발길을 돌려놓는데 땅을 구르며 뛰는 발소리, 얼마간 간격을 두고 뛰어가는 또 하나의 발소리가 요란스럽게 들려온다.

8장 주구(走狗)와 갈보

골목에서 뛰어나온 김두수는 골목으로부터 큰길로 꺾어지는 모퉁이의 고물상 안으로 쑥 들어간다. 농짝, 낡은 뒤주, 찌그러진 트렁크 따위를 쌓아올려 거리 쪽이 가려진 그 뒤켠으로 슬며시 몸을 숨기면서 푸석푸석한 먼지 속에 묻혀 있는 책자 신문지를 들여다보는 척 허리를 구부린다. 목기 유기 사기, 갖가지 그릇에다 물병 술병 병풍 족자 소반 등 너저분하게 쌓여 있는 고물상 안은 어두컴컴하고 구석지 걸상에는 곰방대를 물고 앉은 주인이 이켠을 지켜본다. 이때 방금 김두수가 뛰어나온 그 골목에서 사색이 된 한 사나이가 달려나온다. 의복이 남루한 삼십 안팎, 사내는 잠시 대로의 전후좌우를 숨가쁘게 두리번거리다가 고물상 앞을 획 지나서 급히 뛰어간다. 그가 뛰어가고 얼마 안 되어 몸집이 장대한 노인 한 사람도 급한 걸음으로 고물상 앞을 지나간다.

"뭘 찾으시오."

고물상 주인이 골통을 털며 천천히 걸상에서 몸을 일으켰다.

"예."

"서책이라면 이쪽에도 있소이다."

"다음에 또 들르지요."

김두수는 고양이처럼 가볍게 거리로 나왔고 뛰어나온 골목으로 재빨리 들어선다. 들어서면서 힐긋 뒤돌아본다. 저만큼, 그곳에도 이쪽과 방향을 같이 한 골목이 있었는데 그 앞에서 방금 뛰어간 사내는 미친 듯이 사방을 두리번거리고 있었다. 노인은 그를 향해 노한 몸짓을 하며 나무라고 있는 모양이다. 김두수는 싸늘한 웃음을 흘리며 나는 듯 빠른 걸음으로 골목을 되잡아 들어간다. 이윽고 낡은 초가집, 반쯤 열려진 채 있는 판자 문을 한켠 어깨로 떠밀 듯하고 들어서는데 역시 재빠르게 지나온 골목을 돌아본다. 아무도 없었다. 좁은 골목은 지렁이같이, 시궁창 냄새를 풍기며 뻗어 있을 뿐이다.

낡은 초가집의 손바닥만 하게 좁은 마당에는 중년쯤 됐을까? 논다니 같은 여자가 세수를 하고 있었다.

"유서방 아직 안 왔소?"

비누거품이 묻은 얼굴을 치켜올린 여자는,

"난 또 누구라구?"

"유서방 아직 안 왔느냐 묻지 않소."

"오기는 언제 와. 나가면 한 달도 좋다 두 달도 좋다 하는 사람을, 무작정이지 뭐."

구두를 벗고 야트막한 마루로 올라선 김두수는 방문을 열려다 말고,

"서울댁."

"왜 그래."

으푸으푸 요란스레 얼굴에다 물을 끼얹던 여자는 쨍하니 소리를 지른다. 얼굴을 씻는 동작에 따라 팡파짐한 엉덩이가 올라갔다 내려갔다 한다.

"나 한숨 잘 테니 해가 지거든 깨워주오."

"한낮에 무슨 잠이야? 밤에 잠 안 자고 뭘 했어."

방으로 들어선 김두수는 흰 무명 두루마기부터 벗어 걸고 대님을 푼다. 양말을 벗어버리고 바지저고리도 벗어버리고 속내의 바람이 된 뒤 윗목에 개켜놓은 이부자리를 편다.

"제기랄! 재수가 없으려니,"

시부렁거리며 이부자리 속으로 기어든다.

"한숨 푹 자야지. 자는 게 제일이야."

빗물에 얼룩진 천장을 멍하니 올려다보다가 눈을 감는다. 그러나 잠이 올 리는 없고 방금 겪은 일이 되살아나서 기분이 좋지 않다.

"원수는 외나무다리에서 만난다더니…… 한참 시끄러울 뻔했지."

자못 여유 있는 투로 중얼거렸으나 김두수는 그 사내 품속에 비수가 들어 있었을 것을 어렵잖게 짐작할 수 있었다.

'외나무다리 같은 좁은 골목을 그 새끼는 나오고 나는 들어가고 그렇게 딱 마주칠 건 뭐람?'

상대는 말뚝이라도 된 것 같았다. 순간 김두수는 민첩하게 발길을 돌려 몸을 날렸던 것이다. 물론 상대방도 비호같이 뒤따랐다. 김두수를 위해선 천행이라 할까. 마침 노인 한 사람이 앞서가고 있었는데 김두수는 고의로 밀어뜨리고 빠져나오는 순간 바싹 뒤따르던 사내는 휘청거리는 노인과 함께 나자빠졌다. 노인은 운헌 선생의 약을 지으러 가던 벽촌 선생이었던 것이다.

'옛말에도 등잔 밑이 어둡더라고 내가 이 골목을 되잡아와서 여기 낮잠을 주무시고 있는 걸 그자는 생각지 못할 게야. 지금쯤 두 눈깔이 시뻘게져서 용정 거리를 헤매고, 흐흐흣…… 바보 같은 새끼! 이 김두수가 그렇게 호락호락 제 놈 손에, 맘대로 날 죽여? 어림없지.'

서울댁은 반쯤 열려져 있는 판자 문을 닫고 문고리를 걸어 잠근다.

"청승궂게도 조용하구먼. 답답해서 어디 살겠어?"

중얼거리며 종지에 물을 떠서 마루 끝에 놔둔 서울댁은 방에서 경대를 들고 나온다. 햇볕이 알짱거리는 마루 끝 가까운 곳에 경대를 놓고 퍼질러 앉는다.

'가만있자…… 저 구렁이가 다녀간 지 한 달도 못 됐는데 뭐하러 또 왔지?'

서울댁은 거울 속의 제 얼굴을 들여다본다. 얼굴 생김새는 제법인데 살결이 엉망이다. 닭살같이 거친 데다 연독(鉛毒)이 올랐는가 온통 푸릇푸릇하다. 서른네 살, 아직 늙지 않았다면 늙지 않았다 할 수도 있는 나이지만 쭈글쭈글한 주름은 초겨울 날씨처럼 음산하고 사십이 넘은, 이미 가랑잎이다.

'한심스럽다, 한심스러워. 어제 청춘이 오늘 백발이라 하던가? 빌어먹을! 늙어가면서 무슨…….'

턱 밑에 난 뾰루지를 만져보다가 두 손가락을 모두어 힘껏 짠다.

"아이 아파라!"

경대 빼닫이를 드르륵 열고 기름때가 묻은 헝겊을 꺼내어 짜낸 자리의 피를 닦는다. 경대 빼닫이에 달린 주석 고리가 간들간들 흔들리며 소리를 낸다.

'여자 팔자 두룸박 팔자라 하긴 하더라만 언제 또 보따리

싸가지고 찬 바람 부는 거리로 나가게 될지…… 빌어먹을! 귀신도 모르게 날 죽여줄 놈은 없을까?'

족집게로 이마빡의 잔털을 뽑아내며 연신 마음속으로 중얼거리지만 서글퍼하는 표정은 아니다. 남의 얼굴을 보듯, 남의 일을 생각하듯, 태평스럽기조차 하다. 잔털을 다 뽑은 뒤 네모난 분곽을 꺼내어 뚜껑을 연다. 울긋불긋한 무늬의 분곽, 값싼 박하분이다. 약봉지같이 하얀 종이 속의 바스라진 분 몇 덩이를 손바닥에 옮겨놓고 팔을 쭉 뻗쳐 마루 끝의 종지를 집어와서 물을 두어 방울 떨어뜨린다. 그것을 오랫동안 손가락 끝으로 으깨어서 점을 찍듯 얼굴 여기저기 찍어 바른다. 고루고루 정성스럽게 밀다가 기름때가 묻은 손수건에 침을 발라 입술을 닦고 눈을 닦고 눈썹을 닦는다. 다음은 성냥을 긋고 훅 불어 끄고 숯이 된 성냥개비로 눈썹을 그리기 시작한다.

"김총각, 자나!"

"뭐라구!"

작은방에서 찐득한 목소리가 들려왔다.

"안 자는구먼."

"거 말조심하라구요. 내 입에서 육두문자가 나가기 전에,"
서울댁은 까르르 웃는다.

"총각이니 총각이라 했는데 누가 못할 말 했나?"

"……."

"이봐요. 그런데 유서방은 왜 기다리지?"

"……."

"도둑질 같이하자는 게야?"

여전히 대답이 없다.

"아, 아아— 심심하다."

서울댁은 머리를 풀어 빗질을 하고 기름을 바르고 머리를 땋고 자줏빛 감댕기를 감아 연둣빛 사기 비녀를 틀어쥔 쪽에 꽂는다.

"이제 옷이나 갈아입어 볼까? 흥, 정든 님이 있어서 몸단장인가?"

경대를 들고 방 안으로 들어간다. 한참 후 마루로 나온 서울댁은 옥색 숙수 저고리에 검정 인조견 치마를 입었는데 여우가 둔갑을 하듯 서른네 살 젊은 여인으로 변해 있었다.

"어쩔까? 술이나 하러 갈까, 점을 치러 갈까?"

분가루가 떨어진 마루에 한두 번 걸레질을 하고 나서,

"김총각 자나?"

"에이! 잠도 못 자게시리."

"안 자는구먼."

"자나 마나 그놈의 총각 소리 그만두지 못하겠소?"

서울댁은 또 까르르 웃으며 방문을 연다.

"대낮에 무슨 잠이야? 일어나아."

방문을 열어놓은 채 방 안으로 들어간다. 두 팔만 이불 밖에 내놓고 반듯이 누운 채 김두수는 서울댁을 빤히 쳐다본다.

"이봐 김총각."

옆으로 바싹 다가앉는다.

"허허어, 애아범을 보고 무슨 소리요?"

"내가 밑천을 아는데 신소리 말라고. 애아범? 사모나 한번 써보고 하는 말이야?"

"그럼 거기는 족두리나 써보고 하는 소리요?"

"처지가 같구먼."

"그럼 나도 서울처녀, 하고 불러야겠군."

"하하핫…… 서울처녀라? 뱃가죽 늘어지겠네, 하하핫……."

사내처럼 웃는다.

"그러니 김주사라 불러요. 김주사나으리면 더욱 좋고."

"이번에는 김주사에다 나으리라? 그렇게 되면 나는 뭐가 되누. 아씨, 아니 마님이라 불러얄 거 아냐? 이거 팔자에 없는 마님 소릴 듣고 밤새 급살이라도 만나면 어떡허지?"

"자알들 노는군. 세상이 꼴망태*가 됐으니…… 상것들 세상 만났지. 뭐하면 중전마마라 불러주리까?"

"입으로 인심 쓰는 것쯤 누워서 떡 먹기 아냐? 중전마마건 대전마마건 하하핫…… 도둑놈이 상감 되고 갈보 년이 중전 되고…… 그런 세상 한번쯤 돼보는 것도,"

"다 왜놈 덕분이지."

"왜놈 덕분?"

137

"아암요. 언제 상것들 허파 열고 바람 마셨수?"

"허파고 뭐고 아 사람이 들어왔으면 일어나 앉기나 해."

"일어나 뭐 하게요."

"얘기하지."

"정들면 큰일 나게?"

여전히 꿈쩍 않고 입만 논다.

"정이 들면 더욱 좋고."

"유서방이 내 다리뼈 뿌질러놓을 일은 어쩌누?"

"유서방 천리안 가졌나 뭐."

"겁은 나는 모양이군."

"귀밑머리 마주 푼 부부라서 그렇기도 하겠다. 아, 일어나라니까. 허리뼈가 없나?"

서울댁은 와락 덤비듯 하며 김두수의 팔을 꼬집는다.

"아 아얏! 버릇없이 이게 무슨 짓이야?"

"버릇없이?"

"아암 버릇없는 짓이지. 양반한테 천한 계집이 이래 쓰나?"

말씨가 싹 달라진다.

"양반? 그럴 리가 있나. 며칠 전에 말이야. 해묵은 북어 한 마리를 보고 방망이를 들고 나갔더니 그게 양반이더군. 적어도 이 간도땅에는 이렇게 피둥피둥 살찐 양반은 없어."

서울댁은 김두수의 팔을 쿡쿡 찌르면서 끼들끼들 웃는다. 김두수는 반듯이 드러누운 채 정색을 하고 나무라던 아까와는 다르게 실실 웃는다. 웃다가 몸을 반쯤 일으킨다.

"제에기! 잠자기는 다 글렀다. 술이나 가져오우."

"잘 생각했어. 그게 바로 내 생각이야."

"입은 두었다가 술 마실 때나 쓰고, 술이나 가져와요."

"하지만 여기가 주막인가? 옷 입고 나가자구."

"돈 주고 술 사오면 될 거 아니오."

"그럴까?"

서울댁은 방을 나서면서,

"난 술 없인 하루도 못 살아. 술값 따로 주는 우리 유서방, 그래서 나는 유서방이 예쁘더라."

판자 문 닫히는 소리가 난다. 김두수는 기지개를 켜다가 이불을 걷고 나와서 바지를 주워 입는다. 허리끈을 매면서,

"계집이 꼬릴 치는데, 다 늙어빠진 게, 그것도 계집이라구…… 어차피 해지기까진 여기 있기는 있어야 하니까."

벗어놓은 조끼 주머니 속에서 궐련을 꺼내어 불을 붙여 물고 성냥을 내던진다.

'재수가 없으려니 하필이면 그 새끼를 여기서 만날 건 뭐람? 아무래도 용정하고 나하고는 궁합이 맞지 않는 모양이야. 시시한 것들하고만 부딪치니 그놈의 거간 첨지도 그렇고 이서방인가 저 서방인가 재수 없는 것들만…….'

푹 파여 들어간 두 눈에 불을 뿜던 사내 얼굴이 떠오른다. 노일전쟁 때다. 지금으로부터 칠 년 전의 일이다. 헌병 보조원

이었던 김두수는 아라사의 첩자라 하여 한 사내를 잡은 일이 있었는데 잡고 보니 그는 의병총사(義兵總師) 유인석(柳麟錫) 계열의 의병장 박 모(朴某)라는 인물이었다. 물론 총살당하고 말았지만 박 모의 동생이 김두수를 기억했다는 것은 실수였다. 끊임없이 추적해 다니는 것은 아니었지만 어디서든 만나게 되면 죽이리라는 상대편의 결심은 짐작할 수 있는 일이었다.

'여기서는 할 수 없는 일이고 조선만 같아 봐라, 내가 그만두는가.'

입맛을 쩝쩝 다시며 담배 연기를 뿜어낸다.

'흥! 의병장? 독립운동? 개나발 같은 소리 작작 해. 왜놈이 임금이건 조선놈이 임금이건 나한테 무슨 상관이야? 어느 놈이 잘살든 못살든 내 알 바 아니고 내가 근심할 일은 내 이 일신 하나뿐이야. 언제 어떤 놈이 나를 대신해주었더란 말인가? 천대와 구박…… 천대와 구박, 내가 받은 건 그것밖에 없었다. 나라가 망했다고 울어? 우는 눈구멍에 오줌을 갈기지. 나라가 뭐야? 망해라! 망해! 살인죄인의 자식인 이 김두수, 조선 백성 되길 버얼써, 십여 년 전에 사양해온 터라. 조선 백성? 개돼지 취급이라도 조선 만세를 부를까? 발붙일 곳이 없어도 내 나라 내 강산이라며 울까? 의병장? 독립투사? 여부가 있나. 주렁주렁 한 줄에 엮어서 그 절개 높은 상판에다 똥칠을 할 테다! 난 대일본제국의 주구요 역적이요 대악당 김두수란 말이야. 까짓 비수 한 자루 품고 비리갱이같이 만주 벌판을 헤매는 그놈을 내가 무서워해? 천만의 말씀이다. 천만의 말씀! 그따위 배포라면 이 김두수 지금까지 살아 있지도 않았을 게야. 우국열사라는 놈들이 목숨을 걸었으면 나도 목숨을 걸었다. 걸었어!'

"아이 숨차아."

술병을 든 서울댁이 부산스럽게 숨을 내쉬며 들어온다. 문을 닫아걸고 부엌으로 들어가서 한동안 달그닥거리더니 술상을 보아왔다.

"일요일이래나 뭐래나? 점방 문 닫은 집이 많아. 황주 값도 오르고 말이야. 빌어먹을 놈들, 불난 걸 기회 삼아서 저희들 배때기 불릴 생각만 한단 말이야. 술값은 김주사가 내는 거야."

"얼굴 간지럽군. 술값 내랄 때는 김주사요?"

"그것 다 살아오면서 배운 국량 아니던가? 호호홋……."

사내와 계집은 술을 마시기 시작한다.

"내, 오면서 이상한 사람 봤구먼. 기분 좋지 않은데?"

"이상한 사람이라니?"

김두수는 신경을 곤두세운다.

"분명히 나갈 때는 골목에 아무도 없었는데 말이야. 올 때보니 한 사내가,"

"어디? 문 앞에요?"

"아아니, 골목을 좀 들어서서, 담벽에 박쥐처럼 착 붙어 있지 않겠어? 행로병잔가 굶주린 사람인가 했지. 얼굴이 죽을상이라 뭐하면 집에 데려와서 더운 국물이라도 먹일까 싶어서,"

김두수 등골에 식은땀이 흐른다.

"어디 아프냐고 물었더니 잡아먹을 듯 나를 쳐다보는데 소름이 오싹 끼치질 않겠어? 얼굴에 구멍이 뚫릴까 무섭더군. 내 산길을 가다가 비적 놈을 만난다 해도 무서워한 계집은 아닌데 말이야. 그 눈, 꼭 사람 잡아먹을 눈이더구먼."

김두수는 자기를 찾아 헤매다가 방향을 잘못 잡은 것을 깨달은 사내가 본시 자리로 되돌아와 골목을 지키는 거라 생각했다.

'야단났군. 막다른 골목인데, 어디로 빠져나가지? 설마한들 그놈이 거기서 밤이야 새겠나.'

"무슨 생각을 하는 게야? 술 마실 때 딴생각하면 못써."

"서울댁."

"왜 그래."

"아까 뭐랬소? 비적 놈을 만나도 안 무섭다 했던가?"

"그랬어."

"비적을 만난 일 있소?"

"만난 일 있지. 여러 해 전에 천보산 탄광에서 술장사를 할때야. 두도구로 나오는 길에 비적 놈을 만나서 돈을 털린 일이 있어."

"그놈 비적 눈에는 서울댁이 계집으로 안 보였던 모양이구만."

"허풍이야, 허풍. 좀도둑이었어."

깔깔대며 웃는다. 그런데 갑자기 김두수가 마시려던 술잔을 상 위에 도로 놓으며 너털웃음을 웃어 젖힌다.

"좀도둑 만났다는 게 그리 우스워."

건성으로 웃은 자기에 비하여 요란스런 김두수 웃음에 서울댁은 어리둥절한다.

"서울댁, 서태포가 어딘지 아오? 가본 일 있소?"

"몰라. 가본 일도 없어."

"삼십 년 전에도 이곳에 비적들이 있었을까?"

"삼십 년 전의 일을 어떻게 내가 알아. 세상에 나왔을까 말까 할 때 일을,"

"사십 넘은 할망구가 왜 이러지요?"

"아아니, 내가 임자를 애송이 취급한다고 이러기야?"

"삼십 년 전 도대체 이 고장에 얼마만 한 사람이 살았을까?"

"무슨 얘길 하는 게야?"

"얼마 전에 어떤 첨지한테 속은 생각이 들어서 말이오. 삼십 년 전에 약초를 캘려고 서태포에 갔다가 비적을 만나 붙들렸다던가, 어쨌다던가? 삼십 년 전이라면 이 용정도 조그만 촌락이었을 텐데 사람 벗겨먹고 사는 비적 놈들…… 왕청현 같은 곳이야 무인지경 아니었을까? 그놈의 첨지, 사람을 놀려먹어도 솜씨가 보통은 넘는 모양이야."

너털웃음에서 시작했는데 중얼중얼 기어들면서 생각에 잠

긴다.

"서태포고 동태포고 간에 임자, 왜말 썩 잘한다며?"

"잘하구말구."

"어디서 배웠지? 글도 아나?"

"알다마다. 이래 뵈도 열여섯에 집 나와서 일본사람 양자가 될 뻔했지."

"그래? 왜놈 될 뻔했구나. 될 뻔했다가 안 됐으니 다행이야. 나도 그만 갈보 될 뻔했다가 안 됐더라면 좋았을걸."

"아니 갈보하고 일본사람하고 어째서 같소!"

화를 발끈 낸다.

"같지. 일부종사 못한 년이 갈보요, 두 나라 섬기는 놈이 역적이니."

사내와 계집은 수작을 늘어놓으며 제법 혀가 꼬부라지는 상태까지 술을 마셨다.

"그래애, 내가 어찌 해서 팔자가 이리됐는고 하니, 신세타령 좀 해야겠어. 나하고 같이 술 처먹는 놈이면 한 번씩은 꼭 들려주는 얘기야."

"같이 술 처먹는 놈이라 할 거 뭐 있누. 나하고 잠자리한 놈이라 하지."

"그래그래, 그것도 빈말은 아냐. 내가 왜 이리됐는고 하니, 잘 들어. 나이 어린 게 하하핫핫 제법 오입쟁이 같은 수작을 부리는군. 그, 그래 내가 왜 이리됐는고 하니 그게 다 사내놈 때문이야."

"여부가 있나. 사내놈 없이 어찌 갈보질을 하누."

"날 우습게 보지 말라고. 이래 봬도, 양반 어쩌구저쩌구하더라만, 나 이래 봬도 한 남자 정해서 살 때는 한눈 안 판단 말이야. 괜히 구렝이 같은 생각하며 좋아하질 말라고."

"허, 눈먼 새도 안 돌아보겠다. 다 늙은 게."

"그래 내 팔자가 어째서 이리되었는고 하니,"
하고 시작한 넋두리에 의할 것 같으면 서울댁은 어느 돈 많은 중인(中人) 집의 통지기였다는 것이다.

"통지기나 갈보나."

김두수는 듣는 둥 마는 둥 핀잔만 준다. 대개 화류계의 여자들이란 자기 신상 얘길 하기 좋아했고 김두수도 흔히 듣는 얘기다. 하여간 찬거리를 사러 장에 다니던 통지기는 장꾼들이 벌이는 투전판에서 구전이나 뜯어먹고 사는 백수건달하고 눈이 맞았다는 것이다. 은근히 정을 통해오다가 함께 살기로 언약하고 수원서 서울로 도망을 친 것이 열여덟 때, 처음에는 사내도 죽을 둥 살 둥 했으나, 계집아이가 훔쳐온 금품이 떨어지자 정도 식더라는 것이다. 객줏집에 밥값은 밀리고, 결국 계집아이를 객줏집에 남겨놓고 사내는 혼자 달아났는데 처음에는 돈 마련을 하러 간 줄 알았고, 눈이 짓무를 만큼 울기도 했으나 설마설마 했다는 것이다.

"그래도 나는 믿었어. 끝까지 믿었단 말이야. 그래 술판에 나앉으라는 객줏집 여편네하고 한 달을 꼬박이 싸웠어. 밥값을 지워놓고 사내가 달아났으니 팔린 몸이라는 게야. 죽을려고 우물에도 뛰어가고 목을 맬려고도 했었어. 그러나 모진 게 목숨이더군. 객줏집 여편네한테 매도 많이 맞았고, 많이 맞았지. 그리하여 내 신세가 술집에서 술집으로 떠돌아다니게 됐는데,"

"세상에 얼빠진 놈도 있군."

"뭐

"그 놈팽이 말이지. 아 그래 밥값만 지워놓고 달아나아?"

"오오라, 몸값은 왜 안 받아갔느냐 그 말이겠다?"

"그렇지."

"어디서 많이 해 처먹은 솜씬가 보군."

"아암. 나야 처음 만난 계집애부터. 얼빠진 놈 같으니라구. 아 밥값만 지워놓고 달아나아?"

"얼씨구, 이 새끼 봐라?"

흐릿한 눈이 김두수를 쳐다본다. 치맛말은 풀어져서 반허리에 걸려 있고 헤벌어진 입매가 실룩실룩 움직인다.

"몇 계집애를 그렇게 해먹었는데 그중에서 아까운 년이 하나 있었더란 말이야. 그래서 큰마음 한번 먹고 되돌아갔지. 몸값으로 받은 돈에 밥값까지 보태서 찾으러 갔더니 아 고년 보지? 그새 술판에 나앉아 딴 놈하고 시시덕거리며 언제 보았느냐? 모가지를 비틀어 죽여버리려다 참았지."

"야, 이 새끼야!"

서울댁은 팔을 훌쩍 들더니 손가락으로 김두수의 코끝을 찌를 듯이,

"야, 이 개보다 못한 새끼야! 난 너 같은 놈을 보면 물어 죽이고 싶더라! 뭣이 어쩌고 어째? 밥값만 지워놓고 도망을 갔느냐구? 얼빠진 놈이라구? 이 천하의 악당 놈아! 내 진작 부터 네놈이 그렇고 그런 걸 눈치는 챘어. 이 새끼야! 너 우리 유서방을 뭐할려고 기다리지?"

고래고래 소리를 지른다.

"이게 술 처먹더니 간덩이가 부풀었나? 왜 이리 지랄이야!"

"나는 술을 처먹었으나 네놈은 똥이나 처먹어라! 개보다도 못한 놈!"

"이게 죽고 싶어서 이래? 날 누군 줄 알고? 까불어봐라! 죽 인다아!"

"오냐 네놈이 누군지 난 안다! 네놈이 밀정 놈인 줄 나도 안 단 말이다."

"뭐라구? 이 계집?"

"밀정 놈이 갈보보다 더 더럽다는 것쯤 나도 안다! 양반? 웃기지 말아라, 이 밀정 놈아!"

"이게 정말 죽고 싶은 모양이구나!"

"쳇! 목숨 같은 거야 네깟 놈한테나 소중한 거지. 누가 죽인 다면 겁낼 줄 알어? 겁낼 줄 알어!"

서울댁은 삿대질을 하며 엉덩이를 들썩거린다. 김두수는 완연히 밀리는 기색이다. 이런 여자에게는 위협이나 협박이 통하지 않는다. 더군다나 술에 취해서 하늘이 돈짝만큼 보여* 무서운 것을 모르는 상태다. 때려 죽였으면 제일 시원하겠지만 그럴 수도 없는 일, 한편 김두수는 나중 일을 생각하는 여유를 가진 사내이긴 했다. 골목을 지키고 있을 사내가 염두에서 사라진 것은 아니었으니까.

"이봐요, 서울댁."

"서울댁이고 뭐고 듣기 싫어!"

"거 사람이 왜 그래요? 술 먹은 개라니 내가 참아야겠지만 아 농담도 못하겠소? 무관하니까 서울댁도 주정한 게고 나도 따라서 약을 올려준 건데 그걸 가지고 사람을 마구잡이로 잡는구먼."

"거짓말 말어!"

"허허 이런 딱할 데가 있나. 잠이나 자는 건데 공연히 비싼 술 먹고 내가 욕을 보는군. 서울댁은 날 우습게 보는지 모르지만 내 그런 사람 아니오. 나를 순 도둑놈 외입쟁이로 보는 모양인데, 뭐 또 뭐래더라? 밀정? 허허 참 기가 막혀서."

김두수가 이렇게 저자세로 나오는 것은 물론 골목에서 기다리고 있을 사내를 염두에 둔 때문이다. 설마 밤까지 있겠느냐 싶었으나 안 그러리라는 확신도 없는 일이고 보면 서울댁을 구슬려서 써먹어야 할 계제가 될지도 모른다. 그리고 서울댁이 밀정 놈이라고 떠들어대는데 말소리가 울 밖에 나가는 것도 곤란했고 밀정 놈이라는 생각이 밖의 사내와 연관을 짓게 되고 서울댁이 의심을 품는 것도 위험한 일이다. 술김에 무슨 일을 저지르게 될지 모른다. 아무튼 달래놓고 보는 것이 우선 현명한 처사인 것이다.

"내가 이래 봬도 행실이 나쁜 사내는 아니오. 오래전부터 회령에 정혼한 처녀가 있어서 장가 밑천이나 마련할려고 별 바르지 못한 장사는 할망정 내 마음은 일편단심이라. 행로에서 이 여자 저 여자 실없이 사귀는 성미도 아니란 말이오. 공연히 쓸데없는 객담 몇 마디를 가지고. 아, 술자리서 무슨 말을 못하겠소. 한데 사람을 그렇게 수모 주는 법이 어디 있소? 응?"

회령에 정혼한 처녀가 있다는 말이 나오면서부터 서울댁은 풀이 죽는다.

"흥. 어떤 년은 팔자가 좋아서."

차츰차츰 서울댁의 표정은 달라져간다. 시새움과 선망이 풍랑 만난 배처럼 눈동자 속에서 떠올랐다 가라앉았다 한다.

"흥! 일편단심이라? 행로에서 이 여자 저 여자 실없이 사귀는 성미도 아니라구?"

"그렇소. 날 기다리고 있는 처녀는 나한테 과분한 사람이오. 인물도 곱고 마음씨도 곱고 행동거지도 차분한 백옥같이 깨끗한 처녀요."

곁눈질을 하며 김두수는 서울댁의 심정을 슬금슬금 굴려본다. 아주 쉽게 여자 마음이 다른 방향으로 굴러가는 게 재미있었던 것이다.

"아이구, 나는 뭐하고 살았는고? 아이구, 나는 뭘 하고 살았는고?"

숨통이 막히는 듯 주먹으로 제 가슴을 토닥토닥 두드리던 서울댁은 기어코 두 다리를 뻗는다. 애고애고 내 팔자야 하며 울음을 뽑아낸다. 하기는 이런 일이 없었더라도 술만 마시면 통곡을 하는 것이 서울댁의 버릇이긴 했다.

"허허 또 내가 말을 잘못했나? 이거 참, 학을 떼겠구먼."

치마를 걷어 코를 풀고, 다시 애고애고 내 팔자야가 시작된다.

'빌어먹을 계집년. 생각 같아서는 이 주먹으로 저년의 코뼈를 때려 부쉈음 좋겠다마는.'

"자, 자 서울댁, 이러지 마시오. 허허, 분 바른 얼굴이 호랭이 가죽 되겠소."

간지럽게 달래는 김두수 목소리에 서울댁도 무안하였던지,

"몰라! 몰라!"

반허리에 내려간 치맛자락을 질질 끌며 제 방으로 달아난다. 한동안 그쪽에서 어중간한 울음을 잡히더니 곯아떨어진 모양이다. 김두수는 킬킬 웃다가 술상을 마루에 내놓고 방문을 닫은 뒤 이불 속으로 기어들어간다. 얼마를 잤는지 눈을 떴을 때 방 안은 캄캄했다.

"한밤중 아닐까?"

벌떡 일어나 방문을 열고,

"서울댁!"

"왜 그러는 거야."

쌀쌀한 목소리가 부엌 쪽에서 들려왔다.

"아니 좀 깨워달라 하지 않았소."

"안 깨워도 일어났으니 됐잖아. 아직 초저녁이야."

"제에기랄!"

김두수는 등잔에 불부터 켜놓고 이불을 밀어붙인 뒤 행구에서 옷을 꺼낸다. 단쿠바지(홑바지)와 낫파후쿠*의 윗도리를 꺼내어 서둘며 입고 벗어둔 한복은 차곡차곡 개켜 손가방 속에 넣는다. 가방을 열쇠로 잠그고 도리우치를 깊숙이 눌러 쓴다.

"서울댁,"

"왜."

"이리, 날 좀 봅시다."

시부뚱(뿌루퉁)해서 서울댁이 나타났다.

"자아, 술값하고,"

일 원짜리 지폐 다섯 장을 내어놓는다. 서울댁의 눈이 휘둥그레진다. 유서방과 오래전부터 잘 아는 사이라 하여 훈춘에 살 때부터—서울댁이 유서방과 동서한 지 삼 년이 못 되었다—일 년에 두서너 번 다녀갔고 몇 달 전에 용정으로 이사온 뒤, 그러니까 불이 나기 바로 전에 왔다가 달포 만에 다시 온 셈인데 그렇게 묵고 가면서 김두수는 동전 한 푼 낸 일이 없었다. 술값이야 내겠거니 싶었으나, 일 원짜리를 다섯 장이나 냉큼 낼 줄이야.

"미안하지만 서울댁, 담배 한 곽 사다 주소."

"그러지."

금세 기분이 좋아서 달려나간 서울댁은 이내 돌아왔다. 담배를 받아 호주머니 속에 밀어 넣은 김두수는 물었다.

"낮의 행로병잔가 뭔가 하던 사람이 여태도 거기 있습디까?"

"왜 묻지?"

"송장이 되지나 않았나 싶어서."

"어디 갔는지 없어."

김두수는,

"그럼 유서방은 못 만나고 가우."

"아주 떠나는 게야? 밤인데?"

"들를 곳이 있어서요. 사람 좀 만나고 하자면 아무래도 그 댁에서 자야겠어. 그럼 서울댁, 잘 있소. 유서방한테 내 못 만나고 갔다 전하시오."

"그야,"

김두수는 어두운 골목을 나선다. 도리우치의 챙을 얼굴 쪽으로 깊숙이 기울이며 큰길에 나왔어도 낮의 그 사내 비슷한 모습은 눈에 띄지 않았다. 설혹 어디 서서 살피고 있었다 하더라도 차림새를 바꾸어버린 김두수를 알아보기는 어려웠으리라.

일본 영사관 근처에까지 간 김두수는 영사관 뒤켠에 달라붙은 관사로 들어간다. 현관 앞에서,

"고멘구다사이(실례합니다)."

"하아이— (네에—)."

길게 늘어뜨린 고운 여자 목소리다. 앞치마에 손을 닦으며 일본여인이 나온다.

"아라! 긴상나노?(어머! 김씨예요?)"

"곤방와?(안녕하십니까?)"

김두수는 꾸벅 절을 하고 주인은 아직 안 돌아왔느냐고 묻는다. 곧 올 테니까 기다리라 하며 여자는 도코노마*로 안내해준다. 그리고 이내 차를 끓여 내왔다. 그들은 이미 오래전부터 친숙해 있는 사이였던 것이다.

9장 신축공사

쌓아올려 놓은 재목이 좁다랗게 만들어준 그늘 밑에 멍석을 깔아놓고 새침이, 송애가 점심을 날라 오자 목수, 일꾼들은 하던 일을 중단하고 둘러앉는다. 용이와 길상이도 함께 와서 멍석 한 귀퉁이에 자리를 잡는다. 그동안 길상은 물자구입

을 위해 회령과 국자가를 수시로 내왕하면서 동시에 세 군데
다 벌여놓은 공사를 돌보랴 그 밖에도 해야 할 일들이 많았으
므로 일꾼들과 어울려 점심을 먹는 일이라곤 거의 없었다. 좀
처럼 어울리지 않는 길상이 합석한 때문인지 모두들 어쩐지
불안전한 조심성과 서투른 몸짓들을 하며 밥을 먹기 시작한
다. 얼굴이 두리넓적하고 가슴팍이 판때기처럼 탄탄해 보이
는 홍서방이 길상과 마주 앉은 박서방을 힐끔힐끔 쳐다본다.

'고양이 앞의 쥐도 아니겠고 박가(朴哥) 저놈의 새끼 밥숟가
락이 콧구멍으로 들어갈라. 아아니 목수는 또 왜 저 모양이
야? 멍석에 바늘이라도 꽂혔단 말가. 민적거리는 꼴이라니.'

마음속으로 중얼중얼 중얼거리는 홍서방 역시 주눅이 든
것처럼 평소의 걸찍한 그 농담을 입 밖에 내지 않고 있는 것
이다. 젊은 치들도 마찬가지, 말이 없다. 하여간 분위기가 묘
하다. 모두 어려운 자리에 초대받아 온 손님처럼 어색하다.
길상은 생각에 잠긴 듯 시선을 아래로 떨구고 말없이 밥을 먹
고 있었으나 묘한 분위기를 충분히 의식하고 있는 눈치다. 사
흘 전에 불상사가 있긴 있었다. 길상이 또래의 일꾼 막둥이가
무슨 말을 했는지 모르지만 별안간 얼굴빛이 달라진 길상이
면상을 쳐서 막둥이가 코피를 쏟은 일이 있었다. 그 일 때문
에 목수나 일꾼들의 감정이 좋잖은 것은 사실이고.

"흥, 종이 종을 부리면 식칼로 형문(刑問) 친대더라*."

하며 빈정거리는 치들도 있었다. 때리지 않아도 될 텐데 왜

저러나 하고 용이도 생각했다. 그러나 그 일 때문에 어색했던 것만은 아니었다. 그런 일이 없었더라도 길상이 끼어든 점심 자리는 분위기가 묘해질 것이 뻔하다. 전부터 일꾼들은 길상을 대할 때 뭔지 모르게 사이를 터놓지 못한 불편을 느껴온 터이다. 불신감하고는 다른 것이지만 나잇살 먹은 일꾼들도 길상에게 친근한 반말을 쓰다가는 갑자기 당황하며 존댓말을 썼고 존댓말을 쓰다가는 어색하여 반말로 돌아가는, 갈팡질팡하게 되는 이상한 심리적 혼란에 빠지는데, 위엄이랄까 고고해 뵌다 할까 천성으로 타고난 인품과 그것과는 상반되는 신분의 인식이 사람들 마음의 균형을 잃게 했는지 모를 일이다. 존경심과 친근미의 혼란, 동시에 선망과 시새움의 혼란이 었었는지 모를 일이다. 오늘 아침나절만 해도 자갈을 나르면서 일꾼들은 길상을 화제에 올렸는데 먼저 얘기를 꺼낸 사람은 신전을 하다가 태워버리고 날품을 팔게 된 박서방이었다.

"어쩐지 냉 바람이 횡하니 도는 것 같아서 말이야. 영 만만하지가 않어. 젊은 사람이 왜 그런지 모르겠어."

상투가 헝클어지고 볼품 없는 얼굴이지만 박서방의 길게 찢어진 눈꼬리는 장인(匠人) 특유의 민감한 것을 느끼게 한다.

"무슨 소릴 하는 게야?"

그의 말상대는 엿도가를 하다가 박서방 꼴이 된 홍서방이었다. 그들은 사십 가까운 장년들, 품팔이로 살아온 다른 일꾼들과는 다르게 독립된 생업에 종사해왔었다는 자부심을 은근히 풍기며 죽이 맞아서 곧잘 지껄이곤 했다.

"길상이 그 사람 말일세."

"갖바치 주제에, 뭐 어째? 만만치가 않다구? 천상의 선관(仙官)을 감히 갖바치 놈, 흥."

비꼰다.

"갖바치나 뭐나 처지야 피장파장 다를 게 없고 그런 뜻으로 한 말은 아니네."

"처지는 피장파장이라. 그렇지 족보는 따질 것 없다, 제에기랄! 상놈 천민한테 족보가 있어야 말이지. 하야간에 사람이란 오늘 이때가 중요한 게야."

"아, 누가 오늘을 얘기하는 겐가."

"아무리 그래 봐야 피장파장 될 수 없는 걸 어쩌누. 꼭 같이 길을 떠나도 십 리밖에 못 온 놈이 있고 백 리, 천 리를 간 놈이 있다면 그래도 피장파장인가? 만만하지가 않다? 아암, 말해 뭣하누. 꿈도 못 꿀 일이지, 꿈도."

홍서방은 일부러 동(東) 가자는데 서(西) 가는 식의 말재간을 즐긴다.

"무슨 소릴 하는 게야?"

"자네 십 원짜리 구경했나?"

"⋯⋯?"

"십 원이 열 장이면 백 원이라, 백 원이 열이면 천 원, 만 원, 엽전으로 치면⋯⋯ 하하아 꿈이라도 한번 꾸어봤으면 좋겠어."

"무슨 뚱딴지야?"

"게다가 천하절색 양귀비 같은 처녀도 따라올 게고, 에키! 감히, 갖바치 천둥이가 어떻게 만만하게 군다는 게야?"

겨우 홍서방의 말뜻을 알아차린 박서방은 펄쩍 뛴다.

"모르는 소리이, 재물이야 어찌 되었건 신분이 천양지간인 데 말도 안 될 일이지."

"안 될 것도 없지. 식자 들었겠다, 똑똑하고 인물 좋고…… 소문도 파다하던걸?"

"소문? 무슨 소문."

"용정에서 그 사람을 탐내는 집도 수월찮지."

"그야 내가 알기로도."

"간도땅에 와서 돈냥이나 벌어 내로라하는 사람들, 그런 혼처도 두 군데나 있었다는데 그 사람 상전이 운을 안 뗀다는 게야."

"……."

"그러니 총각을 늙히는 것은 다 그 지체 높다는 처녀의 생각이 달라 그렇다는 게지."

"미친 소리."

"막둥이가 왜 얻어맞은지 아나? 그 얘기를 했다가 맞은 거래."

"그야 터무니없는 말이니까 때릴 만도 하지."

"글쎄 나는 그 이상은 모른다네."

그것으로 일단 말은 끊어졌는가 싶었는데 강회(剛灰)를 버무
리면서 미진했던지 박서방은 또 시작했다.

"잘나고 똑똑한 걸 뉘 모르나? 점잖고 분명하고 보통 사람
은 아니지. 근본이야 어떻든 그만하면 대접받을 만도 하고,
한데 이상한 일이라. 자네 말마따나 함께 길을 떠나서 십 리
가는 놈 있고 백 리 천 리 가는 놈 있는데 나 같은 인생이야
보나 마나 십 리 패거리고 나면서부터 자파(自罷)한 처지라. 옥
하고 석돌로나 비할까? 설사 자네 말대로 된다 해도 분복 아
니겠나? 그런데 난 그 얘기가 아니야. 공연스레 그 사람 앞에
가기만 하면 어쩌는 것도 아닌데 사람을 확 떠밀어버리는 것
같은 생각이 든단 말이야. 참말이지 어쩌지도 않는데, 그러면
무안당한 것처럼 화가 부룩부룩 나고."

"곤장한(좀스러운) 소릴 하는군."

"내 그래서 곰곰이 생각해봤거든."

"흐응?"

"바로 얼굴이었어."

"……?"

"뭐랄까? 그 얼굴이라는 게, 그, 그게 제 얼굴이 아니더란 그
말이야. 웃어도 그렇고 화를 내도 그렇고, 그건 제 얼굴이 아니
더란 말이야. 어디 남 모를 곳에다가 제 육신을 감추어두고,"

"그럼 사람이 아니고 그림자야? 귀신이란 그 말이야? 온 세
상에 별 해괴한 말을 다 듣겠군."

"아아니 그림자라는 것도 아니고 귀신이라는 것도 아닌데, 그러니 이것을 어떻게 얘길 해야 하나. 옳지, 이야기를 거꾸로 해야겠군. 어디 남 모르는 곳에다가 제 마음을 놔두고 왔을 거라. 어때? 그렇게 말하니 알아들을 만해?"

"무슨 귀신 씨나락 까먹는 소릴 하는 게야?"

강화를 이겨대며 지껄이는 말은 용이도 들었다.

'무슨 말을 하노? 머라꼬?'

왠지 가슴이 철썩 내려앉는 기분이었다. 웃어도 그렇고 화를 내도 그렇고, 그건 제 얼굴이 아니란 말이야. 어디 남 모를 곳에다가 제 육신을 두고, 옳지, 이야기를 거꾸로 해야겠군. 어디 남 모를 곳에 제 마음을 놔두고 왔을 거라. 박서방의 말이 모호하면서도 차츰 뭔지 모르게 알아지는 것 같기도 하다. 간도에 온 후 길상이 변했다는 것은 용이 늘 생각한 일이다. 그러나 간도에 와서 변했다는 것과 박서방의 말과는 상당한 차이가 있다. 가슴이 철썩 내려앉는 기분이 되는 것은…… 어쩌면 용이 의식 밑바닥에 자기도 모르게 깔려 있던 길상에 대한 느낌과 박서방의 말이 맞아떨어진 데서 온 충격이나 아니었던지, 자신도 모르게 의식의 밑바닥에 깔려 있던 느낌은 아주 옛날 길상이 소년일 때부터 지니게 된 것이나 아니었던지. 용이는 저도 모르게 마음속으로 중 팔자라는 말을 중얼거려 보았다. 육신이든 혹은 마음이든 길상은 그가 자란 절에다가 그 어느 것 하나를 놔두고 왔을지도 모른다는 생각이었던 것이다.

　단정한 모습으로 밥을 먹고 있는 길상을 용이는 불안하게 살핀다. 박서방의 말이 생각났기 때문은 아니다. 지금의 용이는 박서방이나 그 밖의 사람들과는 전혀 다른 성질의 이유 때문에 길상과 대하고 있는 게 마음에 편칠 않다.

　'그럴 일이야 없겠지마는 거복이 놈이 장차 무신 해악이라도 끼친다믄…… 길상이한테 거복이 놈 만낸 얘기해두는 기이 좋지 않을까?'

　요즘 용이는 거복이를 만났다는 것이 하나의 고민거리였다.

　'머, 길손걸이 지나가부렀는데, 그놈아 말로도 지나는 길이라 했고 머가 그리 대수로운 일이라고…….'

　하동에 있을 때 마을로 돌아온 한복이를 모두 자연스럽게 대해오던 일을 생각하면 거복이를 만났다 해서 그게 그리 대수로운 일일 수는 없다. 길상에게 지나가는 말로 우연히 만났노라 해도 좋고 만난 일이 있었지 하고 혼자 생각다가 잊어버려도 무방한 일이다. 그러나 용이 놓인 자리는 다소 복잡했고 심리상태는 좀 더 복잡했다. 첫째로 용이가 만난 거복의 인상은 시일이 지날수록 무섬증을 안겨준다. 김평산을 만난 것 같은 착각인데 세상 사람들에게 보복을 맹세하기라도 한 것 같은 독기 품은 눈꼬리, 원한에 찼던 울음, 배 바닥으로 땅을 밀고 가는 것 같은 찐득한 목소리는 꿈자리까지 어지럽게 한다.

'애비 죄도 태산 겉은데, 이쪽에서 원수를 삼았으믄 삼았지 저쪽서 원수 삼을 아무 티끌도 없는 거 아닌가.'

사리(事理)는 어찌 되었든 불행은 사리를 따져가며 찾아오는 것이 아니다. 세월이 오래되었고 숨가쁘게 닥쳐든 변동의 연속으로 낡은 기억이 되어버린 최치수 살해사건이 용이 마음속에 뚜렷이 되살아나는 것도 결코 기분 좋은 일은 아니었고, 기분이 나쁘다 뿐이겠는가, 서방님만 그리 되시지 않았더라면…… 죽은 자식 고추 만지는 것 같은 한탄도 고개를 들고 일어선다. 하기는 최치수가 살해되지 않았더라면 서희를 위시하여 일행은 간도땅을 밟지 않았을 것이요, 이들의 갈 길은 좋든 나쁘든 방향이 달라졌을 것이다. 용이는 임이네와 맺어지지도 않았을 것이다. 아무튼 한배를 타고 풍랑을 같이 겪은 간도의 일행에게 근심을 감추고 있는 용이는 어쩔 수 없이 의리를 저버리는 것 같은 심정이다.

'그놈 아아가 지 동생하고는 달라서, 어릴 적부터 사람 안 될 기라고 마을에서도 소문이 자자했는데 어디서 무신 짓을 하다가 여기까지 왔는지 모르겠네? 김평산이 그자를 눈앞에 보는 것겉이, 애비를 빼썼더마(닮았더마). 그렇지마는…… 이곳까지 와서 해악을 끼칠 까닭이야 없지. 또 지 말로도 나를 만낸 것을 한으로 한다 했으니 지 쪽에서 피하고 싶은 심정이고 보믄 다시 머할라꼬 나타나겠노.'

기어이 외면하려 드는 마음, 용이는 혼자 화를 낸다. 어찌

란 말인가. 제에기! 다 뿌리치고 달아날까? 눈밭을 달려가는 늑대맨치로 달아날까? 꽁꽁 묶어놓은 이놈의 줄을 끊어버리고—그러나 가슴에 젖어드는 것은 연민의 눈물일 뿐이다. 살인공범자 칠성의 아낙, 마을에서 개처럼 쫓겨났던 여자, 아이 셋을 앞세우고 한 끼의 끼니를 위해 매음까지 하지 않으면 안 되었던 그 여자는 지금 홍이 어미로서 용이 아낙으로서 이곳에까지 왔다. 증오했고 한 마리의 뱀으로 치부하며 저주했고 죽어지라고 구타했으며 인연을 원망했던 그 여자에 대한 한 가닥의 아픔은 용이 인생에 있어 어떤 뜻을 갖는 것일까. 어떤 경우에도 그 험악한 전력(前歷)에서 여자를 숨겨주고 싶은 거의 본능인 그 충동적 아픔은 도대체 어떤 형태의 애정이란 말일까? 일행 중 어느 누구도 그를 위해주고 따스하게 대하는 사람은 없지만 과거사를 드러내어 여자를 천대하는 것만은 용납할 수 없는 것이다. 그렇게 지긋지긋하게 싸웠으면서도 용이는 여자의 과거만은 절대로 건드린 일이 없다. 당초부터 그들의 관계도 그런 것에서 시작되었다. 도대체 어떤 형태의 애정일까. 용이 스스로도 알지 못한다. 간도로 떠나오면서부터 일행에게 있어서 임이네는 불문(不問)의 존재였다. 그리고 은근히 서희와의 접근을 막는 데 신경을 써온 존재이기도 했다. 그 불문의 존재가 거복이로 인하여 풀쑥 떠오른다는 것, 떠올라 일행의 마음을 산란스럽게 하는 일이 두려웠고 여자를 데리고 산다는 죄책감도 되살려져야 한다. 그러나 그보다 가만히 그 일을 덮어두고 싶은 연민의 정이 더 짙게 마음을 지배한다.

'빌어먹을! 고만 내가 못 본 척하고 지내부리는 긴데.'

점심이 끝나자마자 길상은 얼른 일어섰다. 얼굴을 찌푸리듯, 하다가 목수를 한 번 쳐다보고 공사장에서 떠나버린다. 그가 떠나자 일꾼들은 그늘에 드러눕기도 하고 한켠에서는 젊은 치들이 시시덕거리며 장난질이었고 목수는 쌈지 속의 담배를 골통에 담는다.

"불난 덕분에, 집은 살라올렸다만 또 그 덕분에 밥 벌어먹게도 되고, 무슨 놈의 조환지 온……."

홍서방이 말을 시작했다.

"가슬 바램이 불믄 집일도 끝장나쟪겠음? 큰일입꼬망."

비스듬히 용이 곁에 드러누운 뜨내기 일꾼 말이었다.

박서방은,

"메뚜기 신세지."

내뱉는다.

"어디로 간다 하더라도 찬 바람이 불기 전에 움직여봐야겠는데."

"가긴 어딜 가아?"

"그럼 용정 바닥에서 얼어 죽으란 말이야!"

"어디매 가기르 작정한 곳이라도 있습매까?"

뜨내기 일꾼이 묻는다.

"이 사람아, 갈 만한 곳이 있으면 여기 이러고 있겠나?"

"용정 바닥에서 얼어 죽을 밖에 없겠군."

"흥, 이 박가야, 찬 바람 불거든 자네 먼저 떠나게. 먼저 가서 언 손 호호 불며 염라대왕 따님 꽃신이나 지으면서 날 기다리게. 그러면 내 볼일 다아 보아놓고 가지. 가서 따끈따끈한 엿 한 솥 고아 자네 언 손을 녹여줄 것이니."

왁자지껄 웃는다.

"제기랄! 저승 가서도 갓바치, 엿장수야? 한심스럽다, 한심스러워. 저승 가면 재상이나 한번 지내볼까 생각하는 차에 그 무슨 부질없는 말씀인고?"

양반 흉내에 웃음이 또 이어진다.

"갓바치 재상 되면 엿장수는 상감 노릇이나 해야겠구나. 이봐라! 나인, 게 아무도 없느냐? 허허헛……."

"에키! 이 사람들. 역모 죄인을 잡아갈 형방 나졸도 없어졌으니, 좋은 세상이다."

목수가 나무라듯 농하듯 한마디.

"좋은 세상이구말구. 아암, 거지가 상팔자라. 집 없는 백성 나라 있어 뭣하리. 천하가 내 집인데 간다고 잡을쏜가, 온다고 반길쏜가 얼씨구절씨구다!"

홍서방은 앉아서 어깨춤이다.

"그러나저러나 연해주에 가서 마우재들 고깃배나 타볼까?"

이야기는 앞으로 어쩌겠느냐는 것으로 계속된다. 광산으로 찾아가자는 둥 조선으로 되돌아가는 게 좋겠다는 둥 농사짓는 게 어떻겠느냐 별의별 의견들이 나온다. 그러나 누구 하나 무엇을 하겠으며 어디로 가겠다고 작정을 하는 사람은 없다. 하기는 날이면 날마다 엇비슷한 얘기를 해오는 터이지만 작정은커녕 심각하게 의논하는 것 같지도 않았고 근심하는 얼굴들도 아닌 성싶다. 어떻게 될 대로 되겠지. 언제는 뭐 이보다 나은 날이 있었는가. 우선은 품팔이라도 해서 목줄은 이어가고 있으니, 살아온 길도 그러하거니와 앞으로 얼마를 더 살지 알 수는 없으나 무슨 뾰족한 희망이 있다고 계획을 세우고 미리부터 근심할 것인가. 노상 하루살이, 지금은 초여름인데 찬 바람 불 가을 걱정이 다 뭐냐. 막일꾼이 아닌 박서방이나 홍서방의 경우도 독립된 생업이다 뿐이지 겨우 그날그날을 보내는 하루살이 인생인 데는 별로 다를 것이 없었다.

"이도저도 안 되면 마적단에나 끼어들지 뭐."

"음, 마적 두목 발이나 씻어주게?"

"그런 소리 말라구. 내 이래 봬도 총 쏠 줄 안다 말이야. 젊었을 한 시절 마패 찬 관찰사가 간도에 왔을 때 사포대(私砲隊)로 들어가서 배운 총질 솜씨를 몰라 하는 소리야?"

반은 졸고 반은 얘기 소리를 들으며 목재 더미에 등을 기대고 앉은 용이는 소피를 보려고 몸을 일으켰다. 이쪽을 향해 걸어오는 땅땅한 늙은이, 공노인이다. 용이는 허둥지둥 일자리를 질러 뒤켠으로 난 길로 빠져나간다. 으슥한 구석에 소피

를 보고 난 용이는,

"흥, 길상이만 변했나? 나도 변했지. 졸장부로 변했지."

일터로 돌아가지 않고 반대편을 향해 사뭇 걸어 올라간다.
불타버린 빈터가 늘비하게 연이어져 있는 곳에 우뚝 솟아오
른 기와집 두 동, 아직 담장을 쌓지 않아 빈터를 지나서 마당
으로 들어선 용이는,

"응칠이는 어디 갔소?"

숫돌에 대팻날을 갈고 있던 정목수가 돌아본다.

"객줏집에 갔습둥."

큼지막하게 칸수를 잡은 두 동의 기와집은 문짝이 하나도
없어 휭둥그레했다. 마루도 아직 깔지 않았고 구들도 놓지 않
았지만 가게 공사에 비하면 거반 완공을 본 셈이다.

"점심으 잡쉤습매까?"

정목수가 물었다.

"예. 응칠이는 점심 먹으러 갔소?"

"앙입매다. 점심으 여기서 같이 먹고 볼일 보러,"

일손을 멈추지 않고 대꾸한다. 용이는 땅바닥에 주질러 앉
으며 못이 박힌 손바닥을 맞대고 비빈다.

"해도 엄치 질어지고 햇볕도 이자는 제법 따끈하구마요."

"해는 질어지잉 일 시키는 사람으 좋겠소꼬망. 일꾼들이 골
빠지게 생깄잖응가?"

숫돌에 날이 갈리는 소리가 서걱서걱 들려온다.

"담배나 한 대 태우고 하소."

용이는 담배쌈지를 꺼내며 말했다. 정목수는 대팻날을 눈앞에 가져가 갈린 상태를 살핀다.

"그쪽 일은 어떻게 됐습매까?"

"게우 초방(初枋)이 끝났는데 기와는 언제 올라갈란지, 대목(大木) 한 사람으로는 아무래도 더딜 성싶구마요. 거기보다 이쪽 일이 더 바쁘기야 하지만."

"이쪽으 일도 바쁘지마내두, 내레 더 바쁘오. 하던 일으 내 팡가채놓구 갈 수도 없어이. 식구들으 내레 죽은 줄루 알쟀을까 모릅지."

정서방은 대팻날을 물에 헹구어놓고 허리춤에서 곰방대를 뽑아 담배를 넣는다. 두 사내의 얼굴이 모두 새까만 검둥이다.

"실은 나도 맴이 바쁘요."

"이서방이 무시기 그리."

"언제꺼지 여기 이러고 있일 수는 없는 일이고 나도 내 살길 찾아가야 안 하겠소."

"앙이, 내 듣기로 가게 지으믄 국밥집으 다시, 그라믄 장시는 앙이하겠슴?"

"장사요? 어림도 없는 소리."

"공째루 가게 준다아덩이?"

"그거는 나하고 상관이 없소."

"그렁이 어디매 작정으 된 곳이 있습매까?"

"농살 지어볼 생각이지마는 그것도 가봐야 알 일이고,"

"……."

"정목수는 안 댕기본 데가 없다 카이 어디 입치레할 만한 곳은 없겠소?"

"으음…… 그 입치레라는 기 어렵지비. 이서방 심이 좋은가 모르겠소꼬망."

"아직이야, 일로 이골이 났으니께요."

"그래두 만만챌겜매."

"장사만 아니믄 못할 것 없일 성싶소."

"벌목꾼 말이."

"벌목꾼? 나무 베는 일꾼 말이오?"

"옛꼬망. 내레 한창 시절 그 일으 많이 했소꼬망."

"그러믄 목수일은 언제부터 했기요."

"목수일은 겨울에는 쉬니, 그렁이까 겨울 한철 산판에 들어 가능 기요. 욕심, 그거 다아 허욕이랑이."

정목수는 피식 웃는다.

"목수일이 없는 겨울에는 산으로 갔다 그 말이오?"

"옛꼬망. 그래도 부재 앙이 됐으이."

하고 정목수는 또 피식 웃다가 곰방대를 털고 일어섰다. 갈아 놓은 대팻날을 대패에 끼우고 이리저리 망치질을 해서 날의 위치를 고른 뒤 손바닥에 침을 퉤퉤 뱉더니 송판을 밀기 시작 한다. 대팻밥이 밀대 아래로 떨어진다.

"이서방."

"야."

"정 할 일 없으믄 그 일으 해보오다. 내 그 방면의 일이라믄 인심 좋은 목파(木杷)한테 붙여주겠슴."

"생각해봅시다."

"내레 그 일 땜에 망한 사램이지마내두…… 일도 기막히게 심이 들지마내두 일 년 내내 하는 게 앙이니 구시월 동짓달 해서 서너 달로 끝나는 일잉이, 여름 한 철으 농새 지어놓고 할 수 있는 벌이잉 심만 좋으믄 할 만합지."

정목수는 망치를 들고 대팻날을 다시 고른다.

"그 일 땜에 망하다니 무신 말이오?"

"얘기를 하재믄…… 세월이 약이라등가? 인간이 미련한 겐가 모릅지. 사램이 사는 데 너무 서두는 게 앙입매. 다아 지나간 일이랑이."

정목수는 혼자 중얼거리듯 하다가 얘기를 꺼내었다. 십 년 전의 일이라는 것이다. 본시 정목수 내외는 종성(鍾城)에 있었는데 남부럽잖게 한번 살아보겠다고 일곱 살 난 큰아이를 형네 집에 맡겨놓고 젖먹이 하나를 데리고 내외는 간도로 건너왔다는 것이다. 봄 여름 가을철은 목수일을 하고 겨울철에는 산에 벌목꾼으로 들어갔고, 그리하여 사오 년을 지내다 보니 수월찮이 돈이 모이더라는 것이다. 돈이 모이게 되니 자기 입에 들어가는 것도 아까울 지경으로 사람이 구두쇠로 변하고 돈을 버는 일이라면 몸뚱아리가 찢어지든 말든, 그리하여 해마다 고향으로 돌아가는 것을 미루면서 꿈을 키워갔다는 것이다. 그해 겨울에도 산으로 들어갔는데 시월 초에서 섣달 그믐께까지 고된 일을 치르고 그믐날 집이라고 찾아오니 그의 눈앞에는 집터만 남아 있더라는 것이다. 눈이 뒤집힌 정목수는 잿더미를 뒤졌으나 아내와 자식의 시체는 없었고 마을로 달려가서 수소문했으나 처자의 행방을 아는 사람은 아무도 없더라는 것이다. 다소 외딴 곳이기는 했으나 아니 먼 곳에 마을이 있었는데 사람이 어찌 되었는지 까맣게 모르다니기가 막힐 일이었고 한다는 말이 불난 것도 아침이 되어 알았다, 마적이 와서 불지르고 댁네를 데려가지 않았겠느냐, 더러는 남자를 따라 도망가면서 집에 불을 지른 게 아니냐 하는 사람도 있었다는 것이다.

"그래서 우찌 되었소."

"더 말해 무실 하겠습꽝이? 미친 듯이 두 해르 찾아 헤맸단 말이. 허사였습매. 마적이 데리갔는지, 샛서방 따라갔는지 흔적이 없었지비."

"……."

"그러덩이 어느 날 아침에 깨달아지더라 말입꼬망. 잊어부리자. 아무리 해도 소앵이 없는 일 앙이겠능가. 사램이란 서두는 게 앙이오. 목수가 대피질하듯이 설설 살아야지비."

"그라믄 기다리고 있다는 식구는?"

"새장가 들었지비. 아아새끼가 셋이라잉. 회령에다 두었습매."

그런 말을 하는 정목수 얼굴은 담담했고 어두운 그림자라곤 찾아볼 수 없다. 그의 말대로 대패질하듯 세상을 천천히 살아가고 있다는 것을 느낄 수 있다. 그런 말을 들려준 후 정목수와 용이는 친숙해졌다. 용이는 밤이면 술병을 들고 새집 헛간에 거적을 깔아놓고 자는 정목수를 찾아가 함께 자곤 했다. 이날 밤도 정목수와 함께 등잔불을 켜놓고 거적 위에 마주 앉아 술을 마시면서 이런저런 얘기를 하고 있었는데 밖에서,

"아부지이! 아부지!"

숨이 넘어갈 듯 홍이 부르는 소리가 났다.

"멋고?"

문짝 대신 늘어뜨려놓은 거적을 들고 용이 고개를 내밀었다.

"영팔이아재씨가 오싰소오!"

"머 영팔이아재가 와!"

용이는 거적을 밀어젖히고 마당으로 뛰어나간다.

"용아."

어둠 속에서 목쉰 듯한 영팔이 목소리가 들려왔다.

"우, 우쩐 일고, 이 농사철에."

"불이 났다는 소문을 듣고,"

용이 눈시울이 화끈하며 뜨거워진다.

"드, 들어가자. 목수 양반이 기시지마는,"

영팔이 등을 민다.

10장 정호(廷晧)의 질문

"여러분, 여기가 어디지요?"

칠판에 그려놓은 것은 조선과 만주의 지도였다. 송선생은
요동반도 서북쪽에 동그라미 하나를 그려놓고 물었다.

"안시이성(安市城)입니다아."

앉은키가 고르지 못하여 들숭날숭해 보이는 생도들 좌석에
서는 일제히 붕어처럼 입이 버억 벌어졌고 굵고 가녀린 목소
리가 혼합되어 울려 퍼졌다.

"네, 그렇습니다."

송선생의 백묵 든 손은 아래로 내려와서 요동반도 끄트머
리쯤 동그라미 하나를 더 그려넣는다.

"안시성에서 훨씬 내려온 이곳이 지금의 다롄[大連]입니다.
그리고 올라간 여기가 요동성이며 한참을 더 올라가서 지금
의 장춘(長春)이지요. 부여성(夫餘城)은 장춘 후방에 있고 지금
의 하얼빈은 여기,"

다롄, 요동성, 장춘, 할 때마다 만주지도 속에는 동그라미
하나씩 늘어난다.

"그러면 다음 이쪽을 보십시오. 우리 조선땅과 아라사, 그리고 청국, 이 세 나라의 국경이 모여 있는 이곳은 연해주로 넘어가는 길목인데 여기 훈춘 방면에서 보기로 합시다. 훈춘에서 북쪽으로 사뭇 올라가면 송화강(松花江),"

송선생은 강줄기를 죽 그어나갔다. 역사를 가르치는지, 지리를 가르치는지 어쩌면 그 두 가지를 다 가르치고 있는지도 모른다.

"훈춘에서 송화강까지 그 사이의 거리는 족히 이천 리는 될 것입니다. 우리 조선땅의 길이를 삼천 리라 하는데 여러분들도 지도상으로 대개는 짐작이 될 줄 압니다. 자아 그러면 그 당시의 국경선을 그어봅시다."

안시성과 요동성 밖에 있는 요하(遼河)를 따라 백묵이 힘찬 줄을 그어나간다. 부여성 외곽으로 해서 하얼빈까지 왔을 때 백묵이 부러졌다. 나머지 짧아진 백묵이 송화강을 따라 시베리아로 쭉 빠져나간다.

"어떻습니까, 여러분! 압록강 두만강 밖에 있는 이 땅덩어리의 크기 말입니다. 오늘날 우리의 잃어버린 강토, 조선의 땅덩어리만 하다고 여러분은 생각지 않습니까?"

"예! 그렇습니다!"

"그러니까 오늘날 우리의 강토 조선, 조선의 땅덩어리만 한 것이, 어쩌면 더 클지도 모르는 땅덩어리가 압록강 두만강 너머에 또 하나 있었다고 생각한다면 틀림없을 것입니다. 아시겠습니까, 여러분!"

"예! 알겠습니다아!"

"이 넓은 땅덩어리가 고구려 적에는 우리 영토였었다는 것을 알았습니까?"

"예! 선생님."

"지금 우리가 살고 있는 간도땅에서도 천 리 밖 이천 리 밖까지 우리 땅이었다는 것을 여러분은 똑똑히 알았을 것입니다. 그러면은 먼젓번 시간에 이미 얘기하였거니와 백만 대군을 거느리고 쳐들어왔던 수양제가 어떻게 하여 참패를 당하고 도망을 쳤는가, 용군여신(用軍如神)이라는 당태종(唐太宗)은 또 안시성에서 어떻게 참패를 당하고 회군하였는가 여러분은 기억하십니까?"

"예!"

"양만춘 태수한테 쫓겨갔습니다!"

"당태종은 양만춘 태수 용맹에 감복하여 비단 백 필을 주었습니다."

"아닙니다! 먼저 양만춘 태수가 성 위에 올라가서 송별의 예를 표시하였기 때문입니다. 우리는 예의지국이니까요."

송선생은 고개를 끄덕끄덕하며,

"용맹스럽고 슬기로웠던 우리 조상들은 일찍부터 이곳 넓은 만주 벌판에 말발굽을 굴리며 대국과 능히 그 힘을 겨루었습니다. 그러나 우리나라는 그 당시 고구려 백제 신라 그렇게 세 동강으로 갈라져서 힘을 합치지 못하고 서로 다투었기 때문에 그 결과 요동 일대의 넓은 영토를 잃게 된 것입니다. 신라가 당나라의 힘을 빌려 백제를 치고 다음 고구려를 거꾸러뜨리고 삼국을 통일하기는 했으나, 그리고 자랑스럽고 찬란한 문화를 이룩하기는 했으나 역사적으로 볼 때 크게 잃은 것을 생각하지 않을 수 없습니다. 넓은 우리 영토가 떨어져 나갔을 뿐만 아니라 많은 백성을 잃은 비극을 낳은 것이지요. 뿐만 아니라 당나라는 신라까지 먹으려 했었고 당나라에 의해 주권도 많이 침해당했던 것입니다. 여하간 전쟁에서 진다는 것은 어느 시대 어느 나라를 막론하고 처참한 일입니다. 그러나 더욱 처참한 것은 동족이 상쟁하여 나라가 망하는 일이며 그보다 더 처참한 것은 오늘날과 같이 제 민족이 제 나라를 팔아먹는 그것입니다. 이야기는 다시 돌아가서, 그 당시 백제와 고구려는 오늘날의 우리들처럼 다시 제 나라를 찾기 위해 처절한 항쟁을 시도했던 것입니다. 그리고는 한편 신라에 귀순한 고구려인들은 신라와 함께 당나라와 싸울려고도 했었고 혹은 일부의 고구려인들은 말갈(靺鞨)과 합세하여 당(唐)을 치려고도 했습니다. 그러나 그 뜻은 이루어지질 못했으며 실지(失地)는 끝내 회복할 수 없었습니다. 여러분, 어부지리(漁父之利)라는 말을 아십니까? 물새와 조개가 하나는 먹으려 하고 하나는 먹히지 않으려고 서로 안간힘을 쓰며 싸울 때 지나가던 어부는 힘들이지 않고 그들을 잡아갔습니다. 서로 싸

175

우다가 남에게 먹힌 비유였는데, 신라와 백제와 고구려가 서로 먹으려 했고 먹히지 않으려는 치열한 싸움으로 망했다는 점을 여러분들은 명심해야 할 것입니다. 이것은 비단 국가가 망한 교훈일 뿐만 아니라 적게는 우리 개개인에게도 필요로 하는 교훈인 것입니다."

일단 말을 끊고 가볍게 숨을 쉰 송선생은 다시 말을 잇는다.

"그리하여 그 당시 신라와 협조한 고구려인들은 그런 대로 신라에 동화되어 한민족으로 오늘에 이르렀습니다만 말갈과 합류한 고구려인들은 발해국(渤海國)을 세웠으니 세월과 더불어 우리 많은 동족들은 이민족이 되어버렸지요. 생각해보십시오. 한 피를 나눈 내 겨레가 말도 풍습도 다른 남의 백성이 되어 제 조상을 잃은 사실을. 이보다 슬픈 일이 어디 있겠습니까? 지금 여러분이 거리에서 만나게 되는 청인들 속에 잃은 우리 형제의 피가 흐르고 있는 사람이 있을지도 모른다고 생각해보십시오. 슬픈 일이지요? 지금 우리가 발붙이고 있는 이 땅, 간도도 아득한 옛날에는 우리 땅이었었고 근자에 와서도 우리 부모들이 피땀 흘리며 이 땅을 일구었건만 이미 이곳은, 우리 땅이 아니라는 것을 여러분은 잘 알고 있을 것입니다. 우리 부모님들이 일구었으되 우리 땅이 아닌 이 고장에서 청국사람들로부터 가지가지 헤일 수 없이 받은 핍박의 역사도 여러분들은 잘 기억하고 있을 것입니다. 변발을 하고 다브잔스를 입고 청국인으로 귀화하기만 하면 피땀 흘려 일군 땅을 내 땅으로 할 수도 있으련만, 그러나 우리 부모님들은 변발도 아니했고 다브잔스도 아니 입었고 귀화도 하지 않았습니다. 왜? 그것은 어떤 핍박, 어떤 설움보다 조선인이 아니라는 설움이 더 컸기 때문입니다. 지금 여러분은 조선글을 쓰고, 나는 이 자리에서 우리 조선말로써 여러분께 얘기를 하고 있습니다. 우리는 조선사람이기 때문입니다. 청국인이 아니요 아라사인이 아니요 왜인이 아니기 때문입니다. 그러나 여러분! 우리는 나라를 잃었습니다! 일찍이 이 넓은 만주 벌판의 주인이었던 우리 조상! 이조 오백 년 동안 임진왜란을 겪고 병자호란을 겪었습니다마는 오늘과 같이 이렇게 송두리째 나라와 주권을 잃은 일은 없었습니다. 반만 년 역사에서 이런 일은 단 한 번도 없었습니다. 참으로 우리는 조상에게 면목이 없는 부끄러운 후손이 된 것입니다. 여러분! 저 슬픈 고구려인들, 말갈족에 동화되어 조상을 잃은 내 겨레의 운명을 기억해야 합니다. 우리 영토의 일부를, 우리 겨레를 잃었으되, 그러나 신라에서 고려로 고려에서 이조 오백 년을 우리 단일민족은 면면히 이어왔었습니다. 그러나 오늘날, 우리는 나라를 송두리째, 백성들을 송두리째 일본에게 빼앗기고야 말았습니다. 그 옛날의 슬픈 고구려인들처럼 우리도 일본에게 동화되고 만다면 영원히 영원히 우리의 민족과 국가는 이 지구상에서 사라지고 말 것입니다! 여러분, 저 슬픈 고구려인들을 기억하십시오. 생각해보십시오! 국토와 주권을 빼앗은 왜인들은 다음 우리의 문화를 빼앗고 우리 민족의 얼을 뺏을 것입니다. 우리 조선사람이 왜인들 옷을 입고 왜나막신을 신고 왜말을 지껄이는 광경을 상상해보십시오. 지금은 친일파 놈들이 그런 꼴을 하고 거들먹거립니다만 후일 우리 모두가 그리 되는 날에는 돌이킬 수 없는 종말이 되고 마는 것입니다. 그러면은 우리는 어떻게 해야 하겠습니까. 여러분들은 편지를 쓰기 위해 글을 배우는 것이 아닙니다. 셈을 하기 위해 글을 배우는 것도 아닙니다. 싸우기 위해 글을 배우는 것입니다. 알아야만 싸울 수 있습니다. 알아야만 이길 수 있습니다, 여러분!"

말을 끊은 송선생은 발끝을 내려다보며 생각에 잠기는 듯, 교실 안은 숨소리도 들리지 않게 조용하다. 초롱초롱한 수십 개의 눈동자가 송선생의 수그린 이마를 쏘아보고 있었다. 딸랑! 딸랑! 손종 흔드는 소리가 들려왔다.

"그러면 종이 났으니 오늘은 이만하겠습니다."

송선생은 교탁 위에 펴놓은 책을 들려다 말고,

"한데, 한 가지 말해두어야 할 게 있습니다. 여러분 중에 뒷간에다 낙서를 하는 사람이 있는 모양입니다."

어색한 웃음소리가 여기저기서, 그리고 생도들은 서로의 얼굴을 힐끔힐끔 쳐다본다.

"이후부터는 절대로 그런 야비한 짓을 해서는 안 되겠습니다. 이완용을 위시하여 오적 놈들을 미워하고 철천지 원수로 생각하는 마음이야 갸륵합니다마는 여러분은 공부하는 생도들로서 몸과 마음을 닦고 지식을 익혀 장차 우리의 원수들과 정정당당하게 싸워나가야 할 사람들입니다. 사내장부가 뒷간에 오적 놈 이름이나 갈겨놓고 보복을 한 것 같은 기분을 맛본대서야 그따위로 졸장부가 되어 쓰겠습니까?"

부드럽게 미소 지으며 하는 말에 생도들은 무안쩍은 듯 헤헤헷 하고 웃는다. 마지막 역사 시간이었다.

송선생이 교실 밖으로 나가버리자 교실 안은 술렁이기 시작했다. 덩치들이 크고 열다섯에서 열일고여덟 난 나이배기 생도들은 어느새 교탁 가까운 곳에, 둥근 울타리를 치고 서서 일본과 매국노에 대해 성급한 성토(聲討)를 벌이고 있었고 열 살부터 열다섯 이하의 꼬마들은 연장자들 울타리 사이를 비집고 얼굴을 디밀며 성토를 경청하는가 하면 더러는 끼리끼리 소곤거리고 말다툼하고 집에 돌아갈 차비를 차리기도 하고. 소학부 삼 학년 반의 교실이다. 사 학년이 졸업반이지만 학교가 설립된 지 삼 년이었으므로 삼 학년이 최고 학년인 셈인데 열 살짜리 홍이로부터 열여덟 살 고령도 서너 명이 넘는다.

"공부만 하고 있음 잃은 나라가 찾아지나? 공부 가지고 싸워지느냐 말이다."

"총을 들어야지. 모두 나서서 용정의 왜놈 아아들이라도 죽여버려야 해!"

"그보다 왜놈 앞잡이를 먼저 박살내야 한다구."

"맨주먹 쥐고야 할 수 없는 일 아냐? 말이 그렇지."

"청국놈들은 왜 잠자코 있는 게지? 먹어 들어올 게 뻔한데 말이야. 이곳에 온 왜놈들이라면 하다못해 이발쟁이라도, 그게 다 보통 이발쟁이가 아니란 말이야. 우리 형이 그러던걸. 모두 일 꾸미는 염탐꾼들이라구."

연장자들은 흥분하고 당장에라도 한몫의 남아 구실을 할 듯이 떠들어댔으나 아직은 골통이 말랑말랑한 그들로서 무슨 결론을 내릴 것이며 엄두가 나겠는가. 기껏 떠들다가 학교 문을 나설 때는 비애에 가슴이 아프고 좀 더 어른이 된 뒤에 보자, 체념으로밖에 달리 갈 길이 없고 발길은 집으로 향하게 마련인 것이다.

"정호야, 너 책보 안 싸고 뭘 해?"

짝패인 홍이 물었으나 정호는 책상머리의 칼자국만 골똘히 쳐다보고 있다.

"정호야. 너 안 가는 거야?"

"음."

"어서 책보 싸라."

"음."

이래도 응 저래도 응 하다가 책보를 싸기는 쌌지만 골똘하게 뭣인가 생각하기는 마찬가지다. 귀엽고 희말쑥하게 생겼으며 의복도 깨끗한 홍이에 비하여 머리는 큰 편, 눈은 작고 꽉 다문 입술이 두툼한 정호는 누덕누덕 기운 옷을 입었고 빈한한 처지를 한눈으로 짐작하게 하지만 늠름하고 꺾이지 않을 기상이 되바라지지 않고 뾰족하지도 않고 자연스럽게 풍겨나는 것을 느낄 수 있다. 이 두 짝패는 매우 사이가 좋았다. 정호가 한 살 위인 열하나, 장난이 심한데 어쩐 일인지 정호에게만은 꼼짝 못하는 홍이였고, 반에서 제일 공부 잘하는 정호는 제일 공부를 못하는 홍이를 얕보지 않았다.

"그럴 것 없이 왜놈학교(간도보통학교) 다니는 조선놈의 새끼들 골통을 바수어주는 게 어때?"

"그보다 책보를 뺏아서 불에 태워버리자구."

"그 새끼들 집구석에 밤마다 가서 돌을 던질까?"

연장자들은 여전히 울타리를 싸고 서서 가능성이 없는 일에서 차츰 가능한 일로 의견이 좁혀져 들어가는 모양이다.

"어서 가자."

홍이가 재촉한다.

"너 먼저 가아."

"왜?"

"선생님한테 여쭈어볼 말이 있어."

"……?"

홍이는 그러나 영문을 모르는 채 정호 뒤를 졸래졸래 따라간다. 교무실 앞에까지 간 정호는 문을 밀었다. 정호가 들어가는 뒤를 따라 무심하게 얼굴을 디민 홍이는 이상현이 있는 것을 보자 목을 움츠리며 얼른 물러선다. 물러서는 순간 코앞에는 벌써 닫혀진 문이 싸늘하게 보였다. 얼굴이 벌게진 홍이는 문에다 발길질 시늉을 하다가 돌아선다. 언제나 만나면 본척만척 어떤 때는 얼굴을 찌푸리기도 하는 이상현이 어린 홍이 마음에 적지 않은 상처였다. 이상현만 보지 않았더라도 아무렇지 않았을 일이 문을 닫아버리고 들어간 정호까지 괘씸하고 야속해진다.

'체! 옴마(월선이)는 양반이라서 그런다 하지마는 생원님은 양반이라도 안 그러더라. 아부지보고는 웃고 말을 하면서도 왜 나만 보면 본체만체할까? 수염이 허연 그 양반 할아버지도, 고놈 자알 생겼다 하면서 머릴 쓰다듬어주던데…… 에이이! 정호새끼, 낼 보기만 해봐라.'

쓸쓸해져서 홍이 혼자 터덜터덜 가는데, 이때 교무실 안으로 들어선 정호는 창밖을 바라보며 담배를 피우고 있는 송선생 앞으로 뚜벅뚜벅 걸어갔다.

"선생님."

송선생은 몹시 당황하고 난처해한다. 애써서 감정을 감추는 것 같다.

"무슨 일이냐?"

"한 말씀 여쭈어보겠습니다."

"음……."

딱딱하게 굳어 있던 정호의 얼굴이 순간 홍당무가 된다.

"무슨 말이지?"

송선생의 음성은 낮았다. 정호는 두 주먹을 꼭 쥔다.

"선생님께서는 아까 싸우기 위해 글을 배운다 하셨습니다. 또 알아야 싸울 수 있고 알아야 이길 수 있다고 하셨습니다."

"그랬었지."

송선생은 재떨이에 담배를 눌러 끄는데 손끝이 약간 떠는 것 같다.

"제가 어떤 어른께 말씀을 듣고, 아무래도 좀…… 저어 선생님 그러면 이완용과 그 일당 놈들은 무지몽매해서 나라를 팔아먹었을까요?"

송선생 얼굴에서 긴장이 풀리며 희미한 웃음을 떠올린다.

"무지몽매했다 할 수는 없겠지. 대신까지 지냈는데 어찌 무지몽매했겠느냐. 그러나 정호야, 천성이 악독하고 교활한 자에게는 지식도 그 악독과 교활에 쓰이는 법이다. 연장도 쓰기 나름이 아니겠느냐? 우리 어머님께서 음식 장만에 쓰시는 칼이 도둑놈에게는 사람을 죽이는 연장이 될 수도 있고, 지식도 그와 마찬가지로 쓰기 나름이다."

"선생님!"

"오냐. 말해보아."

"우리 집에 계시는 생원님은 그렇게 말씀하시지 않았습니다. 학문은 칼이 아니라구 분명히 말씀하셨습니다."

"뭐?"

"학문은 도덕을 높이는 것으로 싸우는 데 쓰이는 게 아니라 하셨습니다."

"으음…… 어째 그런 말씀을 하셨을까?"

"제가 생원님께 여쭈어봤습니다. 어째서 우리는 왜적한테 나라를 빼앗겼느냐구요. 그랬더니 생원님께서 말씀하시기를 강도놈하고 선비하고 함께 길을 가는데 강도가 칼을 빼들면 짐을 뺏길 수밖에 없고 목숨도 뺏길 수밖에 없는 일 아니겠느냐고."

"음, 그래서?"

이쪽으로 등을 보이고 창가에 서 있던 상현이 돌아서면서 정호를 빤히 쳐다본다.

"또 생원님께서는 말씀하시었습니다. 천지만물의 이치가 힘이나 육신만으로 되어진 것이 아니기 때문에 도덕이 없는 도적이 번성할 수 없고 따라서 일본도 불원간에 망할 거라 하셨습니다."

"음, 옳은 말씀이시다. 그래서 정호가 내 한 말에 의심을 품었군."

"예. 선생님께서는 싸우기 위해 글을 배운다고 하셨습니다."

"음, 그랬었지. 그러나 도적과 함께 간 선비가 지혜로웠으면 도적에게 물건을 뺏기고 목숨까지 잃었겠느냐? 도적과 함께 가지 않는 방편도 있었을 게고 보신을 위한 방편도 있었을 텐데?"

"……"

"자고로 천하는 도적이 다스리는 게 아니고 성현이 다스리는 게야. 성현은 도덕이 높으시고 지혜로워서 도적의 침범을 용서치 않지. 그러나 도덕이 땅에 떨어지면 지혜로움도 땅에 떨어지고 그리하여 나라가 망하는 법이야. 홍수를 막기 위해서는 산에 나무를 심듯이 흑심 품은 이웃이 있으면 양병(養兵)을 하여 대비를 하고 이웃이 옳지 못할 때는 한발 더 나아가서 칼을 뽑아 칠 수도 있는데 학문이란 원래 사람으로서 옳게 가는 길잡이지만 때에 따라서는 도적의 방편도 될 수 있고, 칼도 마찬가지, 우리가 뽑는 칼은 내 나라를 찾기 위한 충성과 희생이지만 왜놈의 칼은 탐욕과 죄악이다. 그러나 우리는 도둑의 무리 못지않게 경계를 해야 할 것이 있다는 것을 명심하지 않으면 안 된다. 성현의 길을 배웠으되 그것이 무엇을 위한 것인가를 모르는 무리 말이다. 이들이 도둑과 합세하여 나라를 망해 먹은 셈이야. 첫째는 왕실, 왕실은 왕실의 안녕만을 위해 백성을 배반했다. 둘째는 고관대작, 일신의 영달과 일문의 무사태평을 위해 백성을 배반했다. 셋째는 선비들, 제 한 몸 닦기 위해 청탁(淸濁)만을 가려 백성들을 이끌지 못했으니 죄가 있다. 그렇기 때문에 우리 배움에의 길은 내 나라를 위한 것, 내 겨레를 위한 것, 총도 될 수 있고 칼도 될 수 있고 분필도 될 수 있고,"

하다가 송선생은 말을 뚝 끊었다. 정호는 얼굴이 벌게져 있었고 상현은 창밖을 내다보고 서 있었다. 송선생은 다시 당황하고 난처해하는 표정을 지으면서 담배를 꺼내 붙여 문다.

"저, 그럼 저는 가겠습니다."

꾸벅 절을 한 정호는 허둥지둥 나간다. 그가 나가는 것과
동시,

"똑똑한 아이군요."

돌아선 채 상현이 말했다.

"네, 기가 막히게 명석한 아이지요."

송장환의 목소리는 무겁고 우울하게 울린다.

"그 애 어머님이 채소장사를 하여 아들 둘을 학교에 보내고
있지요."

"가난한 집 아이구먼요."

"네. 찢어지게…… 월사금을 그만두라고 말할 수도 없는 사
람들입니다."

"네?"

"야채장사를 할망정 비럭질 공부는 안 시킬 사람이지요."

"자존심이 매우 강한 사람들이군요."

"체통을 지키는 거지요, 그네들 나름대로. 그 아이 조부님
께서는 척사론(斥邪論)의 만인소(萬人疏)를 올릴 때 소수(疏首)의
한 분이었다는 말을 들었습니다."

"그래요?"

하며 상현은 돌아선다. 여전히 송장환은 우울해 보였다. 한동
안 말이 없다가,

"이선생."

"네."

"이선생께서는 신분제도에 대해 어떤 의견을 갖고 계시는지요."

뜻밖의 질문을 던진다. 그리고 상현이 미처 답변을 하기도 전에 덧붙이기를,

"아시다시피, 다소의 재산을 모았다 하여 이곳에서는 유지로 통하고 있긴 합니다만 문벌 없는 상민 출신의 우리 집안이고 보니…… 이선생의 의견은 어떠하신지요."

상현은 한동안 말이 없다가 그러나 자르듯 분명하게 얘기한다.

"신분제도는 이미 형식상으로는 타파되지 않았습니까. 그러나 감정적으로 용납되기는 오랜 시일이 걸리지 않을까요?"

"미욱한 질문이었지요. 여러 해 전에, 그런 것으로 인하여 갈등을 겪은 일이 지금 생각나서 물어본 겝니다."

하고 복잡한 미소를 띤다.

"지금 생각해보면 참으로 광대놀음이었지요. 신분과 재력(財力)의 실랑이라고나 할까요. 그때는 돈푼 있는 쪽에서 상대에게 상처를 주었지만, 아니 어쩌면 막상막하였을 겁니다."

송장환은 낮은 소리로 웃는다. 무슨 사연이 있으리라 싶었으나 상현은,

"하긴 요즘 세상은 주먹이 신분의 상하를 결정짓는 게 아닌

가 싶소. 땟국이 조르르 흐르는 족보 따위…… 주먹은 곧 돈이니까요. 그것을 현명하게 깨달은 사람이 이 고장에선 최씨네 그 규수가 아닌지."

상현은 이빨을 달각달각 맞물리듯 말했다.

"최씨네 규수……."

"어떠시오, 송선생?"

"네?"

"그 규수를 신붓감으로 한번 생각해보시는 게."

상현의 얼굴에는 악마적인 웃음이 떠올랐다.

"아이크, 그런 말씀 마십시오. 내게는 벼랑에 핀 꽃이지만, 무섭습니다."

"무서워요?"

"네. 이선생한텐 미안한 말씀이나 나는 그런 여자 싫습니다."

"그래요?"

"이선생."

"네. 말씀하십시오."

"아깐 기분이 안 좋으셨지요?"

"생도한테 하신 말씀 땜에 기분이 안 좋을 거다 그 말씀이오?"

"네."

"사실이 그러니까요."

상현은 냉담하게 말했다. 송선생은 생각하듯 손톱을 물다가,

　"평소 생각하는 일입니다만 이곳에 와서 운동을 하고 계시는 분들 대부분이 국가와 왕실을 분리해서 생각지 않는 모양이더군요."

　"글쎄올시다. 분리해서 생각한다……."

　"이선생께서도 그분들과 같은 생각입니까?"

　송선생은 매우 조심스러웠다. 왕실과 선비들을 배반자라고 공격한 데 대해 상현이 어떤 기분으로 받아들일는지 근심이 되는 모양이다. 평소 온건한 그의 성품으로는 있을 법한 일이기도 했다.

　"아직 나는 서양문물에 깊이 접하질 못해서 의회 제도니 대통령제 같은 것 생소하구요, 뭐라 말씀드리기는 어렵군요. 명칭이야 여하튼 한 사람의 통치자는 있어야잖겠습니까?"

　"물론이지요. 하지만 우리 독립투사들의 통치자에 대한 생각은 달라져야 하리라 믿습니다. 충성심의 대상이 임금이어서는 안 되겠다 그 말입니다. 이제는 일반 서민들에게 왕은 국가의 상징으로 납득시킬 수 없지요. 극단적으로 얘기하자면 임금에게 충성은 공자 왈, 맹자 왈 하는 선비의 소임으로 알고 있거든요. 그러나 동학란 때 과시했던 일반 백성들의 무서운 그 힘은 잠든 채 있단 말입니다."

　"송선생 말씀에는 저도 동감입니다만 그러나 반드시 이곳

에서 운동하는 분들 모두가 국왕에 대한 충성을 운동의 이념
으로 삼고 있는 것은 아니라 생각하는데요? 대부분의 인사들
은 왕실에 대한 백성들의 감상을 적당히 운동에 불을 지르는
데 이용하거나 혹은 이용하려는 그만한 술수쯤은 생각하고
있지 않을까요?"

"그러니까 함께가 아니라 백성들이란 예나 지금이나 이용
당한다 그 말씀이오?"

송장환은 좀처럼 나타내지 않는 불쾌한 표정을 짓는다. 그
의 심경이 오늘은 어딘지 모르게 몹시 들떠서 날카로워진 것
같다. 상현을 다독거리기 위해 시작한 말이 빗나간 것도 전에
없었던 일이다. 상현은 송장환 심중에 안정되지 못한 무엇이
있는 것을 깨닫고 입을 다물어버린다. 온건함 속에 묻혀 있는
신념이 술의 힘을 빌려 밖으로 새나오는데 오늘은 술 안 마시
고도 여기저기서 불군불군 비어져 나올 기세다. 상현은 정호
라는 아이와 송선생 사이가 심상하지 않음을 조금은 알 듯했
다. 무겁게 침묵을 지키던 송선생은,

"김선생은 아직 못 돌아오시는 모양이죠?"

화제를 돌린다.

"못 돌아오시는 모양입니다."

김선생이란 상의학교의 교사로 와 있는 사람이다. 지난해
십이월, 압록강 철교 준공식에 참석한 총독 데라우치[寺內] 암
살사건, 물론 그것은 조작된 것이었지만, 얼마 전 그 사건에

연루되어 부친이 잡혀갔다는 기별을 받은 김선생이 고향으로 돌아간 채 아직 소식이 없는 것이다.

"큰일이오. 결국 신민회(新民會)를 때려잡는 흉계인데 이렇게 되면 국내의 사립학교들은 말할 것도 없고 여기 우리 교육사업에도 크게 파급될 게요."

"그럴 테지요."

하고 상현은 머리를 쓸어넘긴다.

11장 밤비

나루터에 닿았을 때 해는 서편으로 엄치 기울어져서 사선으로 보내오는 빛살을 받고 물결은 번득번득 황금빛으로 희번덕이고 있었다. 강구를 향해 떠내려가는 긴 뗏목 배, 장대를 든 뗏목꾼은 은자(隱者)와도 같은 모습으로 이켠 나루터를 바라보는 것이었다.

철새가 무리를 지어서 나는 하늘을 올려다보며 들꽃들이 피어 있는 길섶 곁을 흰 모시 두루마기 입은 길상이 성큼성큼 걸어가고 회색 양복바지에 누리끼한 세루* 양복저고리, 역시 누리끼한 여름 모자를 쓴 송장환도 함께 걷는데 길상이보다 키는 약간 낮은 편이다. 이들이 회령에 들어서니 땅거미가 질 무렵, 잡화상 점두(店頭)로부터 비쳐나온 몇 개의 등불은 희미하고 칠월로 접어든 초여름의 저녁 바람이 살랑거린다. 오는 사람 가는 사람, 거리는 철새가 무리를 지어서 날던 하늘처럼 어수선하다. 짐을 진 지게꾼은 헝클어진 상투에 땀을 흘리며 가고 화주(貨主)인 듯 땅딸보의 사내는 팔자걸음으로 따라간다. 한 팔은 머리에 인 곡식자루를 잡고 한 팔만 휘저으며 바삐 가는 아낙의 등에는 따로 얽어맨, 잠든 어린것의 고개가 힘없이 흔들거리고 양복쟁이가 가는가 하면, 사벨을 철거덕거리며 순사가 지나간다. 담뱃가게 창구 안에는 마루마게*의 기생 퇴물 같은 일녀(日女)가 뜨개질을 하고 있었다. 그 옆의 검정고양이가 거리를 향해 기지개를 켠다.

"어떻게 하시겠습니까, 송선생께서는?"

기름기 없는 머리칼을 더풀거리며 걷고 있는 송장환에게 길상이 묻는다.

"여관에 들어야지요. 함께 듭시다."

이들은 우연히 한 마차를 타고 같이 왔다. 송장환은 청진(淸津)까지 교사를 데리러 간다고 했다. 이들 앞을 지팡이를 짚은 늙은 일본인 한 사람이 걸어간다. 쥐색 히토에(홑옷) 아랫도리를 양켠 자락에서부터 걷어올려 검정 오비* 사이에 끼우고, 그러니까 정강이는 물론 엉덩이도 아슬아슬한데, 와라지(일본식 짚신)를 신은 늙은 사내는 등에 봇짐 하나를 짊어지고 있었다.

"애크망이나! 개상놈으, 망칙스럽다이."

192

사내의 드러난 정강이를 보고 기겁을 한 아낙이 얼른 길을 비켜선다.

"저 늙은것은 뭘 해 처먹겠다고 여까지 왔을까?"

송장환이 중얼거렸다.

"자식 놈이라도 찾아온 게지요. 행색을 보아하니 죄 없는 백성인 성싶소."

"그래요? 내 눈에는 굶주린 늙은 짐승 같소."

송장환은 길가에 침을 탁 뱉는다.

"하늘 아래, 아마 거지들은 모두가 다 동족일 게요……. 도적 놈들이 황금덩이를 가져와서 나누어 쓰자 할 리도 없을 게고."

"하여간에 나, 저것들 꼴 보기 싫어서 강만 넘어오면 속이 뒤틀려요. 용정에선 그래도 손님 처신은 하는데 여기 것들은 사뭇 주인행셀 한단 말이오."

그들은 한양여관으로 들어간다. 한양여관은 회령 출입이 잦은 길상의 단골집이다.

"어서 오시오! 아주머니, 용정 손님 오셨수."

사환 아이가 소리친다.

"용정 손님이라니?"

방문이 드르르 열린다.

"어서 오시오. 자주 보겠구먼요."

사십을 넘긴 듯 뚱뚱한 여자는 붙임성 있게 말했다.

"한 분은 초면이구…… 석아, 조용한 별채로 어서 모셔라."

"예에— 손님."

사환 아이는 손가방을 받아들면서 덧니를 드러내고 웃는다. 주근깨투성이의 얼굴이다. 옆집을 사들여서 개조한 여관은 ㄹ자 집이라고나 할까. 몇 번인가 모퉁이를 돌아서 들어간 곳에 본채와는 반대 방향으로 마루가 난 한옥인데 담장에 붙여서 장작이 쌓여 있다. 사환 아이는 입구에서 안쪽, 끄트머리 방의 방문을 활짝 열어놓더니 방석 두 개를 한 손에 한 개씩, 마치 손뼉을 치는 모양으로 툭툭 먼지를 털어낸다.

"함께 드실 거죠?"

"음."

송장환의 대꾸다. 남폿불을 켜놓은 사환 아이는 다시 물었다.

"저녁은 어떻게 하시겠습니까."

"먹어야지."

이번에도 송장환이 말했다. 사환 아이가 나가자 퀴퀴한 냄새가 나는 방 안으로 들어선 송장환은 옆벽 높다란 곳의 들창을 한번 살펴보더니 모자와 양복저고리를 벗어 걸어놓고 자리에 앉는다. 길상은 두루마기 자락을 걷으며 앉는다.

"비나 오시지 말아야겠는데."

송장환이 열려진 방문 밖을 내다본다. 하늘에는 별이 나돋기 시작했으나 어째 희미하다. 연푸른 하늘에는 군데군데 검은 구름이 몰려오고 있었다. 올 때는 잘 구워진 벽돌짝처럼 칠월 햇볕에 탄탄해진 길을 마차는 기세 좋게 달려왔었건만.
옆방에도 손님이 든 모양이다.

　방문을 화닥닥 열어젖히는 소리가 났다.

"이봐! 색시!"

"옛꼬망."

　장작을 안고 가던 젊은 여자의 대답이다.

"재떨이도 없구 성냥도 좀 갖다 놔요."

"옛꼬망."

　송장환은 방문을 닫는다.

"청진에는 여러 날 묵으시오?"

　길상이 묻는다.

"곧 돌아와야지요. 학교 일이 마음에 놓이지 않아서 말입니
다. 아이들이 또 무슨 짓을 할지."

하고 송장환은 허허 웃는다.

　며칠 전에 사소하긴 했으나 크게 벌어질 수도 있는 사건이
하나 있었던 것이다. 홍이가 저질렀던 일이어서 길상도 관여
를 했는데, 그러니까 큰 아이들이 모여서 계획하고 있던 배일
운동(排日運動)을 홍이가 남 먼저 행동으로 나간 것이지만 그
것은 즉흥이요 우발이었다. 길 가다가 만난 간도보통학교 생
도의 책보를 빼앗아 달아나던 홍이가 책보를 강물에 집어던
지고 뒤쫓아온 상대 아이에게 왜놈의 종이라 욕지거리를 하
고 주먹질까지 했던 것이다. 이 사건이 벌어지면서 송장환은

비로소 생도들이 저지를 뻔했던 일을 알고 당황하였다. 그러지 않아도 배일사상의 온상인 사립학교에 대해서는 티끌이라도 찾으려 하고 있는 일본영사관이고 보면, 얼마든지 사건을 만들 수 있는 일이었다. 다행히 상대편 아이의 아비는 규모가 작은 곡물상으로 길상과는 친면이 있어서 송장환과 세 사람이 술자리를 마련하게 되었고 일이 밖에 퍼지지 않게 마무리되긴 했다. 덕분에 송장환도 미연에 아이들을 무마할 수 있었다. 그러나 송장환은 내심 매우 만족해 있었다.

"손님, 여기 재떨이 가져왔소꼬망."

여자의 목소리가 문밖에서 들려왔다.

"안주인이 버릇을 잘못 가르쳤구먼."

옆방 손님의 잡음이 섞여 목쉰 듯한 음성이다.

"가져왔으면 방에 들어와서 놓아두고 나갈 일이지, 아 그래 날더러 받으라 그 말이냐?"

여자는 방으로 들어가는 기색이다.

"이봐, 색시."

"옛꼬망."

"사람이 그리 눈치가 없어서야 어떻게 사누?"

"무시기 말씸입매까?"

"내 아까 들어오면서부터 눈여겨봤지. 외양이 그만했으면 사내 눈치도 볼 줄 알아야, 안 그래?"

"……."

"어때? 오늘 밤 나하고 잘까?"

"앙이 어디세 그런 말으 하지비?"

여자의 목청이 쨍! 하고 울린다.

"허허어, 이 맹꽁이 좀 보게? 아, 누이 좋고 매부 좋고, 돈 벌고 재미 보고."

음탕스런 웃음소리.

"앙이! 어째 이러지비!"

사내가 손목이라도 잡았는지 송장환은 눈살을 찌푸리고 길상은 얼굴을 숙인다.

"앙이! 이 불한당 놈으! 놓지 못하겠니야,"

말소리가 뚝 끊어지면서 버둥거리는 소리가 들린다. 순간 송장환이 벌떡 일어섰다. 옆방으로 쫓아간다. 방문은 반쯤 열려져 있었다.

"이 무슨 짓이오!"

사내는 여자의 손목을 잡은 게 아니었고 목을 누르듯 껴안고 있었다. 움찔하고 놀란 사내가 팔의 힘을 빼는 순간 여자는 노여움과 수치심에 얼굴이 자줏빛이 되어 달려나가고 염치 좋은 치한은, 나이도 오십이 다 돼 보이는데, 우르르 마루로 쫓아 나온다.

"대관절 넌 누구냐?"

오히려 삿대질이다.

"나는 옆방에 든 손이오."

"손이면 손이지, 발이 아니고 손이라면 남의 방에는 왜 와서 기웃거리는 게야!"

비쭉한 턱수염이 덜덜 떤다.

"보아하니 체면 차릴 연세도 되셨는데 무슨 추태시오. 여기가 청루 줄 아시었소?"

"아아니 이놈 봐라? 이마빡에 피도 안 마른 놈이, 그래 네놈이 그년의 서방이더란 말이냐?"

"말씀 삼가시오."

"이놈이!"

"이 양반이 왜 이러시오?"

"뭣이 어쩌구 어째?"

주먹을 휘두르는데 그 팔목을 송장환이 재빠르게 낚아채서 꽉 누른다.

"젊은 사람한테 봉변을 당해야겠소?"

"이놈이 사람 치네!"

팔목을 잡힌 채 멀쩡해가지고 사내는 엄살을 부린다.

"송선생, 그만 내버려두시오."

길상이 언제 나왔는지 뒤에서 말을 걸었다. 그와 동시 여관집 안주인과 사환 아이가 황황히 쫓아왔다.

"왜 이러시오, 장주사."

"아아니 안주인, 이런 법도 있소?"

"허허 장주사아."

"젊은 놈들이 당을 지어 나잇살이나 먹은 사람한테 행패라니!"

제 한 일은 선반 위에 올려놓고 멀찍이 서 있는 길상이까지 몰아서, 무안쩍어 그랬을 테지만 크다만 눈알이 빠져나올 만큼 부릅뜨고 호통치는 꼴이 가관은 가관이다. 기가 막힌 송장환과 길상이 마주 보며 쓴웃음을 짓는다. 안주인은 대강 사정을 알고 온 모양이었으나 산전수전 다 겪은 풍상꾼이라,

"장주사, 고정하시오. 그놈의 계집이 본시 성미가 못돼놔서, 우리 집에 온 지도 얼마 되지 않았어요. 그러니 장주사가 어떤 양반인지 알 턱이 있나요?"

사내 팔을 잡고 등을 두드리는 시늉까지 한다.

"계집은 그렇다 치고, 어디 순 불한당 놈들이 장유유서도 모른다 그 말인고?"

마당을 향해 침을 뱉는다.

"젊은 사람들이 사정도 모르고, 자아들 어서 방으로 들어가시오."

안주인은 송장환과 길상을 떼민다. 두 사람이 여전히 쓴웃음을 머금은 채 방으로 들어오는데,

"나 여관 옮기겠소! 천장에 뱀 든 걸 참았음 참았지, 저놈의 불한당 놈들하고는,"

안주인은 계속 달랬으나 사내는 나갈 채비를 차리는 기색이다.

"장주사, 어째 이러시오? 수년 주객 간인데, 내 그 계집 불러다 혼을 내겠소. 석아!"

"예!"

"옥이에미 좀 오라고 해!"

"여기 아니면 여관이 없나?"

사내는 떨어진 위신을 기여 세울 심산인지 말리는 안주인 손을 뿌리치고 나가는 모양이다.

"입맛 씁쓸하군."

송장환이 피식 웃는다.

"아주망이 부르셨습매까?"

"부르셨습매까? 그래 불렀다!"

"……."

"너 여기가 어딘 줄 아니?"

"……."

"설마 여염집으로 잘못 안 건 아니겠지?"

"미안합꼬망."

"내 애당초 뭐래던? 견디기 어려울 거라 하지 않았어? 잘 생각해보라구 하지 않았느냐 말이야. 더구나 애까지 달구서, 애걸복걸하길래 사정을 봐준 건데 이렇게 손님을 쫓아버린대서야 장사가 되겠어?"

"손님이,"

"손님이 널 잡아먹겠다던? 설사 좀 지나쳤다손 치더라도 이

런 영업집에 있는 이상 비위 상하지 않고 슬쩍 받아넘길 줄 알
아얄 거 아니냐 말이다. 그런 투로 톡톡 쏘아대다간, 손님 끊
어지기 십상이지. 본시부터 여관업이란 별의별 손님들이 드나
들고 이런 사람 저런 사람, 어디 사람이면 다 같은 줄 아니?"

"아주망이 앞으로 조심하겠습매다. 한 번만 너그럽기 용서
하옵소."

"아니할 말로 손님이 손목 한번 잡았음 어때? 닳아지는 것
도 아니겠고 그러구러 너도 돈푼이나 얻어 쓸 게 아니냐? 물
정 모르는 계집애도 아니겠고 손님이 등을 긁어 달래면 긁는
시늉이라도 해야 하는 게야."

"아주머니 그만들 하시오. 여관 간판 갈아 단다면 모르까,
여관업에 청루업까지 겸할 수야 있소?"

방 안에 앉은 채 따끔하게 한마디, 길상이 찌른다.

"아니 그, 글쎄 그자의 버릇을 내 모르지는 않는데 시끄러
운 게 귀찮아서 말이오."

안주인은 당황한다.

"앞으로 조심해, 사람이 살자면 별의별 일을 다 겪는 게야.
밥 먹는 일이 그리 수월한 줄 아니?"
하다가 우물쭈물 나가는가 아무 소리가 없다.

"밥 먹는 일이 그리 수월한 줄 아느냐구…… 하긴 그렇지."

송장환의 말이다.

저녁을 먹은 뒤 사환 아이가 밥상을 물리자 송장환은 양복

저고리를 내려 입고 모자를 쓰면서,

"나 잠시 나갔다 오겠소."

"그러시오."

혼자 된 길상은 두루마기를 벗어 걸고 조끼주머니 속에 꼬기꼬기 접어 넣은 신문을 꺼내어 남폿불 밑으로 옮겨 앉는다. 앞뒤의 기사를 대강 훑어보고 만주 방면에 조선인 모발(毛髮)을 수출한다는 제목의 기사를 읽기 시작한다. 내용인즉 요즘 조선인들간에 단발하는 풍이 성행다는 것이요, 잘라낸 모발은 청국인 편체(編髢)에 쓰이기 때문에 만주로 수출되어 그 값새가 수월찮다는 것이다. 서울서 발행되는 총독부의 어용신문《매일신보(每日申報)》다.

"손님 계십매까."

길상이 고개를 든다.

"손님."

"네. 어째 그러시오."

길상은 아까 소동을 일으켰던 여인이라는 것을 알았다.

"저어 이부자리를 가져왔습매다."

"아아 네."

여자는 방문을 열었다. 길상은 읽던 신문을 접고 한켠으로 비켜 앉는다. 여자는 얄삭한 요 이부자리 한 벌을 방에 들여놓고,

"손님."

"네."

"아까는 소란을 피워서 죄송하옵꼬망."

"아니, 뭐."

하다가 놀란다. 석 달 전에 불이 난 다음다음 날 길상이 웅칠이를 데리고 회령으로 오던 마차 속에서 만난 여자였다. 배고프다고 우는 계집아이를 잡으러 왔었던, 웅칠이 말로는 가스집이라던. 아직 길상을 알아보지 못하는 모양이었고 여자는 경황이 없었던 그때보다 훨씬 아름다웠다. 남폿불이 어른거리는 눈시울에 눈물이 맺힌 듯. 길상은 이상한 감동과 흥분을 느낀다.

'아까 안주인이 옥이에미라 했던가?'

나머지 이불 한 채와 베개를 방 안으로 옮겨온 여자는.

"손님, 자리를 깔아드리옵께나?"

"괜찮소!"

화난 목소리에 껌적 놀라며 여자는 눈을 든다.

"나중에 동행이 오면 우리가 깔고 자겠소."

"아니,"

"……."

"저어 손님으…… 신평리에서,"

길상은 웃는다. 왜 웃었는지 아까는 또 왜 화를 냈는지, 미묘한 감정의 틈바구니 속에 끼어든 것을 느낀다.

"애기는 잘 크오?"

"옛꼬망. 염치없습매다."

눈에서 눈물이 왈칵 쏟아진다.

"그때는 인사도 앙이하고서리…… 이곳서 참말입지 우세스럽소꼬망."

"그런 말씀 마시오. 벌어먹고 사는 일이 우세스러울 것 조금도 없습니다."

울음을 참으며,

"동행하신 손님으 오시거든 감사스럽다는 말씀 전해주옵소."

"조금도 개의하지 마시오."

"그, 그라믄 안녕히 주무시옵께나."

여자는 손등으로 눈물을 훔치며 물러간다. 신돌 위에서 신발 신는 소리, 마당을 밟고 가는 발소리, 그리고 사라진다. 길상은 이불 위에 놓인 베개 하나를 낚아채서 벌렁 누워버린다. 갑자기 사방이 적막의 덩어리처럼 길상의 가슴을 내리누른다.

'여자…….'

천장에 환(環)을 그려놓은 남폿불의 등피 그림자를 멀거니 올려다본다. 용정에서 풀려나왔다는 기분, 그것은 주술(呪術)에서 풀려나온 기분이었는지도 모른다. 그러나 몸이 자유로워졌다는 자각이 왜 이리 무거운가. 그 이유를 길상은 물론 알고 있다. 그동안 잠재워둔 젊은 육신이 반란을 일으키기 때문이라는 것을. 강을 넘고 일단 회령에 오기만 하면, 회령땅은 길상에게는 자유와 죄업(罪業)의 고장이었는지도 모른다.

'여자…… 계집…… 그만 송애 그 계집애를 얻어서 살까?'

눅진눅진하게 솟아나는 땀과도 같은 유혹의 감각이 춘일관(春日館)의 작부 화심(花心)을 연상케 한다. 지폐 한두 장을 던져주면 기다란 손가락으로 얼른 주워들던 화심이, 부스스한 머리칼이며 조그마한 눈과 주걱턱 위에 불빛이 미끄러지고, 그 주걱턱을 때려 부숴버리고 싶었던 미움, 어금니를 깨물고 지긋이 누르면 다시 솟아오르는 것은 구토증이었다. 자기 자신에 대한 구역질나는 혐오였다. 늦은 밤길 그림자를 밟고 여관으로 돌아오면 술에 취해서 잠이 들고. 처음 여자와 동침했던 날 밤에는 여관으로 돌아오지 못했다. 낯선 주점에서 술을 진탕 마시고 그곳에서 쓰러져 잤다— 손님, 봉순이라는 사람이 뉘신데 내내 부르고 울고 하셨지요? 해장국을 권하며 주점의 사내가 놀려대듯 물었었다. 내가요? 하다가 길상은 허허헛 하고 웃었다.

별안간 빗방울이 후둑후둑 떨어지는 소리가 들려온다. 장작을 덮은 함석을 때리는 소리다.

그러더니 싸아— 하고 들려오는 빗소리, 빗발은 고르게 쏟아진다.

'기여 비가 쏟아지는군.'

길상은 송장환이 날씨 걱정을 하던 일을 생각하긴 했으나 실컷 비가 왔으면, 강물이 범람하고 길이 끊어지고 그러면 용정으로 돌아가지 못한다. 돌아가지 못하면 어떻게 되나? 어떻

게 되나? 어떻게…… 하다가 길상은 깜박 잠이 들었다.

"어이쿠!"

신돌 위로 후닥닥 뛰어오르는 구둣발 소리가 났다. 송장환이 돌아온 것이다.

"이거 야단났구먼."

방문을 열고 송장환이 들어섰다.

"김형 주무시오?"

"아, 아니오."

길상이 일어나 앉는다. 송장환의 머리칼에서 물방울이 반짝인다.

"비를 맞았군요."

"뛰어왔는데도, 아 글쎄 술을 사는데 비가,"

하다가 술병을 치켜들어 보이며,

"김형하고 함께할려고, 술상 보아달라 일렀으니 곧 가져올게요."

송장환은 윗도리를 벗어 걸고 가방 속에서 수건을 꺼내어 얼굴, 머리를 닦고 양복바지를 슬쩍슬쩍 닦는다.

"이런 날엔 술 안 마시고는 못 견딜 것 같소."

"모자는 어떻게 했소?"

"아니, 내가…… 깜박 잊고 그 댁에 놔두고 왔구먼."

껄껄껄 웃을 줄 알았는데 송장환은 얼굴을 찌푸린다.

"에잇! 좋은 소식이란 하나도 없고 정신도 나가게 됐수다."

수건을 던지고 펄썩 주저앉는다. 이윽고 사환 아이가 상을 보아왔다. 두 사람은 술상을 마주하고,

"김형, 잔 드시오."

"네."

비에 쫓겨 들어왔는지 조그마한 부전나비 한 마리가 남폿불 주변을 어지럽게 맴을 돌다가 술상 가까이 온다. 나비를 후려잡은 송장환이 방문을 연다. 굵은 빗발, 높아지는 빗소리, 나비를 버리고 방문을 닫는다. 술을 마시고 붓고 권하고 하면서 취해오기를 기다리는지 서로 말이 없다. 길상과 송장환은 꽤 터놓고 지내는 사이였다. 한집에서 기거하는 상현은 손님으로 조심스럽게 대접하면서 어느 면으로든지 거리가 먼 길상을 형님 대하듯 친구 대하듯, 송장환의 기분에는 상현보다 길상이 맞는 모양이었다. 길상도 그의 신실한 인간성을 신뢰하여 무관하게 대하는 듯싶었다. 언제였던가 술자리에서의 일이었는데 동학란 얘기가 나왔던 것이다. 술김에 그랬을 테지만 송장환은 동학의 접주 김개주를 찬양하여 열광적으로 한바탕 떠들어댔던 것이다. 길상은 온건한 성품의 그가 살인 귀로까지 구전되어온 김개주를 찬양하는 게 이상했다. 그도 술김에,

"거 김 아무개, 실은 내 삼촌뻘 되는 사람이란 말이오."

하고 한 방 터뜨렸던 것이다.

"뭐라구요!"

"하하핫…… 하하핫…… 내 그 내력을 얘기하리다. 실은 삼촌은 고사하고 부모도 없는 놈이오만, 김아무개 그 사람한테 우관이라는 형님이 계시었소. 중이지요. 그 스님께서 나를 줏어다 길러주셨는데 부모 없는 놈한테 성씨인들 있었겠소? 해서 그 스님 성씨를 따서 김가이니, 따져 보슈. 삼촌뻘이 안 되는가."

"허허, 이거 참으로 기연이오. 그래 김형은 그 영웅을 만나 보신 일이 있소?"

"내가 여덟 살 아니면 아홉? 그쯤 해서 세상을 하직한 사람을 어디서 만납니까?"

"그거 유감이오, 유감. 허허 참, 그러면 그분의 형 되는 우관?"

"우관스님 말씀이오?"

"그분은 어떠했소?"

송장환의 눈에는 호기심이 넘실넘실했다.

"독수리 같은 중이었소. 늙은 독수리…… 대자대비하시고, 준열무비하시고, 교활무쌍하시고, 호방음탕하시고. 나는 그 어른이 비구인지 세간인인지 잘 모르겠소. 하하핫……."

이런 정도쯤 이들은 무관한 사이였다.

송장환은 술이 반쯤 오르는 모양이다.

"일각이 여삼춘데 이거 이리 비가 와서 야단이구먼."

"나는 비가 한 사나흘 쏟아졌음 좋겠소."

"에이, 악담 마시오. 겨우 줄을 잡아서 선생 한 분 모시러 가는데."

"세월이 긴데 뭘 그리 서두시오."

"용정에 데려다 놔야, 그래야 마음을 놓지요. 세상 돌아가는 꼴 보아하니, 마음이 바쁘오."

"……."

"얼마 전에는 그놈의 사립학교 규칙이라는 것을 공포해가지고 총독 놈이 반일운동에 쐐기를 박으려 했고 작년에는 심지어 그네들 앞잡이 노릇을 했던 단체까지 해산했고, 신문도 《경성일보》, 《매일신보》 두 어용신문만 남겨놓고 모조리 폐간을 했는데 이놈들이 그래도 마음이 안 놓이는가 총독 암살이라는 터무니없는 사건을 날조해가지고 신민회를 때려잡고 있는 판국이니, 하기는 사립학교 규칙이라는 것을 공포했기로 사립학교가 존재하는 이상 항일을 아니하겠소? 하니 그네들이 그걸 모를 리 없고, 국내 사립학교가 된서리를 맞는 게지요. 신민회 뿌리를 뽑는다면 신민회의 조직체인 사립학교들이 무너질 것은 뻔한 일. 그러니 국외에 있는 우리들만이라도 정신을 바짝 차려야잖겠소? 어떤 희생을 치르더라도, 무슨 수를 써서라도 나는 지금의 교육사업을 보다 더 확장해나갈 심산이오. 그래서 내 마음이 이리 서둘러지는 게 아니오?"

"우리 지금은 술이나 마시고 학교 일은 맑은 정신이 들 때,"

열중하여 더 말을 계속할 판인데 송장환은 좀 머쓱해한다.

"김형은 내 하는 일에 이해가 없구먼요."

"이해는 하지만 문외한이고 보니, 비 내리는 이런 날씨처럼 술이 들어가서 흐려진 마음으론 여자 생각이나 하지. 나는 내내 여자 생각만 하고 있었소."

길상은 송장환을 골탕먹이듯 쳐다본다.

"주정으론 아직 이르오."

얼굴이 빨개진다.

"누가 누군지 빤히 알고 있는 용정에서 풀려나왔으면 접장 감투는 멀찌감치 벗어놓고,"

"하, 참."

하다가 송장환은 술을 훌쩍 마신다.

"내가 알기론 우리 사내새끼들이란 본시부터 아까 그 치한하고 같은 종자여서, 성인군자도 여자와는 무관하지 않았고 하물며 우리네 범부들이야…… 흐음, 사실 왈가왈부할 것도 아니었지."

"그, 그야……."

'부처님이라고 안 하까? 중놈이라고 어디 안 하더나? 하기로는 마찬가지니께. 하하핫…… 성인군자도 그거는 한다. 절손(絕孫)은 불효니께로.'

봉기의 딸 두리를 수수밭에서 범한 삼수가 하던 말이 길상의 의식 속에 퍼뜩 떠올랐다.

"김형이나 내나 장갈 가야 하는 건데 좀 늦었지요."

송장환은 감정처리가 좀 곤란했던지 허둥지둥 방문을 열고 사환 아이를 불러대더니 돈을 꺼내어주며 술을 사오라고 이른다.

"술은 아직 있는데 그러시오?"

"마시다 떨어지면, 기다리는 동안 김이 새니까요."

"송선생, 우리 지금부터 색싯집에 안 갈래요?"

"접장이 그럴 수 있나요? 그나저나,"

다시 허둥지둥 술을 마신다. 좀 성이 난 얼굴이 되어,

"내 아까 잠시 들렀던 친지 집에서 들은 소식이오만 아버님하고 친면이 있는 윤참봉이란 어른이 자결하셨다는 게요. 세상이 이리 우울해서 참말이지 못 견디겠소."

길상의 입에서 여자 말이 나올까 봐 겁이 났던지 송장환은 성급히 말을 잇는다.

"지금 총독부에서 외부에 새나지 못하게 철통같이 막고 있어서 그렇지 우리가 들을 수 있는 소식만으로도 합방 이후, 방방곡곡에서 유생들이 연이어 자결을 한다는데 도대체 자기 한 몸 죽어서 어쩌겠다는 게지요?"

"……."

"분통이 터지오."

송장환은 연거푸 술을 들이켠다. 길상도 계속해 술을 마신다.

"자결을 했다는 대부분의 유생들이 육순, 칠순의 고령이라

니, 허 참, 그게 어디 쉬운 일인가요? 나는 본시 옹졸하고 편협한 유생들을 별로 좋아하진 않았지만 나라를 이 지경으로 이끌어온 그네들 책임을 용서할 수도 없거니와 그러나 생각해보니 절식을 해서 죽고 물에 빠져 죽고 목을 찔러 죽고 아편을 먹고…… 칠순, 육순의 늙은이들이 말입니다. 늙은이들한테는 참말이지 자결한다는 게 쉬운 일이 아닐 게요. 그러고 보니 유교적 윤리관 속에는 확실히 무슨 비밀이 있긴 있는 모양이오. 나는 어디까지나 그런 행위를 퇴영(退嬰)으로밖엔 생각지 않습니다만 그러나 아름다운 건 아름다운 거니까요. 뭔지 몰라? 꽃잎이 할랑할랑 지는 것 같고 설원(雪原)에 한 마리 사슴이 서 있는 것 같고, 왜놈들이 배때기 갈라 제치고 죽는 것과는 사뭇 다른 게 있단 말입니다. 그 살기(殺氣)하고는 자못 다른,"

"송선생."

"네."

"거 거룩한 얘긴 좀 그만둘 수 없소?"

"……."

"나같이 상전에게 모이나 부지런히 물어 나르는 개미 같은 인생에겐 값비싼 얘기요."

"아 누가 김형 저력을 모르는 줄 아시오?"

"저력이라니?"

"의병 나간 일 말이오. 김생원한테 들었소."

"허허 왜 이러시오? 꽃잎도 사슴도 못 된 김생원께서 잠꼬대를 하신 게요. 동병상련, 총각끼리의 따로 얘기가 있을 게 아니오."

"네, 네, 그럼 노총각끼리 얘기합시다."

하는 수 없이 송장환은 웃는다.

"송선생, 아까 그 과부 어떻소?"

"아까 과부라니요?"

"조금 전에 봉변을 당한 여자 말이오. 거 인물 좋습디다."

"과부인 걸 어떻게?"

"용정서 재봉소 하던 여자요."

"그래요? 하나 그건 절대로 안 될 의논이지요."

"왜, 과부는 수절을 해야 하기 때문에?"

"그럼 김형, 그 여자한테 장갈 들겠다 그 말씀이오?"

"안 될 것도 없지요. 장갈 못 든 늙은 총각은 흔히 과부 얼굴에 보자기 씌워서 데려와 사는 게 불문율 아니오?"

"그런 소리 마슈. 멀쩡한 총각이 과부장가라니."

사환 아이가 새 술을 가져오고 해서 어지간히 취한 이들은 횡설수설 늦게까지 마시고 지껄이고 하다가 길상이 문득 생각이 난 듯,

"송선생."

하고 불렀다.

"말하시지, 총각 형."

"우리 상전애기씨를 어찌 생각하시오?"

"뭐라구요?"

"당신네들은 이 고장에서 신식 양반이 된 사람이고 하니 구식 양반댁 우리 상전애기씨를 어떻게 생각하느냐 그 말 아니오. 할 말은 아닌지는 모르나 내 장가드는 일보다 우리 상전애기씨 혼인이 더 시급한 일이오."

"거 참 이상하다?"

"뭐가 이상하다는 게요."

"아 글쎄 며칠 전에 이선생이 날 보고 그런 얘길 하더란 말이오. 혹 서로 의논이라도 했었소?"

"이선생이? 이부사댁 서방님이 그런 말씀을 하시더라 그 말씀이오?"

불그레했던 길상의 얼굴에서 핏기가 가셔진다.

"공연히 놀리지 마시오. 부부란 인물이 거이방(비슷)해야지. 나같이 못생긴 놈이 될 법이나 한 일이오? 내가 김형만큼 자알 생겼다면야 서슴없지요. 망설일 일이 뭐 있겠소?"

무섭다는 둥, 그런 여잔 좋아하지 않는다는 둥 상현에게 한 말은 입 밖에 내지 않고 은근슬쩍 길상에게 충동이질한 것이다. 그도 심상치 않은 소문은 다소 들어 알고 있었기 때문이다.

12장 작은 새의 죽음

비는 밤중에 그친 모양이다. 땅 밑에 빗물은 스미고 뜰은 말끔했지만 나직이 내려앉은 잿빛 하늘은 여전히 비를 머금고 있었다. 날씨 걱정을 하면서 송장환은 후줄그레한 양복저고리, 모자도 없이 작은 손가방 하나를 들고 떠났다.

거무칙칙한 나뭇가지와 음산하게 도열한 초가지붕과 군데군데 쌀 속에 섞인 벼 알갱이같이 기와집이 있는 거리를 지나고 시가 중심지도 지나서 장거리 가까운 복지곡물상(福地穀物商)으로 길상은 들어간다.

"용정으, 김씨 오셨습매다!"

도래방석에 팥을 쏟아붓던 일꾼이 소리를 지른다. 곡물상 앞에는 소달구지 한 대가 있었고 인부들이 곡식 가마를 가게 깊숙한 곳에 져 나르고 있었다.

"아이고오, 김씨 오시오."

칸막이 뒤에서 얼굴이 짤막하고 살빛이 흰 사십 남짓한 복지곡물상 주인 은씨가 나오면서 반색을 한다.

"그간 안녕하시었소?"

"그럼요, 그럼요. 이렇게 멀쩡합니다. 그새 생남도 하구요."

너스레를 떤다.

"경사였었구먼요."

"자아 이리 들어오시오."

칸막이 안에는 책상이 있고 금고 장부가 있고 야트막한 걸상이 있다. 길상은 걸상에 앉는다.

"어젯밤에 오시었소?"

"네."

은씨는 책상 위에 한 팔을 얹어놓고 상긋상긋 웃는 것 같은 눈으로 길상을 바라본다. 이마가 옆으로 길고 머리숱이 짙고 눈은 연신 상긋상긋 웃는 것 같지만 바람둥이로는 보이지 않는다.

"자아, 담배."

궐련을 내민다. 길상은 담배를 즐기지는 않았으나 받아서 붙여 문다. 은씨도 함께 붙여 물고 연기를 뿜어내며,

"한데 청진에서 아직 이씨가 안 오누만요. 오늘도 날씨가 이래놔서."

"요즘 장사는 어떠시오?"

"해마다 지금이 어려운 때 아닙니까? 나보다 김씨가 더 잘 알 텐데?"

"불나고 집 짓고 통 정신이 없었으니까."

"그놈의 화재는…… 우리도 함께 당한 셈이오."

"톡톡히 재미 보았을 테죠, 뭐."

"무슨 말씀이오?"

"용정서 곡물이 안 나오니 여기 곡가가 치솟았을 것은 뻔한 일이지요."

"하하핫…… 곳간이 텅 비어 있었는데두요?"

"거 엄살 그만 피우시오. 그나저나 이번에 수금 좀 해가야 겠소."

"그, 그게."

"허허, 훗발을 보시려면 그러지 마슈. 앞으로 은씨 우리하고 거래 안 하시려오?"

미소를 띠며 은근히 으름장을 놓는다.

"그, 그야."

은씨는 당황하는 빛을 감춘다.

용정과 청진의 중간 지점인 회령의 복지곡물상은 그동안 곡물보관에서 인계, 그리고 지불관계 등 역할을 대행해왔을 뿐만 아니라 은씨 자신 길상과 신용거래를 터왔었다. 그러니까 은씨로서는 적은 자본으로 사업을 크게 굴려온 셈인데 겨울부터 이른 봄까지 용정서 내온 잡곡 칠백 가마의 대금 청산을 미적거려왔던 것이다. 용정의 화재 이후 현물 거래가 중단된 때문에 자금유통에 차질이 없는 것은 아니나 그보다 약아빠진 은씨로서는 용정의 사정, 그러니까 서희가 어느 정도의 손재를 보았으며 다시 대규모의 곡물을 취급하게 될는지 어떨는지, 그 형편을 관망하는 속 검은 생각을 했던 것도 사실이다. 하여 길상은 그에게 말로써 방망이를 안긴 것이다. 그동안의 경험으로 길상은 이 같은 상인들을 어떻게 다루어야 하는가를 잘 알고 있었다. 슬쩍슬쩍 쥐어박아 가면서도 구슬려야 한다. 그쪽에서뿐만 아니라 이쪽에서도 이용해야 하는 것이 바로 은씨 같은 존재였기 때문이다.

"그는 그렇고, 어쨌든 내가 그새 생남도 하고 했으니 한턱을 해야겠소."

은씨는 화제를 돌린다. 한턱을 해야 한다는 것은 보나 마나, 가게에서 쪽문을 열고 들어서면 그의 살림집인데 그 살림집 건넌방에서 술상을 벌이는 일이다. 길상은 여러 번 경험으로 잘 알고 있다. 그가 어떤 속셈인지 또 어떤 태도로 나올 것인지를. 딸아이를 눈앞에 알짱거리게 할 것이요, 딸 자랑이 늘어질 것이요, 길상의 속마음을 떠보려고 갖은 재주를 피울 것이 틀림없다. 그것은 물론 장사하고는 전혀 다른 성질의, 딱할 지경으로 자식을 사랑하는 어버이 마음, 길상을 탐내는 욕심인 것이다. 딸은 아버지를 닮았으되 아버지보다는 인물이 못했다. 살결이 희고 얼굴이 짤막하고 아버지처럼 옆으로 넓은 이마, 눈빛은 짙었다. 얼핏 보기엔 맷물이 빠졌고 눈에 띄는 얼굴이긴 했다. 열일곱 살이라 했다. 은씨는 사내아이들 못지않게, 그의 표현을 빌리자면 예배당 학교에 보내어 신식 공부를 시켰노라는 것이었고 음식솜씨 바느질솜씨 나무랄 데가 없고 인물도 회령 바닥에는 내 딸만 한 아이가 없다는 것이다.

"어젯밤에 과음한 탓인지 속이 좋지 않소. 요다음에 하지요."

"아니 젊은 사람이 객지에 와서, 색싯집에라도 갔었소?"

"왜요? 가면 안 되나요?"

"안 될 거야 없지만……."

"어젯밤엔 용정서 함께 온 사람이 있어서요. 여관에서 했지요. 그보다 우리 셈 얘기나 합시다."

"글쎄, 그러니까 나도 청진의 이씨를 기다리고 있는 거 아니겠소? 기별은 왔습디다. 날씨만 좋으면 오늘 올지도 모르지요."

"이씨가 청산해야 하는 것은 별도로 하고 은씨는 어쩌시려오?"

"이씨한테 나도 물려 있으니, 지금 그걸 기다리고 있는 거 아니오. 뭐 염려할 것 없어요. 이씨 같은 사람이야 내 십 년 넘게 거래를 해봤으나 도장을 찍은 듯 확실한 사람이니까."

"허허 이씨는 이씨고 나는 지금 은씨 얘길 하고 있는 게요."

"그러니까 이씨만 오면, 만일 못 오게 되면 내 달리 변통하리다."

"그러면 불가불 여기서 며칠 묵을 수밖에 없겠군요."

"여관이 불편하면 우리 집 오슈. 여관보담 나을 게요."

길상은 픽 웃기만 하고 대답을 아니한다.

"잠자리도 편할 게고 음식도,"

"아니, 여관에서 쉬겠습니다. 이젠 집일도 끝이 나고 했으니. 하긴 돌아가 봐야 일을 또 시작해야 할 게고."

"일을 시작하다니?"

"고방을 더 크게 지어놨으니 그걸 채워야 할 거 아닙니까? 아직은 용정 장이 시원찮으니 이번에는 두도구 쪽으로 가서 쳐와야겠어요."

은씨는 마음속으로 셈을 놔보듯 아무 말이 없다.

그새 거리는 실비가 내리고 있었다. 길상은 우산을 빌려 쓰고 복지곡물상을 나섰다. 비안개에 젖어서 집들이 나지막해 보였고 인적이 뜸해진 장거리였다. 지게꾼이 가게 처마 밑에 팔짱을 끼고 서서 비를 바라본다. 발가락이 내비친 꿰진 짚세기, 맨발 등에 빗물이 튀기고 있다. 가게 안에서는 낮술을 마시는 술꾼들이 맥빠지게 수심가를 부르고 있고 주모는 커다란 주머니를 옆구리 쪽으로 밀어붙이며 주머니끈을 여미고 있다. 우장 입은 사내가 지나간다. 갈모는 썼으나 비를 맞으며 늙은 이가 지나간다. 제비 한 마리가 길바닥을 거슬러 오르고 또 되풀이 거슬러 오르고 하며 날아간다. 사방은 음산하고 하늘은 더욱 낮아지고 빗발도 굵어진다. 이따금 불어오는 바람 방향을 따라 빗줄기는 흩어지면서 땅바닥에 물보라가 일곤 한다.

"지이미!"

거적을 뒤집어쓴 거지가 걸음을 빨리 하며 욕설이다.

"이보오! 김씨! 김씨아입매?"

닝닝거리는 꿀벌 같은 목소리다. 귀에 익은 목소리다. 우산을 받은 채 길상이 돌아보지 않고 가노라니 잡화상 앞에 있던 화심이 쫓아온다. 팔짝팔짝 빗물을 튀기며 달려오더니 우산 속으로 홀랑 들어선다.

"앙이 귀먹었슴?"

주먹으로 옆구리를 쿡 찌른다. 길상은 걸음을 멈추고 몸 전체를 화심이 쪽으로 돌린다.

"어째 코끝으 볼 수 없습매까?"

"길거리에서 왜 이러지?"

엄격한 눈빛이다.

"화났슴둥?"

"길거리서 이러지 말어."

"싫슴?"

"그래 싫다."

화장기 없는 화심이 얼굴은 무쪽 같다. 부숭한 눈두덩에 가려진 눈은 조그맣고 코도 조그맣고 눈썹은 숫제 밀어놓은 듯했다.

"따라오면 물구덕에 처박아버릴 테니."

길상은 몸을 돌리고 걷기 시작한다.

"쳇!"

하다가 화심이는,

"사람으 괄시 말라이."

했으나 따라오지는 않는다. 길상은 몇 군데 들를 곳이 있었으나,

'여관에 가서 낮잠이나 자지.'

여관 쪽으로 발길을 옮겨놓는다. 여관 앞에까지 갔을 때다. 대문 옆에, 그러니까 그곳은 처마 밑이었는데 계집아이 하나가 벽 쪽에 등을 바싹 붙이고 앉아 있었다. 낙수에 패여 땅이 움푹한 곳에 괴다가 흐르곤 하는 빗물에 연방 생기고 꺼지고 하며 흐름을 따라가는 거품을 계집아이는 손가락 끝으로 지우고, 지우곤 하는 것이다. 귀밑머리를 쫑쫑 땋아 뒷머리와 한 묶음이 된 노르스름한 머리털이 축축이 젖어 있다. 계집아이는 우산을 두드리는 빗소리에 눈을 들다가 어른의 구둣발을 보고 차츰차츰 고개를 치올린다. 뉘한테 야단을 맞았는지 얼굴에는 눈물 자국이 남아 있다.

"옥아?"

"......."

"뭘 하고 있니."

"아주방이."

"오냐."

"어째 내 이름으 알지비?"

길상은 빙그레 웃는다.

"옥이는 아주방일 모르겠어?"

"응."

전혀 생각이 나지 않는 눈치다. 하기는 그때 옥이 눈에는 먹을 것 이외 아무것도 보이지 않았을 것이다.

222

"나는 잘 아는데도?"

"무시기, 어찌 알지비?"

"옥이 용정에서 살았지?"

"응, 그래 나 용정."

갑자기 아이는 기운을 얻은 듯 눈이 활발해진다.

"옥이 엄마는 바느질하시고."

"아주방인 뉘기야?"

옥이는 발딱 일어선다.

"날 따라오면 알으켜준다."

"어디메?"

"맛있는 것도 사주고 얘기도 해주고."

"우리 어망이는 어쩌구서리?"

"아주방이도 여기 있는걸."

여관을 손가락질한다.

"맛있는 것 먹고 함께 돌아오는 거야."

"으응…… 하지만."

망설인다.

"자아, 아주방이가 안고 갈 테다. 신발은 벗고, 아주방이 옷에 흙 묻으면 안 되겠지?"

길상은 우산을 든 채 한 팔로 아일 안는데 옥이는 저도 모르게 신발을 벗고 안긴다.

"음, 됐어."

"아앙, 내 신발으,"

버둥거린다.

"우산 들고 옥이 안고 아주방이 신발 들 수 없잖아? 내 나가서 예쁜 꽃신 한 켤레 사주마."

"앙이. 어망이한테 매 맞는다 말이."

"아니야. 아주방이 다 얘기하면 매 안 맞아."

길상은 그냥 걸어간다.

"우리가 돌아와서 신발이 그냥 있으면 옥인 신발이 두 켤레가 되는 거야. 누가 가져가 버리면…… 그렇지, 누구 옥이만 한 애가 줏어 신겠지? 옥이가 꽃신 얻은 것만큼 기뻐할 거 아니겠어? 안 그래?"

옥이는 비로소 안심이 된 듯 길상의 어깨를 잡는다. 따뜻한 아이의 체온과 심장 뛰는 소리가 전해온다.

'꼭 새 새끼 같구나.'

하는데 바늘에나 찔린 듯 마음이 뜨끔한다. 확실한 통증이다. 분명히 육체가 느낀 아픔이다. 길상은 죽은 꾀꼬리 새끼 생각을 했던 것이다.

재작년, 지금은 화재 때문에 집 뒤의 숲은 황폐했지만 그해 여름에는 비가 많이 내렸다. 완만한 언덕을 이룬 집 뒤의 숲은 소나무 전나무 느릅나무가 제법 우거져서 인가를 끼고 도는 참새 떼뿐만 아니라 여러 가지 새들의 좋은 보금자리였었다. 철 따라 새들의 종류에는 다소 변동이 있는 듯싶었으나 변함없이 숲에 죽치고 사는 것은 까치와 참새인 듯, 바람이 몹시 불었고 비가 억수로 내린 다음 날이었던가. 길상은 무심히 들어넘길 수 없는 새 울음소리를 들었다. 숲에서는 노상 새들이 지저귀었으므로 새 울음이 조금도 이상할 것이 없겠는데 그 울음소리는 마치 뇌수 어느 곳에 망치질을 하는 것 같은 이상한 느낌을 주었다. 한곳에서 계속하여 우는 것이었다.

'바람이 불더니 둥주리가 뒤집어졌나? 아무래도 어미 잃은 새 새끼 같다.'

그 울음소리를 길상은 이틀 동안이나 들었다. 바쁘게 나돌아다니다가 뒤꼍 우물가에 와서 얼굴을 씻을라치면 잊어버렸던 새 울음이 또 들려오고 있는 것을 깨닫는다. 낮뿐만 아니라 밤에도 이따금 울었다. 사흘 되는 아침 길상은 숲속으로 들어갔다. 울음소리를 따라갔더니 높이가 팔을 뻗으면 닿는 솔가지에 걸레 꼴이 된 꾀꼬리 새끼 한 마리가 앉아서 우는 것이었다. 사람이 가까이 가자 긴장을 했는지 흡사 매 새끼같이 사나운 꼴이 되었다. 손에 잡힌 새는 필사적 반항을 시도했으나 며칠을 굶었음이 분명한 그에게 나부대볼 만한 힘은 없었고 나는 능력도 없었고 다만 무섭게 큰 소리로 울부짖었다. 손바닥에 전해지는 따끈한 온기와 앙상한 뼈의 감촉, 길상의 가슴은 두근두근 뛰었다.

"이놈아 그냥 있음 넌 굶어 죽어."

집으로 돌아온 길상은 횃대를 급히 만들었다. 방에 들여다

놓고 새를 횃대 위에 옮기니 체념했는지 울음도 멈추고 웅크린다. 깨를 빻아오고 파리를 잡아오고, 한 소동을 피웠으나 새 새끼는 모이를 먹을 생각을 않는다. 길상은 새가 하마(머지 않아) 굶어서 기진하여 죽을 것 같은 생각이 들었다. 제발 먹어라 하고 빌고 싶은 심정이었다. 하는 수 없이 주둥이를 열고 파리 한 마리를 밀어 넣었으나 내뱉는다.

"세상에 이런 답답할 노릇이 있나."

어떻게 어떻게 하다가 그리되었는지 새 새끼가 주둥이를 벌리고 큰 소리로 울었고 길상은 재빠르게 깨를 넣어주었다. 그것은 참으로 한 찰나의 일치였다. 새는 연신 입을 벌리면서 모이를 받아먹기로 작정한 것 같다. 끝내는 횃대에서 뛰어내려 무릎 위에 올라 날개를 터덜거린다. 그 날갯짓은 온통 환희로, 생명의 부활로 보여졌다. 깨를 먹여주는 길상의 손끝이 부들부들 떨리는 것이다.

"안 돼. 너무 많이 먹으면 굶은 속에 배탈 나아."

횃대에 새를 옮겨놓고 물을 떠먹여 주었다. 그날은 온종일 비가 내리고 바람이 불었다. 이튿날도 온종일 바람이 불고 비가 내렸다. 길상은 꾀꼬리 새끼에게 나리라는 이름을 지어주었다. 새는 문밖에서 발소리만 나도 울었다. 방문을 열고 들어가면 찢어질 만큼 날개를 흔들어대며 털이 성긴 목을 길게 뽑고 길상이 가는 방향 따라 머리를 돌리며 울어대었다. 밤에는 횃대 양켠에다 상자를 쌓아놓고 그 위에 종이랑 보자기를

덮어서 어둡게 해준 뒤 길상은 혼자 남폿불 아래서 장부정리
도 하고 책도 읽곤 하는데 온 세상이 잠들고 새도 잠들고, 무
료하여,

"나리야?"

하고 불러보면,

"삐옥!"

하고 대답을 하는 것이 아닌가.

"나리야?"

"삐옥!"

"나리야?"

"삐옥!"

새끼 새는 여치, 지렁이를 매우 좋아했다. 개똥도 약에 쓰
려면 없다던가? 길상은 밤에 초롱을 들고 여치 우는 소리를
따라 풀숲을 뒤졌다. 낮에는 도약력이 굉장하던 여치도 밤에
불을 들이대면 꼼짝없이 풀잎에 매달려 있어 잡기가 수월하
였다.

오래간만에 비가 개고 해가 솟았다. 뿌옇게 햇살이 퍼지는
데 뒤 숲에서 고약한 괴성이 울려왔다. 호호호— 하며 아름답
게 울다가도 어떤 서슬에선지 꾀꾀 콰콰콰아— 하고 터무니
없는 소리를 내지르는 꾀꼬리를 모르는 바 아니나 이때는 마
치 여러 갈래의 소리와 소리가 서로 맞부딪쳐서 소리끼리 처
참한 상처를 입으며 밀려 나온 것 같은, 새끼를 찾는 울음임

이 분명했다.

길상은 엄지손가락에 새끼 새의 발을 올려가지고 뒤 숲으로 달려갔다. 꾀꼬리는 숲 위를 날으며 괴성을 지르고 새끼는 손가락에 앉아서 삐옥! 삐옥! 하며 울었다. 길상은 본시 있던 자리에 새끼 새를 올려놓고 멀찌감치 숲속에 숨어서 지켜보았다. 꾀꼬리는 맴을 돌며 여전히 우는데 길상의 손가락에서 떠난 새끼는 왠지 침묵을 지킨다. 늘 암수 두 마리가 사이좋게 이 가지 저 가지로 옮아앉으며 쾌쾌거리기도 하고 호호호오 하며 화창한 노래를 뽑기도 하더니, 한 마리는 어디로 갔는지 아마도 그 심한 비바람 소동에 꾀꼬리 일가에는 기막힌 사건이 벌어졌음이 틀림없다. 새끼를 찾아온 놈이 어미인지 아비인지 그것도 알 수 없고 다른 새끼들은 어디에 흩어졌는지 그것도 알 수 없고. 꾀꼬리는 한참을 맴돌다가 새끼에게는 접근해보지도 못하고 어딘지 날아가 버린다. 길상은 발소리를 죽이며 다가갔다. 긴장하여 돌덩이같이 새끼는 앉아 있었다. 오랫동안 지켜보다가,

"나리야?"

하고 불러보았다.

"삐삐삐옥! 삐옥! 삐삐옥!"

미친 것처럼 날갯짓이다.

"불쌍한 것. 널 어쩌면 좋지?"

길상은 다시 손가락에 받아 옮긴다. 풀밭에 와서 내려놓고

여치를 찾아볼 생각인데 새는 불안을 느끼는지 사흘 가까이 굶주리며 울부짖던 그 장소의 기억이 되살아났던지 디뚝디뚝 뛰어서 길상의 무릎 위에 올라앉는다. 하는 수 없이 새를 데리고 집으로 돌아올 수밖에 없다. 뒤뜰로 해서 들어오는데 서희와 마주쳤다.

"새 새끼를 줏어왔다면서?"

"네. 그냥 두면 굶어 죽을 성싶어서요."

장난을 하다 들킨 소년같이 길상은 성이 난 얼굴이었다.

"큰일거리 생겼구면."

다음 날 아침에도 꾀꼬리는 새끼를 찾아왔다. 길상은 어제와 마찬가지로 새끼를 데리고 나갔으나 결과는 마찬가지였다. 도대체 어찌하여 새끼 한 마리만 나뭇가지에 남아 있어야 했으며 꾀꼬리가 날아가는 곳은 어디일까? 길상은 꾀꼬리가 날아가는 하늘을 멀거니 쳐다본다. 엿새쯤 지났을 때 꾀꼬리는 새끼를 찾아오질 않았다. 새끼 새는 제법 털에 윤이 나고 노랑과 검정의 빛깔도 선명해졌다. 나리야? 하고 부르면 여전히 삐욱! 하고 대답을 했고 방을 오래 비웠다가 돌아오면 횟대에서 뛰어내려 너무 기뻐서 입을 벌린 채 울음소리도 내지 못했는데 참으로 열광적인 애정의 표시였다. 그런데 하나의 생명을 지켜주기 위해 무수한 살생을 자행하게 되는 것은 어느 경우에 있어서도 마찬가지 일이거니와 한 마리의 꾀꼬리 새끼를 키우기 위해선, 날개가 상한 한 마리의 벌[蜂]을 위해 슬퍼하던 길상도 매일 살생을 하지 않으면 안 되었다. 그리고 하찮은 미물에게조차 각기 다른 성정이 있는 것을 알았다. 여치란 놈도 그 성정이 각기 다른 성싶었다. 아주 지독히 반항하는 놈이 있었다. 새 주둥이 속에서도 결사적인 투쟁으로 먹지 못하고 내뱉는 일이 번번이 있었는데 이럴 때는 여치의 목을 비틀 수밖에 없다.

"나무아미타불!"

목이 비틀린 여치를 새 입에 넣어주고 다시,

"극락왕생하여라."

하는 것이다. 지렁이를 꼬챙이로 자를 때도 손끝에 전해오는 생명의 꿈틀거림.

"나무아미타불! 극락왕생하여라."

그러던 어느 날 길상은 김훈장한테 들렀는데 우연히 꾀꼬리 새끼 얘기가 나왔었다.

"거 말이 새 새끼지 많이 먹여야 할 게야. 온종일 어미가 물어다 먹이는 걸 보면, 원체 새란 놈은 많이 먹지. 제 몸뚱이에 비해서."

김훈장의 말을 듣고 과식시킨 것이 빌미가 되어 탈이 났다. 새는 이틀 동안을 거식을 하고 물만 받아먹더니 나중에는 횃대에 앉아 있지도 못하게 기진하였다. 결국 새는 죽고 말았다.

길상은 새의 삶이 너무 슬프고 위로받을 수 없어서,

'생명을 받지 말아라. 다시는 나지도 말고 죽지도 말아라.

그동안 지은 업(業)이 있다면 내가 대신 받으마.'

하고 중얼거렸다. 그 후 길상은 숲속에서 쨍 울리던 새의 울음소리가 좀처럼 귓가에서 떠나지 않았다. 새소리만 들으면 몸이 떨렸고 한밤중에 방구석에서 구들배미(귀뚜라미의 일종) 우는 소리만 들어도 아플 때의 그 작은 새 울음소리로 착각하여 벌떡 일어나 앉곤 했다.

옥이를 안은 길상은 어떤 청 요릿집 앞에까지 와 있었다. 한 손으로 우산을 접고 청 요릿집으로 들어선다. 구석진 탁자 옆에 가서 옥이를 내려 의자에 앉히고 자신은 맞은켠 자리에 앉는다.

"옥인 이런 데 와봤어?"

고개를 살랑살랑 흔든다. 부끄럽고 조금은 겁도 나는 듯 사방을 둘레둘레 돌아본다. 길상은 뭘 먹으려느냐고 물어오는 청인 사내에게 호떡 몇 개, 잡채 하나, 그리고 술을 가져다 달라 한다.

"자아 옥인 호떡 먹고. 아주방인 술 마시자."

아이는 침을 꼴각꼴각 삼키다가 호떡을 집어 베어 문다. 길상은 술을 마시며 아이를 건너다본다.

"천천히 먹어. 체하면 안 돼."

무심히 한 말이었지만 길상의 생각은 과식을 시켜 죽인 새쪽으로 다시 빨려 들어가는 것이었다. 아이들이 보고 잡아가면 어떡하나, 사흘을 굶고 찬비를 맞으며 울부짖던 자리를 나

리는 무서워하고 있다. 이대로 두면 어미는 어미대로 어쩌지
못하고 안타까울 뿐, 그랬었던 생각은 과연 순수한 염려뿐이
었을까? 어미에게 돌려주기에는 서운하여 차마 그러질 못했
던 마음은 아니라고 잡아뗄 수 있을까? 산새는 산에 두어 자
연의 섭리에 맡길 일이었다. 병이 났다 하더라도 어미에게는
병에 대한 처방이 있었을 게 아니냐. 그리고 보면 살려야 한
다는 마음이 죽인 결과가 되었다. 때에 따라서 애정이란 이렇
게 참혹한 것일까? 길상은 술을 마시며 옥이를 바라본다. 아
이는 전혀 다른 얼굴이 되어 있는 길상을 힐끔힐끔 살피며 열
심히 호떡을 먹는다.

'배탈이 나면 어떡하나?'

죽은 새와 아이가 혼돈되면서 가슴이 덜컥 내려앉는다.

"옥아."

"응."

"이제 고만 먹구, 자아 아주방이가 고기 줄게. 호떡은 싸달
라 해서 집에 갖구 가자."

"응."

아이는 미련이 남는 듯 베어먹던 것을 손에 든 채 접시에
남은 것을 내려다본다.

"이봐요."

"예, 예."

하고 사내가 쫓아온다.

"접시에 남은 호떡, 종이에 싸주시오. 서너 개 더 넣고."

"예, 예."

"자아 고기."

길상은 잡채 속의 고기 한 점을 집어 아이 입에 넣어준다.

"아주방이."

"응."

"날 어찌 알지비? 우리 어망이도 아능 기야?"

"알구말구."

길상은 아이가 잊고 있는 기억을 들추어내기가 싫었다. 어떻게 아느냐고 묻는 아이 입에 고기 한 점을 더 넣어주며 얼버무린다.

꽃신을 사 신기고 입이 함박만큼이나 벌어진 옥이를 안고 여관에 돌아갔을 때 안주인은 의심에 찬 눈초리였고 옥이엄마는 얼굴을 붉혔다.

"어망이! 이거 봅세. 꽃신이다이. 아주방이가 사주었지비."

옥이는 또랑또랑 소리를 지르며, 그러나 원망스럽게 비 오는 하늘을 올려다본다. 비만 아니 온다면 그걸 신고 길거리에 나가서 잔뜩 뽐냈을 텐데 하고.

이튿날도 비가 내렸다. 길상은 여관 뜰에 쏟아지는 비를 바라보며 이 비에 길이 끊어졌으리라는 생각을 한다. 시뻘건 흙탕물이 쓸고 내려가는 강물을 눈앞에 그려본다. 언제였었던가. 육도천의 시뻘건 흙탕물 위로 숨바꼭질하듯 떠내려가던 바가지 한 짝이 있었지. 숨바꼭질하듯 떠내려가던 바가지 한 짝이 부어오른 송장의 배로 착각이 된다.

'이눔우 자석아 송장이 다 돼가는 나를 여기 떠메다 놓고 죽는 마당에 호강을 시키겠다 그 말가? 애라 아서라. 참말로 멋대가리 없는 짓이다.'

죽음 직전의 윤보 목소리다.

'니는 모른다. 니는 몰라. 하늘을 쳐다보고 뫼까매귀 소리를 들으믄서, 야 이놈아야야 방구석에서 죽는 것보담, 죽으믄서 계집새끼 치다보믄서 애척을 못 끊는 불쌍한 놈들보다 얼매나 홀가분하노.'

'허허 이 사람아. 그만 지껄이게. 죽기는 왜 죽어.'

김훈장이 말을 막았다. 몸에서 피비린내 땀내음이 풍겨왔으나 윤보의 눈은 맑았고 빛이 있었다.

'생원님, 입도 흙 속에 들어가믄 썩어부릴 긴데, 시부리는 것도 살아 있일 적의 낙이 아니겠소? 안 그렇십니까? 아무것도 없는 기라요. 저, 저것 보이소. 피냄새를 맡고 뫼까매귀가 따라 안 옵니까? 사램이 어리석어서 겁을 내는 기라요. 참말이제, 옛적 사람들이 얼어 죽은 구신 홑이불이 웬말이요, 굶어 죽은 구신 배맞이밥이 웬일이냐 하더마는 총 맞어 죽은 구신 무덤 지어 머 하겠십니까? 저 배고픈 뫼까매귀가 뜯어 묵는 기이 제격 아니겠십니까? 내가 죽으믄 저 까매귀놈이 파묵을 기고 저 까매귀 놈이 죽으믄 또 버러지들이 파묵을 기고

요. 육신이란 본시부터 그런 거 아니겠십니까? 허허어 그거를 모른다 말입니다.'

출혈이 심하여 새파래진 곰보 얼굴에는 엷은 미소가 있었다. 길상은 추한 평소의 그 얼굴이 부처님같이 아름답다는 생각을 했다.

'따신 구들막에서 요 깔고 이불 덮고 자석들이 울고…… 자석들이 울고 큰 생이(상여)에 댕그렇기 누워서…… 상두가를 들으믄서 명정(銘旌) 공포(功布)가 바람에 펄럭이믄서 아아아, 그기이 아닌 기라요. 육신에 속아서 사람은 죽는다꼬 생각하는 기라요. 불쌍한 인생들, 나는 죽는 기이 아입니다. 가는 기라요. 육신을 헌 옷같이 벗어부리믄 그만인데, 내사 마, 헐헐 날아서 가는 기라요. 뒤도 안 돌아보고 가는 기라요. 거기 가믄 양반도 없고 상놈도 없고 부재도 없고 빈자도 없고 불쌍한 과부도 없고 홀애비도 없고 부모 잃은 자석도 없고 자석 잃은 부모도 없고 왜놈도 조선놈도 없고…… 그랬이믄 얼매나 좋겠소? 그라믄 나는 콧노래나 부르믄서 집이나 지을라누마요.'

─천심으로 살다가 천심으로 떠난 사람이다. 송선생은 유생들의 자결을 꽃잎이 지는 것 같고 설원의 한 마리 사슴 같다 했으나 어찌 윤보 목수 죽음만 할까. 웃으며 갔다. 참으로 그는 의인(義人)이었다.

길상은 중얼거리는 것이었다.

비를 바라보는 길상의 생각은 그것으로 그치지 않았다. 어제부터 꾀꼬리 새끼의 죽음이 머리에서 떠나지 않는 것이다. 윤보의 죽음을 생각한 것도 죽음이 갖는 동일한 뜻에서인지 모른다. 한 생명에 대한 자비와 다른 생명에 대한 잔혹, 꾀꼬리 새끼를 위해 여치의 목을 비틀어 죽인 일, 이 이율배반의 근원은 어디 있으며 뭐라 설명되어질 수 있을 것인가. 인간의 경우에 있어서도 약육강식의 원칙이냐? 아니다. 사랑의 이기심이냐? 아니다. 애정의 의무냐? 그것도 아니다. 그러면 선택이냐? 그것도 아니다. 그러면 무엇이냐? 이 이율배반의 자비와 잔혹은 영원한 우주의 비밀이냐?

'지금 애기씨는 내게 있어 한 마리의 꾀꼬리 새끼란 말일까? 나는 애기씨를 위해 누구의 목을 비틀고 있는 게지?'

언젠가 겪었던 일이 연쇄적으로 뇌리에 다시 떠오른다. 우물가에서 세수를 하는데 눈에 띈 것이 맷돌이었고 그 맷돌 밑 부분에 쳐놓은 거미줄에서는 바야흐로 무서운 사투가 벌어지는 광경이었다. 모기 모양이나 모기보다는 한결 완강하고 정력적으로 생긴 날벌레와 그 날벌레보다 작은 거미 한 마리와의 싸움이었다. 파득거리는 벌레의 날개에서 무시무시하게 큰 소리가 들려오는 듯했다. 길상은 물 묻은 손을 뻗쳐 거미줄을 확 젖혔다. 한데 달아날 줄 알았던 거미는 몸을 움츠리고 가사상태를 위장하면서 다리 두 개를 뻗쳐 벌레를 잡고 놓질 않는다. 두 개의 다리는 흡반이 달린 문어 다리 같았다. 순간적으로 견딜 수 없는 증오심에서 길상은 거미를 문들어 죽이고 말았다. 날벌레는 높이높이 비상하여 가버렸다. 그러나 길상의 마음은 개운치가 않았다. 신변에 위기를 느꼈음에도 먹이를 놓치지 않으려는 거미는 그만큼 기아선상에 있었는지 모를 일이다. 그렇다면 굶주린 것에게서 먹이를 빼앗고 죽이기까지 했다면 그것은 과연 옳은 처사였더란 말인가. 비를 바라보면서 길상은 생각한다. 이런 경우 자신의 손길이 벌레에게 있어서 하느님이었다고 하자. 그러면 그 심판은 과연 옳았던가? 인간의 경우에도.

비에 갇혀서 지루한 망상과 욕정에 저항해가며 길상은 사흘을 여관방에서 지냈다. 그동안 한 일이라고는 복지곡물상에서 절반가량의 수금을 한 것뿐, 날씨 탓인지 청진의 이씨는 오지 않았고, 날이 드는 것을 보자 길상은 떠날 채비를 차렸다. 그리고 그는 옥이네에게 돈 이십 원을 주며 어디 셋방이라도 얻어 나가라고 일렀다. 옥이네는 여러 번 사양했으나,

"싼 셋방 하나 얻으면 한 달은 그 돈 가지고 살 겁니다. 그동안 바느질품이나 얻어볼 궁리를 하십시오."

월세 이삼 원이면 방 하나쯤은 넉넉히 얻을 수 있고 두 식구 끓여 먹을 솥단지 등을 장만한다 하더라도 이십 원이면 한 달만 살겠는가. 옥이네로서는 만져보지 못한 큰 돈이요, 구원의 길이다.

한동안 말이 없다가,

"다시, 손님으 어찌 만나뵈옵습매까?"

고개를 숙인 채 옥이네는 물었다.

"장거리 근처에 있는 복지곡물상을 아시오?"

"모릅매다."

"복지곡물상."

"복지곡물상……."

외듯 중얼거린다.

"그곳으로 연락하면 됩니다. 어려운 일 있으면 연락해놓으시오."

"어려운 일보다……."

옥이네는 끝내 고맙다는 말을 못하고, 길상은 떠났다.

13장 법회

서희 옆에 앉은 여인의 얼굴은 실상 넓은 편이었으나 양켠 귀밑으로부터 턱 끝에 이르는 선이 가늘게 좁혀졌고 이마도 귀밑머리서부터 가르마를 향해 솔밋이 좁혀져 올라갔으므로 마치 은행알 같은 모양이라고나 할까. 언뜻 보기에 얼굴은 갸름한 것 같았다. 숱이 짙은 눈썹은 그린 듯 둥글었다. 크게 쌍꺼풀이 진 눈은, 눈동자의 빛깔이 연한 데다 눈시울이 길어서 졸고 있는 것 같고, 오뚝한 코는 모양이 좋았고 잔주름이 모인 입술은 작고 분홍빛인데 젖 냄새라도 풍겨올 듯 연하다.

몸은 늘씬하게 컸다. 염주를 만지작거리는 손가락은 길고 가늘었다. 살결은 희뿌옇고 머리칼은 살짝 곱슬머리, 미색 수닌 치마, 깨끼적삼 속에는 눈이 부시게 희고 아름다운 육체가 아른거린다. 목덜미에는 부드러운 잔털이 한 방향으로 가지런히 누워 있었다. 알맞은 크기의 쪽머리를 감은 검자줏빛 갑사 댕기, 비취의 봉채(鳳釵) 비녀, 말뚝잠, 귀이개, 매화잠을 꽂고 있었는데 이 값진 패물은 송병문 씨가 맏며느리 될 규수를 위해 솜씨 좋은 국자가의 청인 패물장이[佩物匠]에게 각별히 부탁하여 만들어서 예물로 보내온 것이다. 그러니까 이 여인은 송영환의 아내요 송장환의 형수 되는 사람, 올해 스물여덟 살이며 아들 하나를 두었고 집안에서는 다음 태기를 고대하고 있는 형편이다.

"수리수리 마하수리 수수리 사바하."

『정구업진언(淨口業眞言)』에서 「개경게(開經偈)」를 외우고, 지금 송하고 있는 것은 『반야바라밀다심경(般若波羅蜜多心經)』이다.

"관자재보살 행심반야바라밀다시 조견 오온개공 도일체고 액 사리자 색불이공 공불이색(觀自在菩薩 行深般若波羅蜜多時 照見 五蘊皆空 度一切苦厄 舍利子 色不異空 空不異色),"

본연스님의 낮은 음성에 따라 법회에 나온 부녀들의 목소리가 향연(香煙)과 함께 열려 있는 법당 문을 빠져서 절 마당으로 퍼져 나간다. 아직 송진 냄새가 강하게 풍기는 법당 안은 휑둥그레 넓어 보인다. 붉은 인조견으로 둘러진 불단에는 후

불탱화(後佛幀畵)로 금선(金線)의 흑탱(黑幀) 한 폭이 댕그머니 걸려 있을 뿐 협시보살(夾侍菩薩)은 말할 것도 없고 본존(本尊) 자리도 빈 채였다. 불단 향좌측(向左側)에 겨우 여섯 치가량의 자그마한 관음상 일구(一軀)가 모셔져 있었다. 이 관음상의 내력은 학성(鶴城)에 사는 김씨 성의 한 노파가 현몽을 얻어 산 바위 밑에서 발견한 것으로 때마침 운흥사가 건립되어 보시(布施)된 것이라 한다. 단청도 입히지 못한 절의 외양도 내부와 다를 것 없이 휑뎅그레 했다. 허연 기둥 사이에 허구(虛口)처럼 열려져 있는 법당 문, 마치 흰빛의 부엉이 같은 인상이라 해서 좋을지. 용정 유지들의 희사금으로 겨우겨우 공정이 끝났다고는 하나 제대로 사찰의 면목을 갖추려면 앞으로 신도들의 보다 많은 시주가 필요하겠다. 나흘 전부터 절 짓는 데 힘을 쓴, 소위 돈푼이나 있다는 집안의 부녀들을 모아놓고 법회를 열게 된 것도 실은 목적이, 절을 위해 좀 더 시주해달라는 데 있었다. 본연스님은 이목구비가 매우 훌륭하게 생겼고 몸집은 완강했으며 법회를 계획하고 법사로 자청한 만큼 경쇠나 두드리고 다니던 땡땡이중은 아니었다. 물론 고승(高僧)도 아니요 학승(學僧)도 아니었으나 구변이 좋고 경전도 다소는 읽었었다. 나이는 마흔하나, 장년이요 내리뜬 눈을 한번씩 들 때 눈에서는 빛이 났다. 송병문 씨의 자부 장씨를 볼 때는 더욱더 빛이 났다. 지혜가 아니요 번뇌였다 하더라도, 하여간 눈에 광채가 많은 것만은 확실하다. 반야심경을 외는 동안 불단에는 메가 지어 올려지고 과일 한 접시가 올라갔다. 그리고 목탁 소리가 멎으면서 불경 외는 소리도 멎는다. 목탁을 한 곁에 놓은 본연스님은 돌아서서 반가부좌하고 경상 앞에 앉아서 『금강반야바라밀다경(金剛般若波羅蜜多經)』을 경상 위에 폈다.

"소유일체중생지류, 약란생약태생, 약늠생양화생, 약유색약무색, 양유상(所有一切衆生之類, 若卵生若胎生若濕生若化生, 若有色若無色, 若有想)······."

「석안심관법(釋安心觀法)」을 쭉 읽어나가던 본연스님은 경문 해석으로 들어간다.

"대저, 일체중생 모든 무리들 알로 낳은 것이든지, 태로 낳은 것이든지, 습기로 낳은 것이든지, 위탁함이 없이 홀연히 낳은 것이든지, 빛이 있고 빛이 없는 것이든지, 생각이 있고 생각이 없는 것이든지, 혹은 생각이 있는 것도 없는 것도 아닌 것이든지, 무릇 목숨 있는 모든 것을 나는 무여열반에 들어가게 하야 멸도(滅道)하나니 그러나 무량하고 무수하며 무애한 중생을 열반으로 들어가게 하되 실은 누구 하나 멸도 얻는 자 없으니 이 어찌 된 연고이뇨. 이 무슨 까닭이뇨 수보리(須菩提)여. 만일 정사(正士)가 살아 있는 것이라는 생각을 일으켰다 한다면 벌써 그는 정사라 할 수 없느니라. 그것은 또 왜 그런고 하니 수보리여, 누구든 '아상' 즉 나라는 생각, '인상' 즉 살아 있다는 생각, '중생상' 즉 어느 하나라는 생각, '수자상' 내

한 사람이라는 생각, 이런 생각을 일으켰다면 벌써 정사라 할 수 없기 때문이라. 이렇게 세존께서 말씀하셨는데, 정사의 길이 대각(大覺)의 지혜를 구하고 중생을 교화하는 것이거늘 무량 무수 무애한 중생을 어찌 다 제도할 것이며 제도치 못할 시는 정사라 할 수 없으므로 중생을 제도하는 법을 가르쳐달라고 한 수보리에 대한 세존의 말씀이오."
하다가 본연스님은 소리를 높였다.

"일체중생아! 어디 있느냐! 망상으로 있는 것이라! 십이 망상이 어디 있느뇨! 십이 망상은 본래 공(空)한 것이어늘, 망상으로 있는 중생을 어찌 있다 하느뇨! 만법(萬法)도 무명(無名)의 그림자이어늘 하물며 천지간에 무엇이 있다 하느뇨!"

음성은 다시 낮아진다.

"옛날 천축국(天竺國)에서 선지(禪旨)를 심기 위하여 동쪽으로 오신 달마대사(達磨大師)께서 숭산 소림사 석굴에 구 년 동안을 면벽하고 계실 무렵, 후에 중국 선종의 이조(二祖)가 되신 혜가(慧可)가 찾아와서 달마대사에게 참구(參求)하였습니다. 이 혜가라는 사람도 『열반경(涅槃經)』을 읽고 견성(見性)했었다는 사람이었소. 그러나 견성한다고 해도 완전한 것이 못 되는 수도 있고 해서 혜가는 견딜심 있게 기다렸던 것입니다. 그러나 달마대사는 돌아보지를 아니하더라 그 말씀이오. 그때 마침 눈이 내렸는데 혜가가 서 있는 자리에 눈이 오고 또 와서 쌓여 가슴팍까지 차올랐으나 여전히 달마대사는 돌아보지 아니했다는 것이었소. 그래 혜가가 칼로 제 한 팔을 자르니 그때야 비로소 돌아보며 왜 그러느냐고 물었더랍니다. 혜가는 저의 마음이 편치 않으니 마음을 편안하게 해주십시오 한즉 달마 대사는 손을 쑥 내밀며 마음을 내어주게, 그러면 편안하게 해주리라. 혜가는 마음이 어디 있는지 찾아보았으나 아무리 찾아도 찾을 수가 없었다 합니다. 자 그러면 여러분! 여러분의 마음은 어디 있습니까?"

서희는 본연스님의 설법을 귀로는 듣되 마음은 오불관언이었다. 염주를 만지작거리며, 알아듣는지 어쩐지 송병문 씨의 자부(子婦) 장씨는 고개를 끄덕끄덕하고 있었다. 서희는 그 여인의 가늘고 하얀 손가락을 내려다본다.

법회에 모인 여인들은 모두 이십 명가량, 육십 대의 안늙은 이가 서너 명, 대부분이 사십 대의 중년층이었고 삼십 대 아래가 네댓 명인데 그중에서도 가장 나이 어린 사람이 서희다. 나이가 어리다 뿐인가. 처녀라고는 혼자였다. 불교에 독실했던 할머니에 대한 사모와 어릴 적에 가마 타고 다니던 절에 대한 향수가 없었던 것은 아니었으나 아직은 처녀의 몸으로 무리를 해서까지 법회에 나가야 할 이유는 없었다. 내심 서희는 본연을 존경하지 않았고 땡땡이중을 조금 면한 정도로밖에는 생각지 않아, 설법에는 흥미도 없었다. 다만 세상 돌아가는 물정을 알기 위해 사람 모이는 장소에 나왔을 뿐이다. 그리고 한편으론 친일(親日)할 생각은 추호도 없었지만 서희는 앞날의 계획을 위해, 일본영사관과 밀접한 관계가 있는 최기남과 법회에 나올 것을 권유하러 온 최기남의 처로부터 호의까지는 몰라도 악감은 사지 않게 처신해야 한다는 생각도 있었다. 앞으로 어떻게 이용할 일이 있을지도 모르기 때문에. 여하간 법회에 나온 서희는 주변에 대하여 겉으론 무관심하였다. 쳐다보거나 말거나 수군거리거나 말거나, 여전히 강한 자긍심과 어릴 적부터 익혀온 당당하고 의젓한 언행에는 변화가 없었다. 사람들은 서희의 그런 태도를 당연지사로 받아들이는 눈치였다. 그가 짊어지고 온 문벌도 문벌이려니와, 타고난 미모도 미모려니와, 사람들은 무엇보다 이미 거상(巨商)으로 군림하게 된 그의 부력을 두려워했고 그들로서는 상상할 수 없는, 대담하고 결단성에 넘쳐 보이는 그 저력에 한풀 꺾이고 마는 성싶었다. 시샘을 한다거나 허물을 찾는다거나 하기에는 여러 면으로 영 동떨어진 인물이긴 했다. 서희는 회색에 가까운 갈맷빛 치마에 흰 은조사 깨끼적삼, 수수한 차림새였고 화장기도 전혀 없는 얼굴이었지만 사람들 속에서 두드러지기로는 넓고 훤하게 트인 이마만으로도 충분하다. 나란히 앉은 송병문 씨의 자부 장씨와 서희는 여러모로 대조적이다. 장씨는 서희같이 이목구비가 깎은 듯 단정하고 윤곽이 완전무결하게 아름다운 여자는 아니었다. 서희같이 위엄과 자부에 가득 찬 모습도 아니었다. 총명함이 눈빛 속에 여실한 그런 여자도 아니었다. 어딘지 얼되고 멍청이 같았는데 매력이랄까, 어리석으면서 사람의 마음을 홀리는 것 같은 미묘한 것이 있다. 진득진득하면서도 불쾌하지 않고 전혀 자기 의지를 갖지 않은 허한 구석이 있는 여자.

'이 여자는 집 안에서 이부사댁 서방님을 더러 만날까? 만나면 서로 얘기를 주고받을까? 송씨네댁은 개화꾼이라서 내외를 아니하는지도 모르지. 그러면 내가 법회에 나온다는 말쯤, 이 여인네는 인사치레 삼아 얘길 했을지도…….'

이상현을 생각할 때면 서희 마음에는 분통이 치솟는다. 불이 난 뒤 집을 짓고 새 집으로 이사를 하고, 그런데도 상현은 그동안 여전히 모습을 나타내지 않는 것이다. 서희는 옹졸한 위인 같으니라구 하며 마음속으로 경멸을 했으나 무시하는 마음은 잠시였고 매일 투지에 가득 차서 상현을 기다리는 것이었다. 자존심을 빡빡 긁어놓은 사내, 나타나기만 하면 내가 받은 상처의 열 배 스무 배로 갚아주리니, 서희의 기다림은 순전히 그 보복을 위한 정열로써 지탱되어 있었다. 때로는 자기 처지가 그러하니 애써 피하는 거라고 자위를 해보기도 했으나 그런 이해심보다 노상 앞질러 달아나는 것은 자기 위주의 철저한 이기심이었다.

'설혹 내가 군자금을 거절했기로, 독립지사들을 좀 비방했기로 어찌, 내 사정을 몰라주는 거지? 어떻게 해서 하동을 떠나왔는지 두 눈으로 똑똑히 보고서도 그럴 수 있어? 천지간에 누가 있다고? 한이 맺히고 맺힌 나를, 산 설고 물 선 이곳까지 함께 온 정리만으로도 그럴 수는 없을 텐데, 난 하동으로 돌아가야 할 사람이다. 살을 찢고 뼈를 깎고 피를 말리는 고초를 겪는 한이 있어도 나는 내가 세운 원(願)을 잊어서는 아니 된다. 내 살을 찢고 내 뼈를 깎고 내 피를 말리던 원수를 어찌 꿈속엔들 잊으리!'

서희 눈앞에는 빠져 죽으려고 뛰어갔었던 별당의 연못이 생생하게 떠오르고 패악을 부리며 덤벼들던 홍씨 얼굴이 떠오르고 반들반들 윤이 나고 살이 찐 조준구, 꼽추 도령 병수 모습이 떠오른다.

'내 원수를 갚기 위해선 무슨 짓인들 못할까 보냐. 내 집 내 땅을 찾기 위해선 무슨 짓인들 못할까 보냐. 삭풍이 몰아치는 이 만주 벌판에까지 와가지고 그래 독립운동에 부화뇌동하여 고향으로 돌아갈 수 없는 몸이 될 수는 없지. 그럴 수는 없어. 내 넋을 이곳에 묻을 수는 없단 말이야! 원수를 갚을 수만 있다면 내 친일인들 아니할쏜가? 아암요. 이부사댁 서방님, 친일파 절에다가 나는 시주를 했소이다. 그래서 어떻다는 게지요? 내 돈을 악전이라구요? 그렇구말구요. 우리 조상님네는 이부사댁 조상님네처럼 청백리는 아니었더란 말씀 못 들으셨소? 악전이면 어떻고 친일파면 어떻소? 내 일념은 오로지 잃은 최참판댁을 찾는 일이오. 원수를 갚는 일이오. 태산보다도 크고 바다보다 깊은 이 내 원한을 풀지 못한다면 나는 죽은 목숨이오. 당신네들은 싸우시오. 나는 이 손톱 마디

마디에 피를 흘리며 기어서라도 돌아가야 할 사람이오. 왜인들이 그리 쉽게 물러갈 성싶으오? 내 여자의 지각으로도 그건 어려운 일일 게요. 낸들 왜국이 망해 거꾸러진다면 오죽이나 좋겠소? 조준구를, 그 계집을 사도거리에 끌어내어 내 원한의 비수를 꽂는다면 오죽이나 좋겠소? 그러나 그것은 하시(何時) 세월이오. 나는 기다리고만 있을 순 없소. 내 생전 내 눈으로, 그렇소. 나는 일각이 여삼추요. 내가 죽지 못한 이유가 뭐였지요? 이곳 수천 리 타국에까지 온 이유가 뭐였느냐 말씀이오. 내 돈이 아까워 군자금을 아니 낸 건 아니었소. 당신네들에게 협력을 한다면 나는 내 희망을 버려야 하는 게요. 나는 원수의 힘을 빌려 원수를 칠 것이오. 생각해보시오. 기백, 기천의 군병에다 여인네들 비녀 가락지나 뽑아서 마련한 군자금으로 왜군을 치겠다는 생각, 그건 마음일 뿐이오. 애국심일 뿐이오. 그리고 결국엔 헛된 꿈일 뿐이오. 나는 할 수 있는 일과 할 수 없는 일을 구별했을 뿐이오. 내가 할 수 있는 일은 이른바 내가 써야 할 군자금을 마련하는 일이오. 충분히 마련되는 그날 나는 돌아갈 것이오. 그리고 싸울 것이오. 내 원수하고, 섬진강 강가에 뿌린 눈물을, 내 자신에게 한 맹서를 나는 잊지 않을 것이오. 이 원을 위해 서방님을 잊어야 한다면 내 골백번이라도 잊으리다.'

"소위부주색보시 부주성향미촉법보시(所謂不住色布施 不住聲香味觸法布施)······."

본연스님은『금강반야경』을 읽고 있었다. 그의 이마에서 땀방울이 흘러내렸다. 서희는 자신이 결심한 대로 처신할 것을 믿어 의심한 일이 없다. 상현과의 애정의 갈등에 있어서도 어떤 결과를 가져올 것이냐, 그 해답은 이미 작성된 바이었고 수정할 생각은 없는 것이다. 그 점에 있어서도 서희는 자기 결단에 의심을 품은 일이 없다. 설사 상현이 이성을 잃고 결사적으로 나온다 하더라도 서희는 결코 그와는 인연을 맺지 않을 것이다. 그것은 땅 속에 뿌리를 박은 바위만큼 움직일 수 없는 일이었지만 그럼에도 서희는 자제심을 잃지 않고 자기와 마찬가지로 뻗대어보는 상현이 괘씸한 것이다.

"정사는 어떤 것에 사로잡혀 보시를 하면 아니 되느니, 색·성·향·미·촉·법, 이 육진(六廛)에 주(住)하여 보시하지 말지어다. 수보리여, 이와 같이 정사가 자취를 남기고자 하는 생각에 사로잡히는 일 없이 보시를 하지 않으면 아니 되느니 그는 왜 그런고 하니 수보리여, 정사가 생각에 사로잡히는 일 없이 보시를 하면 그 공덕이 쌓이고 쌓여서 쉬이 헤아리지 못하리라. 수보리여, 어찌 생각하느뇨, 동방 허공의 양(量)을 가히 헤아리겠느뇨?"

강설(講說)은 계속되고 있었다.

나는 그대를 그리워하고 그대도 나를 사랑하고 있다. 우리가 혼인을 못하는 이유는 그대에게 있고 내게 있는 게 아니다. 하니 그 보상은 그대가 치러야 하지 않겠는가? 어찌 나와

같이 겨루려 하는가? 서희의 생각은 바로 그것이었다. 굳게 지키는 성이라 하여 어찌 창을 들고 한번 휘둘러보려 하지도 않느냐? 휘둘러보지 못하고 멀찌감치 서서 아리송한 태도만 취하는 상현이 노여운 것이다. 휘두르고 달려드는 창을 서희는 분질러버림으로써 애정을 확인하고 상대에게 상처를 남겨 놓고 끝장을 내고 싶은 것이다. 서희는 그러한 자신의 욕망을 깊은 애정으로 믿고 있었다.

"삼륜공적(三輪空寂) 다시 말하면은 내가, 누구에게 무엇을 주었다. 그러니 시자, 수자, 보시, 이 삼륜공적에 생각이 사로잡히는 한에 있어서는 결코 공덕이 아니 되고 정사도 될 수 없다 그 말씀이오……."

법회가 끝나기는 해가 서산에 아슴아슴 떨어지려 할 무렵이었다. 본연스님은 수건을 꺼내어 이마에 흐르는 땀을 닦았다. 법당 밖으로 나온 일동 속에서,

"스님, 수고하시었소."

까무잡잡하게 생긴 최기남의 처가 본연 가까이 다가와 합장하고 말하였다. 본연의 눈은 여인네들과 어울려 어정쩡하게 뒷모습을 보이고 서 있는 장씨부인 목덜미에 가서 꽂힌다. 관골(顴骨) 쪽이 점을 찍은 듯 붉어지는가 싶더니 고개를 숙인다.

"스님."

"예."

"우린 여자라 그런지 모르지만 스님 설법이 좀 어려운 것

같소."

"소승도 그러하거늘."

하고 본연은 숙였던 얼굴을 들며 애매하게 웃는다.

"불법은 참으로 쉽고도 어렵고…… 구만리 밖인 듯, 그러나 가까운 곳에 있는 듯도 하오."

"날로 짓는 게 죄업인데 스님, 이래가지고 이 중생이 극락 왕생하겠소?"

최기남의 처는 거무죽죽한 손을 들어 입을 가리고 웃는다.

"지옥엘 가니 중들도 적잖게 와 있더라 하더이다."

"파계승이겠지요."

여자는 또 입가에 손을 가져가며 호호 하고 웃는다.

"파계승이믄…… 하긴 불제자들이 중 보고 절에 오시오? 부처님 뵈러 오시는 게지요. 그러니 부지런히 공덕을 쌓고 차생에선 사람으로 태어나지 마십시오."

"공덕을 쌓는 일이 쉽지 않으니."

"소승은 최주사 양주(兩主) 분만 믿고 있소이다. 여러 신도들의 신공(神功)으로 이만큼이나 절이 모양을 갖추기는 했소이다만 아직 본존도 뫼시지 못하고 있는 처지이니, 여러분께서 좀 더 분발을 해주셔야겠소."

"그야 기왕지사, 중도폐지할 수는 없는 일이고, 이 중생 신발이 닳게 생겼소."

최기남의 처가사설을 끝냈을 때 절 마당에는 아무도 없었다. 상좌가 빗자루를 들고 서성대고 있을 뿐이었다. 작별인사를 한 최기남의 처는 급한 걸음으로 뒤떨어져 가고 있는 서희와 장씨 그리고 해가 져서 쓰지 않게 된 양산을 들고 그들 뒤를 따라가는 새침이, 일행들 가까이까지 간다.

"아이구 숨차라."

장씨가 돌아본다. 새침이는 뒤로 처지고 세 사람은 서희를 중심해서 나란히 걸어간다. 걷는 도중 최기남의 처는 입을 다물고 있지는 않았다. 과히 밉잖은 말솜씨로 절의 사정이 이러저러하다는, 이미 알고 있는 일을 누누이 설명하고 나서 공든 탑이 무너지겠느냐는 말을 되풀이 되풀이해가며 시주를 부탁하는 것이었다. 장씨는 열심히 듣는 것 같았고 서희는 들은 척 만 척 걷고 있었다.

"아무튼 두 분 젊은이들은 꽃같이 고우시니, 그것만으로도 남보다 많은 복락을 누리는 셈인데 그러니 한 번 더 크게 선심 쓰시오. 차생에 가서도 부귀영화를 누리게 말이오. 아이구 참 내 신발 닳아지게 생겼소. 호호호…… 저기 앞서가는 사람들한테도 내 또 얘길 해야겠으니 그럼 천천히들 오시오."

최기남의 처는 부지런히 달려간다.

"부인은 어떠시오?"

서희는 밑도 끝도 없이 물었다.

"예?"

"집안에서 절에 나오시는 일을 싫어들 안 하시나요?"

"예……. 돌아가신 시어머님께서 불교를 믿으셨어요. 그래서, 하지만 되련님은 싫으시겠지요. 내색은 아니하시지만,"

"송선생께서는 그럼 야소교를 믿으시나요?"

"아직은, 그렇지만 야소교를 믿으실 생각은 하시는 모양이에요. 학교 일 땜에 그런가 보지요? 나는 잘 모르지만, 되련님은 학교 일밖엔 모르시거든요."

얘기를 하며 내려가는데 이편을 향해 걸어 올라오는 남자 모습이 서희 눈에 띈다. 이상현이다. 그쪽에서는 고개를 숙이고 걷고 있었지만 이편을 보기론 그쪽이 먼저인 듯 벌써 십분 의식하고 있는 걸음걸이다. 서희의 시선이 강하게 쏠려 있는데,

"아이 이선생님이 오시네요."

장씨의 음성이 한결 높고 들뜬다. 그 목소리가 기회였던지 상현은 얼굴을 들었다. 그리고 당황해하는 듯했으나 어색하다.

"이렇게 두 분이 함께 웬일이시죠?"

상현이 쪽에서 먼저 말을 건네왔다.

"법회에 갔다 오는 길이에요."

장씨는 여전히 음성을 높였다. 긴 눈시울이 여러 번 깜박거린다.

"네, 그러세요? 오래간만입니다."

상현은 새삼스럽게 서희를 향해 인사를 했다.

"네. 그간 이선생께서도 별고 없으셨어요?"

천연스럽게 평소 서방님이라 하던 것을 이선생이라고 달리 부르며 서희는 말했다.

"이사를 하셨다지요."

"네."

"한번 가본다고 생각은 하면서도 할 일 없이 바빠서 찾아뵙지 못했습니다. 용서하시오."

"저는 조금도 개의치 않았습니다. 용서라니요?"

"그렇게 말씀하신다면,"

겉으론 예사롭게 주고받는 말이었으나 서로 한 치의 양보도 없는 감정의 대결이 팽팽하다. 그들은 예사로움을 꾸미는 데 온 힘을 다하였으므로 옆에 장씨가 있다는 것은 이미 잊었다. 눈치가 빠르지 못한 장씨도 어쩐지 어색하여 우물쭈물하다가, 입속으로 먼저 간다는 말을 남기고 그 자리를 떴으나 그들은 미처 인사치레할 겨를이 없다. 어느 쪽이든 잡아당긴 고삐를 늦추어야지, 한데 별안간 서희의 쪽에서 고삐를 확 잡아채다가는 어처구니없이 놓아버린다. 꼼짝 않는 중에 그것은 서로가 의식할 수 있는 역력한 행동이었다.

"하시는 일 없이 바쁠 수도 있습니까?"

"……."

"그는 그렇고 의논을 좀 드릴 일이 있습니다만,"

"……."

당혹한 기대와 기쁨이 얽혀들며 상현의 얼굴은 균형을 잃는다. 스물한 살의 어린 나이의 서방님으로서는 역시 감당하기 어려운 감정의 혼란이며 서희가 그쯤 나오고 보니 자신이 이겼다는 기분보다 왠지 졌다는 생각마저 들고 균형을 잃은 얼굴이 일그러지기까지 한다.

"저의 집까지, 어려우시겠지만 한번 와주실 수 없겠어요?"

"네. 가, 가지요."

"오시겠어요?"

"내일이 일요일이니까,"

저도 모르게 한숨을 내쉬는데 이번에는 서희의 얼굴이 벌게진다. 분통이 터져서 그러는 것 같다.

서희가 발길을 옮기자 상현은 휘청거리듯 길을 비켜준다. 서희는 돌아보지 않고 걸음을 재촉했고 양산을 든 새침이 멍하니 서 있는 상현을 돌아보다가 얼른 서희를 따라간다.

'제에기! 오라 가라 해놓고서, 왜 자기 편에서 화를 내는 거지!'

절을 지나 숲속으로 들어온 상현은 풀밭에 다리를 뻗고 앉는다. 앉은 채 돌을 주워 팔매질을 한다. 또 하고 또 팔매질을 하는데 얼굴은 차츰 어두워진다. 숲속에도 어둠이 묻어온다.

절에서 돌아온 서희는 저녁을 먹고 대청에 나앉아 부채질을 하고 있었다. 서희의 얼굴도 전에 없이 딱딱하게 굳어 있었다.

'어차피 어느 때든 해결은 해야 할 일이었어. 놀라겠지. 노

발대발하겠지. 그러나 이미 벌써부터 작정해온 일이 아냐?'

서희는 부채질을 멈춘다. 생모 별당아씨를 문득 생각했던 것이다. 십여 년 동안 서희는 어머니 생각을 한 일이 별로 없다. 그것은 의식적인 회피였는지도 모른다. 그런데 지금 생각이 떠오르다니, 왜 갑자기 기억에서 지워버린 어머니를 생각했는가. 이때 공노인이 왔다는 새침이의 전갈이었고 곧이어 공노인이 이리저리 사방을 둘러보며 들어섰다.

"그간 별고 없으셨습니까."

허리를 깊이 굽히며 절을 한다.

"어서 올라오시오."

낡아서 갈색으로 변해버린 흰 가죽신을 신돌 위에 벗어놓고 여자 발처럼 작은 공노인의 버선발이 조심스럽게 마루로 올라선다.

"용정 바닥에서 젤 먼저 지은 집입니다, 애기씨."

낙성(落成)이 되어 이사한 지 보름이나 된 집을 새삼스럽게 둘러보며 공노인은 스스럽지 않게 웃는다.

"하나 아직은 가게 일이 남아 있지 않소."

"기와가 올라갔으니 불원간 일이 끝나겠지요. 이번에는 길상이가 욕을 많이 봤습니다."

"길상이가 아니하면 누가 하겠소."

"그는 그렇습지요."

비굴하지 않고 자기 분수를 지키며 앉아 있는 공노인을 바라보다가 서희가 물었다.

"그래 어인 일로 오시었소."

"예."

공노인은 입맛을 한 번 다시고 나서,

"용정의 형편이 좀 이상하게 돌아가는 기색이 있어서 한 말씀 여쭈어볼까 하고 왔습니다."

"이상하게 돌아가다니요."

"예. 좀 형편이 어수선합니다. 혹 아기씨께서는 들으신 일이 있으신지 모르겠습니다마는,"

"……."

"지금 일본 영사관에서는 뭐 구제회(救濟會)라 하는지, 그런 거를 맨들고 있다는 소문입니다."

"그 얘기라면 나도 들은 바가 있소."

"예. 그래서,"

"뭐, 이재민들의 땅을 잡고 집 지을 돈을 빌려준다는 그런 얘기 아니던가요?"

"예. 그렇습니다. 아직은 결정을 본 거는 아닌 모양이나, 결국 왜놈들의 뻔히 들여다보이는 시꺼먼 마음보 아니겠습니까?"

"……."

"저네들 말로는 집을 태우고 돈이 없어서 집을 못 짓게 되는 사람들의 형편을 기화로 상부국에서는 헐값으로 땅을 사들일 것인즉 그렇게 되면 용정의 조선사람들이 줄게 될 것이고 청인들이 판을 칠 것이니 미리 그런 일이 없도록 손을 쓰자 그거겠는데 멀쩡한 남의 땅을 치고 들어와서 도적질해 먹은 놈들이 그런 인심 쓸 리는 없고 항상 그놈들의 수작이란 입에 발린 말로써 시작하는 거 아니겠습니까? 결국에는 청국사람들을 대신해서 저희들이 판을 치자는 그 심보임에 틀림이 없을 것입니다."

서희는 잠자코 듣기만 한다.

"설사 땅을 잡혀가지고 돈푼이나 얻어서 그 돈으로 집을 짓는다 하더라도 대개가 모두 빚을 못 갚을 거라는 바로 그 점을 알고 영사관 놈들이 일을 꾸미는 것인데, 아 빚을 못 갚으면 땅이 어디로 가겠습니까? 그렇잖아도 벌써부터 왜놈들은 이곳에다가 저희들 세력을 심으려고 조선놈의 앞잽이들을 내세워서 요지(要地)를 손에 넣으려고 획책을 해왔던 터이고, 우리가 힘이 부쳐서 잃은 나라를 되찾을 수는 없다 하더라도 원수는 왜놈이고 보면 안 그렇습니까? 아기씨? 초가삼간 다 타도 빈대 타 죽는 게 시원하다는 속담이 있듯이 청국사람들한테 팔았음 팔았지, 이치가 안 그렇습니까. 그러나 사람들 마음이란 파는 것보담은 우선 빚을 쓰려 하는 게고 나중 일이야 어찌 되든지 간에 돈이나 빌려놓고, 때 묻은 고장에서, 되도록이면 뜨고 싶지 않은 게지요. 상부국에 팔든 왜인들한테 잡히든 결과는 피장파장인데도 말입니다."

빙빙 돌려가면서 하는 말에 짜증이 난 서희는,

"그래서 공노인은 어떻게 하겠다는 게요."

결론을 재촉한다.

"예. 한마디로 말씀드리자면 땅을 사더라도 조선사람이 사야 하고 땅을 잡고 돈을 빌려주더라도 조선사람이 빌려주는 게 젤 좋지 않겠는가 그런 생각입니다."

"음…… 하지만 일본 영사관에서 꾸미고 있는 일이라면 그네들 정부에서나 또는 은행에서 돈이 나올 터인데 이곳 조선사람들이 무슨 수로 그들과 겨루며 감당한단 말이오?"

"그러니까 제 생각으로는 할 수 있는 데까지 해보는 게 좋겠다, 그 말씀입니다. 뭐 제가 아기씨한테 선심을 써주십사, 그런 뜻으로 말씀드리는 게 아닙니다. 기왕이면 왜인들보다 조선사람들이 땅이든 돈이든 틀어쥐고 있어야 한다 그 말씀이지요. 앞으론 땅값이 오르게 마련일 게고, 이자라는 것도 딱 정해져 있는 거니까 장사보담 못할지는 모르겠습니다마는 그 대신 손해보는 일은 없고 빚 쓴 사람들한테는 못할 짓이지마는 빚을 못 갚을 경우는 잡은 땅이 있으니, 하기는 어차피 어렵게 된 사람들, 같은 조건이라면 돈 쓰는 사람도 같은 조선사람끼리라야 맘도 놓일 게구 말입니다."

"글쎄……."

"그러니까 아무래도,"

하는데 서희는 말을 막는다.

"공노인의 뜻은 나도 알 만하오. 그러나 좀 더 두고 생각해 보아야겠소."

"그, 그야 그렇습지요. 당장에야 어디,"

"길상이도 회령 가고 없으니,"

공노인은 다른 때보다 서희의 기분이 좋지 않은 것을 느낀다. 그러나 자기 한 말에 관심이 있음은 짐작할 수 있었다.

'어떻게 할꼬? 월선이 그 애 일은 못을 박아놔야 하는 긴데……'

공노인은 물러날까 어쩔까 망설이다가,

"이서방이 영팔이를 따라가더니 소식이 없구만요. 달포나 됐는데,"

하며 어렵게 허두를 꺼내었다.

"아무래도 그곳에서 농사라도 지어볼 심산인 모양입니다."

"이서방이 그런 말을 하고 갔소?"

"말을 한 것은 아니지마는 여기서 뭐 해먹고 살 만한 일이 있어야지요."

"기왕지사 일꾼도 쓰는 형편이니 여기 있으라고 전부터 내 말해온 터인데,"

"사람이 거 고지식해놔서요. 하기는 짓던 농사니, 그 편이 그 사람한테는 좋을지 모르겠습니다."

"……"

"그러나 월선이 일을 생각하면 제가 데리고 있을 생각도 여

러 번 해봤습니다마는 늙어가는 처지에 얹혀살라 하지도 않
을 기고,"

공노인은 힐끗 서희의 기색을 살핀다. 역력하게 짜증을 내
고 있는 것이다.

"가게 하나 줄 터인데 하던 장살 다시 하면 되잖소. 이서방
은 가더라도,"

공노인은 안도의 숨을 내쉰다.

"그, 그야 아기씨께서 그렇기만 해주신다면 가게를 차리는
밑천은 어떡허든 지가,"

서희는 모인 이맛살을 펴며,

"내가 월선이를 괄시할 수는 없지요."

14장 지난 얘기

"이선생."

문밖에서 부르는 소리에 상현은 화닥닥 책을 덮어버린다.

"이선생 계세요?"

"네. 들어오십시오."

방문을 열고 송장환이 오소소한 표정으로 들어온다. 방문
밖의 하늘은 별도 없는가, 새까맣다.

"책 읽고 계셨군요."

"아니, 뭐 책 읽는 것도 아니오. 앉으시지요."

"네."

사실 상현은 책을 읽고 있었던 것은 아니었다.

"조문 갔다 오시는 길이오?"

"네에. 다녀왔습니다."

스스로를 비웃듯, 비꼬듯 말하면서 담배를 붙여 문다. 운헌 선생이 어제 별세하여 송장환은 상가에 다녀온 길이다.

"이선생."

"네."

"아무리 생각해보아도 내가 도둑놈 같은 생각이 든단 말입니다."

송장환은 밑도 끝도 없는 말을 내뱉는다.

"무슨 말씀을."

이 친구가 또 무슨 말을 하려는가, 상현은 건성이다.

"셋방살이 좁은 방 한 칸에 문상객들 발 들여놓을 자리도 없고…… 한데도 그곳에 모인 분들은 모두 사람의 얼굴을 한 사람들이더구먼요."

"그러면 다른 사람들은 도깨비 얼굴을 하고 있다 그 말씀이오?"

또 시작하는군, 하듯 씁쓸한 낯빛으로 상현이 응답하는데 그 말은 들은 척도 않고,

"해삼위에서 아드님이신 권필응 씨가 오셨습디다. 그분 성

함이야 오래전부터 익히 듣고 있었으나 뵈옵기는 이번이 처음이었소. 참 그렇지. 이선생께서는 잘 아시겠구면."

"아뇨, 나도 성함만 들었을 뿐이오."

"만나뵌 일이 없었던가요? 이선생 어르신네와 함께 일하시는 분인데도 말입니다."

"만나뵌 일은 없었소. 본시 불초자식이라 이 수삼 년 동안 아버님 세계에는 한 치도 접근해보질 못하였소."

상현은 누구에겐지 모를 비웃음을 띤다.

"그래요? ……허름한 옷차림에 찌들고 주름진 얼굴…… 밀정 놈들을 피하기 위해서도 그러하셨지만 누가 보나 불운하고 발붙일 곳 없는 유랑민 행색입디다."

"연세도 상당하실걸요."

"사십은 넘었겠지요. 한마디로 말해서…… 무서운 눈이더군요."

"네?"

송장환은 방에 들어올 때처럼 오소소한 얼굴이 된다.

"꺼질 줄 모르는 영혼의 불길이 타고 있습디다. 그런 눈을 나는 일찍이 본 일이 없소. 왠지 눈물이 왈칵 쏟아질 것 같더구먼요."

상현도 권필응(權弼應)이라는 인물에 대하여 들은 바는 있었다. 연해주에서 만주 일대를 누비고 다니면서 일제에 대한 저항운동의 조직과 계책이 그의 예리하고 치밀한 두뇌로써 이루어진다는 얘기를. 그가 쟁쟁하게 이름을 드날리는 독립투사들과는 달리 어둠에 숨은 무서운 일꾼이라는 것을 아는 사람은 그리 많지 않다고 했다.

"내 이곳에서 애국지사라는 사람들을 많이 만나기도 했었지만…… 이상설 선생은 회초리같이 맵고 부러지지 않는 성품이시고 김약연 선생은 듬쑥한 정자나무같이 믿음직스럽고 덕이 있는 분이지요. 그러나 대부분의 독립지사라는 분들을 볼 것 같으면 어딘지 모르게 속기(俗氣)가 남아 있는 것 같기도 하고 개인적 야망이 엿보이기도 하고, 독립지사임을 코에 거는 것 같기도 하구요. 하기는 물론 훌륭하신 분들도 많기야 많지요. 그런데 권필응 씨 그분은 훌륭하다기보다 뭐라 했으면 좋을까? 허름한 옷차림 속에, 찌들고 주름진 속에 지혜와 열정과 용기의 영롱한 구슬을 안고 있는 것 같은 느낌이라고나 할까요? 그 눈은…… 슬픔과 통곡과 무서운 결의와, 그럼에도 맑디맑은 것은 무슨 때문일까요?"

"……"

"그분을 뵈오니 돌아가신 운헌 선생이 더욱 훌륭한 어른이었다는 것을 알 수 있습다."

"……"

"도대체 이게 뭡니까? 한심스럽다는 생각뿐이오. 기름기 흐르고 허여멀쑥한 얼굴들에 구토를 느낄 지경이오. 고대광실 높은 집에는 돼지들이 살고 있었더란 말씀이오? 저 사람은 내

재물을 축낼 사람인가? 보탤 사람인가? 담장은 한층 높여야 겠고 고방은 더 넓혀야겠고…… 만 가지를 돈으로써 가치를 재보는 치사스럽고 추악한 낯빤대기들! 남이 밥 한 그릇 먹을 때 두 그릇 먹을 것도 아닌데 말입니다."

상현은 송장환이 왜 흥분하는지 짐작이 간다. 권필응 씨를 만났기 때문만이 아니다. 아침에 뜰에서 형제가 말다툼하는 소리를 들었다. 다투는 소리를 상현이 들었거니 생각하고 송장환도 서슴없이 마음을 내뱉는 모양이다.

"나는 면식이 없어서 조문도 못 갔지만,"

울분에 찬 송장환의 심정을 외면하듯 상현은 말머리를 돌린다. 약간의 반발도 있었다. 조금 전까지 서희가 왜 만나자 하는가 그 일만 생각하고 있었던 자기 자신에 대한 모멸감도 있었다.

"나도 깊이는 알지 못합니다만 아버님께서 그분을 매우 존경하셨지요. 아버님만 저리 되시지 않았더라도……."
하다가 무슨 생각이 나는지 피시시 웃는다. 재떨이에 담배를 눌러 끄고 몸을 앞으로 기울인 채 성냥개비를 하나 집어 내려다본다. 보다가 성냥개비를 분지른다.

"아직 나이 덜 들어서 그런지는 모르지만 상가에서 나온 뒤 내내 공상만 하고 왔었지요. 되지도 않을 일을 가지고 말입니다. 사람이란 도저히 가망이 없을 때 오히려 더 많은 꿈을 꾸고 어리석게 공상을 하곤 하는 모양이오. 그렇게라도 해서 위로를 받으려 하는 심정인지도 모르겠군요."

그 말에는 상현도 동감이다. 고뇌스러운 동감이었다. 서희를 두고 그칠 줄 모르게 꿈을 꾸어온 자기 자신, 가망이 없기 때문에 밤마다 공상으로 지새워야 하는, 때론 서희를 이끌고 바람 부는 벌판을 헤매기도 하고, 때론 대안(對岸)이 아득한 빙하를 건너기도 하고 상해 같은 곳에 깊숙이 묻혀 서희와 함께 난롯불 앞에서 한겨울을 보내기도 하고 부모와 처, 동생과 영원히 이별할 결심을 해보기도 하고 남아로서의 포부를 헌신짝처럼 버려보기도 하고— 그것은 스스로 위로받기 위한 공상이 아니고 무엇이던가.

"그놈의 공상이라는 게,"

송장환은 또 피시시 웃는다.

"만일 운헌 선생께서 돌아가시지 않았더라면, 아버님께서 저리 병환에 계시지만 않았더라면, 하구요. 그러면은 이 사랑을 그 어른께 내어드려서 편안히 계시도록 뒷받침해드린다 말입니다. 그분 한 분을 위해서가 아니지요. 장래가 촉망되는 아이들 몇 놈을 골라서 신교육을 받게 하는 한편 운헌 선생같이 학덕이 높으신 어른의 훈도를 받게 한단 말입니다. 인물을 키우고 준열한 기상을 가꾸는, 그야말로 하늘 천 따 지 따위로 윗도리나 흔들어대는 서당식 말구 말입니다. 그렇게 해서 탄탄하게 인격을 연마한 아이들을 일본이나 상해 등지로 유학 보내어 또 다지거든요. 그렇게 하면 참일꾼이 몇 명 돌아올 것이란 말입니다. 설령 우리 겨레 한 사람 한 사람 모두가 나라를 찾겠다는 일념을 가졌다 하더라도 그 일념만으로 나라가 찾아지는 것은 아니잖습니까? 몇몇 열혈에 불타는 독립 투사들이 오장을 짜듯 절규한다 하여 독립이 되는 것도 아니잖습니까? 중구난방이지요. 질서와 계획과 준비와 실천, 이렇게 부서, 부서에서 마무리할 일꾼이야말로······ 나 같은 놈이야 어디까지나 일개 머슴 아닙니까? 장차 일을 꾸려나갈 그네들 뒤치다꺼리나 하고······ 그런 생각을 하면서 오는데 이 집 높은 대문 앞에 내가 서 있는 게 아니겠소? 누더기 속에 쌓인 장차의 일꾼을 가르치는 선생이, 그네들 머슴으로 자처하는 내가 사는 집 대문이 왜 그리 높으냐 그 말 아니오? 이선생 웃으시오? 웃어도 좋소."

"송선생 얘길 듣고 있으니 소하(蕭何) 생각이 나서 말입니다."

"그런 농은 마시오."

송장환은 얼굴을 붉힌다.

"아니지요. 개구장이 무뢰한이지만 유방(劉邦) 같은 영웅을 만난다면 말입니다."

비로소 두 사람은 소리 내어 웃는다.

"하여간에, 사업도 중요하기야 하지요. 왜놈보다 우리 조선인들이 경제권을 잡아야 하니까요. 그러나 이거 답답해서 어디 살겠소? 요즘 같아서는 정말 죽고 싶도록 자신이 없어져

266

요. 내 어떻게 하든지 이곳에서나마 교육사업을 기필코 확장하려 결심을 했으나."

얼굴을 숙이며 깊은 한숨이다.

"형제지간의 의리를 끊고서라도…… 되는 방법만 있다면 그 방법이 없소. 집에 불을 지르고 강도행위라도 하지 않는 한. 이선생이 한 지붕 밑에 계시니 하는 얘기요만 웬만하면 누워 계신 아버님께 심로는 끼치지 않으리라 생각했었지요. 많이 참았습니다. 그러나 말씀드리지 않을 수 없는 지경에 이르렀고, 생각해보면 치가 떨립니다. 가슴이 터질 것 같아요. 내 말씀을 들으신 아버님은 형님만 보시면 으으으― 의살 표시하시려고 안간힘을 쓰시는데 차마 눈 뜨고 볼 수가……."

눈에 눈물이 핑 돈다.

"아버님이 무슨 말씀을 하시려고 저토록 안타까워하시는가 뻔히 알면서도 형님은 모르는 척, 세상에 자식의 도리로서 그럴 수 있겠소? 나도 불효막심한 놈이었지요. 어쩌자고 말씀도 못하시고 기동도 못하시는 아버님께."

"너무 상심 마시오."

"나는 내 능력의 한계를 알고 있소. 우둔한 놈이지요. 좀 더 잽싼 성미였더라면 내 오늘과 같은 곤경에는 빠지지 않았을 게요. 형님 성미를 뻔히 알면서 말입니다. 학교 설립 그 당시에 한몫을 떼어주시라고 말씀드렸더라면 아버님께서도 조철하셨을 텐데, 이런 주제에 뭘 하겠다구."

"여태까지 낙망하신 일이 없었는데 오늘 밤에 왜 이러시오?"

상현은 진심에서 말했고, 진심인 만큼 자기 자신이 부끄러웠으며 절망하는 송장환 이상으로 절망감에 사로잡힌다.

"이도 저도 안 되면 재력 있고 정신 똑바로 박힌 사람에게 학골 넘겨주겠소. 나는 권필응 씨 같은 분, 그런 분을 따라다니며 총을 메든, 심부름꾼이 되든, 마지막까지 뻗쳐보기야 하겠지만,"

오랫동안 침묵이 흐른다. 남폿불이 상현의 오른쪽 볼과 송장환의 왼쪽 볼을 비쳐주고 있다.

송장환이 상반신을 꾸부린다. 얼굴에 그늘이 지면서 왼쪽 이마 한 곁에 불빛이 미끄러진다. 성냥갑을 만지작거리는 큼직한 손.

"참 아까 상가에서 김생원을 만나뵈었습니다."

"거기 오셨어요?"

"네. 어제부터 오셔서 밤샘하시고,"

"근자에는 통 뵌 일이 없는데……."

"이선생 안불 묻더군요. 오늘 비로소 알았지만 정호, 그 아일 아시죠?"

"정호라뇨?"

"얼마 전에 교무실에 와서 내게 따지던 아이 말입니다."

"아, 네. 그 아이 집에 김생원이 계신다 그 말씀이지요?"

"어떻게 아시었소? 이선생은 그 댁엘 가보셨던가요?"

"가기는요. 도적과 선비, 그 얘기라면 김생원 말고 달리 말하실 분이 없지요. 그때 그 아이 얘길 들었을 때 김생원이 가 계신다는 농가가 바로 그 아이 집이란 것을 깨달았어요."

두 사람이 웃는데 다 맥이 쑤욱 빠진 웃음소리다. 밤은 꽤 저물었고, 한데도 송장환은 일어서서 갈 생각을 아니한다.

"실은 정호…… 그 댁하고 묘한 일로,"

하다가 얼른 성냥갑을 열고 성냥 한 개비를 꺼내어 뚝 분지른다.

"정호누님하고 혼담이 있었지요."

"혼담이 있었다구요?"

"네. 지금은 출가해서 훈춘에 산다던가요?"

드물게 상현의 얼굴에는 장난스런 웃음기가 돈다. 송장환의 얼굴이 시뻘게져 있었던 것이다.

"순전히 제가 혼자 좋아서, 이른바 짝사랑이었지만."

"송선생도 엉뚱한 데가 있었군요."

"네. 아버님도 그런 말씀을 하셨소."

무안하여 말을 계속하지 않을 수 없는 모양이다.

"그러니까 사 년 전인가요? 집안이 어려워 그랬겠지만, 정호누님은 나보다 하나 위인 노처녀였었지요. 미인이라 할 수는 없지만, 비록 낡은 무명옷을 입었을망정 참 깨끗하게 보이더군요. 조용하고……."

"헌데 처녀 총각이 어디서 만났기에요?"

"집안에서 가끔,"

"집안에서?"

"네, 바느질 솜씨가 대단했지요. 정호누님은 그것으로 어려운 살림살이를 도우고 있었는데 그래서 우리 집에도 드나들며 일거리를 얻어가기고 하고 가져오기도 하고 줄곧 내왕이 있었습니다."

"그래서,"

"네?"

"그래서 그날 정혼가 하는 아이 앞에서 쩔쩔매었군요."

"정호 그 애야 모르는 일이지요만 내가 그때 흥분을 했지요."

"안절부절이더구먼요."

"나는 정호누님한테 장갈 들려고 했지요. 야채장사 딸이건 백정네 딸이건 그게 무슨 상관입니까? 그땐 그렇게 생각했어요."

"지금은?"

"지금도 마찬가집니다. 본인 하나에 달린 것 아닙니까? 그래서…… 아버님께 여쭈었지요. 결심은 단단한데 가슴은 뛰고 말은 자꾸 더듬거려지고 진땀이 흐르더구먼요. 아버님은 어이가 없으셨던 모양입니다. 빤히 내 얼굴을 쳐다보시더니 너도 참 엉뚱한 데가 있었구나 하시는데 완연히 탐탁해하시는 표정은 아니었습니다. 그러시고는 한 달이 넘게 그 일에 대해선 가타부타 말씀이 없어요. 속이 타더구먼. 다시 무릎을 꿇고 앉아서 되풀이 땀을 뺐지요. 아버님은 혼사란 걸맞지 않으면 후환이 있는 법인데 하여간 매파를 보내어 집안 내력이나 알아보자, 그래서 매파를 보냈는데 돌아온 매파 말이 다른데 혼담이 있는 눈치더라는 게요. 뜻밖이었습니다. 내 마음속에는 자신도 모르는 자만심이 있었던 게지요. 이쪽서 말만 건네면 감지덕지 응할 것이란 생각이 부지불식간에, 그랬던 만큼 초조해집디다. 한편으론 그런 식으로 꾸며서 나를 단념하게 하려는 겐가 싶기도 하구요. 대뜸 장거리로 나가서 정호어머님을 만났지요. 서로 안면이야 있는 터이고, 지금 생각해보면 부끄럽기도 하고 철없기도 하고 한편 순수하기도 했었지요. 정호어머님께서는 내 말을 들으시더니 빙긋이 웃습디다. 그리고 당자가 와서 얘길 해 쓰겠는가? 어른들이 계시는데, 그쯤이니 응하는 거 아니오? 한데 문제는 형님 때문에 뒤집어졌지요. 노발대발 매파를 불러다 놓고, 그 죄 없는 매파에게 따지는 거였어요. 별의별 말을 다 했지요. 그네들이 손가락에 불을 켜고 득천한다* 하더라도 혼사는 안 될 거라구…… 일이 그쯤 됐는데 아버님께서 돌아가신 운헌 선생을 통해 그 댁 내력을 알게 되었더란 말입니다. 비록 삯바느질, 야채장사를 하며 이국 타향에서 명보존을 하고 살지만 지체로 말할 것 같으면 우린 견줄 처지가 못 됐던 거지요. 그리고 정호아버님만

하더라도 연해주 방면에서 의암 선생 밑에 의병장으로 활약
하시다가 왜 헌병에게 체포되어 총살된 분이었소. 아버님은
몹시 당황하시며 아뿔사! 하고 무릎을 치십디다. 그러고 난
다음, 어떻게 됐는고 하니, 생각해보십시오. 돈푼이나 있다고
유세하며 그분들에게 모욕을 가한 송씨 집에서, 아무리 저자
세로 나가건…… 처음엔 너무 가난하였고 그런대로 아버님의
명망이 있어 정호어머님께서는 굳이 외면하신 건 아니었지요.
뭐 부질없는 지나간 얘기요만…….”

송장환은 우물쭈물 마무르면서 자신의 장광설이 부끄러운
지 큼지막한 두 손으로 얼굴을 빡빡 문지른다. 술기 없는 맑
은 정신으로 주절주절 늘어놓은 그의 심적 상태는 초조와 불
안, 좌절의 위기에 있음이 확실했다. 형에 대한 증오심이 극
도에 달해 있는 것도 짐작할 수 있었다.

“늦었군요. 이선생도 주무셔야 할 텐데.”

담뱃갑을 호주머니 속에 집어넣다 말고,

“이선생.”

“네.”

“내일은 일요일이고 하니 예배당에 나가보시지 않으렵니
까?”

“예배당엘요?”

눈이 휘둥그레진다.

“별 하실 일이 없으면 말입니다.”

"거긴 뭣하게요?"

"구경 삼아서 한번 나가보는 것도."

"싫소이다."

"어제 윤선생하고 약속을 했기에…… 혹 이선생께서도 무료하실까 싶어서."

"야소교를 믿을 생각이슈?"

상현은 퉁명스레 물었다.

"아니오. 아직은,"

"그럼 장차는 그러실 수 있으시다 그 말씀이오?"

"못마땅하셔서 그러시오?"

"못마땅하기는요. 송선생께서 알아 하실 일을,"

하더니 상현은 빨끈해지며 뇌까리듯 말을 이었다.

"하나 제 생각을 말씀드리자면 어째 야소교를 믿는다는 사람들이 경박한 듯 보여지더구먼요."

"그야 사람 나름 아니겠소? 게다가 서양서 온 종교니까 우리 풍습에 어긋나는 점도 있을 거구요. 그럼 안녕히 주무시오."

밖에 나온 송장환은 상현이 누구를 두고 경박하다 했는지 알 수 있었다. 달포 전에 청진서 데려온 교사 윤이병(尹二柄)에 대한 상현의 반감을 느낀 때문이다. 며칠 전 술자리에서의 분위기는 상당히 노골적인 것이었다. 기독교인이라 하여 술을 사양하던 윤이병이 끝판에 가서는 두 사람보다 더 많은 술을 퍼마시는 것에 상현은 조소를 머금었고 어디서 소문을 들었

는지 서희 얘기를 하며,

"허 참, 그런 보물이 내게 굴러왔으면 얼마나 좋겠소? 이만하면 그리 자격이 없달 수도 없을 게고 우리 조부님께서는,"

하며 집안 자랑을 늘어놓는 것이 상현의 비위를 건드렸던 것이다. 그러나 송장환은 여자처럼 예쁘장하게 생긴 윤이병을 다소 철은 없으나 순진하다는 생각을 하고 있었다. 송장환이 막 자기 거처방으로 들어가려는데 별안간 후원 쪽에서 점생이 고함 소리가 들려왔다.

15장 귀국

눈이 부시게 햇볕이 쏟아지는 거리를 나섰을 때 평시와는 달리 사방은 낯이 설고 무척 복닥거리는 것 같았다. 상현은 지나가는 사람들 모습이 생소했을 뿐 아니라 항해를 끝내고 뭍으로 올라오는 뱃사람을 대하듯 호기심을 품은 눈들이 자기를 숨어보는 것 같은 착각에 빠진다. 걸음을 빨리한다. 어떤 커다란 변화를 분명히 예감하면서 그 예감 때문에 가슴이 답답했으나 한시바삐 부딪쳐보고 싶은 초조함이 발길을 사뭇 재촉한다.

새집 대문 앞에 섰을 때 마당에 물을 뿌리고 있던 새침이가 기다리고나 있었던 것처럼 쫓아 나왔다.

"서방님 오시오?"

집 안은 절간처럼 조용했다.

"아기씨! 서방님 오셨습매다!"

정적이 그대로 계속되는가 싶더니 안방 문이 열리고 서희가 나타났다. 신돌 가까이까지 간 상현은 순간 무지개를 본 것 같았다. 서희는 생수 물빛치마에 역시 생수 깨끼적삼을 입고 있었는데 적삼의 빛깔은 은은한 분홍이다. 크고 또렷한 눈동자가 상현의 이마를 쏘아본다.

"올라오시오."

고개를 숙이고 신돌 위에 신발을 벗는데 아찔함과 눈앞이 캄캄해지는 것을 느낀다. 무슨 연유로 별안간 절망이 엄습해오는지 상현은 알지 못한다. 서희는 건넌방 방문 곁에 그림같이 서서 상현이 방에 들기를 기다리는 모양이다. 서희의 맑고 빛나는 눈은 창백한 사나이 얼굴에서 여전히 집요하게 떠나지 않는다. 상현은 방으로 들어가서 자리에 앉는데 방 안도 캄캄하다. 햇빛을 밟고 왔기 때문이었을까? 햇빛 탓만은 아닌 성싶다. 황량한 들판에 홀로 앉은 견딜 수 없는 고독감이 마음 바닥을 쿡쿡 찌른다. 안방으로 건너간 서희는 무엇을 하는지 아무 기척이 없었다.

'그 바다는 어디메쯤이었을까? 갑자기 왜? 그때 생각을 왜 하는 걸까?'

의문을 풀기도 전에 상현은 어느덧 환상의 바다 위에 있었다. 배가 뒹굴기 시작했다. 선창(船窓)을 하얀 물보라가 친다. 기관 소리, 기름 냄새가 뇌수를 건드린다. 선실을 메운 남녀 노소의 선객들은 모두 죽은 듯이 누워 있다. 뱃사람의 고함 소리, 아이 우는 소리가 먼, 먼, 아득한 곳에서 들려오는 것 같다. 상현은 벽에 기댄 채 눈을 감는다. 뉘를 굼실 넘어서 떨어지는 배, 선창에는 다시 물보라가 흩어진다.

'아아― 한배를 탔어도 서희는 천 리 밖이로구나. 이러다가 파선이라도 된다면 나는 서희를 꼭 껴안고 죽으리라.'

상현은 감았던 눈을 떴다. 서희의 창백한 얼굴이 눈 가득히 들어온다. 월선이 서희를 이끌고 이리 비틀 저리 비틀하며 복도 쪽을 향해 나온다. 배가 뉘를 넘어설 때마다 월선이와 서희는 함께 쓰러지곤 한다. 겨우 복도 쪽을 향해 엎드린 서희는 토하는 모양이었고 월선이도 입을 악물며 서희의 등을 토닥토닥 뚜드려준다.

'꼼짝 못하고 보고만 있어야 하다니, 빌어먹을! 내 누이였다면…… 무슨 놈의 지켜야 할 예절이 이렇게도 많단 말이냐.'

상현이 김훈장 쪽을 힐끗 쳐다보는데 길상의 눈과 부딪친다. 당황하며 길상은 외면을 했으나 그 눈에는 노기가 가득차 있었다. 서희를 바라보는 자신을 그 눈이 줄곧 지키고 있었던 것을 상현은 깨닫는다.

부산서 청진까지 화륜선을 타고 올 때의 일이었다. 잊고 있었던 일이 왜 생각이 났는지. 상현은 길상이 자기 의식 깊은 곳에 박혀 있는 것을 다시 확인한다. 새침이가 술상을 들고 들어왔다. 상 위에는 술잔 두 개가 놓여 있었다.

'······?'

뒷걸음질치듯 나간 새침이는 안방 앞으로 간다. 낮은 목소리로 뭔가 이야기를 주고받고 하는 것 같다. 다시 돌아온 새침이는 술잔 두 곳에 술을 부어놓고 나간다.

'······?'

이윽고 옷자락 스치는 소리가 나면서 서희는 방 안으로 들어왔다. 평소 화장을 아니하는 서희에게서 넓은 지분 내음이 풍겨온다. 상현은 상 위의 술잔 두 개를 외면하며,

"길상이는 없습니까?"

하고 물었다.

"네."

하고 서희는 단정하게 앉는다.

"어딜 갔기에요."

"어제 회령으로 나갔지요."

"김생원께선 더러 오시오?"

"아니오."

"집이 훌륭합니다."

그것으로 두 사람의 화제는 막혀버린다. 여전히 집 안에는 인기척이 없고 한낮은 괴괴하다. 이윽고 서희는 예기치 못한 것을 물었다.

"이부사댁 서방님께서는 저의 아버님을 보신 적이 있으셔요?"

"아니오."

의아해서 서희를 쳐다본다.

"그러면 저의 할머님을 보신 적은?"

"만나뵌 적이 있소."

"어릴 적의 일이겠군요."

"네. 몇 살이었던지 기억이 뚜렷하진 않지만, 아마 탈상 때였던지요."

"제 아버님의 탈상 말씀이오?"

"네. 어머님을 따라갔었는데 은전 세 닢을 주시던 기억이 있소."

대답은 하면서 서희가 무슨 생각에서 뜻밖의 일을 묻는지 궁금하다. 그러나 긴장되었던 마음이 다소 누그러지는 것이다.

"그러면 저의 생모의 얘기, 혹 들으신 적이 있으셔요?"

"왜 그런 말씀을 하시오."

"당황하실 일 조금도 없습니다. 그것은 모두 분명히 있었던 일 아니겠소?"

"하필이면 지금에."

"어제 처음으로 저는 그 기구한 여인을 생각했답니다. 오늘날 저의 운명은 아마 그분이 정해버린 듯싶어서 말입니다."

"무슨 뜻이오?"

"차차 말씀드리지요."

상현은 애써 술상에는 눈을 두지 않으려 하나 묘하게 자꾸만 눈에 거슬린다. 이 술상과 서희의 얘기는 무슨 상관이 있나 싶어서. 아무래도 술상이 괴이쩍다. 간도에 처음 왔을 때 상현은 서희와 한 지붕 밑에서 기거한 일이 있었다. 그러나 젊은 남녀인 만큼 서로 내외를 아니할 수 없었다. 한방에 단둘이 있은 적은 없었다. 한데 방문을 열어놨다고는 하지만 새침이나 길상이도 옆에 없고 빈집 같은 정적 속에 두 사람이 마주 앉은 것도 그랬으려니와 술상까지 차려다 놓은 것은 아무래도 민망스럽다. 게다가 무슨 까닭으로 기억 속에서 묻어버린 생모까지를 들추어 얘기를 하는 걸까.

"저의 생모, 별당아씬 돌아가셨다더군요."

말씨뿐만 아니라 서희의 태도는 생모를 타인으로 치부한 듯 태연하다.

"돌아가셨다구요?"

"네. 오래전에, 길상이가 어느 날 전해준 소식이었소."

"길상이가 어떻게?"

"어떤 거지가 와서 전해주고 갔답니다."

"헌데,"

"네. 왜 그런 말을 하느냐 그 말씀이시오? 이 세상에 혈육이라곤 아무도 없는 천애고아 최서희의 처지를 설명하기 위해서지요."

"이미 아는 일을, 새삼스럽소이다."

그 말 대답은 없이,

"아버님 생시 이부사댁 어른께서는 형제지간이나 진배없는 친구였습니다. 그리고 제가 듣기로는 돌아가신 할머님께서 서방님을 늘 염두에 두시고 정혼 아니하셨다면 손녀사위를 삼으려 하셨다구요."

상현의 얼굴에 열이 오른다.

"그런 연유도 연유려니와 우리는 이곳까지 함께 왔습니다. 피차의 생각이야 어떻게 다르든 저는 서방님과 연추에 계시는 아버님을 가장 가까운 분으로 생각해왔으며 그러니만큼 저의 처신에 대해서는 의논드릴 분이 달리 안 계신 줄 압니다. 하오나 엄연한 남남이고 보면 어찌 속속들이 허물없이 대할 수 있겠습니까. 해서 오늘 옵시사 한 것은 의로 남매가 되어주시기를 간청하고저,"

"뭐라구요!"

"허락하여 주십시오. 서로가 남남이라 생각하기 때문에 지켜야 할 법도가 많고,"

상현의 얼굴이 딱딱하게 굳어진다.

"누이로 생각하시고 저도 오라버니로 모시고 그러기 위해 술상을 마련하였습니다."

상현은 서희가 쐐기를 박는다고 생각했다. 아니 말뚝을 박는다고 생각했다. 머릿속이 쾅쾅 울리고 숨이 찼다. 나쁜 계집애! 나쁜 계집애!

"네. 좋소이다! 원하신다면 내 부족하나마 서희애기씨 오라버니가 되어드리리다. 그러면 이 술을 마시면 결의남매가 되는 거다 그 말씀이오?"

"네."

상현은 술잔을 듬썩 든다.

"그럼 거기서도 술잔을 드시오!"

서희는 두 손으로 술잔을 받는다.

"이 술잔은,"

부부의 연을 맺는 것이오! 하고 외치는 대신 상현은 술을 들이켠다. 잔을 비운 그는 자작하여 연거푸 술을 들이켜는 것이다. 눈동자는 비로소 똑바르게 자리를 잡고 서희를 바라본다.

"그럼 누이. 오라비한테 할 의논이란 뭣인가!"

씹어먹을 듯 증오에 찬 목소리다. 서희의 입술빛이 순간 변한 듯싶더니,

"저의 나이 열아홉입니다."

"그래서,"

"부끄러운 말씀이오나 이 수천 리 타국에서 지아비 없이 홀로 지내기에는 모든 것이 너무나 벅차고 어렵습니다. 이 머리꼬리를 늘이고 다니는 것도 남부끄럽습니다."

"그래서,"

"아까도 말씀드렸지만 천애고아이고 보니 제 스스로 그 일

281

을 결정하지 않을 수 없소."

"이제는 천애고아가 아니잖소."

"그러니 의논을 드리려 하는 게요."

"신랑감을 이 오라비더러 구해오라 그 말이오?"

"아닙니다. 이미 그 상대는 있습니다. 다만 중이 제 머리를 못 깎는다 하지 않습니까?"

상현의 얼굴이 파아랗게 질린다. 무릎 위의 두 주먹이 부들부들 떨고 있다.

"그가 누구요?"

속삭이듯 낮은 목소리다.

"길상이오."

"그래요?"

하다가 미친 듯이 웃어젖힌다. 어느덧 기장(氣丈)한 서희의 얼굴도 파랗게 되어 있었다.

"하하핫핫핫…… 하핫핫핫…… 내 그러지 않아도 누이의 신랑감을, 하하핫핫…… 물색하는 중이었더니 내 일전에 송장환이 그 위인더러 서희하고 혼인하라고 권한 일이 있었거늘, 하하핫, 무서워서 싫다더군. 무서워서 말이오!"

"뭐라 하시었소!"

순간 서희의 눈꼬리는 칼이 된다.

"필경엔 종놈 계집이 될 최서희! 그 어미에 그 딸이로구려!"

술잔을 집어든 상현은 서희 얼굴을 향해 확 뿌린다. 서희 얼굴에 술이 흘러내리고 상현은 방에서 뛰쳐나간다.

그날 밤 상현은 거처로 돌아가지 않았다.

어디서 잠을 잤는지 학교에 나타난 그의 얼굴은 거의 죽을 상이었다.

"이선생 어디 아프시오?"

송장환이 물었으나 묵묵부답이다.

"어젯밤은 어딜 가시었소?"

대답이 없기론 마찬가지였다. 하루 일을 마치고 숙소로 돌아가면서,

"윤이병이 그 사람, 최서희의 신랑감으론 일등이오."

하고 중얼거린다.

"네?"

되묻는 송장환의 말엔 아랑곳없이 상현은 미친 사람같이 웃는다.

"송선생, 추호 가차 없이 남만을 위해 살 수 있다고 생각하시오? 가령 국가나 민족을 위해서 말입니다."

"어려운 일입니다. 하지만 그런 결의를 해야 할 시기에는, 우리는 사내들이니까요."

"그러면 철저하게 자기 자신만을 위해, 자기 행복만을 추구하고 산다면?"

"그래서는 안 되겠지요. 태평성세라면 모를까."

"하하핫…… 하하핫…… 이도 저도 아닌 놈은 죽어야겠구

먼. 아니면 공중에 붕 떠서 살아야 할까?"

"그거야 어디 살았다 할 수 있소? 죽은 게지."

"내 발목에 간신히 걸려 있는 가느다란 줄 한 가닥이 뭔지 아시오? 그놈의 썩어빠진, 쥐뿔만도 못한 도리라는 게요. 더러는 우직한 농사꾼들 중엔 그놈의 도리라는 것을 기둥 삼아 구차스런 삶을 지탱하는 자들이 훨씬 많더군요."

"도리라는 건 간단명료한 것 아닙니까?"

"글쎄올시다. 본시는 양반의 것이 아니었소? 한데 지키기론 상놈들이 더 열심이니 말입니다."

송장환은 완연히 불쾌한 낯빛이 된다.

"더러는 도리라는 그물을 시원스럽게 걷어버리고…… 그렇지요. 보복의 정열에 몸을 태우는 그런 여자도 있구요. 그것도 사는 하나의 방식일까요? 나는 무슨 방식을 취할까 연구해봐야겠지요. 아니면 때리치워 버리던지요."

그런 뒤 얼마 후 방학이 되었고 상현은 연추로 간다면서 부랴부랴 떠났다. 어느 날 송장환은 상현으로부터 편지 한 장을 받았다.

그간 형에게는 신세 많이 졌소이다. 가내 두루 무고하시온지요. 떠날 때 말씀드려야 했을 것을, 이곳서 서면으로 대신하오니 용서하시오. 생은 이곳서 곧장 고향에 돌아가기로 작정하였소. 형의 건투를 빌며 내내 안녕하시기를.

간단한 사연이다. 송장환은 상현의 부친이 아들의 귀국을 원한다는 말을 들은 바 있어서 언제인가는 떠나리라 생각은 했었지만 막상 편지를 받고 보니 서운하고 당황해진다. 학교 일 때문에 그러했고 이런 식으로 훌쩍 떠나버린 그가 야속하기도 했다.

'어딘지 좀 이상했는데?'

연추로 떠나기 전 상현의 모습이 떠오른다. 침식을 잊다시피 술만 마시던 모습이, 병자같이 초췌한 몰골이 왠지 마음에 걸린다. 송장환은 편지를 책상 위에 놓고 담배를 붙여 물며 창밖을 바라보는데 한더위를 찢어발기듯 매미가 운다.

16장 불 뿜는 여름밤 나비

벽시계가 추를 흔드는 소리만 들리는데 길상은 마루 끝에 옆모습을 보이며 걸터앉았고 서희는 마루 복판에 깔아놓은 화문석 위에 앉아 있었다. 그간 일처리에 대한 보고를 끝낸 길상은 다음 지시를 기다리고 있는 것이다. 그러나 길상의 옆모습만 골똘히 쳐다보고 있을 뿐 서희는 말이 없다. 시선을 느낀 길상의 얼굴이 굳어지면 굳어질수록 굳어져가는 그 과정 속에서 무엇인가를 찾아내려고 서희는 기를 쓴다. 도시 무엇을 찾아내려는 걸까. 분명 무슨 일이 일어나고 있는 것이다. 무슨 일이. 어느 물체를 만졌을 때 확실히 손에 잡혀지는 감촉만큼 서희는 자신의 직감을 언제나 신봉한다. 내 직감이 한 번이나 빗나간 일이 있었던가? 틀림없이 길상에게 무슨 변화가 일고 있는 게야, 틀림없이. 갸름한 모양의 귀를 향해 뻗어 올라간 길상의 완강한 턱뼈에서 찬바람이 설렁설렁 불어오는 것을 느낀다. 응어리처럼 의혹의 덩어리가 부풀어 올라 숨이 막힐 것 같다. 무슨 근거로? 이건 도시 황당한 예감이 아니냐? 그러나 내 직감은 한 번도 빗나간 일이 없었어—눈앞에 바닥 모를 심연이 아가리를 벌리고 있는 것이 보인다. 꺼지지 않는 불길같이 그 오랜 집념이 심연 속으로 꺼져 들어가는 것이 보인다. 피맺힌 손끝으로 차곡차곡 쌓아올린 그 숱한 계획도, 잠 못 이루던 저주의 밤도, 간절한 승리의 염원도 바닥 모를 심연으로 꺼져 들어가는 것이 보인다. 지렛대가 흔들리면서 모든 것이 와그르르 무너지는 소리가 들려온다. 길상의 완강한 턱뼈에서 설렁설렁 불어오는 찬바람, 별안간 남의 수족 노릇은 아니하겠노라고 외쳐대는 길상의 고함이 귀청을 찢는다. 아아, 반항과 거부의 격렬한 몸짓이 보인다.

'그럴 리가 있나, 그럴 리 없지.'

권위의 깃털을 온통 세우고 공작새처럼 화려한 우월감과 표범처럼 표독스런 자부심을 환기시키며 발목이 묶인 길상을 눈앞에 보기 위해 서희는 신앙 같은 자신의 직감에서 떨어져 나가려고 맹렬히 닻줄을 감아올린다. 그럴 리가 있나, 그럴 리 없지. 아암 그건 이 더위에서 온 망상이니라. 망상이구 말구. 네가 나를 떠나 어딜 간단 말이냐? 너의 이십칠 년의 세월은 나를 위해 있었던 거구 내가 세상에 나온 십구 년의 세월을 너는 내게 충성했었다. 더위에서 온 망상이야. 이부사댁 서방님이 떠난 후 내 마음이 허해진 탓이 아니겠느냐? 그러나 어느덧 감아 올린 닻줄은 풀어지고 확실한 종전의 사념, 그 사념의 항구에 자신이 정박해 있음을 서희는 발견한다. 무엇인가가 무너지고 있는 것이다. 기왕의 믿음이 어처구니없이 손가락 사이로 빠져 달아난다. 남의 수족 되기를 거부하는 길상이가, 나도 내 갈 길을 가야겠다고 주장하고 나서는 길상이가, 작은 주먹으론 때려부술 수 없는 거대한 운명의 바위로 커가는 것이다. 무슨 일이 있었던가. 표면상으론 아무 일도 일어나지 않았었다. 오히려 길상은 전보다 수긋해졌으며 공노인이 가져온 새로운 사업계획에 대해서도 강하게 의견을 내세우는 일이 없었다. 그랬었기 때문에 의혹을 한층 짙게 했는지 모를 일이다.

'그 사람은 가버리지 않았느냐?'

예감의 폭풍이 휘몰아치는 속에 한 가닥 외길 같은 적막이 스며든다.

'내 얼굴에 술을 끼얹고 미친 듯이 뛰어나가던 사람. 아마 다시는 나타나지 않으리. 뜬구름 같은 그 사람을 놓아주고 나는 평생토록 충성하리라 믿은 이 사내를 내 곁에 두려 하였건만 설마한들, 지가 내 곁에서 떠날 수 있을까? 떠날 수 있을까. 겨루던 상대가 물러나 버렸기에 어쩌면 길상이는 제 마음을 단속하는지도 모르겠어. 비겁해지기가 싫어서 말이야. 안됐다는 생각도 들었겠지. 길상이는 그럴 수 있는 사내지. 아 아니 뭐라고!'

순간 서희의 감정이 용수철처럼 튄다.

'뭐라구? 감히 뉘하고 겨룬단 말이냐! 이 내 최서희를 두고 누가 뉘에게 겨루어? 그럴 수도 있느냐?'

상하로 선명하게 그어진 돈독한 그 낡은 관념은 직감이 몰고 온 거의 공포에 가까운 예감을 비로소 떼밀어내고 때려눕힌다. 길상을 겨누었던 필사적인 촉수(觸手)는 방향을 잃는다.

'내 천 길 낭떠러지를 뛰어내리듯 너를 택하려 하기는 했으되 어찌 감히 너 스스로가 생심을 품을 수 있단 말이냐? 하늘의 별을 따지, 어림 반 푼이나 있는 일이겠느냐! 언감생심, 나를 여자로 보아? 계집으로 네 눈에 보이더란 말이냐? 그래 너는 장살(杖殺)의 그 숱한 사연도 몰랐더란 말이냐? 내 비록 천 애고아로서 이곳까지 왔다마는, 양반이 아직은 썩은 무말랭이가 되진 않았어! 감히 하인의 신분으로서!'

천길만길 뛴다. 그러나 어디까지 그것은 서희의 환상일 따름, 길상은 바위처럼 앉아 있을 뿐이고.

'아아, 나를, 이 나를 모두가 덤벼서 떡을 치는구나. 더러운 떡메로 나를 치는구나. 아아아 미치겠구나!'

상현의 들린 것 같은 웃음소리가 달려든다.

'하하핫…… 하하하핫. 내 그렇지 않아도 누이 신랑감을 하하하핫…… 물색하는 중이었더니, 내 일전에 송장환이 그 위인더러 서희하고 혼인하라고 권한 일이 있었거늘, 하하하핫 무서워서 싫다더군. 무서워서 말이오!'

'정말 미치겠구나!'

이마에 땀방울이 솟아나고 얼굴빛이 바래어간다.

아내가 있는 처지, 어쩔 수 없는 강을 끼고 맴을 돌면서 서로의 가슴에 생채기를 입히며 서로의 애정을 학대하며 마음을 엄폐할 수밖에 없었던 처지였다 할지라도 종말을 그렇게 지은 것은 잔혹한 일이었으리라. 결의남매의 제의로써 상현의 가슴에 칼을 꽂았고 길상을 지아비로 맞이하겠노라는 말로 치명상을 주었다. 그만했으면 발걸음을 끊음으로써 서희에게 상처를 준 그 사내에게 앙심대로 열 배 스무 배의 보복은 한 셈이다. 마지막 내뱉고 간 상현의 독설이라는 것도 따지고 보면 절망의 절규, 상처 입은 울음이겠는데 그러나 서희는 백번 그렇게 생각이 미쳐도 터럭만큼의 위안도 받을 수가 없다. 자신의 가해행위는 당연한 것이지만 상대의 가해행위는 용서할 수 없는 것이다. 서희는 승리가 아니라 참패였다고 생각한다. 승리가 아닌 이상 끝장은 나지 않았다고 생각한다. 상현은 여전히 빚을 지워놓고 갔으며 그 빚은 반드시 받아내야만 했다. 그래야만 상현의 애정을 쟁취한 것이 된다. 보복심의 푸른 불길이 타고 있는 한 상현에의 애정은 서희 마음속에서 무사할 수가 없다. 그러나 상현은 떠나고 없지 않은가. 어떻게 이 빚을 받아내리.

'송장환에게, 나와 혼인하라고 권한 일이 있었다구요? 무서워서 싫다더라구요? 무서워서 싫다더라구요! 그 머저리 같은, 병신 같은 작자가 말입니다! 누구 마음대로! 누구 마음대로!'

서희는 땀을 흘리고 길상은 굳어진 채 앉아 있다. 이들 두 사람의 무거운 침묵 사이를 시계 소리만 왔다갔다 한다. 마루 기둥에 걸린 부엉이 모양의 시계는 황금빛 추를 쉴 새 없이 흔들고 있는 것이다. 길상은 시계 소리를 들으며 들숭날숭한 이빨을 드러내어 놓고 손짓발짓하며 지껄이던 청국 상인 맹서방(孟書房)을 생각한다. 시계는 박래품을 좋아하는 서희가 맹서방한테 고가로 사들인 것인데 멀리 멀리서 산보다 큰 배를 타고 온 물건이며 중국땅에서도 하나밖에 없는 것이라, 맹서방은 그렇게 허풍을 떨었다. 실은 연해주로 해서 들어오는 러시아 상품이었지만. 하기는 그의 허풍이라는 것도 고지식하여 새로운 물건을 가져올 때마다 매양 멀리 멀리서 산보다 큰 배를 타고 왔다는 것이요, 중국땅에서도 하나밖에 없는 것이라니, 거짓말도 그 정도로 고지식하면 거짓말이 아닐 수도 있는지, 서희는 맹서방을 다른 상인들보다 신용하는 눈치였고 그가 가져오는 물건이면 곧잘 사들였다. 화장품, 값진 향수 등을, 일 년 내내 외출이라고는 거의 없었건만 수달

피 목도리, 레이스, 비단, 털로 된 것 등 여러 개 목도리를, 장갑도 가죽에서 털, 견직 제품, 모양이 새로운 것이면 사들였고 낙타 망토, 여행용 가방, 핸드백 따위에 이르기까지 서희의 취미는 그의 낡아빠진 관념과는 달리 퍽으나 개명된 것이었고 손수건 한 장도 박래품 아닌 것은 쓰지 않는 최고급이었다. 그와 같은 습벽은 서울 육의전(六矣廛)까지 가서 값진 청나라 비단을 끊어다가 의복을 지어 입던 어린 시절 생활 풍도(風度)의 연장이라 할 수 있겠는데 자질구레한 물건에는 집착하는 것 같은 기색도 아닌 것을 보아서는 긴장된 나날의 삭막을 견디어나가는 일종의 숨구멍 같은 것이나 아니었던지. 허영으로 보기에는 긍지가 높은 서희였었고 가난해본 적이 없는 생활이었으니 남을 염두에 두고 사치할 리 없다. 그러나 이런 정도의 사치는 서희 재력으론 별것이 아니었다. 그는 결코 패물 따위에 손을 대는 일이 없었으니까.

길상이 시계 소리를 들으며 새삼스럽게 맹서방을 생각한 것은 그만한 이유가 있었다. 서희가 길상에게서 무엇인가를 찾아내려고 기를 쓰는 만큼 그도 무엇인지는 모르나 서희 내면에 충만되어 있는, 언제 터질지 모르는 격정을 충분히 감지했던 것이다. 그러나 그것이 무엇 때문인지 서희처럼 찾아내려고 기를 쓰지는 않았다. 피하는 길을 택하여 시계 소리에 귀를 기울였고 맹서방 생각을 한 것이다. 부엉이 벽시계가 시간을 알린다. 다섯 번을 쳤다.

"가게는 네 개가 남았다 했던가?"

서희는 손수건으로 이마의 땀을 닦으며 입을 떼었다.

"네."

"그러면 다 나가기 전에 월선의 몫을 정해주어야겠지?"

"공노인 면을 봐서라도 그러셔야지요."

"공노인 면을 봐?"

"공노인께서 웬만했으면 부탁을 했겠습니까? 어렵게 말씀 드린 거지요."

"뭐라구? 누가 뉘한테 부탁을 한단 말이냐?"

길상은 마음속으로 아뿔사 하고 후회한다.

"이부사댁 어른의 부탁도 거절한 나를 몰라서 하는 말이냐? 한갓 시정배의 면을 내가 뭣 땜에 봐주는 게지?"

이럴 때, 공노인의 면을 무시할 수 없다든가, 그의 공로를 일일이 열거해봤자 소용이 없다. 그것을 모르는 서희도 아니었고 어거지를 쓰기 시작한 감정을 악화시킬 뿐이다. 서희는 주려니 마음먹었다가도 상대편에서 달라고 하면 안 주는 그런 고약한 성미의 여자였다. 안 줄 뿐만 아니라 상대를 핍박하기까지 한다. 자기 명령을 거역이라도 한 것처럼, 비럭질하고 다니는 남루한 차림의 걸인을 대하는 것처럼, 이런 서희의 성미를 다소는 알고 있는 공노인이었기에 전날에도 월선에게 가게를 주겠느냐고 물어보진 못하고 빙빙 겉돌려 의도를 타진했는데 그래도 서희는 짜증을 냈던 것이다. 아무튼 남이 요구를 할 경우 격렬하고 심술궂게 거절하는 서희의 심리에는 남의 것을 얻으려고만 하는 근성에 혐오를 느낀 탓만은 아닌 성싶고 노상 주기만 하는 자기 처지에 한 가닥 외로움이 있었는지도 모른다.

"나는 월선이한테 그 가게를 주는 게야. 그것을 똑똑히 해두어야 돼. 내 할머님이 그 여자를 돌보아주셨듯이 나도 그 여자를 돌보아주는 것뿐이야. 뉘가 감히 나한테 하라 마라, 되지 못하게."

길상은 침으로 입술을 축였으나 침묵한 채다. 공노인의 면을 봐서 어쩌고 했다 하여 노한 것은 일상의 서희가 그러했으니, 또 가게는 내주기로 결정했으니 깊이 개의할 것은 없고, 자기 명령에 불응하면은 새파랗게 질려서 까무러칠 때까지 울던 어린 날의 서희 모습을 길상은 생각하고 있었다. 그것은 별당아씨가 종적을 감춘 뒤 생긴 버릇이었다. 서희가 까무러칠 때마다 우짜노! 아이구 이 일을 우짜노! 하며 땀을 뻘뻘 흘리고 갈팡질팡하던 봉순네의 모습도 떠오른다. 생모를 모욕하고 최씨 가문을 모욕했다 하여 삼수를 묶어 매질을 시켰고 칠촌 숙모뻘인 홍씨를 마굿간에서 들고 나온 채찍으로 후려치려고 했었던 서희, 그때 나이 열 살이었던가 열한 살이었던가. 길상은 시계 소리를 들으며 맹서방 생각을 하며 서희의 터질 것 같은 격정에서 피해 있긴 했으나 기절하는 전조의 울음을 예감했던 것이다. 상현이 때문이라 생각했다. 이부사댁 이상현 서방님—.

"그는 그렇고 내 일러둘 말이 있어."

"······."

"이서방 아낙인가 하는 그 계집 말인데."

길상은 고개를 쳐든다.

"그 계집은 월선이하고 함께 들여서는 안 되겠어."

일찍이 서희는 한 번도 임이네에 대해 말한 적이 없었다.

'왜? 내가 모를까 봐서? 놀라기는 왜 놀라지?'

'알고 계셨구먼요. 역시······.'

'모를 턱이 있겠느냐? 서방 따라오는 계집을 내 막을 이유
는 없고 월선이랑 함께 살건 말건 그것도 내 상관할 바 아니
었지. 허나 비록 남 주기 위해 지은 가게지만 그건 내 집이야.'

'그 아낙이 어디 죄인이겠습니까?'

'죄인이 아니니 하늘 밑에 얼굴을 들고 나다니지 않느냐?
그러나 그 아낙은 원수의 계집이야. 내 굳이 저주하는 것은
아니나 그 계집을 도와줄 순 없는 일이야.'

길상은 눈길을 돌린다.

"가게를 월선에게 주긴 주되, 그 일에 대해선 똑똑히 알려
주어라."

"설마, 염치가 있을 터인데 함께야 들겠습니까?"

"하여간에 일러두어."

"그건 못하겠습니다."

"어째서."

서희의 입매가 뱅글뱅글 돈다. 입매가 뱅글뱅글 도는 것은 그의 부친 최치수의 모습 그대로다.

"그 여자는 가게에 들지 않을 것입니다."

"정말 그러리라 생각하느냐?"

서희는 조소를 머금는다.

"네. 이서방이 조처할 것으로 생각합니다."

"그래?"

여전히 조소를 머금은 채 들었던 부채를 거칠게 놓고 서희는 일어섰다. 길상도 물러난다. 발을 걷고 방 안으로 들어선 서희는 들창 밑에 놓인 자 반 길이나 되는 수틀 앞에 무릎을 펴고 앉는다. 손수건을 꺼내어 손을 닦고 수틀을 덮은 백지를 걷어 넘긴다. 연두색 비단에 꽂은 바늘을 뽑는다. 실 한 바람을 바늘귀에 끼고, 수를 놓기 시작한다. 사군자 중의 난초 한 폭이다. 수틀은 이상현이 떠난 뒤 맨 것이며, 그것을 매었을 때,

"아기씨, 이 덥운 여름에 수를 놓다이 어째 그럽지요?"

새침이 눈이 휘둥그레졌고 달래오망이도,

"오뉴월에는 입서엉도 앙이 꿰매젾는가? 어째 저러지비?"

하고 놀랐었다. 도무지 심상찮은 짓이었다. 그러나 서희는 꾸준히, 땀을 닦아가며 그 일을 계속해왔던 것이다. 머리칼같이 가는 바늘을 쥔 하얀 서희의 손은 벽시계 속에서 왔다갔다하는 추만큼 정확하다. 혼란을 거듭했던 서희의 사념은 차츰 정

확한 손끝과 정확한 시계의 추처럼 정리되어간다.

길상은 해를 가늠하듯 고개를 들고 서편을 한 번 쳐다보고 나서 뒤뜰 우물가로 걸어간다. 새침이 송애가 우물가에 쪼그리고 앉아서 소근소근 얘기를 하고 있었다. 새침이는 길상을 보자 당황하며 빨다 만 수건에 비누칠을 하고 송애는 돌아본다. 눈이 날카롭게 빛난다. 증오심에 가득 차서 길상을 노려본다.

'⋯⋯?'

후닥닥 일어서더니 치마를 터는 시늉을 하다 말고,

"나 간다!"

무엇에 쫓기듯 송애는 달아난다.

'⋯⋯.'

길상은 송애 뒷모습을 바라보다가 왜 그러느냐는 듯 새침이에게 시선을 돌리는데 새침이는 눈을 내리깐 채 수건만 빠는 것이다.

"응칠이 아직 안 왔나?"

"옛꼬망."

눈을 내리깐 채 대꾸다. 그도 재빠르게 수건을 빨아가지고 가버린다. 땀이 배어 끈적한 얼굴을 씻은 길상은 거리로 나섰다.

이상현이 연추로 떠났다는 얘기를 길상은 송장환에게 들었다. 회령으로 간 사이 상현과 서희, 두 사람에게 일어난 사건

을 전혀 모르는 길상으로서는 간다는 말 한마디 않고 떠난 것
이 좀 이상했으나 개학이 되면 돌아오리니 생각했다. 서희에
게는 이부사댁 서방님이 연추로 떠나셨다더군요, 하고 말하
기는 어려워 기색만 살피다가 새침이더러 애기씨는 뭘 하고
계시느냐고 물어본 적은 있었다.

"수를 매고 계십매다."

"수를을?"

"옛꼬망. 평풍 수 놓으신다믄서리 이 덥운데 어째 그러시는
지 알 수 없답매."

'송선생 형수씨한테 얘길 들으신 모양이로구나.'

그런 뒤 얼마를 있다가 길상은 송장환으로부터 상현에게서
편지가 왔었다는 얘기를 들었다. 그곳으로부터 고향으로 돌
아간다는 편지의 내용도. 길상에게는 상당한 충격이었다.

'무슨 일이 있었을까?'

비로소 서희와 상현의 사이에 심상찮은 일이 있었음을 눈
치챘다.

"어째 아기씬 밥으 앙이 드시고 수만 놓고 기시능가 모르겠
습."

"참말입지 별스럽당이. 어째 그러지비?"

달래오망이와 새침이 얘기를 들은 길상은 서희가 이미 장
환의 형수로부터 상현이 고향으로 떠나버린 소식을 듣고 있
다는 것을 짐작했다.

길모퉁이를 돌아서는데 홍서방과 갓바치 박서방이 바짓가랑이를 걷어 올리고 진흙을 밟는 모습이 눈에 띈다. 여전히 객담을 주고받으며, 한 사람은 킬킬대고 한 사람은 눈을 부릅뜨고. 품팔 곳이 있는 한 그들의 인생은 항상 낙천인가. 길상은 그 옆을 얼른 지나친다. 지나치면서 까무러치도록 우는 대신 서희는 수틀 앞에서 이 여름에 땀을 흘리는 것이며 순전히 그것은 독기(毒氣)라 생각한다.

신축한 창고 앞에까지 갔을 때 응칠이는 막 창고 문을 잠그고 있었다.

"다 딜였나?"

"옛꼬망."

응칠이는 돌아서며 열쇠를 길상에게 건네준다.

"염서방은?"

"가물덕(마누라)이 아프다고."

"집에 갔나?"

"방금 갔소꼬망."

"그러면…… 응칠이 네가 내일은 회령으로 가야겠다."

"회령으로 말입매까? 갔다 오고서리 며칠 앙이 되잖앴슴?"

"밀 백 가마 은씨한테 갖다 주는 게다."

"날씨가 어떨란가……."

"…….."

"성님은 앙이 가겠습매까?"

"음."

"성님."

"왜."

"부탁은 없습매까?"

응칠이는 별안간 싱글벙글 웃는다.

"무슨 부탁?"

"앙이, 부탁이 있쟎을까 싶어서…… 지난번에 갔덩이 성님 소문 자자합데다."

길상은 우두커니 응칠이를 바라볼 뿐이다.

"좋아 지내는 안깐, 흐흐흐…… 은씨가 꼬치꼬치 캐물으이 무시레 말으 하겠습둥? 모르이 모른다 했지비."

나이는 길상이보다 다섯 살이 아래이나 같은 처지의 총각이어서 응칠이는 공연히 신이 나는 모양이다. 한편 길상이 송애하고 좋아 지내는 게 아닐까 여겼던 것이 그렇지 않다는 증명을 얻은 듯 마음이 들뜨는 것이기도 했다. 길상은 아무 대꾸 없이 돌아선다. 몇 발짝 걸어가다가 발을 멈추고,

"내일, 일찍 서둘러야 해."

무안해진 응칠이, 거무튀튀한 얼굴이 부어오른다. 응칠의 말은 터무니없는 것은 아니었다. 그새 수차 회령을 드나들면서 길상과 옥이네의 관계는 심상찮게 발전했다. 그런데 응칠에게 냉정한 반응을 보인 것은 왜 그랬는지 길상은 스스로도 알지 못한다. 창고 앞 골목을 빠져서 길상은 장거리 넓은 길

로 나섰다. 아직 장거리는 자리가 제대로 잡혀 있지는 않았고 벽돌로 연달아 지은 십여 개 점포만이 뎅그렇게 눈을 끈다. 얼마 전에 완성시킨 서희의 소유 건물이다. 점포 뒤켠에는 방금 길상이 다녀온 목조 창고의 지붕이 점포를 넘어서 높이 솟아 있었다. 대부분이 지지부진한 공사요, 혹은 자금조달이 어려워 숫제 내팽개쳐진 빈터도 수월찮이 있는 주변 사정이고 보면 벽돌로 쌓은 십여 개 점포에다 덩실하게 높이 솟은 창고의 완성은 단연 사방을 압도하고 선구자처럼 거룩하게도 뵌다. 그것은 또 최서희의 부력에 대한 새로운 인식이기도 했다. 점포들은 공사가 끝나기 무섭게, 적잖은 보증금과 월세인데도 계약을 끝내고 거의 세를 들었다. 곡물상을 위시하여 포목전, 잡화상, 제수전, 농기구, 그릇전, 지전, 고깃간, 그중에서 곡물상은 두 집이었으며, 점포마다 물건이 가득가득 채워져 벌써 풍성하게 면목을 갖추고 있었다. 곡물상과 잡화상은 청진과 회령의 상인이 세들었는데 그것은 지점 비슷한 것이었다. 자본금이 부치는 사람들은 침만 꼴깍꼴깍 삼켰지 아예 엄두를 못 내었고, 그도 그럴 것이 간도 내의 각처 장사꾼을 상대하여 도매를 하는 한편 대개가 회령 청진을 통한 무역을 겸하는 터이어서 듬쑥한 자본 없이는 경영이 어려운 것이다. 본시 이 장소는 장거리에서 다소 빠지는 편이었는데 남 먼저 건물이 들어섰고 업종도 고르게 짜여지게 되니 장차 장거리에서도 노른자위가 될 것이 뻔했다. 남은 네 개의 점포는 임자가 없어서라기보다 서희 쪽에서 어떤 업종을 골라서 세를 내느냐 고려 중이었던 것이다.

　장거리를 지나 길상이 공노인네 객줏집으로 들어서는데 아까 우물가에서 이상한 행동을 했던 송애와 또다시 마주쳤다. 송애는 노기 띤 눈길을 길상에게 던지더니 거친 몸짓을 하며 뒤안으로 돌아가 버린다.

　'응칠이 놈이 쓸데없는 주둥이를 놀렸구나.'

　길상은 송애하고의 아슬아슬한 인연 같은 것을 생각했으나 노한 눈길과 노골적인 태도가 몹시 불쾌하다. 한때 호기심을 가져본 계집아이기는 했지만 호기심에 대한 죄스러움보다 왠지 정이 뚝 떨어지는 느낌이 든다.

　"길상이가?"

　"네."

　봉놋방에서 나그네와 장기판을 벌이려던 공노인이 담뱃대를 주워들고 마루로 나왔다.

　"거기 앉아라."

　"네. 아주머니께서는 어디 가셨습니까?"

하며 길상이 마루 끝에 걸터앉는다.

　"홍이에미(월선)한테 간 모양이다."

하며 부채를 밀어준다. 길상은 부채는 들지 않고 손님방에 저녁상을 날라가는 전서방을 쳐다본다. 상투머리를 동여맨, 땟국이 흐르는 수건이 너풀거린다.

"아직도 바쁜 모양이제?"

"그저 그렇지요. 맥이 좀 빠지는군요."

"그럴 게다. 혼자 애를 썼으니,"

길상이 눈치를 살핀다.

"이서방은 왜 여태 안 올까요?"

"그러기 말이다. 오도막이라도 하나 맨들어놓고 올란가."

공노인은 또다시 길상의 눈치를 살핀다.

"그런데 가게는 거의 반 다 나갔을 거로?"

"아직 네 개가 남았지요. 실은,"

공노인의 눈빛이 초조해진다.

"월선아지매한테 가려다가 이서방도 안 계시고 해서 여기
왔지요."

"음."

"가게가 다 나가기 전에 월선아지매더러 적당한 거로 하나
골라 옮기시라구요."

"적당한 거나 마나, 음 적당한 거나 마나, 아무거먼 어떻
노?"

공노인은 마음을 놓는 동시 흥분한다.

"그 장소라면 고르고 자시고 할 것도 없다. 누워서 떡 먹기
보다, 아암 국밥집 하기는 과람한 장소 아닌가. 하야간에 고
마운 일이다. 고마운 일이라,"

"다 어른께서 수골 많이 하신 덕분이지요."

"내가 무슨, 내가 뭘 했다고…… 따지고 보면, 나하고 아기
씨를 말할 것 같으면 본시는 아무 인연이 없었다 할 수 있겠
으나 내 조카딸하고의 인연이야 없었다고 할 수 없지. 내 그
전사(前事)는 다 들어서 알고 있는 기라. 홍이네 어매가 세상
을 떴을 적에 장사를 지내주신 분이 지금 아기씨 할머님이라
들었고 홍이네 장사밑천도 그 어른이 주셨다는 말을 들었는
데 사람이 은혜를 잊어서는 안 되지. 누가 뭐라 하든 자식 없
는 내 처지고 보면 어디서 떨어졌든지 간에 월선이는 귀하고
하나밖에 없는 내 조카딸 아닌가? 그 아이가 받은 은혜를 내
가 갚는 거는 당연지사고, 하니 내 수고가 뭐 그리 대수겠나.
할 만한 일을 했다 뿐이지. 그리고 여기는 남의 땅이라 우리
가 서로 도우고 합심하는 게 당연지사지. 아암 당연지사고말
고. 안 그렇나."

기분이 좋아서 당연지사를 되풀이한다. 묵은 얘기까지 꺼
내면서,

"그나저나 내가 한시름 놨다. 이 놈의 밤낮 번다고 벌어도
하나 있는 조카딸을, 하기야 이도 저도 안 되면 내 장리 빚이
라도 내서 가게를 차려주리니 생각은 했지마는,"

엄살을 떠는 것은 아니었다. 공노인의 형편은 사실이 그러
했다. 늙은 두 내외 객주업만으로도 어렵잖게 지낼 터인데 어
찌 된 영문인지 거간까지 겸했으면서도 저축된 돈은 없었다.
공노인댁이 살림을 헤프게 살기는 했다. 무슨 인연으로서든

303

지 공노인을 거쳐서 용정에 정착하게 된 사람들과는 항상 친척처럼 오가고 지내는데 그냥 오가고 지내는 게 아니었다. 늘 장무새(간장 된장) 없네 양식이 없네 땔감이 없네 하고 손 벌리는 사람이 많았다. 그럴 때마다 어이구 우리 좀 적게 먹지 하며 퍼주기를 잘하는 공노인댁이요, 공노인 역시 돈 떨어진 나그네 그저 재워주고 먹여주고 일자리 마련해주고, 그의 말대로 그것은 당연지사로 알고 있었으니 장 밑에 돈이 모일 까닭이 없다.

"허, 도둑놈도 사귀어두면 해로울 게 없지. 다 쓰일 때가 있거든. 왜놈 앞잽이 말고는 다 내 동포 아닌가?"

이따금 공노인은 호기스런 말도 했으나 사실 대사를 경영하는 처지가 아닌 바에야 언제 어떻게 도둑을 써먹는단 말인가. 그보다 공노인은 간도땅의 조선사람들을 수풀에 앉은 새로 봤을 것이다. 뿌리를 박을 수 없는 남의 땅, 제비는 제비끼리, 물오리는 물오리끼리 날듯, 철 따라서 무리지어 떠날 때 날개 하나만 믿고 떠나듯이 공노인은 방랑의 자기 생애에서 용정 땅을 반드시 종착역으론 생각지 않았는지도 모른다. 방랑자에겐 많은 짐이 필요 없는 것이다.

"그나저나 임이넨가 뭔가 하는 그 계집이……."

하다가 공노인은 입맛을 쭈욱 다신다.

"하기야 계집 나무랄 것 있나. 이서방 하기 탓이니, 이번에도 합가(合家)해서 살 생각이면 나 그냥은 안 둘 작정 하고 있구만. 다리몽댕이를 뿌질러놓을 기구만."

재떨이에 담뱃대를 치면서 길상을 상대하여 이야기를 시작
할 판인데 새침이가 들어선다.

"할아방이."

"와."

"우리 아기씨께서 잠시 다니가시라 하십매다."

"나를."

"옛꼬망."

"와?"

"모르겠습매다."

길상은 임이네 때문이라는 것을 짐작했다.

17장 공노인의 양식(良識)

촉촉이 물기가 밴 모시 치마 아랫단을 한 발로 누르고 치마
폭 한끝을 쥐면서 다리미를 가져가던 공노인댁 방씨가,

"야아가, 팔에 힘 좀 주어라. 아까맨치로 대리미 엎을라고
이러나?"

하며 송애를 힐긋 쳐다본다. 무릎을 세우고 치맛말을 쥔 송애
는 두 팔에 힘을 준다.

"옳지."

긴 허리를 기울이며 방씨는 쓰윽쓰윽 다리미로 치마폭을 쓸어올린다. 더운 김이 무럭무럭 피어오르면서 모시 치마는 빳빳하게 풀발이 서고 투명하게 아른거린다.

"해나 지거든 하지."

마루 기둥에 등을 붙이고 담뱃대를 뻑뻑 빨면서 공노인이 말했다.

"밟아놓은 기라서, 마르믄 또 물을 뿜어야 한께."

"이 한낮에 윤구락(숯불) 앞에 안 있어도 숨이 맥히는데,"

"아따, 그라믄 이녁은 와 목구멍에 불을 때고 있소?"

핀잔에 공노인은 픽 웃는다.

"그나저나 한더위도 갈 때가 됐는데, 어제 장에는 누우렇기 익은 호박이 났더마요."

"익은 호박 나올 때도 됐지."

"두어 덩이 사다가 호박오가리나 맨들까 싶더마는…… 하기사 서리를 맞아감서 마른 오가리라야 달긴 단데, 야아가 팔에 힘 좀 주어라. 니 오늘은 와 그리 맥이 없노."

깜짝 놀라며 송애는 팔에 힘을 준다. 얼굴이 벌게진다.

"거 참."

공노인이 입맛을 쭈욱 다신다.

"와요?"

빈약한 코, 짱구처럼 이마는 솟았지만 짜질짜질하게 귀여운 눈으로 방씨는 영감을 쳐다본다.

"이서방 말이오."

"그러세…… 무슨 일이야 있을까마는 영 더디구만요."

"어서 와얄 긴데……."

"추수라도 해주고 올라능가?"

"그러면 낭팬데……."

"와요?"

"머."

얼버무려놓고 공노인은,

"송애야."

"예."

"너, 왜 그리 기운이 없어 뵈노? 어디 아프나?"

"아니요."

고개를 숙인다.

"안색도 안 좋구나."

방씨는 다리미를 들고 마루 끝으로 몸을 돌리며 하얀 재가 덮인 숯불에 부채질을 한다. 공노인은 담뱃대를 허리춤에 찌르고 낡은 합죽선을 쥐더니 마당으로 내려선다.

"아아니 점심은 안 잡숫고 나가시오?"

마누라가 등 뒤에서 물었으나 헛기침만 하고 밖으로 나온다. 허느적허느적 걸으면서, 역시 허느적허느적 부채질을 한다. 한낮의 거리는 내왕하는 사람이 뜸한 것 같고 소달구지도 지겨운 듯 바퀴를 굴리며 천천히 간다. 청국 여인이 은귀걸이를 흔들며 햇빛이 나간 창가에 조롱을 내건다. 집 짓는 곳에서는 일꾼들이 그늘에 모여 앉아 점심들을 먹고 있었다.

'찬 바람 불기 전에 집들이 다 들앉을란가 모르겠네. 좀 어려울 거로?'

선술집 앞을 지나가는데,

"형님! 형님! 어디 가시오!"

부르는 소리에 공노인은 슬며시 고개를 돌린다. 동업자 거간인 권서방, 곰보는 아니지만 땀구멍이 뻥뻥 뚫린 얼굴은 술 깨나 마신 듯 벌겋다.

"어디 가면 뭐 할라노?"

공노인의 대꾸는 퉁명스럽다.

"하 참 형님 기분 오늘은 고르잖구먼요."

"네가 숨넘어가게 부를 때는 꼭 사단이 있더라."

"어찌 그리 잘 아시오? 그렇잖아도 형님 찾아갈라고 했소. 자아, 자, 술이나 하면서 얘기 좀 합시다."

밖에까지 나와서 마치 병아리 몰듯 선술집 쪽으로 공노인을 몬다.

"네놈 얘기라면 뻔하지."

못 이긴 척 몰려가는 공노인의 투는 여전히 퉁명하다. 술판 앞에 앉는다.

"너 요새 세월 좋은 모양이구나. 대낮부터 술 마시는 걸 보니."

"낮술 한두 잔쯤 언제는 제가 안 마시던가요?"

권서방은 주모에게 술을 따르라 하여 공노인에게 권한다. 술잔에 입을 가져가다 말고,

"권가야. 너 복장 옳게 써야 한다. 글안하면 용정 바닥에 못 붙어 있게 할 기니,"

"아이구 겁주지 마소. 어린 자식들 데리고 어디 가서 빌어먹으라고 그러시오?"

"얼렁뚱땅 날 속일라 해도 안 된다."

"허허 참 형님 기분 오늘은 고르잖구먼요. 나는 어디 흥정 붙이러 가시는 줄 알았는데,"

공노인은 술을 마시고 안주를 집으면서,

"한 다리 끼고 싶나?"

"그야 끼워만 주신다면야 마다할 사람 있겠소? 덩어리가 큰가요?"

"덩어리가 크고 자시고 아무것도 없다. 안됐구만."

"내숭스럽기는, 누가 모를까 봐서요?"

"뭘 안단 말고."

"형님이 내숭스럽다 그 말 아니오."

"믿지 못할 세상에 안 내숭스러우면 어떻게 사누."

"뭐가 그리 미덥지 못합니까."

"너 같은 무리가 있으니 못 믿겠다."

"아아니 제가 형님한테 뭘 어쨌기에요?"

"말 마라. 나도 다 알 만치는 알고 있다. 그래 구전은 얼마나 먹었노."

"새 발에 피지 얼마랄 것 있소? 쌀 말이나 팔고 아이새끼들 등이나 가려주고……."

하다가 움찔한다. 저도 모르게 실토한 꼴이 됐다.

"하기야 그놈이, 무쇠 신을 신고 다닐 놈이지."

"무슨 말씀이오?"

"다라운 노랭일 거다 그 말이네."

"누구 말입니까?"

"허 참 내숭스럽긴 네놈이다. 그래 입술이 튀튀하게 나오고 눈두덩이 부숭한 그 젊은 놈을 몰라서 하는 말인가?"

"……."

"설마 네놈이 그자의 본색을 모르고서 땅을 주선한 건 아니겠지?"

"보, 본색이라니요."

권서방은 눈에 띄게 당황한다.

"이 땅에서 그만큼이나 살았으면 이 눈치 저 눈치 볼 줄도 알 긴데 아 그래 그 본색이 뭔지 몰랐다 그 말인가?"

"우리네야 뭐, 가뭄에 콩 나듯 생긴 흥정인데 눈치볼 것도 없고."

권서방은 풀이 죽는다. 동업자라고는 하나 권서방으로서는 공노인 힐난에 싫은 얼굴을 할 처지가 못 되었다. 장사를 한

답시고 떠돌아다니다가 용정에 흘러들어온 것이 십여 년 전, 빈털터리가 된 그는 공노인네 객줏집에 묵으면서 그의 은혜를 받았었고, 일거리도 더러 떼어주어, 이른바 오늘날 이곳에 죽치고 앉아 거간 노릇이나 하며 밥이라도 먹을 수 있는 기초를 닦은 셈인데 사십이 가까워 공노인댁 중매로 늦장가를 들어서 늘그막에 아들을 셋이나 두었으니, 그리고 공노인의 평소 처신이나 생각이 곧은 것도 알고 있었고, 싫은 얼굴을 하기는커녕 되잡혔다 싶어 난처하기 짝이 없다.

"처음 볼 때부터 심상찮다 싶었지. 그래 느죽느죽하면서 밀어왔는데 아니나 다를까? 그놈이 영사관 뒤에 붙은 왜놈의 집을 드나드는 것을 내가 봤거든. 용정 바닥의 내주거지(안꽈)를 다 아는 처지라면 모를까 생판 낯선 놈이 그곳을 드나들었다면 뻔한 노릇 아닌가? 밀정 놈이지. 밀정 놈이란 말이다. 주선을 해준 네놈이나 땅임자 지씨(池氏)도 그렇지. 자기 욕심만 채우는 것은 역적이다 그 말인기라."

"알고 했을 리가 있겠소."

"그야 내가 밀정이오 하지는 않았겠지. 앞잽이요 하지도 않았겠지. 네놈은 눈칠 채고도 모르는 척했을 기고."

"형님, 너무 그러지 마시오."

"지씨만 해도 안 그런가? 그 땅 안 팔면 안 될 그런 답답한 처지도 아닌데 말이다. 값을 후하게 준다니까 되잡아서 다른 땅 살 요량으로 팔았겠지."

"값을 후하게 준 것만은 사실이오. 그러니 흥정이 된 거지요."

"생각해봐라. 지금 땅을 팔고 싶어하는 사람이 많은 터에, 왜놈이고 되놈이고 간에 먹우고(뻗대고) 있는 판국인데 후하게 값을 치른 것부터가 이상하지 않나 그 말이다. 그래 뭐를 할 기라 카던고?"

"요릿집을 하겠다던가. 곧 지을 거라 하더구면요. 전주는 청진에 있고 그 김두수라는 젊은 사람이 요릿집 차리는 거는 아니랍디다."

"하여간에 꿍꿍이속이 따로 있는 모양인데,"

"그렇지마는 내가 흥정 안 붙인다 해서 다른 거간들도 나같이 할 것도 아니겠고,"

"듣기 싫다. 그런 생각이니 조선사람들이 남의 땅에 와서 빌어먹게 된 거 아닌가. 아무리 구전을 많이 낸다 하더라도 조선사람 아니면 땅이고 집이고 흥정은 붙이지 말라고 내가 늘상 말하지 않았나. 땅이나 집뿐인가? 하다못해 물건 하나라도 조선사람끼리, 물건이면은 파는 거야 되놈이고 왜놈이고 상관은 없겠으나, 그러니 간단하게 말해서 물건이면 그놈들한테 사서는 안 되고, 집이나 땅은 그놈들한테 팔아서는 안 된다 그 말이구만."

권서방은 말을 디밀어보려고 입을 주빗거린다. 마침 그는 공노인에게 오금을 박기에 충분한 공노인의 행적이 생각났던 것이다. 그러나 틈을 주지 않고 공노인은 말을 계속한다.

"반대로 우리 물건은 그네들한테 팔고 그네들 땅이나 집은 우리가 사고, 그게 다 거간들의 소관 아니냐 말이다. 그렇게 되면 용정은 우리 조선사람 손아귀에서 벗어나지 못할 게고 가난한 사람들은 생업을 얻을 수 있고 네놈같이 흘러들어온 유랑민이 밥 한 그릇이라도 따따스리 얻어먹을 수 있고, 사람들이 지각이 없어서 큰일이다. 남의 땅에서 게우 발붙이고 사는데…… 어찌 지 꼬랭이를 짤라서 먹을라 하노 말이다. 꼬랭이만 없어지면야? 그러다 보면 몸뚱이 먹고 대가리 먹고 뭐가 남노? 눈앞의 이익에만 눈깔이 시뻘게가지고, 변발을 하고 청인이 된다면 모르까. 왜나막신을 신고 왜놈이 된다면 모르까. 그래도 용정에서나마 조선사람들이 많으니께 우리가 이런 생업도 하게 되는 거 아니겠나? 왜놈이 밀고 들어오고 되놈이 밀고 들어오고 그라면 조선사람들은 밀리나게 될 건데 혼자 남아서 거간 노릇 하겠다 그 말가? 흥 조선사람 없는 왜놈 구덕이 속에서 종 노릇이나 하지. 그보다도 앞잽이나 밀정 놈들은 왜놈 되놈보다 더하단 말이다. 왜놈의 열 몫 스무 몫 하는 액귀(厄鬼)란 말이다. 이래도 내 말 못 알아듣겠나?"

작은 눈을 부릅뜨고 노려본다. 그러나 아까와는 달리 오히려 의기양양해진 권서방 큰기침을 한다.

"형님."

"할 말 있거든 해봐라."

"그러면 묻겠소. 형님의 생각이 그러시다는 것은 내 진작부터 모르는 바는 아니오마는 형님도 말 다르고 하는 일 다릅디다."

"뭐라고?"

"작년여름, 경상도 집에서 산 땅을 상부국에 주선한 사람은 형님 아니었다 말씀이오?"

허리를 꼿꼿이 세우며 권서방은 떵떵거린다.

"내가 주선했제."

"그러면 형님부터가 형님 말씀을 거역한 거 아니오."

"모르는 소리, 어째 그랬는고 내 그 얘기 해주지."

공노인은 여유만만하게 입맛을 다시고 나서 싱그레 웃는다. 권서방에게 반격하게 된 것을 무척 재미나 하는 것 같다.

"그때 형편부터 얘기해야겠구만. 경상도 댁에서 산 땅이라는 게 너도 알다시피 한 사람의 것이 아니었지. 지금이야 넓은 길이 나고 해서 일등 요지가 될 기다마는 그때만 해도 시내 복판이면서 가난한 사람들이 옹기종기, 기십 평 땅에 게딱지만한 집들을 세우고 살았는데, 해서 땅값도 쌌고 그러니 상부국에서 땅을 사들일 기미를 알아차린 되놈 노가가 가만히 손을 쓴 거라. 평에 오 원 주겠다. 얼씨구 이 무슨 횡재냐 할밖에, 그렇기 해서 바로 넘어가게 된 것을 경상도댁에서 육 원의 값새를 놔가지고 발등치길* 한 게지. 아슬아슬하게 말이다."

"그거는 그렇다 칩시다. 그러나 제가 말하는 것은 경상도 집의 땅을 누가 상부국에 주선했느냐 그 말 아닙니까."

"허허허 성미도 급하다. 내가 어물쩍거리며 구렁이 담 넘은 것처럼 밑도 끝도 없이, 그럴 사람인가? 왜 내가 그 땅을 주선했는고 하니, 첫째는 그 땅이 신작로 부지가 된다는 그 점이지. 되놈이고 왜놈이고 간에 집이 들어서는 것은 아니거든. 또 하나는 시기라는 게 있는데 그 시기만 지나가면 땅값은 푹 물러질 거다 하는 예산 때문이지. 그래 결과를 봐서 누가 손핼 봤나? 청나라 상부국이 손핼 봤다. 알겠나? 다음은 오 월에 살려던 되놈이 못 샀으니 배가 아팠고 다음엔 땅 판 사람들이제. 그러나 그네들이 땅값 올리려고 배짱부리게 돼 있진 않았단 말이다. 중구난방으로 더 받아봐야 몇 푼 더 받았겠나. 한 덩어리를 틀어쥐고 돈 있는 사람이 부리는 배짱이라야. 물론 그 댁하고 나하고는 각별한 사정이 있긴 있지. 그나저나 그렇게라도 했으니 조선사람 부자 하나 더 생겼고 이참에도 집 태운 사람들한테 돈도 풀었고."

그러자 권서방은 꼿꼿이 세운 허리를 구부린다. 입을 우물거리며 말을 할까 말까 망설인다.

"내 생각 겉에서는 그렇게 수울히 번 돈 이자 없이 주었으면 싶지만 그건 내 돈 아니니…… 돈을 풀게 하는 데도 힘이 많이 들었고."

"알겠소. 아, 알겠습니다. 헌데 말이 났으니 하는 얘깁니다만 그 돈 풀었다는,"

"아직 내 얘긴 안 끝났다. 그리고 또 일부 남은 땅에다가 점포를 즐빗이 지었으니, 암 아암 어떻든지 간에 조선사람이 용정 바닥의 거래를 쥐었다 폈다 해야지. 수양산 그늘이 강동 팔십 리를 덮더라*고, 조선하고는 사정이 다르지, 달라. 거 연추의 최 아무개라는 사람만 하더라도 남의 땅에서 거부가 되었으니 큰소리쳐가면서 의병도 조련하고 군자금도 내놓고 없는 겨레 돌보아주고 암 아암 조선사람이 잘돼야지. 누구든 조선사람이면 잘돼야지. 밀정 놈 앞잡이 빼놓고는."

언제까지 얘기가 계속될지 권서방은 답답하여 한숨을 내쉰다. 어찌어찌하다가 말허리를 꺾은 권서방은 비로소 자신의 용건을 꺼낸다.

"경상도댁에서 땅을 잡고 빚을 준다는데 그거 어떻게 좀,"

"아아니 남의 집 곁방살이하는 네가 잡힐 땅이 어디 있어서?"

"제가 얻자는 게 아니고 헤헤…… 술값이나 벌어야지요."

"숨넘어가는 소리로 부르길래 내 무슨 사단이 있다 생각은 했지. 너 아직도 나를 모르는고나. 없어서 빚내자는 사람한테 구전이나 뜯어먹자고 신발 닳아가면서 이 여름에 내가 댕기는 줄 알았나? 애키! 이 몹쓸 인사야. 때꺼리 떨어지거든 내 마누라한테 곡식 자루 디밀면 될 기고, 아예 비리갱이를 뜯어먹을 궁리는 말아라. 그러면 나는 가야겠다."

공노인은 길었던 얘기를 뚝 잡아끊고 권서방이 뒤에서 뭐라 시부리건 자기 할 말은 다 했다는 듯 만족스럽게 거리로 나와 느적느적 걷기 시작한다.

움막 옆의 그늘이 진 곳에 가마니를 깔아놓고 임이네는 이웃 아낙과 잡담을 하고 앉아 있었다. 공노인을 보자 마지못해 일어서는 시늉을 하며,

"오십니까."

잡담하던 아낙은 슬금슬금 눈치를 살피면서 가버린다.

"어디 갔는가?"

월선이를 찾는 것이다.

"홍이하고 김훈장한테 갔는가 배요."

임이네는 김훈장과 공노인의 사이가 좋지 못한 것을 안다.

"거긴 뭣 하러?"

"모르겠습니다. 문안드리러 갔겠지요."

"할 일도 없구만."

임이네는 물러나 앉으며,

"좀 앉으시이소."

공노인은 월선이가 없어서 차라리 잘됐는지 모르겠다는 생각을 하며 자리에 앉는다. 돈을 감춘 베개를 불 속에 태워버린 뒤 다 죽게 되었던 임이네는 어느덧 본시 모습으로 회복되어 신수가 좋았다.

"무슨 일로 오십니까?"

"글쎄…… 지나는 길이지. 한데 이서방한테서 무슨 기별이

나 있었던가?"

"기별은 무신 기별입니까. 죽었는지 살았는지 언제 그 사람 가숙 생각하던가요?"

공노인의 잘못이거나 하듯, 화를 낸다. 공노인은 이 여편네 동삼이라도 삶아 먹었는가 하고 마음속으로 중얼거렸으나 여하튼 오늘은 달래야 할 계제였으므로 우선 담배부터 피워문다.

'전사야 어떻든 심히 난감하구만. 좀 박절한 짓이제. 이서방이 있어야 하는 건데, 그렇다고 마냥 기다릴 수도 없는 노릇이라.'

공노인은 서희가 하던 말을 곰곰이 생각한다. 서희의 말을 듣기 전 바로 어제저녁 때까지만 해도 이번에 합가하는 일이 있다면 이서방 다리몽댕이를 뿌질러놓겠다고 길상에게 으르 렁거렸는데 오히려 지금은 불쌍한 생각이 드니,

'사람의 마음이란 조석 변동이라던가. 할 수 없는 노릇이지. 그나저나 떼라도 쓰면 어떻게 한다?'

상대가 여자이기 때문에 공노인은 걱정스럽다. 아무리 미운 여자라도 여자는 여자이니 우격다짐은 할 수 없다. 사실 공노인은 서희와 임이네 관계에 대해선 자세히 알지 못했다. 하동서 용정에 온 일행이 임이네를 도외시하고 있는 것만은 확실하게 알 수 있었고, 임이네와 용이 그리고 월선 세 사람 사이의 내력을 월선이로서도 삼촌한테 말하지 않을 수 없는 일이어서, 그래서 그 사정도 아는 바이고 전에 영팔이 내외가

용이 식구들과 함께 있었을 때 영팔이댁네가 다소 실수를 하여 방씨한테 임이아비는 살인죄인이었노라는 말을 흘렸는데 공노인은 마누라한테 그 얘기를 들은 적이 있다. 그러나 서희가 임이네를 월선이와 함께 들지 못하게 했다 해서 살인사건이 서희의 집안과 관련이 있으리라는 데까지 공노인은 상상 못하고 있는 것이다.

"임이네는 어떻게 할라는고?"

겨우 거북스럽게 허두를 뗀다.

"야? 뭐 말입니까?"

"실은,"

"……"

"실은 아기씨께서 가게를 하나 주시겠다고 허락이 내렸는데 그러니 그 아아는 장사를 시작해얄 기고 임이네는 어찌 할 셈인가 그 말이구만."

"어쩌다니요?"

부지중에 되묻기는 했으나 임이네도 눈치 없는 여자는 아니어서 곧 말뜻을 알아차린다. 얼굴이 벌겋게 변한다.

"이서방도 없고 하니 부득불 내가 조처 안 할 수도 없는 노릇이고,"

입맛을 쩝쩝 다신다. 가게를 다 짓고 나면 가게 한 칸쯤 월선에게 주려니 임이네도 생각했었고, 줄 것이라는 소문도 들었었다. 그러나 그 가게에서 자기 자신이 제외되리라는 것은 꿈에도 생각지 못한 일이다. 어찌하겠느냐 묻는 그 자체가 제외한다는 뜻이요, 그쯤 의논이 됐다는 것을 임이네로서는 깨닫지 않을 수 없었는데 그것이 서희의 의사라는 것에는 생각이 미치지 못한다. 임이네는 그 사랑스런 은전이랑 지전의 꿈을 결코 버린 것은 아니었다. 국밥집만 다시 차린다면 그 행복한 꿈은 다시 한번 실현되리라는 것을 의심 없이 기대하고 있었다. 완전히 찬물을 뒤집어쓴 기분이다.

"그러면 어떻게 한다아? 이러면 어떨꼬?"

"……."

"이서방이 돌아올 동안 우리 객주방 하나 비워줄 터이니 와 있는 게 어떨꼬?"

"……."

"그렇게 하는 게 좋겠구만. 불원 이서방이 돌아올 테니까."

공노인은 빤히 쳐다보는 임이네 얼굴을 피하여 떠내려가는 하늘의 구름을 보다가 저만큼 뛰노는 아이들을 보다가 영 줏대가 없어 보인다.

"그렇게 하지."

"싫소!"

"뭐라구?"

"싫다 했소!"

"싫다고?"

"야아. 나하고 무신 상관이 있다고 거긴 갑니까. 사돈의 팔촌이나 된다고 거길 갑니까. 내사 이 움막에 그냥 있일랍니다. 홍이아배가 돌아오믄 설마한들 제집새끼 굶기 직이겠소?"

공노인은 엉거주춤 일어서다 말고 도로 주질러 앉는다. 당황했던 것이다. 억척스런 여편네가 가게에 함께 들겠다고 떼를 쓰면 어쩌나 근심했는데 뜻밖의 결과는 난감하기가 오히려 더하다. 평소 마땅찮게 여기던 용이지만 공노인의 심중 깊이는 그를 멸시하고 있지 않았다. 겉으론 용한 것 같았으나 상당히 깡다리가 있는 사내라는 것을 알고 있었다. 맺어진 서로의 인연은 떳떳은 못하지만 아무튼 조카사위라 할 수 있고 사정은 어찌 되었든 자기 없는 사이 월선이만 나가고 임이네와 홍이를 움막에 내버려두었다 생각한다면 사람의 체면이 말이 아니다.

"그렇게 말할 것이 아니라, 사람이 막말을 하면 쓰나?"

달래려 든다. 달래는 것이 이 여자에게 얼마나 큰 약점 잡히는 일인지 공노인은 아직 모른다.

"지가 막말한 게 잘못이오? 막보자는 사람한텐 잘못이 없고요?"

"누가 막보자 했는고?"

"이리 쳐도 알고 저리 쳐도 아요. 누굴 세 살 먹은 아인 줄 알았소? 천천무리(구박둥이) 겉은 우리 식구 떼어부릴라는 생각이 있이믄 와 본인이 말 못하고 흥! 우떤 사람은 팔자가 좋아 삼촌이 다 있는고?"

이제는 내가 아니고 우리 식구를 들고 나온다. 몰릴 수밖에 없는 공노인이다. 그까짓 사내 헤어져라 하면 그만이겠으나 월선의 애틋한 심정을 아는 공노인은 그럴 수도 없다.

"무슨 말인고?"

"벅수라서 내가 그러려니 하겠소? 참말 그러고 보니 나를 벅수로 알았는가 배요. 서로 짜가지고, 그래 웬일로 오늘 김 훈장한테 가는고 싶더마는, 속이 빤히 들여다뵈요. 사람 괄시하는 거는 좋지마는, 사람 병신은 맨들지 마소."

"아니 월선이 말을 하는가? 이거 생트집이구나. 월선이는 아직 가게 일도 모르고 있는데."

"그라믄 까마귀 날자 배 떨어졌구마요?"

"허 참, 내가 이렇게 되면 말을 안 할 수도 없고, 기 찰 노릇이구만. 실은 아기씨께서 임이네를 함께 들지 못하도록 말씀하셨지 죄 없는 월선이는 왜 걸고 드는가?"

임이네 얼굴이 변한다. 비로소 생각이 거기 미친다. 그러나 시치미를 뗀다. 월선이 계책한 거라고 늘어져야만 자신의 형세가 유리하다는 것을 알기 때문이다.

"손발이 척척 들어맞네요."

"허허 고약한 사람이구만."

공노인은 여전히 무르게 나간다. 임이네는 눈을 희뜨고 한 번 노려보다가 머리를 휘젓듯 외면을 하여 입을 비죽거린다.

"나잇살이나 먹은 내가 못할 말 한 것도 아니요. 이서방이 없는 형편이라 내 집에 가자고 권해본 건데."

"이름이 좋아 불로초요."

"허허 이서방 그 인사, 에핀네 버릇 하나 고약하게 가르쳤구만. 어디 그럴 수가 있나. 으음응."

공노인은 끝내 화를 내고 만다.

"버릇이야 부모가 가르치지 서방이 가르쳤겠소? 본시 상사람의 자식이니 할 수 없지요. 하지마는 백정이 집에 가서도 할머니야 할아배야 하든서 넋 딜이는 것은 안 배웠으니께요."

무당이던 월선어미를 끌고 와서 오금을 박은 것이다.

"오오냐, 자네 그 말 잘했네. 할머니야 할아배야 하고 넋 들이는 무당네 딸하고 한 지붕 밑에 살 순 없지. 알았네."

머리끝까지 분이 치민 공노인은 부들부들 떨면서 담뱃대를 허리춤에 찌르고 합죽선을 집더니 돌아보지도 않고 횡하니 가버린다.

제2편

꿈속의 귀마동

1장 - 7장

1장 뱀은 죽여야

　유하현(柳河縣) 삼원보(三源堡)에서 선배이자 동지요 신민회
회원인 신 모(申某)가 보내온 편지를 앞에 놓고 장환은 깊은 생
각에 잠긴다. 지출을 줄이려 드는 형과의 암투 때문에 학교
일이 말이 아니어서 우울한 심정을 적어 보낸 서신의 회답이
다. 절망적이긴 그쪽도 매한가지였다.

　이시영(李始榮) 이동녕(李東寧) 등 신민회의 여러 지도자들이
독립운동의 기지를 삼으려고 솔가하여 그곳 삼원보에 모여든
사정은 장환도 소상히 알고 있는 일이거니와 지난해 중학과
정 정도의 학과와 군사훈련을 겸한 신흥강습소(新興講習所)를
설립하여 장차 독립운동에 투신할 청소년들을 양성하기 시작

했다는 것, 금년 들어서는 자치기관인 경학사(耕學社)를 세웠고 신흥강습소를 통화현(通化縣) 합니하(哈尼河)로 옮겨 중학교로 개칭하게 되었다는 그간의 소식은 들어왔었지만, 짐작하지 않았던 일은 아니었다. 그곳이 신민회의 조직체인 만큼 회원 육백 명이 체포된 국내의 소용돌이가 미치지 않았을 리 없다. 그러나 장환이 생각한 것보다 사태는 훨씬 심각한 모양이다. 편지 내용에 의할 것 같으면 고대하던 신민회의 사십오만 원 모금운동은 좌절되고 이제는 식량마저 떨어질 지경이니 해산할 도리밖에 길이 없다는 비통한 답신이었던 것이다.

'정말 꿈도 희망도 가질 수 없단 말인가. 하나하나 무너져 가는구나. 우리의 설 자리가 좁혀져 가는구나.'

장환은 조갈증 같은 것을 느낀다. 느긋하게 뻗쳐볼 수 없는 초조함이 피를 거칠게 한다.

'하마나 하고 기다렸지만…… 아무 변화도 없었다. 국경은 한 치도 무너지지 않았고 더욱 굳어졌다.'

한 줄기 희망의 등불같이 감명을 받았던 권필응의 모습이 떠올랐으나 곧이어 상현의 부친 이동진은 어느 위치에 서 있을까 하고 문득 생각한다. 상현은 늘 불초자식이라 하며 한번도 자기 부친의 활동상황에 대하여 말한 적이 없었다. 그러나 상현의 부친이 연주의 최재형과 거취를 같이하고 있으리라는 것은 짐작할 수 있었고 이범윤과도 각별한 친분이 있다는 것은 아는 일이다. 장환이 왜 갑자기 그 생각을 했는가 하면 재작년 연추에서 최재형이 이범윤을 암살하려 했었다는 그 불미한 풍문을 상기한 때문이다. 불미한 사건의 원인은 이범윤이 최재형의 이름으로 모금한 군자금을 유용한 때문이라 하기도 하고 한편으론 친일배들의 교묘한 이간술책이 빚은 낭설이라고도 했었지만 두 사람이 반목하게 된 것만은 사실인 듯했다. 그것을 뒷받침해주는 것은 이 근년에 와서 국내 침공이 소문만 파다하였지, 산발적인 국경침투가 없지는 않았으나 일본수비병을 교란하는 데 그쳤을 뿐, 두만강 얼음을 밟고 간도로 건너왔다가 연해주로 옮겨가서 이범윤과 제휴한 홍범도조차 이렇다 할 성과를 올리지 못하고 있으니 뭔지 잘못되어가고 있음이 분명했다. 연해주의 실정을 볼 것 같으면 현재 어느 곳보다 강력한 무장투쟁의 기지라 할 수 있다. 반일감정도 가장 치열한 곳으로 거기서는 노유 귀천 차별 없이 친일분자라면 가차 없는 응징을 당해야 했고 밀정들도 발붙이기에 매우 위태로운, 그렇게 단결이 굳은 곳이다. 간도의 오랜 영토권분쟁으로 말미암아 조선인과 청국인 간에 반목과 대립이 빚은 숙원 때문에 조선인을 보호한다는 허울을 뒤집어쓰고 들이닥친 일본에 대하여 한때 우매한 민심이 쏠렸던 사정과는 달리 연해주는 순전한 이민이요, 귀화를 강요당하기도 했었지만 서로 간의 원한이 없는 만큼 그쪽도 느슨하고 이쪽도 적의가 없었으며 설령 귀화하였다손 치더라도 간도에 서처럼 변발하고 다브잔스를 입음으로써 동화되어가 버리는 그런 현상은 없었다. 민족의식의 자연스러운 발로에 따라 조선인으로서의 행동은 자유스러웠다. 낙인처럼 피차 판이한 인종적 외모 탓이었는지도 모르지만. 이 같은 여건하에서 조선 의병들의 적극적인 독립투쟁이 전개되는 연해주에 과민한 신경을 써온 일본 당국은 러시아 정부를 상대로 조선 의병의 무장 해제, 체포와 소환을 강력히 요구하고 나섰지만, 일본과의 국경분쟁을 원치 않는 러시아 정부로서는 일단 민간인들의 총기 거래, 체류, 조선인들의 여권 검사 등 단속하지 않을 수 없었으나 형식이었을 뿐, 오히려 일로전쟁 때 참전한 러시아군 퇴역장병들은 많은 동정을 표시하여 이범윤에게 예비병 사단과 총기 탄약을 빌려주겠다는 제안도 있었다고 했으니—그 제안은 정부의 제지로 성사를 못 보았다—게다가 군자금 모금도 활발하였고 헐값으로 일본 군대의 총기보다 월등 우수한 것을 얼마든지 사들일 수 있었던 것도 연해주의 유리한 사정의 하나였었다. 그럼에도 어째서 그곳 지도자들은 침잠하고 있는 것일까.

'국경이 한 치도 무너지지 않았던 것은 일본 수비대의 국경 수비가 철통 같았기 때문이라 하겠지. 그 점도 있었겠지. 국내에서 적극적으로 호응해주지 않았기 때문에 그렇노라? 그렇게 말할 수도 있을 게다. 그러나 그보다 지도자들의 보조가 맞지 않게 된 데 더 큰 원인이 있는 게야. 그 틈을 타고 소위 계몽파(啓蒙派), 물론 나도 계몽파에 속할지 모르지만 양두구

육(羊頭狗肉), 그놈들은 계몽파라는 탈을 썼을 뿐이지…… 필시 내부 분열에는 최봉준 놈 일파의 농간이 있었던 게다. 그놈의 미적지근한 신문만 봐도 능히 짐작할 수 있는 일이었어.'

연해주 교포 간에 제일가는 거부 최봉준(崔鳳俊)은 몇 해 전에 그가 출자하여 《해조신문(海潮新聞)》이라는 것을 발간한 일이 있었다. 발간 시초부터 지극히 소극적인 논조였음에도 일본 압력에 이 개월을 넘겼을 뿐 폐간해버렸는데 그의 상선(商船)이 북선 일대를 내왕하며 치부에 여념이 없는 이상 일본의 눈치를 살피지 않을 수 없었을 것이다. 그래서 그랬던지 재작년에는 최봉준이 그자가 연추 의병파를 맹렬히 공격하고 나섰던 것이다. 무력항쟁이 무효하다는 언론을 공공연히 자행했던 것이다.

"폭탄을 안고 달려가든지 무슨 수를 써야지. 내 살 속에 들끓는 구데기부터 쓸어내야, 죽일 놈들!"

중얼거리는데 안에서,

"어째서 그런 흉측한 소문이 났는가 말 못하겠소오!"

영환의 고함 소리가 들려온다. 또 발악이 시작되는가 보다. 요즘 송영환의 발악은 일과의 하나였다.

"정녕 말 못하겠소오? 당자가 모른다면 그러면 뉘가 아느냐 그 말 아니요오!"

굵지 않고 높은 목청이어서 고함이 괴상스럽다. 아직은 경어를 쓰는 것으로 보아 위험상태는 아니나, 저러다 언제 어떻게 수라장이 될지 모를 일이다. 장환은 혀를 차면서 이맛살을 찌푸린다. 그렇잖아도 울적한데 하루가 멀다고 벌어지는 소동, 장환은 참말이지 넌더리가 난다. 형수인 장씨를 족치는 것이다. 처음에는 영환도 별채에 누워 있는 부친이나 집안 하인들이 들을세라 아내를 가두어놓고 닦달을 하는 모양이었지만 이제는 숫제 드러내놓고 남의 눈치 살필 것 없는 광란이다. 이유인즉 괴상망측한 소문 때문인데 장씨부인과 운흥사의 중 본연의 관계가 심상찮다는, 연기같이 피어서 퍼진 소문, 본연이 한밤중에 송병문 씨 댁 담장을 넘더라는 둥, 운흥사 승방에서 남녀의 웃음소리가 들리더라는 둥, 송병문 씨 댁엔 과년한 딸도 없고 며느리가 미인이니, 필시 그렇고 그런 게 아니겠느냐, 얘기는 꼬리에 꼬리를 달고 삽시간에 회오리바람같이 일었고 용정 조선인 사회에 쫙 퍼졌던 것이다. 영환은 아내가 설마한들 중놈과 그러랴 싶으나 사실이 그렇잖다 하더라도 흉악한 소문이 나돌았다는 자체가 그에게는 엄청난 사건이었다. 의심하기에 앞서 왜 이런 끔찍스런 재난, 불행이 들이닥쳤느냐는 것이었다. 원인의 장본인이 바로 장씨라는 그 점 하나만 가지고 날이면 날마다 사업도 팽개치다시피 추달하고 욕설하고, 욕설에서 폭행인 것이다. 장씨는 부인했다. 부인할 수밖에 없는 게, 사실무근한 일이니 도리가 없다. 장씨는 본연에게 관심을 가지기는커녕 본연의 열띤 눈길을 의식해본 일조차 없었다. 포류(蒲柳)의 체질이나 날카롭고 심지

331

가 강해 뵈던 미청년(美靑年) 상현을 볼 때 자신도 모르게 가슴을 두근거린 일은 있었지만 장씨는 중을 중으로 보았을 뿐 한 번도 사내로 생각한 일은 없었다.

"아가리에 자물쇠를 채웠나아! 왜 말을 못하는 게야!"

'유모는 애를 데리고 달아났겠지.'

장환은 쓴웃음을 띤다.

"정녕 말 못할까! 인두로 주둥이를 지져야겠어!"

'지겹다, 지겨워. 아버님만 안 계셔도 집구석에 불을 지르고 싶다! 못난 사람.'

그러나 장환은 귀를 기울인다. 욕설이 들려오고 기물 던지는 소리가 난다. 창피하여 하인들도 쥐죽은 듯 기척이 없다.

"이 화냥년! 계집이 꼬릴 쳤으니 그런 소문이 났지이! 이! 에이! 에이! 죽어라! 죽어!"

'하루 이틀도 아니고.'

앉은자리에서 벌떡 일어선 장환은 방 안을 빙빙 돌다가 더 견딜 수 없어 방문을 열고 나간다. 모르는 척 내버려두리라 결심하기를 한두 번이 아니었건만, 형에 대한 격렬한 증오심을 가지고도 모질지 못한 장환인 것이다. 어쩌면 영환은 동생이 와서 싸움을 말려주겠거니 기다리고 있는지도 모른다. 장씨의 비명이 급히 걷는 장환의 발목을 휘감는다.

"왜 이러시오?"

아내를 치고 밟고 하는 영환의 허리를 뒤에서 껴안고 방구석으로 밀고 간 장환은 장씨의 몸을 가려주듯 뻗치고 서서 숨을 할딱이는 형과 마주 본다. 등 뒤에서 히익히익 울어대는 여자의 울음소리.

"정말 왜 이러시죠?"

영환은 동생보다 몸집이 작고 키도 작았지만 머리는 동생보다 큰 편이었다. 장환의 얼굴은 불그레했고 영환의 얼굴은 누리끼한 검은 빛이다. 살가죽은 두꺼워 보였고 이목구비는 정연했으나 빡빡한 용모다.

"내가, 내, 내가 챙피스러워서 어떻게 용정 바닥에서 살겠느냐."

"도시 뭐가 챙피하다는 겁니까."

"집구석에 망조가 들었다. 이런 망신이 어디 있겠느냐."

"형님은 몰라서 이러시오? 몰라서 날이면 날마다 이 소동이냐 말입니다."

"그래 모른다! 모르니까 알고 싶어 이런다."

두 어깨로 숨을 쉬며 마른 입술을 축인다.

"참말 딱하시오."

하다가 돌아보며,

"형수씨는 건넌방으로 가십시오."

장씨는 꺼이꺼이 울면서 방문을 열고 나간다.

"형님."

"……."

"뭣 땜에 이러시는 거지요? 체면 때문입니까."

"용정 바닥 어디다 얼굴을 쳐들고 다니겠냐."

"그게 어디 형수씨 때문인가요?"

"그럼 뉘 때문이냐."

"소문 때문이지요."

"그래 소문 때문이다. 너 형수 소문 때문이다."

"형님은 알고 계십니다. 형수씨가 결백하다는 걸."

"그렇지만 너 형수 때문에 난 앙화가 아니냐?"

"앙화를 당한 사람은 형수씹니다. 길 가다가 기왓장이 떨어져 머리를 깬 사람을 끌고 와서 매질하는 경우도 있습니까? 생각해보십시오. 형수씨는 법회에 혼자 나가신 건 아니잖습니까? 여러 부녀자들과 함께, 그 속에서 불륜을 저질렀단 말씀이오? 집에서도 마찬가지 아닙니까. 형수씨는 법회 이원 밖에 나가신 일이 없고, 술도 안 하시고 친구도 없는 형님은 늘 일찍 귀가하셔서 함께 저녁을 드셨습니다."

"술 안 마시고 친구 없는 게 그래 그게 어떻다는 게냐?"

삘죽한다. 장환은 방바닥을 내려다본다. 물사발 하나, 낡은 손거울 하나가 부서져서 흩어져 있다.

"어떻다는 게 아니라…… 외박하신 일이라곤 없었고…… 그렇다면 언제 어떻게 형수씬 중놈을 만났겠느냐 그 말이지요. 연기가 되어 나갔단 말입니까?"

영환은 대구를 못하고 장환은 맥이 빠지는 듯, 그러다가 음성을 높인다.

"그놈의 절을 때려 부시는 겁니다! 유부녀한테 사련(邪戀)을 품은 파계승이 있는 절을 말입니다!"

영환의 작은 눈에 겁이 실린다.

"아니면 중놈을 용정서 쫓아내든지 잡아다가 닦달을 하시든지요."

"그, 그것도 꼬투리를 잡아야."

장환은 한숨을 내쉰다. 어지간히 지겹다.

'도대체 이 양반의 머린 어떻게 생겼을까?'

거의 매일이다시피 되풀이되는 형과 아우의 대화인 것이다. 장환은 형이 질투에 눈이 뒤집혀 날뛰었다면 오히려 인간적이요 동정이 갈 성싶었다. 아내의 정조는 문제 밖이다. 오로지 풍문으로 손상된 자기 체면! 그것이 또 시원하게 해결을 보지 못하니, 너 때문이다! 너 때문이다! 그 일념에 쫓겨 분별을 헤아리지 못하면서, 소심한 그에겐 절을 때려 부술 용기가 없고 중을 끌고 올 용기도 없는 것이다.

"세상이 부끄러워서 내 저런 것을 계집으로 맞이한 게 잘못이었어. 차라리 박색이었던들, 이런 기막힌 꼴이야 당하겠느냐?"

주먹으로 얼굴을 치고 싶은 증오감을 가까스로 누르는 장환의 얼굴에 모멸의 웃음이 번진다.

"저어, 도령님."

마침 잘되었다 싶어 장환이 얼른 방을 빠져나간다. 신돌 아래 촐랑이 같은 점생이가 엉거주춤 서 있었다.

"왜 그러나?"

"손님이 오셨습매다."

"그럼 안으로 모실 일이지."

"앙입매다. 도령님으."

"또오."

"앙이, 선생님으 나오시라 하옵꼬망."

"뉘신데?"

"학교으 새로 오신 선생님입매다."

송장환이 대문께까지 나가보니 자그마한 몸집인 윤이병이 멍청한 꼴을 하고 서 있었다.

"들어오시잖고 왜 이러고 계슈?"

"아니 저어."

"들어오시오."

그러나 윤이병은 민적거린다.

"바쁘시지 않소?"

"아니오."

"그럼 강가로, 산책이나 하시잖겠소?"

산책이나 할 그런 여유 있는 표정은 아닌데 어딘지 절박한 것만 같은데, 그러나 이쪽도 울적한 터이라,

"그럽시다."

송장환은 순순히 따라나선다. 강가로 가자던 윤이병은 그
새 자기 한 말을 잊었는지 사뭇 언덕을 향해 걷는다. 언덕 위
에 못 미처 나무 그늘로 찾아든 윤이병은 펄썩 주저앉으며 송
장환을 쳐다보고 한숨을 내쉰다. 여자아이처럼 곱살스럽고
항상 명랑하게 웃길 잘하는 윤이병으로는 좀 드문 일이다. 방
학이 되었어도 고향에는 돌아가지 않고 용정에 머물러 있었
는데 그새 교회서 많은 사람들을 사귀어 이 집 저 집 놀러다
니며 무료하지 않게 날을 보내고 있는 성싶었다. 천성이 명랑
하고 싹싹해서 그런대로 환영을 받는 모양이었다.

"무슨 일이 있었소?"

궐련을 뽑아 입에 물고 성냥을 그으면서 송장환이 묻는다.
어색하고 난처해하는 웃음이 윤이병의 얼굴을 스치고 지나간
다.

"좀 곤란한 일이 생겼어요."

"무슨 일인데?"

하면서 송장환도 풀밭에 앉는다.

"실은,"

"……."

"누이가 집에서 도망을 오지 않았겠소?"

"네?"

"그러니 어떻게 해야 좋을지 모르겠기에,"

"매씨께서는 어째서?"

"네. 저어 말씀드리기가…… 시집 안 가려고 그, 그런 모양 이오."

좀 상상이 안 간다는 듯 송장환은 어리둥절한 얼굴이다. 윤 이병은 한동안 망설이는 눈치다.

"이크!"

별안간 송장환이 뛰어 일어선다.

"뱀, 뱀이오!"

얼굴이 새파래진다. 윤이병은 재빨리 발아래에 있는 커다 란 돌을 두 손으로 번쩍 들어올린다.

"어딥니까?"

"여, 여기요!"

손가락질을 하는 곳에 과히 크지 않은 뱀 한 마리가 똬리를 틀고 있다. 윤이병은 에이! 하고 소릴 지르며 돌을 던진다. 똬 리는 풀었으나 뱀은 돌 밑에 깔리고 말았다. 이번에는 서둘지 않고 다시 큼직한 돌을 주운 윤이병이 뱀의 머리통을 때려 부 순다.

"사탄이오. 뱀은 죽여야 합니다."

살생을 끝내고 씩 웃는다. 송장환의 얼굴은 노랗게 돼 있었 다.

"나는 뱀이라면 아주 딱 질색이오."

이 뜻하지 않은 사건에 용기를 얻기라도 한 듯 윤이병 얼굴 에는 생기가 돌았다.

"뱀은 영원히 인간의 저주를 면할 길이 없습니다. 우리 기독교교도들은 뱀을 죽여야 할 의무가 있어요."

"뱀을 죽여야 할 의무가 있다면 나는 야소교를 못 믿겠는데요? 난 뱀을 못 죽입니다."

두 사람은 웃는다.

"한데 송선생!"

"네."

"어떻게 돈 좀 마련해주실 수 없겠습니까? 월급에서 빼기로 하구요."

"얼마나?"

"이십 원쯤이면…… 돌려보내야잖겠어요."

"드리지요."

"고맙소."

돈 이십 원 때문에 풀이 죽을 사람은 아닌데 하고 송장환은 다소 괴이쩍게 생각한다.

그들은 언덕에서 내려왔고 집에 들러서 돈 이십 원을 받은 뒤 윤이병은 송장환과 헤어졌다.

'어째 일이 묘하게 됐군.'

실상 윤이병은 이런 결과를 가져올 양이면 당초부터 송장환을 밖으로 불러내지 않았을 것이다. 실토를 하고 돈을 부탁할 생각이었다. 그러나 결국 거짓말을 하고 말았다. 누이라 한 것은 그 순간적 착상이며 사실은 애인? 아무튼 애인이었던 여잔데 삼 년 전, 그러니까 청진에 있을 때 예배당에 나가면서 알게 된 여자다. 상민이지만 조촐하게 사는 집의 딸로서, 윤이병은 결혼을 해도 좋다고 생각했다. 상현이나 송장환 앞에서는 집안 자랑도 하고 했지만 그것은 별 악의 없는 허풍이며 기실 윤이병의 문벌은 보잘것없는 것이었다. 사귐성 있는 성격 때문에 교회의 주선으로 중학을 마쳤지만 집안 살림은 그를 도울 형편이 아니었다. 그랬는데 여자의 집안이 망하기 시작한 것이다. 아비가 투전에 재미를 붙여 가산을 탕진한 끝에 주정뱅이가 되었고 끝장에는 딸을 술집에 팔아먹은 것이다. 그렇게 되어 엷은 추억을 남기고 두 남녀는 헤어졌다. 그 후 여자는 어떤 사내가 몸값을 치르고 빼내서 해삼위로 갔다는 소식이었는데 한 달을 못 넘기고 여자는 도망을 쳐서 윤이병을 찾아온 것이다. 그의 말로는 술집에 있었음 있었지 그 사내하고는 살 수 없다는 것이다. 흐느껴 우는 첫사랑의 여인 모습에 윤이병이 동정을 느낀 것도 사실이지만 한편 결혼의 의무 없이 육체를 소유할 수 있다는 안이한 심리가 불장난으로 끌고 갔다. 하숙방에서 한 사나흘을 함께 지냈는데 느닷없이 들이닥친 사내는 물론 여자를 앗아갔지만 유부녀를 유괴했다 하여 윤이병은 나가던 학교를 그만두지 않으면 안 되게된 것이다. 그것이 지난 유월의 일이었고, 마침 어떤 연줄로 하여 정중히 모시러 온 송장환을 따라 용정으로 온 것이다. 한편 끌려간 여자는 해삼위에는 가지 않았고 친정에 맡겨져서 감시를 받게 되었는데 상대편 사내는 노상 떠나 있었으므로 해삼위에 근거를 둔 생활도 아니어서 여자를 잡아둘 수만 있다면 아무 곳이든 상관없었던 것이다. 그 사내가 바로 김두수요 여자의 이름은 심금녀(沈琴女).

여비 조로 돈 이십 원을 주어서 금녀를 달래어 돌려보내리라 마음먹은 윤이병은, 그러나 하룻밤은 아무래도 묵여 보낼 수밖에 없었다. 저녁때가 다 되었는데 마차 편이 있을 리 없고, 하룻밤은 이미 서로가 터놓은 젊은 육체여서 아무 저항 없이 선을 넘었다. 날이 새었을 때 윤이병의 긴장은 느슨해지고 말았다. 이렇게 되어 책임감도 사랑에 순교하겠다는 열정도 없이 다만 환락 때문에 윤이병은 민적민적, 금녀를 옆에 둔 채 시일을 넘기고 있던 어느 날 늙은이 한 사람을 앞세운 김두수가 상의학교에 나타났다. 방학이어서 학교는 텅 비어 있었으나 학교 건물에 잇따른 초가집에는 학교지기 박서방네 식구가 살고 있었다.

"어째 오셨습매까?"

박서방이 이들을 보고 물었다. 김두수는 늙은이를 밀어젖히고 나섰다.

"댁은 뉘시오?"

공손스럽게 묻는다.

"여기 핵교 지키고 있는 사람입꼬망."

"네. 그러시오? 다름이 아니라. 이 노인께서 윤이병 선생을 찾아오셨는데, 바로 윤선생의 부친 되시는 어른이오."

실상 늙은이는 금녀의 아비였다.

"아 그렇습매까?"

선생의 부친이라는 말에 굽혔던 박서방 허리가 더 굽혀진
다.

"지금은 방학 앙입매까? 윤선생님은 하숙에 계실 겝매다."

"하숙을 모르니 학교로 찾아온 게요."

"예. 저도 모릅매다. 아 참 우리 아아놈이, 오봉아! 오봉이
거기 있니야?"

"옛꼬망! 아바이."

예닐곱 살 됨직한 아이가 쫓아 나온다.

"윤선생님으 하숙으 알지비?"

"옛꼬망."

"그럼 됐다. 어서 이 손님으 뫼시다 드레라."

김두수는 히쭉 웃는다.

"그럼 가실까요?"

우물쭈물하던 늙은이는 매에 채인 병아리처럼 눈알도 굴리
지 못하고 디둑디둑 걸음을 옮겨놓는다. 머리꼬랑지를 늘인
머슴아이 뒤를 따라 골목을 지나서 어느 집 앞에 이르렀다.
아이는 쪽문을 밀고 별채 뜰 안으로 들어간다. 김두수도 따라
들어간다.

"선생님! 손님 오셨습매다!"

"뭐라구?"

방 안에서 후다닥 일어서는 소리가 들려온다.

"수고했구나."

김두수는 동전 한 닢을 아이에게 주며 이제 돌아가라고 손짓을 한다. 쪽문 밖의 늙은이는 답답한 듯 수염을 문지르고 있었다. 김두수는 신돌 위의 여자 신발을 보고 또 히쭉 웃는다. 방 안에서는 폭풍을 예감한 듯 조용하다. 아무 소리도 없다. 돌아본 김두수는 눈초리로 쪽문 밖에 서 있는 늙은이를 뜰 안으로 끌어들이고 나서 좁은 마루를 밟고 올라가 방문을 활짝 열어젖힌다. 순간 윤이병은 도망을 칠 듯한 몸짓을 하다가 쓰러지며 자리에 앉는데 얼굴은 사색이 되고 여자는 불길 같은 증오를 뿜어내며 김두수를 쏘아본다.

"노인장, 들어오슈. 여까지 함께 왔으면 일의 끝막음은 해주셔야잖겠소?"

늙은이는 마루로 올라서기는 했으나 김두수 뒤에 몸을 숨기려 한다. 김두수는 옆으로 비키며 늙은이 등을 확 떠밀어버린다. 비틀거리며 방 안으로 들어선 늙은이는 부들부들 떨다가 금녀 눈을 피해 한구석에 가서 웅크린다. 들어선 김두수는 팔을 뒤로 돌려 방문을 닫고 두 남녀 앞에 바싹 다가앉는다.

"오래간만이구면."

윤이병에게 조소를 보내고 나서 불길 같은 증오에 타고 있는 금녀를 냉엄하게 바라본다.

"내, 내가 금녀를 오, 오해는 마시오."

그러나 못 들은 척 김두수는 금녀를 바라보고 있을 뿐이다.

"도, 돌려보내려고 했지만."

"이 쥐새끼 같은 놈이 뭐라는 게야? 신대[降神竹]를 잡았나? 떨기는 왜 그리 떨어?"

쥐를 어르는 고양이다.

"이 새끼야, 이번에야말로 부타고야* 맛을 좀 볼래?"

"네?"

"이놈의 새끼 혼 빠졌나? 내가 누군지 으흐흣…… 내 할라고 마음만 먹는다면 네깟 놈 한둘쯤 돌 채운다."

"네?"

"머저리 같은 놈의 새끼, 그 주제에 선생이라? 임마! 돌 채운다는 건 두만강에 처넣는다 그 얘기야! 그뿐인 줄 아나? 죽기가 소원이라면 더 멋진 방법도 있지. 배때기 갈라서 말이야, 아편덩이를 넣고 길림으로나 날라다 줄 수도 있지. 저년한테 상복을 입혀서 말이야. 으흐흐……."

소름 끼치게 웃는다. 윤이병은 입이 붙어버린 듯 넋이 나간 듯 김두수를 쳐다본다. 김두수는 시선을 금녀에게 옮긴다. 금녀의 눈에는 여전히 증오의 불길이 타고 있었다.

"금녀."

"……."

"그동안 더 예뻐졌군그래."

순간 김두수 얼굴에 침이 날라왔다. 궁지에 몰린 짐승같이 금녀는 으르렁거린다. 옷소매를 들고 얼굴의 침방울을 닦으려다 말고 김두수는 눈을 치켜뜨며 금녀를 노려본다. 그러나 다음 그의 주먹은 윤이병의 턱을 치고 있었다.

2장 남도(南道) 사내

도랑물에 얼굴을 씻은 용이는 나무그림자가 희미하게 깔려 있는 뜰 안으로 들어오면서 베수건을 허리춤에 찌른다. 기둥에 초롱을 걸어놓고 판술네는 소금물에 손을 적셔가며 주먹밥을 뭉치고 있었다. 베잠방이 모습의 영팔이 기웃이 들여다보며,

"넉넉하게 하라고. 길 가믄 배가 고프네라."

"야. 넉넉할 깁니다."

판술네는 손바닥 위의 밥덩이를 이리저리 굴려가며 꼭꼭 쥔다.

"날씨는 좋겠구마."

용이 말에 영팔이 하늘을 올려다본다. 전에는 머리숱이 많아서 주먹만 했던 상투가 어째 작아진 것 같다.

"별이 총총 나 있네."

"설마 비야 안 오겠지."

"그러모. 비는 무신."

하는데,

"아이고 칩어라. 새북바램이 제법 설렁하네요."

임이가 팔짱을 끼고 홀닥홀닥 뛰어들어온다.

"오나아."

삼베 수건을 펴고 뭉친 주먹밥을 옮겨놓으며 판술네는 알은체한다.

"아아니! 아부지 점심은 우리가 쌀라 카는데 와 이럽니까?"

천부당한 일이란 듯 호들갑을 떠는 임이를 애키 요년! 하듯 영팔이 눈을 희뜨고 쳐다본다.

"누가 하믄 어떻나?"

판술네의 말투도 다정스럽지는 못하다.

"아부지 점심 싸디릴라꼬 막 밥 안치놓고 안 왔십니까."

"흥, 너거 해주는 밥 얻어묵고 길 떠날라 캤다가는 아마 해가 중천에 뜰 거로?"

임이 말은 속이 들여다보이는 인사치레라는 것을 용이도 알고는 있었으나 영팔의 핀잔은 못 들은 척 잠자코 곰방대에 담배를 넣는다.

"누가 이렇기 첫새북부터 떠나실 줄 알았이야 말이지요."

"백 리 길을 첫새북에 안 떠나믄 우짤 기든고?"

"좀 더 일찍이 일어나는 긴데 빌어묵을 남정네가……."

"잘못된 거는 모두 조상 탓이라네."

"앗따. 새북부터 무신 잔소리가 그리 많소."

판술네는 남편을 나무라듯 했으나 그 역시 마음속으로는 임이가 괘씸하다.

'빌어묵을 년. 저눔우 조둥이만 달고 다니믄 비렁땅에 가서도 굶지는 않을 기구마. 새살(사설)만 찰찰 깠지. 순 도척이 같은 년. 한다 한다 해도 너무한다. 사램이 은공을 모르믄 금수만도 못한 기라. 멩색이 지를 키운 아밴데.'

"그래도 임이가 소자(효녀)는 소자로구마. 이렇기 첫새북에 일어나 왔이니께로."

평소 입이 뜨고 유순한 영팔이지만 임이가 미워서 견딜 수 없는 모양이다. 그로서는 좀 집요하게 걸고 든다. 빈정거리거나 말거나 들은 척도 않고,

"그라믄 구야아배 깨워야겄심다."

임이는 씽 하니 나간다.

"이르지마는 아침은 묵어야 안 하겄나. 방에 들어가자. 임자, 어서 밥상 딜이라고."

"야."

방으로 들어온 영팔이는 장대같이 늘비하게 잠든 아이들을 저만큼 밀어붙이고 등잔의 심지를 돋운다.

용정에 불이 났다는 소문을 듣고 찾아온 영팔이를 따라 용이는 이곳에 와서 두 달을 훨씬 넘게 시일을 보냈다. 그동안 청인들에게 농사품을 팔아서 곡식 섬이나 장만했는데 그것을

임이한테 맡겨놓고 오늘 떠나기로 한 것은 영팔이와 의논 끝의 일이다.

'혓바닥 세 치 가지고 오만 생색을 다 내는 천성이기로 곡식 섬이나 매련해주었으니께 설마한들 한겨울이야 지 에미 거천(봉양) 못 하겠나.'

용이는 한겨울 동안 임이네를 딸에게 맡겨놓고 자신은 정 목수가 다리를 놔준 청인 목파를 따라 산에 들어갈 심산이었다. 영팔이도 동행하기로 작정을 보았다. 이 새로운 계획에 대하여 용이는 큰 기대를 하지 않았으나 영팔이는 희망을 걸었다. 돈을 벌면 고향으로 돌아간다는 희망, 한편 벌목일이 끝나면 함께 와서 농사를 짓겠다는 용이 말에도 그는 씨익씨익 숨을 내쉬며 무척이나 기뻐했던 것이다.

조반을 끝낸 용이는 판술네가 꾸려준 망태기 하나를 들고 마당으로 내려섰다. 때를 같이하여 임이와 그의 남정네 허서방이 나타났다.

"아이구 아부지! 떠날라 캅니까."

"음."

"아이구 참, 우짜믄 좋노. 차일피일하다가 그만, 보소! 그래 내가 머라 캅디까? 장날엔 나가서 홍이 옷벌이나 사다놓으라고 그렇기 실이 노이 되도록 일렀건마는,"

죄 없는 남정네 탓을 하며 역시 그 혓바닥 세 치로 생색을 낸다.

"그런 말으 어디세 했지비?"

"어이구, 이 답답! 귓구멍이 맥힜던가 배?"

허서방은 무안한 듯 뭉실한 코를 만지다가 바지에 슬슬 손을 문지른다. 머슴살이의 뜨내기지만 소같이 일 잘하는 그 점을 보고 영팔이 임이에게 중매를 들었는데 허서방은 좀 모자라는 위인이었다. 무골호인으로 뵈기도 했으나 쪼맨한 눈에는 진득한 욕심도 다소는 있는 성싶고,

"무시기…… 이렇게 떠낭이, 장인어른 미안스럽습매다."

"흥, 그래도 밥 묵는 입이라고 인사는 할 줄 아는구마."

"허허 버릇없이, 가장한테 그래서 쓰나?"

용이 나무란다.

"그래도 임이가 소자는 소자다."

영팔이 또 빈정거린다.

"소자 되고 접은 마음이사 태산 겉지마는 못사니 우짭니까? 우리도 잘살믄 옛말 안 하겠십니까."

샐쭉해져서 응수하다가,

"아부지, 이거 넣어이소."

하며 봉지 하나를 내민다.

"멋고?"

"담뱁니다."

"음."

하고 용이는 봉지를 받아 망태 속에 넣는다.

"이렇기 떠나시믄 섭운해서 우짭니까."

"섭운할 것 없다. 곧 너 어미하고 올 거 아니가."

"홍이도 올 깁니까?"

"그거는 가봐야제. 핵교 댕기는 놈을…… 그라믄 아지마씨 잘 기시이소."

용이는 판술네에게 인사를 하고 삽짝을 나선다.

"잘 가시이소."

삽짝 앞까지 나온 판술네가 인사를 한다. 임이 내외 영팔이 해서 네 사람은 횡 하니 트인 벌판길을 나선다. 달은 없지만 별빛이 밝다. 잠든 마을에 불빛은 없고.

"이자 너거들은 들어가거라."

"야."

하면서도 따라 내려온다.

"너거들은 들어가거라. 내가 바래다 주고 올 기니,"

이번에는 영팔이가 말했다.

"그라믄 우리는 들어가겠십니다. 애새끼가 깰까 싶어서,"

임이가 걸음을 멈추고 허서방도 걸음을 멈춘다.

"그라믄 장인어른 편히 가옵소."

"잘 있게."

두 사람은 처지고 영팔과 용이 걷는다.

"용아."

"음."

"아무래도 시일이 좀 걸리겠제?"

"가봐야 알겠지마는 일쩍 오믄 머하겠노. 용정에는 아직 집일이 한창일 기고 품 좀 팔다가 산에 들어갈 시기쯤 해서 오든가."

"여기도 품일이야 얼매든지 있지. 웬만하믄 추석은 여기 와서 쇄라."

"가봐서."

한참 동안 말없이 걷다가 영팔이 입을 연다.

"나는 니가 온다니께 이자는 살 성싶으다. 우떡허든지⋯⋯."

"⋯⋯."

"뼈가 빠지는 한이 있어도 돈 모아서 고향 가야제. 맘 곁에서는 빌어묵으서라도 가자⋯⋯. 하로에도 몇 분 그 생각을 하는지 모른다. 이 험한 고장에 와서 돼지겉이 살믄서 되놈들종 노릇까지 할라 카니, 옛날에는 땅 한 때기 없는 농사꾼 신셀 원망도 많이 했지마는, 지금 생각하믄 그때가 청풍당석*이던 기라."

"그렇지마는 고향 돌아가는 일이 그리 쉽겄나. 조가 놈이 있는 한에는 고향 가기 어럽을 기다. 의병 나갔다고⋯⋯ 여기서도 의병이라 카믄 왜놈우 순사들 눈까리에 핏발을 세우는데,"

"머 나도 그쯤은 생각 안 해본 것도 아니다. 고향에는 못 가더라도 근가죽(근처)에 가서⋯⋯ 아 지리산에 들어가서 화전을 부치 묵더라 캐도⋯⋯ 참말로 하나님은 무심타. 죄 없는 백성을 이렇기 고초를 겪게 하다니, 하기야 죽은 사람 생각을 하믄 명 보전한 것만도 고맙기 생각해야겠지마는 죽은 윤보형님 생각을 하믄 실프네 서럽네 말도 못하겠다마는,"

"멩이 붙었다고 머 고마울 것 하낫도 없다. 윤보형님은 그렇기 잘 죽었지. 죽을 때 말마따나 육신을 벗어 던지고 훌훌 잘 날라갔지 머,"

사십이 넘은 두 사내는 별빛을 밟고 주거니 받거니, 헤어질 줄 모르고 간다.

서로의 마음에 친구 이상의 것이 짙게 흐르고 있다. 한 살 갖 한 피 같은 것이, 여자에 대한 그리움과는 또 다른 그리움, 그것은 서로를 통하여 고향을 느끼는 때문인지도 모른다. 고향, 어쩌다가 고향을 잃었는가.

"이자 그만 돌아가거라."

"음."

"언제꺼지 따라올라 카노?"

"조금만 더, 아직 날이 안 밝았다."

한동안 묵묵히 걷는다.

"참, 내가 거복이 만낸 얘기를 너보고 안 했지?"

"거복이?"

"음, 김평산이 아들놈 말이다."

"가아를 어디서?"

영팔이 놀란다.

352

"용정서 만냈는데…….”

“그눔 아아가 우찌 여길 왔던고?”

“차마 만냈다는 말을 못하겠기에 아무보고도 얘기를 안 했
다. 처음에는 반갑더마는…… 차차 시일이 지나고 생각해보
니 우째 맴이 찜찜하더마. 꼭 김평산일 만낸 것 겉애서,”

영팔이는 찜찜하다는 말을 실감할 수 없는 모양이다. 우선
신기스럽고 반가운 기색이다.

“지딴에는 원한에 차서 울더마는,”

“하기는 여까지 왔으니 곡절이야 얼매나 많았겠노.”

“곡절보다도, 내 짐작이지마는 벨로 좋은 일 하는 것 겉지
도 않고,”

“부모가 없으이,”

“지 말로는 떠돌다가…… 뭐 장사도 하고 노동판에 십장 노
릇도 했다 카지마는 믿을 수 없더마.”

“아무튼지 희한한 일이다. 가아가 이곳까지 오다니,”

“우린들 이곳까지 올 줄 뉘 알았겠나?”

“죄가 있이믄 애비한테 있지 자식이 무신 죄 있겠노.”

“그건 그렇지.”

했으나 용이 마음은 여전히 찜찜하다. 만났다는 얘기는 할 수
있었으나 막연한 불안까지는 말할 수가 없었다. 개천가에까
지 온 용이는,

“이자 돌아가거라.”

"그러까?"

용이는 개천에 놓인 돌을 건너뛰고 영팔이는 머문다.

"그라믄, 될 수 있는 대로 어서 오라고."

"음."

용이는 걸음을 빨리한다. 그리고 용이는 돌아보지 않았고 영팔이는 오랫동안 서 있다가 용이 모습이 조그맣게, 그리고 보이지 않게 됐을 때 발길을 돌려놓는다.

퉁포슬까지 나온 용이는 국자가로 뻗은 넓은 길을 버리고 세림하(細林河) 물줄기를 따라 두도구(頭道溝) 쪽을 향해 발길을 꺾었다. 국자가로 돌아가나 두도구를 돌아가나 용정에 이르기는 매일반, 두 이정(里程)이 모두 실팍한 백 리 길이다. 초가을의 흙모래 실은 바람이 백양나뭇잎을 선들선들 흔들어주며 지나가지만 아직은 머뭇거리는 늦더위, 짚신발 밑의 볕살에 익은 외줄기 길바닥은 뜨겁다. 홀로 걷는, 굽이져 뻗어가는 이 타관의 외줄기 길이 새삼스레 서러울 까닭이야 없겠는데 가도 가도 황토의 남도길, 등짐장수가 맨발로 갔으며, 액병과 보리 흉년에는 집 안에, 길바닥에 송장이 썩던 그 고국의 산천, 척박한 땅에선들 아니 서러울 날이 있었을까마는, 기름지다고 찾아온 간도땅의 사위는 어찌 이다지도 삭막한가 하고 용이는 생각한다. 헤어질 무렵 뻬가 빠지는 한이 있어도 돈모아 고향 가야제 하던 영팔의 말이 가슴에 맺힌 때문일까.

사십 리는 넘게 걸었을까? 서북쪽과 서남쪽으로 갈라지는 강줄기와 외줄기 길, 길을 따라 강줄기와도 작별하고 야트막한 언덕을 넘고 평지를 지나고, 줄곧 이르니 길폭이 넓은 용두가도(龍頭街道)가 가로누워 있다. 오른편 멀찌감치 두도구의 시가가 바라다 보인다. 용두가도로 들어선 용이는 두도구를 뒤로하고 다시 걷기 시작한다. 곡식이 익는 들판 너머 해란강이 보인다. 이정은 절반으로 줄어들었고 중천의 해도 서편으로 조금은 기운 듯, 목이 컬컬하여 주막에 들러 술 한 사발 들이켜고 싶은 생각이 간절하다. 그러나 용이는 마을 어귀 길켠에서 물 긷는 아낙에게서 물 한 바가지를 얻어 마시고 남은 물로 얼굴을 씻은 뒤 나무 그늘 밑에 가서 다리를 뻗고 앉는다. 두도구나 용정, 어느 곳에도 장이 서는 날이 아니어서 사람과 우마의 내왕이 뜸한 길거리를 맥없이 바라보다가 용이는 망태 속에서 점심꾸러미를 꺼낸다.

'집은 다 지었는가 모르겠네.'

월선의 얼굴이 떠오른다. 용이는 주먹밥 한 덩이를 베어먹는다. 저만큼 도랑물에 오리들이 노닐고 삿갓 쓴 청인 농부는 양켠 광우리에 채소를 실은 천칭(天秤)을 어깨에 지고 밭둑길을 간다. 들판에서 불어오는 흙바람에 곡식 익는 내음이 실려온다.

'무신 희맹이 있노. 영팔이는 아아들겉이 좋아하더라마는 왜놈이 안 망하는데 우찌 우리가 고향으로 돌아가노 말이다.'

삼베에 싼 주먹밥을 절반도 못 먹었는데 배가 불러왔다.

'내가 머 황소라꼬 이거를 다 묵으까?'

풀잎에 손을 부벼 닦고 점심꾸러미를 망태 속에 집어넣은 용이는 허리춤에서 곰방대를 뽑아 담배를 넣는다. 영팔이처럼 희망을 가지지는 않았지만, 그러나 용이는 호되게 넘어져서 일어나질 못하다가 겨우 땅을 밟고 일어선 것 같은 느낌이긴 했다. 전신에 멍이 들어 얼얼한 아픔이 상기도 계속되고 있지만 발바닥이 땅에 붙어 있다는 안도감에 심신이 가라앉는 것을 느낄 수 있었다. 이제는 두 번 다시 수렁 속에 빠져들어 가지는 않으리라 다짐하는 용이 머릿속에 불현듯 십 년 전의 일이 떠오른다. 날마다 마을에서 송장이 나가던 무서운 그 해, 사람의 목숨이 파리 목숨처럼 스러지던 그 황막한 시기를 살아남았을 때 용이는 방종과 무기력의 수렁에서 기어나와 자기 자리로 돌아갔던 것이다. 이번에는 용정을 휩쓸고 지나간 화재 뒤끝의 폐허 속에서 생활에 순응하던 구역질 나는 자기 자신과 작별할 수 있었다. 그 치욕스러운 생활로부터 해방될 수 있었던 것이다. 우선은 장래에 대한 희망을 가진다는 것은 사치요, 희망이 없어도 좋았다. 내 자리에 내가 돌아왔다는 안도만으로 충분하지 않느냐. 용이 생각은 그러했고 잘게 갈라졌던 신경이 굵게 뭉쳐지면서 메말랐던 바닥에 물이 고여드는 것을 깨닫는다. 사내로서의 자부심이 풍요한 사랑의 물길이 되어 흐르는 것을—용이는 월선의 체취를 강하게 느낀다.

피어오르는 담배 연기를 보는 것도 아니요 들판을 보는 것도 아닌데 용이 눈에 무엇인가 가로막고 있는 듯한 느낌이 든다. 사람이었다. 한 사내가 맞은켠에서 용이를 보고 실쭉 웃는다.

　'……'

　"행색을 본께로 나그넨디, 어디까지 가시는 게라우?"

　용이는 마음속으로 놀란다. 전라도 사투리는 뜻밖이었다. 강을 하나 끼고 이쪽은 경상도요 저쪽은 전라도인 고향 땅에서는 귀에 익었던 말씨, 용이는 저도 모르게 반가운 표정이 되어서,

　"야. 용정까지 가요."

　"으응?"

　상대편도 놀란다.

　"아아니 경상도 아니란가?"

　"그렇소."

　"허허어, 이거 반갑소."

하더니 사내는 머슴아이처럼 코를 한 번 들이마시고 겨드랑에 낀 때 묻은 괴나리봇짐을 추스르며 나무 그늘 안으로 들어선다.

　"어이크매."

　땅바닥을 내려다보며 엉덩이를 붙이고 앉는다.

　"쬐끔 쉬었다가…… 나도 용정 가는 길인께."

사내는 용이와 엇비슷한 나이로 보인다. 형편없이 여위고 빈약한 체구다. 사내는 들판을 바라보는 척, 그러나 왠지 조마조마해하고 있는 것 같다. 늘어난 목덜미 살가죽이 불럭불럭 흔들리고 먼지 낀 눈시울도 자주 흔들린다. 용이 담뱃대를 털자 얼른 얼굴을 돌리고 쳐다본다.

　"형씨."

　"야."

　아까처럼 힐쭉 웃는다. 담뱃진에 절어서 들숭날숭한 이빨이 시꺼멓다.

　"거 담배 한 대 적선하소."

　"그러소."

　담배쌈지를 풀어주고 곰방대도 내미는데,

　"담뱃대는 여 있단께로."

　허리춤에서 제 것을 뽑아들고 골통에 담배를 담는다. 부싯돌을 부벼 불을 붙이더니 배 속 깊은 곳까지 빨아당긴다. 눈이 가물가물하고, 그러기를 몇 번,

　"온종일 담배를 굶었지라우. 아이구 어지럽네?"

　물부리에서 입술을 뗀다. 얼굴이 노오래진다.

　"허 참, 밥을 굶었이믄 굶었제, 담배 굶곤 못 살 기라 했는디, 빈속이라 하늘이 비잉비잉 돈단께."

　그렇잖아도 용이는 처음 사내를 보았을 때 허기진 얼굴이라 생각했었다. 망태 속에 손을 넣어 점심꾸러미를 꺼낸 용이는,

"묵던 기라 안됐소만 요기 좀 하겠소?"

"아니 왜 이러신다요?"

당황한다.

"시장할 때는 개떡 하나라도."

"야, 야아, 하모니라우. 허나 이거 이래 쓰겠소?"

"나는 배불리 묵었인께 그냥 가지가봐야 쉴 기고……."

"미안스러 우쩐디야?"

사내는 몹시 수줍어한다.

"그, 그라믄 한 개만 얻어."

하는데 목구멍 속으로 침 넘어가는 소리가 난다. 뼈와 껍데기 뿐인 마디 굵은 손이 주먹밥 하나를 집는다. 목구멍으로 밥이 넘어가는 소리가 굴떡굴떡 들려온다. 몹시 배가 고팠던 모양 이다. 한 개만 얻어먹겠다던 사내는 저도 모르게 남은 주먹밥 을 모조리 먹어치운다. 그러고 나서 정신이 드는가 별안간 껄 껄 웃는다. 웃는데 눈꼬리가 젖는다.

"참말이제 이기이 무신 고생인지 모르겠소잉. 하하핫…… 나 이틀을 굶었단께로."

"집이 어딘데?"

"집? 집은 무슨 집이란가?"

"그라믄 식구들은?"

"이 차중에 식구라도 있었이믄 흥 되놈한테 팔아먹었을 것 이여."

옛말에 눈물도 배가 불러야 난다 하더니 주린 배를 채우고 보니 설움이 치미는가 보다. 용이는 입맛을 다시며 외면을 한다.

"그런디 형씨."

"야."

"이렇기 만낸 것도 인연 아니랍디여? 고향은 경상도 어디지라우?"

"떠도는 처지, 고향을 말해 머하겠소."

"하기는 그려. 그놈의 가지도 못헐 고향 말해 머헌디야? 다 엇비슷한 사정일 기니…… 좌우당간에, 객지에 나와본께로 내 땅 까마귀만 보아도 반갑다 안 하더라고? 안티[胎盤] 묻은 곳이사 어디든지 간에 전라도 경상도가 아니 먼 이웃이니께…… 수천 리 되놈우 땅에서 이리 만내는 것도 예사 인연 아니란께. 그런디 성씨는 어찌 되지라우?"

"이가요."

"하, 이씨라. 나는 주가요. 이름은 갑이고 그러니께 주갑인디 어떤 놈은 주걱 주걱 하고 부르들 않는개 비여? 헌디 내가 고향을 떠나올 적에, 대국땅으로 가노라 혔더니 우리 아부지 말씸이, 허허엇 갑이 이노움, 예. 아부지, 니 성씨가 어찌 되더라고? 예. 아부지 주가 아닌게라우? 이노움 주가가 아니라 주씨라 혀, 주씨. 그려 니가 대국땅에 간단께 내 당부헐 일이 있는디 대국땅에 가거들랑 조상을 찾아봐야 헌다 그거여.

예? 조상을 어찌 찾는다요? 주천자(周天子)를 찾으믄 된다 그 말이여, 주천자를. 대국땅까지 가서 조상을 안 찾는대서야 자손 된 도리에 쓰겄는감? 그려, 아부지. 찾아보겄으라우, 하하핫…… 어디 가서 찾는단가? 하하핫핫…….”

용이도 웃는다. 말솜씨가 재미나서 심심산골 수수깡 울타리 앞에서 수작하는 부자간의 모습이 훤하게 떠오른다.

“허허헛헛…… 허헛 주천자를 찾으라고? 허허헛…….”

기분 좋게 웃는 용이를 힐긋 쳐다본 주갑이는 지극히 만족해한다.

“헌디 형씨 내 말 좀 들어보더라고.”

“허허헛, 야. 말해보소.”

“실은 그렇그름 해서 이 땅에 왔는디 와본께로 이곳은 주천자 땅이 아니고 오랑캐 땅이더라 그 말이여.”

두 사내는 또다시 유쾌한 웃음을 터뜨린다. 웃는 주갑의 얼굴은 언제 슬퍼했나, 언제 배고파했나 싶으리만큼 태평스럽다.

“이자 길 떠나야겄소.”

용이 망태를 둘러메고 일어섰다.

“그럽시다.”

주갑도 엉거주춤 일어서는데 용이 도로 주질러 앉으며 망태 속을 부실부실 뒤적인다.

“보소.”

"야. 워찌 그런다요?"

"담배쌈지 있이믄 내놓으소."

어리둥절하다가 주갑이는 낡고 때에 절어서 번들거리는 담배쌈지를 내놓는다. 용이는 임이가 준 담배봉지를 뜯고 주갑의 담배쌈지에 꾹꾹 눌러가며 옮겨 넣는다.

"아니 이거 기찰 일이구마. 이런 인심이 어디 있더란가?"

주갑은 좋아서 어쩔 줄을 모른다. 말라비틀어지고 검버섯이 얼룩덜룩 핀 얼굴이 갑자기 팽팽해지며 윤이 흐르는 것만 같다. 기분에 따라서 그렇게 달라지는 주갑의 얼굴을 어이없이 바라보다가 용이는 망태를 어깨에 걸머진다. 먼저 길켠으로 올라선 주갑이는 아이처럼 몸을 뺑 돌리며 건너오는 용이를 쳐다보며 또 빙글빙글 웃는다. 담배 한 쌈지 얻은 게 그에게는 그렇게 행복했던 모양이다. 둘은 나란히 길을 걷는다. 주갑이도 키는 작은 편이 아니었지만 워낙 여위어서 가랑잎처럼 몸이 흔들거린다.

"듣자니께 용정서는 큰불이 났다 그러는디 형씨는 용정 사시오?"

"살았지마는 이번에는 이사하러 가는 길이오."

"흠."

"……."

"벌어묵고 살 기이 없어서 그러는 게라우?"

"벌어묵고 살 기이 있이나 마나, 본시 농사짓던 처지니께……."

그 말은 그것으로써 흘려버리는 듯하더니,

"실은 좀 만낼 사람이 있어서 용정으로 가는 길인디 그 사람이 지금도 거기 살고 있는지 모르겠고, 내 아깨부터 형씨한테 묻고 접은 것을 다른 말 하니라고 정신을 뺏겼단께로. 그 사람도 경상돈디 우연히 신집에서 만내갖고."

"……."

"천보산으로 함께 일자리 찾아간 일이 있었어라우. 갔다가 허탕만 치고 나는 그냥 봉밀구로 갔었지라우. 그리 헤어지고는 못 봤는디. 참말로 좋은 사람이여. 참말로,"

"그 사람 김영팔이라 안 합디까?"

"아니! 워찌 형씨가 그걸 안단가?"

주갑이는 펄쩍 뛴다.

"영팔이한테 들었소."

"야? 그게 정말인 게라우?"

용이는 주갑이 썩 마음에 들었다. 사귄 지 오랜 사람 같았고 함께 걷고 있노라니 여러 해 동안 풀어보지 못한 어둠과 긴장이 풀어지면서 옛날, 그 아주 옛날처럼 놓치던 버릇마저 주빗주빗 돋아나는 것 같은 생각이 든다.

"나 지금 영팔이 집에서 오는 길이오. 헌데 봉밀구에선 아편쟁이 되놈한테 매 맞고 쫓겨오는 것 아니오?"

"워찌 그리 잘 안다요? 그는 그렇고 영팔이 그 사람 병 안 나고 잘 있습디여?"

"퉁포슬 쪽에서 되놈 땅 부치고 입에 풀칠이야 하고 있소."

"그기이 어디여? 식솔도 많다 혔는디."

"그래 멋하믄 우리하고 산에 안 가겠소? 시적 벌어묵고 살아야 할 형편인가 본데."

"산에라니?"

"야. 산에 말이오."

"광산 말이란가? 어림없제, 어림없단께로. 나 우리 아부질 두고 맹셀 했이니."

주갑은 엄숙한 표정을 짓고 용이는 웃는다.

"가겠다는 사램이 있다 캐도오 내 두 손 마주 잡고 말릴 긴께. 아 금매, 그라믄 형씨가 그놈의 산으로 간다 말시?"

"되놈한테 당하긴 대게 당한 모양이구마."

용이 껄껄 웃는다.

"말도 말란께. 내 이력을 말헐 것 겉으면 책을 모아도오 하모니라우, 책을 모아도. 소싯적부텀 동학당 땜시로 안 혀본 고생이 없고오 맷집도 좋아서 애지간헌 일로는 끄떡도 안 혀. 헌디 그놈의 고장은 생판 사람백정들만 살고 있더란 말시, 사람백정들만. 나도 이런 약골은 아니었는디 더 있다가는 게우 붙어 있는 살가죽도 남아나지 않겠다 생각허고 줄행랑을 놨지라우. 형씨, 아예 광산 갈 염일랑 굴칵 샘키부리란께. 내 진정코 하는 말인게라우."

주갑의 사투리를 즐기듯 듣고 가는 용이,

　"그게 아니고, 산이믄 모두가 다 광산인 것도 아니겄고 나무산도 있다 그 말이구마는."

　"……."

　"벌목하러 가자 그 말이구마."

　"벌목! 벌목꾼으로 가자아 그 말씸이란가?"

　"야 영팔이도 함께 가기로 약조를 했으니께."

　"가만 기시오. 가만, 그라믄,"

　주갑은 망설이는 게 아니었다. 너무 좋았던 김에 팔을 뻗고 용이 가는 길을 막고 선다.

　"참말로 영팔이 그 사람도 함께 간다 그 말인게라우."

　"빈말 아니오."

　"그럽매. 형씨가 빈말헐 사람이간디? 그, 그, 그거라면 쓸 만허다 뿐이겄소? 하 참 내가 간밤에 무신 꿈을 꾸었제?"

　"용꿈 꾸었소?"

　"허허허헛…… 담배 한 쌈지 얻었고, 주린 창자에 밥이 들어갔고 영팔이 그 사람 소식을 들었고 또오 일자리도 구헐 판이믄,"

　주갑은 손가락을 하나하나 꼽아가며 지껄이다가,

　"하하핫…… 그까짓 용꿈 꾸나 마나. 동무 따라 강남 간다 안 헙디여? 영팔이 거 좋은 사람인디."

　주갑은 걷기 시작한다.

"용정 가믄 지금쯤 집일이 한창일 기요. 거기서 품 좀 들다 가, 벌목은 겨울 일인께."

"하모, 하모니라우. 벌목이사 겨울 일이란 걸 뉘 모르간디? 이렇게 아귀가 맞아 떨어지는 일이란 난생 첨이란께. 하늘이 무너져도 솟아날 구멍이 있다 했는디 참말로 그런개 비여."

도중, 줄곧 얘기를 나누면서 그들이 용정에 당도했을 땐 사 방에 땅거미가 질 무렵이었다.

3장 사진(沙塵)

차일(遮日) 귀퉁이를 잡아맨 소나무 기둥 옆에 금녀는 서 있 다. 한 손은 나무기둥을 짚고 손수건을 쥔 다른 한 손은 맥없 이 늘어뜨리고 서 있었다. 이마 위에 흘러내린 머리칼이 바람 에 흩날린다. 햇볕과 비바람에 바래어 회갈색으로 변한 차일 도 이따금 펄러덕거린다. 운명과 같이 가열(苛烈)한 햇빛이 튀 는 들판을 금녀는 바라보는 것이다. 어둡고 잠긴 눈에 끝도 없는 들판, 먼 지평선 위에 나직한 구릉이 권태롭게 드러누 운 것을 볼 수 있었지만 그 구릉조차 금녀에게는 막막하고 그 저 한없이 뻗은 벌판으로만 느껴진다. 모래 실은 바람은 여전 히 얼굴을 치고 머리칼을 나부끼게 하고, 이곳이 어디메쯤인 지, 무슨 이름의 역두(驛頭)인지 금녀는 알지 못한다. 다만 자신의 행선지가 훈춘이라는 것, 뉘게 들었던지, 아니면 출발시 무슨 팻말이라도 눈앞에 지나갔었는지 희미한 기억 같은 게 있을 뿐이다. 행선지가 훈춘이건 혹은 청진이건 금녀에게는 아무런 의미가 없다. 지옥을 가고 있다는 생각 이외엔. 서러운 마음은 터럭만치도 없고 울음 같은 것도 잠들어버린 지가 얼마 만인가. 가뭄에 갈라진 땅바닥처럼 가열한 햇빛이 튀고 있는 저 길바닥처럼 차라리 거칠 대로 거칠어 암산(岩山)같이 무디어버린 신경이 지옥과의 싸움을 위해 도사리고 있는 것이다.

처음 해삼위에서 청진에 있는 윤이병한테 도망을 갔을 때 금녀는 울었다. 그리고 김두수에게 끌려 떠날 때는 무력하고 겁 많은 사내 윤이병을 원망했었다. 그러나 두 번째 용정으로 윤이병을 찾아왔을 때 금녀는 거의 몽유병자 같은 상태였었다. 당황하고 겁에 질린 사내 얼굴을 대했을 때도 금녀는 그저 막막했을 뿐 서러움도 그리움도 원망도 가질 수가 없었다. 인심처럼 바싹하게 메마른 마루 끝에 혼자 앉혀놓고 마치 액병을 지닌 병자를 보듯, 비실비실 피해 달아나듯,

"나 잠시 다녀올 데가 있어서 말이야. 나, 다 다녀와야겠어."

하며 황황히 나가는 사내 뒷모습을 바라본 금녀는 이 세상 넓은 천지에 오로지 자기 혼자밖에 없다는 것을 가슴이 터지도록 절감했다. 혼자밖에 없다! 금녀는 차일이 펄럭이는 소리를 들으며 어제 일을 생각한다. 윤이병을 멸시해서도 아니요 원

망 같은 것은 더욱 아니었다. 억세어지는 마음 사잇길을 지나
가는 풍경 같은 것, 윤이병과 김두수 사이에 어떤 타협이 이
루어졌는지 금녀는 그런 것을 살필 겨를도 없었거니와 하여
간 그들은 술상을 벌이었다. 그리고 금녀의 아비는 과거처럼
그들 사이에 끼어서 죄 없는 술만 축내고 있었다. 금녀는 방
한구석에 짐짝처럼 처박혀서 기묘하기 그지없는 그네들 주연
을 돌같이 굳어진 눈동자로 바라보았던 것이다.

"어때? 내 시키는 대로 하는 게지?"

김두수는 술을 들이켜고 술잔을 놓으며 다짐하듯 물었다.
윤이병은 술잔을 든 채 눈을 내리깔았다. 정맥이 내비친 손이
하얗게 보였다.

"내 시키는 대로만 해준다면 자네가 저지른 일쯤,"

졸개를 대하듯 김두수의 태도는 느긋하고 관대해 있었다.

"물론 앞으로 또다시 이런 일이 있다면 그땐 말해 뭣하나?
끝장나는 게고 아무튼 내 시키는 대로만 해준다면 이번 일은
두말할 필요도 없다. 어디 그뿐이겠나? 내 보아하니 자네도
노상 돈이 아쉬운 꼴인데 그까짓 양심이고 개나발이고 내가
잘사는 것 이외 더 좋은 일이 어디 있겠나. 돈푼 만지게 되는
것은 말할 것도 없고 잘만 하면 내 큰 돈 만드는 구멍도 뚫어
줄 수 있다 그거야. 또 자넨 명색이 선생이라 학식이 있으니
뉘 아나? 나도 자네 같은 끈이 있으면 좋겠기에 하는 말일세.
누이 좋고 매부 좋고."

“…….”

“내 말 알아듣겠어?”

“…….”

“내 말 알아듣겠느냐 말이다!”

“알아들었소.”

윤이병의 목소리는 의외로 퉁명스러웠다. 위기를 모면한 안도감도 있었겠지만 자기를 필요로 하는 상대방의 의도를 안 이상 기죽을 필요가 없다는 것을 깨달은 성싶다. 금녀 아비는 게걸스럽게 술을 마시고 있었다. 딸과 눈이 마주칠 때마다 게슴츠레한 눈을 불안하게 깜빡거리다간 우는 것도 아니요 웃는 것도 아닌 표정을 짓고 젊은 놈들 어느 한 사람 술을 권하는 일이 없건만 연방 자작으로 술에 절어드는 것이었다. 그새 무슨 말을 했던지 김두수는 크게 소리내어 웃었다.

“내 네놈 목을 댕강 달아매 놓고 갔으면 좋겠다마는 자아 술이나 받게.”

김두수는 제법 호기스럽게 군다. 윤이병이 술 마시는 것을 째려보다가 피멍이 든 윤이병의 턱을 바라보며 힐쭉 웃는다.

“내가 알지 알어. 그걸 모른다면 내가 네놈 목을 댕강 달아매 놓고 가지 그냥 두나? 저기 저 계집이,”

김두수는 금녀를 향해 손가락질을 하며,

“네가 좋아서 달아 나왔다면 어림 반 푼어치나 있는 일인가? 저년은 자네 아니라도, 나무 둥우리라도 도망갈 수 있는 곳이라면, 저년하고 나는 원수로 세상에 태어났단 말이야. 나는 평생 저년을 잡으러 다닐 게고, 하긴 내 팔자가 잡으러 다니게 돼 있는 팔자긴 하지만 말이야. 그러니 자네도 내게서 도망갈 생각일랑 아예 말어. 어쨌거나 내 한 말을 깊이 명심하고, 싫든 좋든 앞으로 자주 만나게 될 테니,"

순간 윤이병 얼굴에 공포의 빛이 지나갔다.

차일 안에는 머리에 꽃을 꽂은 청국여인과 농부들이 서 있었다. 칡덩굴로 탄탄하게 엮은 광주리 속에서 중병아리가 삐약삐약 운다.

'어떻게 하면 달아날 수 있을까? 어떻게 하면,'

금녀는 김두수를 무서워하지는 않는다. 증오할 뿐이다. 너무 격렬한 증오심 때문에 불안이나 공포증이 없는 것이다. 목숨이 찢겨지는 한이 있어도, 자기 심장에 비수를 꽂는 광경을 상상하여도 도무지 무섬증을 느낄 수가 없다. 무섬증을 느끼기는커녕 전신을 내던지고 싸워야 하는 것에 대한 어떤 희열마저 솟아난다. 저항하고 증오하는 것도 일종의 정열인지 모른다.

'두 번 다시 윤선생한텐 가지 말아야지. 두 번 다시는……'

해는 서편 쪽으로 기울어 차일 밖에 서 있는 사람들의 그림자는 동편으로 뻗는다. 저만큼 풀섶에 퍼질러 앉은 김두수는 궐련을 꼬나물고 튀튀하게 나온 입술을 젖히며 한 마차를 타고 온 나그네와 얘기를 나누고 있었다.

370

'죽어버릴까? 차라리, 마차 바퀴에 깔려서 죽어버릴까? 아냐! 살아야지. 네가 이기나 내가 이기나 마지막까지…… 난 저 악당 놈한테 굴복하진 않어.'

"형씨."

"네."

김두수는 격에 맞지도 않게 공손한 대답이다. 나그네는 햇볕에 그을리어 그랬던지 꺼무스름한 낯빛인데 왼편 귀 근처로 해서 입술 가까이까지 푸르스름한 반점이 퍼져 있었다. 어떤 때는 다부져 보이는 표정이었고 어떤 때는 아주 병신스러워 보이기도 했었다. 몸은 단단하고 날렵한 것 같다. 장사꾼은 아닌 듯싶고 선비 같은 인상도 아니었으며 차림새는 초라했다. 그러나 어쩐지 사람 자체는 초라해 뵈지 않는다.

"형씨를 어디서 많이 뵌 것 같소이다."

"그래요? 어디서 나를 봤을까요?"

김두수는 여전히 공손스런 표정을 지으며 그러나 상대편 기색에 재빠른 주의력을 모으며 묻는다.

"글쎄……. 어디 사시오?"

"어디라 딱히 말할 수 없구먼요. 철새처럼 장삿길 따라다니니 말입니다. 둥주리 틀고 자리잡아 앉을 새가 있어야지요."

"무슨 장살 하시는데."

"이것저것, 젊을 때 돈을 벌어야잖겠소? 닥치는 대로 해보는 거지요."

"젊을 때…… 그야, 그러나 돈 버는 일이 어디 쉬워야지요."

"사내자식 배짱 하나 튼튼하면야 재물쯤……."

"그 배짱이라는 것도 날 때 타고나야지요."

"아암, 그야 그렇지요."

"첫눈에 보기에도 형씨 담력이야 보통은 아니라 싶었소만 수단도 보통은 아닌 모양이오. 하하핫……."

"그건 또 왜요?"

김두수는 속으로 경계심을 게을리하지 않으며 되묻는다.

"저기 저 서 있는 여인을 보니 말이오."

사나이는 금녀 뒷모습에 눈짓을 했다.

"내 여편네요."

"그렇다면 더욱 놀라운 수단이오. 저렇게 보기 드문 미인을 형씨같이 못생긴, 하 이거 말이 지나쳤구먼."

김두수의 부숭한 눈두덩이 빨개진다. 불쾌한 모양이다.

"본시 계집이란 가지는 게요. 재물과 같은 거 아니겠소? 가지려고 마음만 먹는다면 천하일색 양귀비가 대수겠소? 개 핥아놓은 죽사발같이 얼굴만 멀쩡하고 속 빈 놈이나 계집이 오길 기다리는 게지."

옹졸하게 응수한다.

"바, 바로 그렇소이다. 남자 못생긴 것하고 잘났다는 말과는 상관이 없으니까요. 저렇게 미인인 부인을 가진 사람이면 아암요 잘난 남자지요."

나그네는 낭패한 듯 허둥지둥 말을 꿰맞추었으나 마음속으로론 낭패했던 것 같지는 않다. 또 돌아서 있는 금녀를 말처럼 그렇게 미인으로 감탄하는 것도 아닌 성싶다. 사실 금녀는 훤하게 드러나 보이는 미인은 아니었다. 키는 여자치고 다소 큰 편이며 몸매가 고왔고 뽀오얀 얼굴빛에 담백한 느낌의 별 특징 없는 얼굴이지만 쌍꺼풀이 크게 진 눈, 어두우면서 강한 눈빛이 평탄찮을 운명을 암시하는 듯싶었고 김두수를 향할 때 그 눈은 표독스럽게 이글거린다.

훈춘에 도착한 김두수는 여인숙을 찾아가는데 얼굴에 반점이 있는 사내도 그의 뒤를 따라온다. 김두수는 돌연 몸을 획 돌렸다. 사내의 표정을 잡기 위해서다. 사내는 천하태평인 얼굴로 따라오는 것이었다.

"형씨께서는 어딜 가시오?"

묻는 김두수 말에는 대답 없이,

"형씨께서는 여관으로 가시는 길 아닙니까?"

되묻는다.

"여관엘 가지요."

"나도 여관을 찾아가는 길이오."

이윽고 이들은 조촐한 여관으로 들어갔다. 일행으로 생각한 사동은 나란히 붙은 방 두 개를 정해주고 나간다. 금녀는 여전히 방 한구석에 몸을 쑤셔박듯 도사리고 앉는다. 그러한 그 여자의 습벽에는 이미 익숙해진 김두수는 방 가운데 뻗치고 서서 지긋하게 바라볼 뿐, 말이 없다. 남폿불이 어지럽게 흔들리고 있었다. 이윽고 저녁상이 들어왔다. 겸상이 아닌 각각 다른 밥상을 마주하고 치러야 할 의무처럼 밥을 먹는다. 이런 분위기나 따로따로 밥을 먹는 행위에도 익숙해 있는 듯 김두수는 그의 인간성으로는 상상할 수 없으리만큼 인내심 깊게 말이 없다. 도시 금녀에게 가는 김두수의 애정이란 어떤 성질의 것이었을까? 끝내 거역하고 나서는 여자의 끈질긴 고집 앞에 끝내 맞서보고야 말겠다는 그도 그러한 고집 때문일까? 아니 역시 애정이었을 것이다.

밥을 절반쯤 먹었을 때 김두수는 금녀를 쳐다보지도 않고 마치 혼잣말같이 씨부렸다.

"네가 죽어 없어지지 않는 한 넌 나한테서 몸을 숨길 순 없어. 나는 본시부터 사람 찾아내는 재주만은 비상하게 타고났으니 말이야."

하고 밥이 가득 든 입을 헤벌리고 끼들끼들 웃는다. 금녀는 밥숟갈을 탁 놓고 본시의 구석자리로 돌아가 도사린다.

"음 그만치 먹었으면 굶어 죽진 않겠지."

김두수는 밥 한 그릇을 다 비우고 사동이 가져온 숭늉을 한 모금 머금은 뒤, 입가심하듯 굴럭굴럭 입을 굴리는데 금녀는 그 소리에 몸서리치듯 부르르 떤다.

"어어허 잘 먹었다."

하며 툇마루로 나간 김두수는 옆방 기색을 은근히 살핀다. 그러자 그 방에 든 점박이 사내도 열려진 방문 사이로 얼굴을 쑥 내밀며 어리석은 것 같은 웃음을 띤다. 방 안에서 새어나온 불빛이 마루를 희미하게 비춰준다.

"형씨는 이곳이 초행이시오?"

김두수는 지체 없이 말을 던진다.

"아니외다. 이곳에 형님이 계실 때는 가끔 왔었지요."

"형님이,"

"예."

"한데 지금은 안 계시다 그 말씀이오?"

"전엔 이곳에서 제법 버젓하게 살았었는데 속임수를 당해 홈싹 망해버린 게요. 그래 이곳을 떴습니다."

"헌데 이번엔 무슨 일로?"

"이곳에 왔다기보다 지나는 길이지요. 나는 웅기형님한테 가는 길인데 조카가 하나 있어서요."

"조카가요. 그럼 거기서 유하실 수도,"

"예, 한데 거기 가서 묵을 형편이 못 됩니다. 되놈 상점에서 고공(雇工)살이 하고 있으니까요. 실은 그 애를 데리고, 예, 그 애 장가를 들이러 가는 길이지요."

"그렇습니까."

사내는 일어섰다.

"어디 가시려고 그러시오? 술이나 하십시다."

김두수는 점박이 사내를 좀 더 다루어보고 싶은 심정이다.

"나중에 하십시다. 그 앨 데리고 와야겠어요. 내일 아침에 떠나야 하니까 지금 기다리고 있을 겝니다."

사내가 나가버리자 김두수는 고개를 갸웃거린다.

'어쩐지 이상하다. 수상쩍은 구석이 있단 말이야. 마차에서 부터…… 혹 내가 누군지 알고 노리는 놈이 아닌지 몰라.'

김두수는 용정 그 막다른 골목에서 당할 뻔했던 일이 있고 부터 퍽 신경이 예민해져 있었다.

'어쩌면 크다만 고긴지도 모르지. 어딘지 냄새가 다른 것 같단 말이야. 어디 한번 두고 보자.'

방 안으로 들어간 김두수는 벽에 머리를 기대인 채 졸고 있는 금녀를 물끄러미 내려다본다. 온종일 마차를 타고 왔으니 지칠 대로 지쳤을 것이요 연일 긴장된 신경도 피곤했을 것이다. 김두수는 자신이 생각해보아도 금녀와 자신의 관계가 어처구니없이 여겨진다. 수없이 여자를 겪은 김두수다. 농락하고 난 뒤 술집에 여자를 팔아먹은 일도 몇 번 있었다. 그런데 어째서 이 여자에게만은 집념이 계속되는가. 금녀는 소스라쳐 놀라며 자세를 꼿꼿이 세운다. 졸고 있던 눈이 샛별같이 빛나고 표독스럽게 눈빛이 변해간다. 김두수는 순간 여자의 머리채를 와락 잡으며 메어칠 듯하다가 놓아준다. 남폿불을 불어 끈다. 그리고 밖으로 나온 그는 점박이 사내가 든 방과는 반대쪽에 있는 방 앞에 가서 안의 기척을 살핀다. 불이 꺼져 있는 방이 비어 있는 것을 확인한 뒤 그 방문을 열고 들어간다. 그리고 보일락 말락 방문을 열어놓고 그곳에다 눈을 갖다 대어 바깥을 내다본다. 만일의 경우를 위해서, 그만큼 김두수는 용의주도했던 것이다. 이윽고 사람이 들어오는 기척이 났다. 김두수는 슬며시 몸을 일으켜 문틈으로 눈을 가져간다. 두 사나이가 들어서는데 점박이 사내는 손가락질을 한다. 김두수가 든 방을 가리킨 것이다. 점박이 사내보다 키가 큰 다른 사내가 손가락질한 방을 힐끗 쳐다보는데 방에서 새어나간 희미한 밝음 속에 나타난 사내 얼굴을 본 김두수는 놀란다. 용정 막다른 골목에서 마주쳤던 바로 그 박 모의 동생이 아닌가. 그러나 김두수는 다음 순간 씩 웃는다. 자기 자신에 대한 만족 때문이다.

'그렇지만 여기 있는 게 안전하다 할 순 없지. 이 장소에서 떠나는 게 옳을 게야. 금녀를 어떡허나?'

점박이 사내에게 의심을 품기는 했으되 박 모의 동생이 나타나리라는 것은 전혀 생각 밖의 일이었다.

'우연인지 누가 알어? 아니다. 그자가 점박이 놈 조카가 아닌 것만은 틀림이 없어. 그러니 우연이라 할 수는 없다. 혹? 나하고 아무 상관이 없이 저놈들은 일을 꾸미려고 만나는지…… 하여간 이렇거나 저렇거나 여기서는 어쩔 수 없는 일 아닌가?'

김두수는 바쁘게 생각을 굴려본다. 그러나 자기 목숨을 노리고 왔다는 것이 제일 정확한 판단인 듯싶다.

'빌어먹을! 저년만 아니면, 이래가지고는 꼼짝할 수도 없다. 섣불리 움직였다간……'

얼마 동안이나 시간이 지났을까? 어두운 방 안에서 곤두세우고 있는 김두수의 귀에 방문 열리는 소리가 들려왔다. 마룻장 밟는 소리가 났고 다음 옆방 문 열리는 소리…….

'역시 그랬었구나! 한데 점박이 사내놈, 그놈이 어떻게 내 얼굴을 알았을까?'

금녀는 여전히 쪼그리고 앉은 채 졸고 있었다. 졸면서 그녀는 꿈을 꾸었다. 꿈을 꾸다간 놀라 깨고 졸다간 꿈을 꾸고, 꿈은 토막토막이었고 잠도 토막토막이었다. 푸른 물이 밀려오는가 하면 마차 속에 자신이 앉아 있었고, 수염을 흔들며 술을 마시던 아버지 얼굴이 나타나는가 하면 윤이병의 목이 졸린 모습이 지나가고, 인기척이 있어 금녀는 눈을 떴다. 김두수가 들어온다고 생각했다. 무시무시한 싸움이 벌어질 것을 대비하며 금녀는 두 팔에 힘을 준다.

"이놈! 꼼짝 말아라!"

전혀 다른 목청이다. 목소리를 죽인, 그러나 무시무시하다.

"아니! 이게 어찌 된 일이야?"

나직이 눌러 찌그러뜨린 경악의 소리다.

"계집뿐이야."

"뭐라구?"

"계집 혼자란 말이다."

"그놈 여편네야. 계집을 두고 멀리 갔을 리 없어."

점박이 사내 음성이다. 금녀는 영문을 몰라 어리둥절해한다.

"이보시오."

"예?"

"당신 서방 놈 간 곳을 대시오."

"……."

"어디 갔는지 말 못하겠소?"

"나, 난 몰라요."

"거짓말 말고 어서 대답하란 말이야!"

"나, 난 아무것도 몰라요."

금녀는 사실 김두수가 나가는 것을 알지 못했다.

"이놈이 눈칠 챘다!"

"어떻게 눈칠 채누? 조용히 기다려보자구. 뒷간에 갔는지도 모르니."

"아니야, 자세히 보게. 자리에 든 흔적이 없어."

"음?"

"저 여자도 불 꺼진 방에 앉은 채, 뺀 거다!"

"계집을 두고 빼?"

"빼는 데는 귀신이야. 빌어먹을!"

한동안 무거운 침묵이 계속된다. 금녀는 자신이 꿈을 꾸고 있는 거라 생각한다.

"할 수 없다."

"그럼 여자를 끌고 가자."

"여자!"

"음, 인질이야."

"계집을 버리고 달아난 놈이."

"허나 그놈한테는 과람한 미인이거든. 필시 계집 찾으러 나타날 게야."

"하여간 그럼 그래보세. 여보시오!"

"……."

"일어서란 말이오."

"아니 제가……."

"잔말은 안 하는 게 좋고 우릴 따라가 주어야겠어! 시끄럽게 굴면 그땐 사정없이 한 방 갈겨버릴 테니까."

키 큰 사내가 팔을 와락 잡아끈다. 일어선 금녀의 등을 떠밀고 방 밖으로 몰아낸다.

"끽소리 마라. 옆구리에 총구멍 낼 생각 없으면,"

금녀의 몽롱해 있던 의식이 살아났다.

'김두수를 죽이러 온 사람들! 그, 그러면 이 사람들은…….'

금녀의 전신이 와들와들 떤다. 무서움 때문이 아니다. 환희다. 날아갈 듯, 금녀는 무슨 말을 해야 한다 생각했으나 혀가 굳어버렸는지 말이 나오지 않는다. 그러나 아무래도 좋았다. 대체 당신네들은 뉘시오, 하고 물어볼 필요가 없는 것이

다. 여인숙을 빠져나와 어두운 거리로 나왔을 때 금녀는 하늘의 별들을 우러러본다. 비로소 마음속으로,

'하나님 감사합니다! 하나님 감사합니다!'

가는 곳이 도둑의 소굴이든 악마가 살고 있는 곳이든, 다만 김두수를 떠나가고 있다는 사실 하나만으로 금녀는 정체 모를 두 사나이가 불가사의한 힘을 지닌 신비스런 존재로 여겨진다.

'하나님 감사합니다! 하나님 감사합니다!'

4장 바닷가에서

마차가 다닐 수 없는 좁고 울퉁불퉁하고 험한 길을 얼마 동안이나 걸었는지, 금녀는 찝찔한 바닷바람을 허파 깊숙이 들이마시었다. 몇 번을 그렇게 했는지 모른다. 앞서거니 뒤서거니 묵묵히 걷고 있는 두 사내는 금녀를 인질로 납치해간다고 생각할 터이지만 금녀는 줄곧 신비스런 환상과 흥분에 들떠 있었다. 구름 위를 둥둥 떠온 듯 피곤 같은 것은 전혀 느끼지 않았다.

지금은 옛일이지만 그렇다, 그것은 꽤나 아득히 먼 옛일인 것이다. 짙은 나무숲에서 매미가 힘차게 여름을 노래할 때 찬송가를 부르던 예배당이 생각난다. 무릎을 꿇고 기도를 올리

던 딱딱한 마룻바닥의 감각도 생생하게 살아난다. 빼앗긴 내 나라를 찾아야 한다고 울먹이며 외치던 두루마기 입은 중년 남자는 누구였었던가? 교회당 안이 술렁거리고 소용돌이치고, 젊은 사내들 얼굴에는 땀방울인지 눈물방울이었던지, 그리고 벌겋게 상기되어 그것은 참 아름다웠었다.

여러분, 거룩한 우리의 하나님 예수를 믿는 사람이 백만이 되는 그날! 그렇습니다! 그날이 오면 우리는 잃었던 내 강토를 찾을 것이외다! 형제 자매 여러분! 그날의 영광과 승리를 위해 복음 전파에 몸 바쳐야 할 것이외다! 음성이 귓가에 쟁쟁하다. 강 하나를 넘어서면 그곳에 우리 빼앗긴 조국을 찾기 위한 눈빛 강한 사내들이 신출귀몰한다는 얘기들은 누가 들려주었던가? 금녀는 지금 그 전설 속을 걷고 있는 것을 느낀다. 불과 일 년이 못 되는 세월이었는데, 새까만 어둠이었으며 과거 일체를 깡그리 망각해버렸던 불과 일 년이 못 되는 오욕의 세월이었는데, 그 새까만 한 장의 책갈피를 넘기고 보니 새로운 천지가, 아니 그것은 아직 성급한 얘기겠고 행복했던 낡은 시절이 희미하게, 차츰은 뚜렷하게 빛깔을 띠며 나타나는 것이다. 종소리에 흔들리는 교회당의 풍경이 있고 어머니의 미소 짓는 얼굴이 있고 연한 새순에 햇볕이 일렁이는 봄날이 있고 머리꼬리에 자줏빛 댕기를 물리던 거울 속에 청순한 얼굴이 있고 항구에 정박했었던 화륜선을 구경하러 나갔었던 조그마한 계집아이도 있다. 어깨에 모포를 걸치고 지나

가던 눈동자 푸른 아라사인과 견장이 시뻘겋던 왜병들의 구
둣발 소리와 갓 쓰고 장죽 문 늙은이와 얼음판 위에 팽이를
치는 머슴아이와 마치 그림책처럼 한 장 한 장 책갈피를 넘길
수록 선명해지는 추억의 알록달록한 풍경—그러나 윤이병의
모습만은 어느 책장 속에서도 나타나질 않는다. 새까맣게 먹
칠된 그 장 속에 묻혀버렸는가.

키 큰 사내가 담뱃불을 붙인다. 보기 좋은 콧날이 성냥불
빛에 솟아났다가 사라진다. 뿌연 연기가 어둠 속에 흩날린다.
다시 빨아당기는 담뱃불에 콧날이 나타나고, 여까지 오는 동
안 두 사내는 자신들의 신분을 짐작케 할 만한 말을 한 적이
없었다.

바닷바람에 젖어서 눅눅한 것 같은 땅을, 아직은 지열이 식
지 않고 있는 길바닥을 타둑타둑 밟으며 금녀는 사내들을 따
라간다. 그리고 비로소 금녀는 앞으로 전개될 자신의 운명에
대하여 더할 수 없는 기대와 흥미를 가져보는 것이다.

"이제 다 왔구먼."

점박이 사내가 뒤에서 말했다. 마을 불빛이 가까워지고 있
었던 것이다. 캄캄한 어둠 속에서도 쓸쓸한 한촌(寒村)임을 알
수 있었다. 포염시(浦鹽市)에서도 외떨어진 단호산포대(端虎山砲
臺) 및 흑룡만(黑龍灣)을 바라보는 마치와야라는 곳이다. 키 큰
사내는 길바닥에 담배꽁초를 휙 던진다. 바람에 불꽃이 튀다
가 어둠 속에 묻혀버리고 만다. 사내는 나직한 목소리로 혼

자 웃는다. 그의 웃는 심정을 잘 헤아리고 있는 듯 점박이 사내는 가느다란 한숨을 내쉬다 뚝 끊어버린다. 판자로 벽을 친 오두막 앞에 이르렀을 때 점박이 사내가 앞으로 나서며 문을 두드린다.

"뉘시오."

맑고 드높은 여자의 음성이 집 안에서 울렸다.

"나야."

이번에는 키 큰 사내가 말했다.

"작은아버님이세요?"

"음."

문이 열리고 젊은 여자는 손에 든 등불을 치켜들며 밖을 비춰준다. 집 안으로 들어선 키 큰 사내는 젊은 여자에게 묻는다.

"애비 왔냐?"

"아뇨. 기별만 왔어요."

점박이 사내와는 이미 구면인 듯 친숙한 표정을 지었으나 금녀에게 눈길을 보낸 여자는 누구냐고 묻듯 키 큰 사내를 쳐다본다.

집 외모에 비해 꽤 넓은 온돌방으로 금녀는 사내들을 따라 들어갔다. 자자부레한 세간이 놓여 있는 방, 그러나 그 세간들은 일상을 위한 청빈한 비품이 있을 뿐 생활이 어렵다는 것은 역력했고 방 아랫목에는 젖먹이 아이가 잠들어 있었다.

"앉으세요. 누추합니다."

여자는 금녀에게 공손스럽게 말했다. 나이는 스물넷쯤 됐을까? 금녀보다는 적어도 네댓은 위인 듯싶고 차림새는 초라하다. 용모도 아름답다 할 수는 없으나 눈빛이 맑고 총명해 보였으며 단정한 분위기를 자아낸다. 두 사내는 자리에 앉은 후에도 무뚝뚝해진 얼굴을 마주 볼 뿐이었다. 키 큰 사내는 김두수에게 체포되어 총살된 의병장 박 모의 동생이며 정호의 삼촌 박재연(朴在然)인데 용정 길목에서 김두수와 마주쳤을 그때처럼 옷차림은 남루하지가 않았다. 여자는 송장환이 짝사랑했었다가 청혼까지 한 일이 있는 정호의 누님 정순이, 그러니까 박재연의 조카딸이다. 남폿불을 받고 앉아 있는 점박이 사내는 장인걸(張仁杰), 지금은 그 병신스러웠던 얼굴, 천하태평인 듯한 표정은 말끔히 가셔지고 다부진 일면만 남아서 얼굴의 윤곽이 뚜렷했고 준열한 감을 준다. 왼편 귀 근처로 해서 입술 가까이까지 퍼져 있는 반점도 음영 같아서 오히려 어떤 우수를 자아낸다. 이들은 용정에서 우연히 김두수를 보았고 김두수가 훈춘으로 가는 것을 알아낸 후 박재연은 한발 먼저 훈춘에 와서 대기하고 있었으며 장인걸은 김두수를 따른 것이다. 물론 이들은 일을 위한 동지요 이들의 용정행이 김두수를 잡자는 데 목적이 있었던 것은 아니었다. 우연한 부산물인데 결국 그것은 유산으로 끝난 셈이다. 그리고 이들은 금녀를 끌고 오기는 왔으되 이미 큰 기대를 하고 있는 것 같은 눈치는 아니었다.

"저녁은……."

정순이 물었다.

"안 먹었다."

박재연은 입맛이 쓰다는 듯 눈길을 돌린다.

"시장하시겠어요. 그럼 잠시만……."

하더니 정순은 방문을 열고 나간다. 금녀는 꾸어다 놓은 보릿
자루처럼 앉아 있을 수밖에. 때론 낯가림하는 아이처럼 눈을
깜박거리기도 하고. 그러나 그는 앉은 자리가 몹시 편하다는
생각을 한다. 염치없이 졸음까지 오는 것이다. 한참 만에 장
인걸이 고개를 들고 물끄러미 금녀를 건너다본다.

"고향이 어디시오?"

느닷없이 물었다.

"네

금녀는 졸음을 떨어버리듯 고개를 흔든다.

"고향이 어디시오?"

"저어 청진……."

"그러면은 댁의 남편, 그자의 고향은 어디지요?"

"남편 아닙니다!"

장인걸이 피익 웃는다.

금녀의 얼굴이 벌겋게 상기된다.

"아무 인연도 없는 사람입니다."

"그렇게 말할 테지요. 그렇다 하고 그자 고향은 알 거 아니

오?"

"경상도라 하더군요."

"경상도라."

박재연이 힐끔 눈을 들어 금녀를 본다.

"한데 그자가 댁을 찾으러 오리라 생각하시오?"

"아마."

"댁은 찾아오는 걸 기다리시오?"

"아니요. 저, 전 도망쳤다가 붙잡혀가는 길이었어요."

"설마."

"저어, 용정의 요, 용정에 가셔서 상의학교 선생 윤이병이라는 사람한테 물어보심 아, 아실 거예요."

금녀는 엉겁결에 말했다. 그러고 보니 달리 자신에 대해 증명할 길이 없었다. 오는 동안에도 그러했고 이 집 안에 들어와서도 그러했던 금녀의 얼빠진 것같이 안심스러워 뵈던 얼굴에 처음으로 격렬한 분노가 떠오른다.

"상의학교? 그건 송병문 씨가 경영하는 학굔데."

박재연의 말이었다.

"저, 저는 잘 모르겠어요. 윤이병이라는 사람한테 도망갔다가, 수, 숨어 있다가 저어……."

얼굴이 분노로 긴장된 것과는 반대로 말은 허둥지둥이다. 자기의 처지를 설명해야겠다는 욕망이 강하면 강할수록 무딘 다리로 민첩하게 뛰려고 몸부림치는 것 같은, 그런 혼란 같은 것이다. 그러나 사내들은 더 이상 금녀 말에 관심을 기울이려 하질 않는다.

"상의학교라…… 송장환……."

박재연은 별안간 껄껄 웃는다.

"왜 그러지?"

장인걸이 의아해서 묻는다.

"사연이 좀 있어서. 그 일이 생각나 웃는 걸세. 송병문 씨 둘째 아들을 송장환이라 하는데 거 착실한 청년이야."

혼잣말처럼, 그러고는 더 이상 설명은 않는다. 그것으로써 금녀는 다시 잊혀진 존재로 오두마니 남겨지고 사내들은 제각 기 생각에 빠지는 듯 말이 없다. 이윽고 저녁상이 들어왔다.

"안손님은 방이 누추하지만 저쪽에다 차렸는데요."

정순은 면구스러워하는 얼굴로 금녀에게 말했다.

"그럴 것 없다. 내외도 옛날 얘기, 마우재 놈 땅에 살면서 무슨."

박재연은 혀를 찼다. 정순은 급히 나가 다른 방에 차려놨던 밥상을 들고 들어왔다.

"드세요."

"네."

금녀는 행동거지에 자유를 느끼며 사양 않고 밥숟갈을 든 다. 무안하고 생소하고 어쩌고 그런 것을 금녀는 느낄 겨를이 없었다. 우선 배가 고팠고 또 배가 고프다는 것을 느낄 만큼 그는 일체의 대결의식에서 놓여나 있었다.

"정순아."

"예."

금녀 때문에 엉거주춤 서 있는 조카딸을 불러놓고 박재연은 좀 장난스럽게 웃는다.

"너 아무래도 잘못된 것 같다."

"무슨 말씀이신지."

"송씨 댁에 시집을 갔었더라면 이 고생은 아니할 걸, 안 그러냐?"

"작은아버님도."

정순은 몹시 난처했었던지 얼굴을 붉힌다. 그러고는 얼른 나가버린다.

이날 밤 금녀는 아기를 안고 온 정순이와 함께 고리짝 궤짝이 놓인 조그마한 방에서 잠을 잤다. 버릇이 그러했는지 한 방에 자리를 깐 낯선 안손님에 대해 정순은 아무것도 물어보지 않았다. 이튿날 아침상을 받았을 때 금녀는 두 사내가 말도 없이 떠난 것을 알았다. 정순이는 각별한 친절을 베풀지는 않았으나 사람됨이 은근하여 금녀는 외갓집에라도 와서 묵는 듯 마음이 평온하였다. 그러나 그것도 이삼일 동안이었고 정순이 빌려주는 모시 적삼으로 갈아입고 땀에 젖은 제 모시 적삼을 벗어서 비누칠을 하고 빠는데 금녀는 별안간 손끝에서부터 형용할 수 없으리만큼 무서운 고독이 뻗쳐오르는 것을 느낀다.

'내가 왜 여까지 와 있는 겔까? 난 뭐야? 옳지! 난 술집에 팔려갔었던 계집이었지. 술집에서는 아무 일도 없었다.'

금녀는 저도 모르게 비눗물 묻은 손으로 쪽머리를 만져본다. 그러고 나서 일손을 놓고 우두커니 하늘을 올려다본다. 집 안에서 아이 우는 소리가 들려온다.

'김두수 놈이 날 채갔다. 김두수 놈하고도 아무 일이 없었다. 윤이병이…… 윤이병이, 그 사람이 나를 잡아먹었다. 아니야 아니야.'

하늘을 흐르는 구름으로부터 눈길을 거둔 금녀는 그늘진 뒤안, 습기가 습습하게 풍겨오는 땅바닥을 내려다본다.

'이미 난 글렀다. 술집 계집…… 밀정 놈 김두수 여편네…… <u>ㅎㅎㅎ, ㅎㅎ……</u>.'

금녀는 다시 적삼을 빨기 시작한다. 새까맣게 지워버렸던 불과 일 년이 못 되는 세월이 빛깔을 띠며 마음속에 꿈틀거리기 시작한다. 아픔으로, 오욕으로. 적삼을 빨랫줄에 널어놓고 금녀는 정순에게는 아무 말도 없이 바닷가로 나간다. 갑자기 정순이 거북하게 느껴졌고 조그마한 오두막집이 생소하게 느껴진 것이다.

아무리 둘러보아도 삭막하기 그지없는 마을이다. 사오십 호가량의 볼품없는 오두막들이 모여 있는 마을에는 대개가 고깃배를 타거나 노동에 종사하는 하루살이 인생들이 등을 비비고 사는데 포염시 뒤켠 언덕을 하나 넘은 곳에 소위 가레스카야 스라브도카라 불리는, 수천 명 조선 이민들이 살고 있는 그 부락과도 별로 내왕이 없는 빈한하고 외로운 마을, 금녀는 무릎을 세우고 세운 무릎을 두 팔로 끌어안으며 바다를 바라본다.

희망을 가진다는 것은 인간에게 있어 얼마나 큰 약점인가. 절망에서의 탈출 뒤에 온 희열이란 또 얼마나 서글픈 찰나인가. 희망이 일렁이는 금녀 가슴에는 뜻하지 않았던 조바심이 아프게 저 바다의 파도가 방천을 치듯 쉴 새 없이 밀려오고 있는 것이다. 빼앗길 그 아무것도 없는 사람에겐 불안이 없다. 지금 금녀가 가져보는 앞으로의 자기 운명에 대한 기대와 흥미가 과연 희망적인 것인지 그 어떤 실마리도 잡아보지 못한 채 방향도 알지 못한 채 악몽 속에 허덕여온 여자는 희망 그 자체를 겁내고 있는 것인지도 모른다. 천만금을 가졌어도 높은 베개에 깊숙이 잠드는 사람이 허다하거늘 때문은 염낭 속의 찌그러진 구리 돈 한 푼을 갖고 잠 못 이루는 사람이 있다면 그것은 아마도 지금 금녀와 같은 처지라 할 수 있을 것인가. 어쩌면 금녀에게는 절망 그 자체가 삶이었었는지 모른다. 순간 불꽃 튀기듯 뻗치어온 절망과의 대결, 그 긴박한 찰나 찰나가 삶의 증거였었는지도 모른다. 확실히 서러움이나 근심이나 불안은 절망의 덫으로부터 빠져나온 순간부터 시작되는 것인지도 모른다. 바다를 바라보고 앉은 금녀는 목구멍까지 꾸역꾸역 치밀어오르는 오열을 참고 있는 것이다.

'나는 어떻게 되는 거지? 어떻게 살아야 해? 어디로 가야 하는 걸까?'

수없이 자신에게 되풀이 물어보는 것이지만 검푸른 바다처럼 막막할 뿐이다. 술 없이는 살 수 없는 늙은 아버지의 모습이 떠오른다. 겁에 질렸던 윤이병의 모습도 떠오른다. 그들에 대한 원망스러움이 싹트기 시작한다. 심화병으로 죽은 어머니와 눈먼 망아지처럼 아버지 곁에 있을 어린 사내동생이 생각난다. 한곳으로 똘똘 뭉쳐졌던 증오심이 그 대상을 잃자 풀리어나면서 그와는 성질이 다른 미움과 사랑이 금녀 가슴에 젖어든다.

금녀가 바닷가에 앉아서 기어이 울음을 터뜨리고 있을 때 장인걸이 정순의 집에 나타났다.

"그 여자 있지요?"

장인걸이 낮은 음성으로 정순에게 물었다.

"아까, 바닷가에 나간 모양이에요."

바닷가에 나갔다 해도 도망가지 않을 것을 확신하는지 장인걸은 놀라지 않는다.

"데려오기는 왔는데 처치곤란이구먼."

혼잣말처럼, 그리고 금녀를 찾을 양인지 발길을 돌린다.

'이상한 여자다. 도대체 어떤 신분의 여자일까?'

무관심한 척했으나 장인걸은 금녀를 데리고 오는 도중에

도 늘 그 생각을 했었다. 용모가 아름답다거나 그렇지 못하다거나 그런 점에선 별 흥미가 없지만 머리를 올린 것을 봐서는 분명 처녀는 아닐 터인데, 그런데 어쩐지 아낙으론 보이지 않았고 교육을 받은 것 같은데 그렇다고 양갓집 소생으로는 보이지 않았던 것이다.

'저기 앉아 있구먼.'

장인걸은 웅크리고 앉아 있는 금녀 가까이 다가간다.

"여보시오."

돌아본다. 얼굴이 온통 눈물에 젖어 있다. 묵묵히 그 얼굴을 내려다보고 있던 장인걸이,

"놓아드릴 테니 가시려오?"

뜻밖의 말을 한다.

"네? 저를 말예요?"

"그렇소."

금녀의 입술이 파들파들 떤다.

"가, 갈 곳이 없는걸요."

"그러면은?"

어쩌겠냐는 것이다.

"가면 붙잡힐 거예요. 틀림없이 붙잡힐 거예요."

"그자한테 말이오?"

"네."

장인걸은 멀찌감치 엉덩이를 내려놓고 앉는다. 담배를 붙

여 물고 나서,

"도대체 그자와는 어떤 관계요?"

"팔려갔지요. 파, 팔려간 거예요."

"팔려가다니?"

눈살을 찌푸린다. 양미간이 솟으면서 표정이 살벌해진다.

"하긴 있을 수 있는 일이긴 하지요. 헌데 말씨로 보아 글을 배웠소?"

"네."

"어디서?"

"예배당에 다니면서 거기 학교에 다녔어요."

"그럼 언문은 다 알겠구먼요."

"한문도 조금은,"

"올해 몇이시오?"

"스물한 살입니다."

오랫동안 침묵이 계속되고 장인걸은 담배만 피운다.

"그자가 밀정 놈인 것을, 아니 헌병 보조원을 지냈다는 것을 알았었소?"

"밀정이라는 정도는, 늘 장사한다고 했었지만요."

"아무 물정 모르는 여인네라면 몰라도 교육까지 받은 사람이 어찌 그리 무모한 처사에 순종하였소?"

"집이 망한 탓이었어요. 처음엔 술집에, 술집에는 잠시였었지만,"

하다 말고 금녀는 두 어깨를 들먹이며 흐느껴 운다.

"하기는 사람마다 사정이 다를 테지요."

장인걸의 목소리는 한결 부드럽고 약해져 있었다.

"사람마다."

장인걸은 다시 중얼거리다가 푸르스름한 얼굴의 반점을 손바닥으로 문지르고 멀리 먼 곳, 바다 끝으로 시선을 던진다. 눈에 눈물 같은 것이 어리다가 별안간 일어선다.

"들어갑시다. 댁의 처신에 대해선 우리도 책임이 있는 듯하니 생각해보기로 하구요."

그러더니 발길을 돌린다. 금녀는 손등으로 눈물을 씻으며 일어나 그의 뒤를 따라 휘적휘적 걷는데 남자가 한 말에 매달릴 수 없는 강한 자비(自卑)의식이 눈앞을 캄캄하게 한다.

"그, 그러면 절 보내주시겠어요!"

금녀는 울음 섞인 목소리로 외쳤다.

장인걸이 돌아본다.

"전, 전 술집 여자였단 말예요!"

금녀는 시비라도 거는 듯 장인걸을 노려본다.

"그래서요?"

금녀는 깜짝 놀란다. 그리고 다음, 얼굴이 홍당무가 된다. 참말이지 그래서 어쨌다는 겐가. 그게 이 남자하고 무슨 상관이란 말인가. 장인걸은 다시 걷기 시작한다.

"그놈을 잡아 죽일 때까지, 그럼 기다려보슈. 고생스럽겠

지만 연추로 가면 혹 댁이 할 만한 일거리가 있을지도 모르니
까."

"......."

"하여간에 내일 연추로 떠나는 게 좋을 듯싶소."

"......."

"앞날이 창창한 사람이, 글도 배웠다는 사람이 남한테 팔려
가는 일이 있어도 안 되겠지만 술집에 있었다고, 무슨 벼슬을
한 것도 아닐 터인데 술집 여자란 말이에요! 하고 큰소리칠
것도 아니오."

장인걸은 금녀의 말투를 흉내 내어놓고 웃는다. 금녀는 가
슴이 뭉클하게 고마운 생각이 들었지만 착잡한 얼굴 표정은
펴지지는 않는다.

정순이 집에서 하룻밤을 묵은 장인걸은 이튿날 아침 금녀
를 데리고 연추를 향해 떠났다. 그들이 떠난 뒤 김두수는 포
염시에 잠입해 들어왔다. 그리고 그의 끄나풀인 전당포 주인
양서방을 찾아갔다.

"허 오래간만이오."

양서방이란 유들유들하게 살이 찐, 사십 가까이나 된 사내
였다. 사실은 김두수의 끄나풀이라기보다 일본영사관에서 심
어놓은 앞잡이다.

"이번엔 무슨 일로 오셨소."

비록 나이는 훨씬 처지는 김두수였으나 일본경찰 당국의

신임이 두텁고 민활한 일꾼으로 인정받아온 터이어서 양서방
도 김두수에겐 저자세다.

"혹 아실는지 모르겠소만,"

"무슨 일인데요?"

"얼굴에 이렇게,"

김두수는 자기 얼굴의 귀밑으로부터 입술 가까이까지 손으
로 가리켜 보이며,

"푸르스름한 점이 박힌 사내를 아는지? 나인 서른을 좀 넘
었을까?"

"귀밑으로부터 푸르스름한 점이 박힌 사내라구요?"

"키는 중키보다 좀 더 될까?"

"생각이 안 나는데……."

"그럼 수소문이라도 좀 해보슈."

"여기 사는 사람이오?"

"그건 모르겠고 하여간에 여까지 온 것만은 틀림이 없으니
까."

"그런데 무슨 일로?"

"놈이 보통 물건이 아니라는 것도 그렇거니와 내 여편네를
달고 갔으니,"

양서방은 의아한 듯 쳐다본다.

"마 그런 내막이야 차차로 얘기하기로 하고 나는 마음대로
나다닐 수 없는 처지라 양서방이 한번 잘 놀아보슈. 제에기!

재수가 없으려니."

김두수는 마치 자기 안방에나 온 듯 자리에 벌렁 나자빠진다. 그리고는 이내 코를 골기 시작한다.

'돼지 같은 놈.'

양서방은 노상 나이 대접을 안 해주고 떵떵거리는 김두수에게 유감이 많다. 그러나 하라는 일은 아니할 수 없는 것이다. 허술하게 차려놓은 전당포보다 그런 일거리가 그에게는 생계의 수단이기 때문이다.

저녁때 밖에서 돌아온 양서방은 그때까지 코를 골며 자고 있는 김두수를 흔들어 깨운다. 부스스 일어나 앉은 김두수는 눈을 비비며,

"무슨 소식이라도 들었소?"

"글쎄, 듣기는 좀 들었는데, 이름도 성도 모르고……."

양서방은 감질나게 말했다.

"이름도 성도 모른다면 그럼 뭘 들었다는 게요."

김두수는 역증을 낸다.

"글쎄, 그게,"

"하여간에 지금 이곳에 있긴 있다는 게요?"

"연추로 떠났다는구먼."

"뭐라구요?"

펄쩍 뛴다.

"이곳에 사는 사람이면 내가 환히 다 아는 터이지만, 여기

저기 수소문해봐도 알 재간이 있어야지요. 그것도 눈치껏 해야 하니까."

"그럼 연추로 갔다는 건 어떻게 알았소."

"그것도 확실치는 않고 역두에 나가서 이곳 사람이 아니니까 내왕하자면 자연."

"그래서요. 역두에 나가서."

"지게꾼한테 물어봤구먼. 혹 얼굴에 푸르스름한 점이 있는 사내를 본 일이 있느냐구, 했더니 아침에 연추 가는 마차를 타는 것을 봤다는 게고 여자를 데리고 가더라는 게요."

"그, 그럼 틀림없구먼."

김두수는 혀를 찬다.

5장 임이네 작전

"이 사람아, 서둘 것 없네. 찬은 없지만 저녁이나 먹고 가게."

"예, 저어……."

정호 모친 신씨(申氏)의 만류도 그렇고 방학이 시작되면서부터 만날 수 없게 된 정호를 모처럼 만나 앞뒤를 쏘다니며 좋아서 어쩔 줄 몰라하는 홍이를 갈라낼 수도 없어 월선은 엉거주춤한다.

"너무 폐스럽어서,"

"별말을 다 하는구면. 그새 김생원께서 돌아오실지도 모르잖나."

"그러세요……."

"그 어른이 딱해서 그러는 게야. 자네라도 찾아온 걸 보시면 한결 위안이 될 거 아닌가."

"예. 다 저희들 생각이 모자라서……."

"아닐세. 남남끼리 그만할 수도 없지. 그러면 여기 앉아 쉬고 있게."

"예."

서편에서 뻗어온 햇볕이 오지항아리를 자글자글 태우고 있었다. 열기 실은, 아니 뜨거운 습기를 머금은 바람이 불어온다. 나뭇잎도 치덕치덕 물기를 머금고 흐느적거린다. 뒤꼍에서 웃는 홍이 웃음소리, 지껄여대는 정호 목소리. 아이들은 여름 햇빛이 오히려 즐거운 모양이다.

'홍이아배는 와 아직도 안 오까? 설마 무신 일이 있는 거는 아니겠지. 우찌 날도 이렇기 긴지 모르겠다. 절에나 한분 가봤이믄…….'

칠월 백중날 절에 못 간 생각을 한다. 지난 초봄 절을 짓는다는 소문을 들었을 때 올해는 죽은 어미를 위해 백중날엔 동참하리니 월선은 마음먹었었다.

'사는 기이 멋인지, 불났다는 거는 핑계 아니가. 내 정성이 없어 그랬겠지.'

400

부모 기일이면 월선은 자기와 임이네를 귀밑머리 마주 푼 계집이 아니라 하여 참여하는 것을 엄격하게 막아버리던 용이를 생각한다. 모든 것을 용이 스스로 외아들 홍이와 함께 진행시키던 제삿날의 행사, 그것은 떳떳하고 도도했으며 월선이뿐만 아니라 임이네도 고독하고 쓸쓸한 날이었다. 그와는 반대로 월선은 아무도 몰래 숨어서 혼백을 부르며 멧상을 올리던 어미 기일은 간장이 찢겨져나가는 것 같은 그 서러운 날을 생각하여 백중에는 절에 가서 흠씬 울고 망령의 천도(薦度)를 손발이 닳도록 빌려 했었는데.

  '어매, 우찌 아들자식 하나 못 두었소. 살아 생전보다 어매 죽은 뒤가 더 서럽소. 무배믄 우떻고 사당이믄, 백정이믄 우떻소. 서러운 사람끼리 만내서 아들딸 낳아서, 와 그리 못 살았소. 참말로 차생(次生)이 없다믄 땅속에 누운 어맨들 우찌 한을 풀 것이며 낸들 우찌 눈을 감고 죽을 수 있겄소. 서럽게 나서 서럽게 살다가 서럽게 죽어야 하는 우리네들 신세가…… 어매, 우찌 아니 서럽다 하겠소?'

  월선은 강가를 향해 뛰어가는 두 아이의 모습을 바라본다. 아이들의 모습은 차츰 작아져서 콩알만큼 되고 녹두알만큼 되고 그런 뒤 없어져버렸다. 강둑 가까이 나무 한 그루만이 우두커니 싱겁게 서 있다.

  그늘진 나무 밑에 깔아놓은 멍석에서 호박잎 찐 것, 열무김치, 된장국, 맛깔스러운 찬에 조밥으로 저녁을 끝냈을 때 해는 넘어갔다. 멀리 보이는 육도천(六道川) 냇물은 비 오신 뒤의 흙탕물처럼 뿌옇고 불그레하게 노을을 반사하고 있었다.

"모두가 다 고생이네."

멍석 위의 그릇들을 함지박에 옮겨놓으며 신씨는 혼잣말처럼 뇌었다. 그릇을 옮겨놓을 때마다 풀발이 서고 악센 삼베 치마에서 서걱서걱 부딪는 소리가 들린다. 허리도 굵고 손목도 굵고, 햇볕에 그을려 구릿빛 나는 신씨 얼굴에 땀이 흘러내린다.

"고생이사 머…… 고생을 낙으로 삼고 살 수도 있겠지마는,"

손등으로 땀을 훔치는 월선을 물끄러미 쳐다보는 신씨,

"자네도 입이 없는 여잘세."

하고 빙긋이 웃는다. 과묵하기론 신씨도 마찬가지, 월선의 처지를 소상하게 알고 있는 신씨는 측은한 마음에서 위로의 말을 하고 싶었겠지. 그러나 천성이 그렇기도 하려니와 사대부집 여인으로 감정의 억제가 일상이었으니 이러고저러고 얄싹한 말발림을 삼가는 것이겠는데, 그러나 자네도 입이 없는 여잘세, 한 말에는 고통에 순종하는 착한 마음을 칭찬하고 아울러 나도 말은 못하나 자네 슬픔은 알고 있네, 하는 뜻도 있었을 것이다.

여벌의 소반 하나가 없는 가난한 살림살이. 함지박에 담아와서 멍석에 폈던 음식 그릇을 도로 함지박에 담으니 정호가

얼른 그것을 들고 부엌으로 간다. 홍이도 덩달아서 멍석 위에
남은 빈 그릇을 거둬들고 정호 뒤를 따라 부엌으로 쫓아간다.

'이상타? 울 엄마는 사내자식이 부석에 들어오믄 못쓴다 카
더마는, 정호는 나보다 공부도 잘하고 양반이라 카는데 와 부
석에 들어갈꼬?'

이상하다는 생각은 이내 잊어버린다. 홍이는 어둡기 전에
정호와 밖에 나가 한바탕 더 놀고 싶어 좀이 쑤신다.

"잘 묵었십니다. 그라믄 날도 저물고 생원님께서도 안 오시
니,"

갈 채비를 차리듯 월선이 일어선다.

"갈려고?"

"예. 저어 노마님께."

"그냥 가게. 지금 잠이 드신 모양이야."

"홍아! 홍아."

뒤꼍에서 홍이 달려나온다.

"옴마아. 갈라꼬?"

"응."

"벌써?"

"벌써라니? 해가 졌다. 어둡어오는데,"

"그놈 참, 눈이 샛별 같구나."

신씨는 새삼스럽게 홍이를 참참이 뜯어본다. 씨가 따로 없
다더니, 하며 감탄하는 표정이다. 월선의 입이 절로 벌어진

다. 자랑스러움이 염치도 없이 얼굴 가득히 퍼진다.

"얼굴값을 못하고 행사(행실)는 개차반입니다."

"사내자식이 그래야지. 얌전만 해서 어디 쓸려고."

신씨는 몇 걸음 따라나오며 월선의 작별 인사를 받는다.

"또 오게."

"예."

월선은 홍이 손목을 잡고 걸음을 빨리한다.

"홍아아—."

홍이 돌아본다. 저만큼 정호의 손을 흔들어주는 모습이 보인다.

"또오 놀러 와라아—."

"그래애—."

대답하며 월선의 손을 뿌리치고 홍이는 팔랑개비처럼 몸을 빙글빙글 돌린다. 기분이 좋을 때 버릇이다.

"넘어지겠네."

"안 넘어진다아."

"어서 가자. 저물겠구나."

여광이 자취를 감추면서 정호네 초가삼간도 저녁 안개 속에 멀어진다.

"거기 또랑이다."

월선은 아이 손목을 잡으며 실개천을 건너뛴다. 핏줄이 닿지 않는 모자는 타박타박, 말없이 걷는다. 도랑가 풀섶에 숨은 개구리가 운다.

"옴마."

"와."

"아부지는 와 안 오노."

"보고 접나?"

"응."

"언제는 아부지가 무섭다 카더마는?"

"아부지가 성을 내믄…… 그때 그만 나도 따라갈 거로 그랬다."

"핵교는 우짜고?"

"그른께 안 따라갔지 머."

"따라갔이믄, 벌써 한 달이 헐껀 넘었는데 엄마 보고 접다고 울었일 거 아니가."

홍이는 히힝 하고 웃다가 코를 들이마신다.

"홍아."

"응?"

"니 아부지 따라갔이믄 옴마 보고 접어서 울었겄제?"

"사내자식이 울어?"

"그라믄 옴마 떨어져도 안 보고 접다 그 말이가?"

"울지는 안 해도……."

아직 보드라운 아이의 손을, 꼬무락거리는 손을 손아귀 속에 느끼며 월선은 위태, 위태롭게 이어온 모자지간의 정을 생각한다. 얼핏 보기는 개구장이요 응석받이 같지만 한 가지, 다른 아이들보다 홍이에게 예민하고 조숙한 면이 있는 것을 월선은 느낀다. 생모 임이네와 자기 사이에서 양쪽의 심중을 재빠르게 헤아리고 적당히 안개를 피울 줄 아는 홍이를 임이네보다 월선이 더 잘 알고 있었다. 사실 홍이에게는 월선이나 임이네의 애정이 늘 불안한 것이다. 집안에서 소동이 벌어질 때마다 임이네는 홍이를 점령했고 방어의 성곽을 삼았고 월선은 공포에 떨며 바라보았던 것이다. 홍이는 어쩔 수 없이 피가 부르는 그 인력 때문에 생모한테 가담하지 않을 수 없었다. 그러면 싸움도 없이 또 전의(戰意)조차 없었던 월선은 성곽을 향해 백기를 흔들어야 하는데 홍이는 그것을 보는 일이 민망하였고 슬펐다. 아비가 보고 싶다 한 것도 두 편의 불안스런 애정의 틈바구니서 불안해지는 때문이며 할머니 할아버지 제삿날에만 겨우 부자지간의 정을 표시했을 뿐인, 평소에 냉정했던 아비가 실상 홍이 마음속에서는 든든한 기둥이었던 것이다.

"옴마."

"와."

"정호가 그러는데 말이다, 정호 형님은 삼촌이 데리갔다 카더라."

"삼촌이니까 데리갔겠지."

"그런데 말이다. 그기이 양코배기가 사는, 뭐라 카더라? 아아 마우재 땅이라 카던가? 거기로 데리고 갔대. 마차를 타고 한참 한참 가는 곳이래."

"그 멀리꺼지?"

별안간 홍이는 신중해지는 것 같더니 걸음을 멈추고 발돋움하듯, 그리고 목소리를 낮춘다.

"옴마, 정호 삼촌은 독립운동하는 사람이래. 정호 형님도 독립운동하러 갔다 카더라."

"머라고?"

월선이 움찔한다.

"강에서 헴질함서 말이다, 정호가 아무한테도 말하지 마라 캄서 나보고만 살짝 말해주는데 옴마도 남보고 말하믄 안 된 다?"

"운냐, 말 안 하께."

"정호 아부지는 말이다, 왜놈한테 붙잡히서 총 맞고 죽었 대. 그래서 정호도 좀 더 크믄 독립운동하러 나갈 기라 캄시 로 나보고도 어른이 되믄 독립운동하러 나가자 안 카나? 그래 서 우리는 헴질하다가 새끼손가락을 걸고 맹세를 했다."

"머라꼬?"

"두만강에 얼음이 얼믄 말이다, 우리 독립군 아저씨들은 총 을 메고 말을 타고 왜놈을 쳐들어간다 카는데, 옴마 참 신나 겄제? 나도 크믄 총 메고 말 타고,"

"큰일 날 소리!"

아슴한 어둠에 하얗게 떠오른 아이 얼굴을 월선은 노려본
다. 그 강한 기세에 홍이 머쓱해진다.

"니 저분 때도 일을 저질러서 큰일 날 뻔 안 했나!"

"그거사 머,"

"그때도 길상이아재랑 선생님이랑 아니었으믄 우찌될 뻔했
제? 니는 영사관에서 맞아 죽었을 기다!"

일부러 겁을 준다.

"그래도 머 선생님은 야단 안 치던데? 옴마만 그러지. 선생
님은 늘 말했는데 머, 왜놈은 우리 원수놈이라꼬. 그러이 왜
놈으 핵교 댕기는 조선놈으 새끼 다 직이야 한다꼬,"

"그래 선생님이 그러시더나!"

"그거사 머 다른 아이들이 그랬지마는 선생님도 독립,"

"듣기 싫다! 눈먼 말이 요령 소리만 듣고 가더라고 니가 머
를 아노."

하다가 월선은 홍이 손목을 다시 잡고 걷기 시작한다. 큰길로
나섰을 때 마차 한 대가 지나갔다. 그러고부턴 아무도 지나는
이 없는 길에 어둠은 짙게 깔린다. 별빛과 멀리 산재해 있는
농가의 불빛과 그리고 길섶에서 우는 풀벌레 소리, 풀 내음새.

"그런 일이사 양반들이나 유식한 사람들이 하는 일이제. 우
리네 겉은 상사람은 그저 일이나 꿍꿍 하고, 그 양반들이사
나라 은덕도 많이 입었고 벼슬자리도 살았고 영화도 누렸이
니…… 자손만대꺼지 백정은 백정으로 살아야 하고 무당은

무당으로 살아야 하고 노비는 노비로 살아야 하는데 어느 세
상이라고…… 무신 좋은 일이 있일 기든고? 상놈들이 해서 되
는 일 하나 없었고, 떼죽음당한 것밖에는 머가 있었노."

"그래도 옴마, 학교서 그러는데 홍장군은 포수라 카더라."

"하기사 윤보 목수 겉은 사람도 있긴 있었다마는……."

월선은 휘적휘적 걸으며 지난날의 그 쓰라렸던 기억을 더
듬는다. 야밤에 최참판댁을 습격하고 마을을 떠난 그 숱한 장
정들, 지리산에 있다고도 했고 순창에서 떼죽음당했다고도
했고 덕유산으로 몰렸다고도 했고 그 분분한 소문 속에 한겨
울 늦은 봄까지 어느 하룻밤인들 스산한 꿈 없이 지낸 일이
있었던가. 한 가지 솔잎에도 희망을 걸고 한 개의 조약돌에도
기원을 걸고 나룻배 장배가 드나드는 나루터에서 기적의 소
식을 기다리며 겨울바람보다 맵고 아팠던, 실낱같은 희망, 김
훈장은 이르기를 의병은 이 나라의 얼이요 꽃이라, 그러나 얼
이요 꽃인 그네들 대부분은 황량한 산천의 객귀(客鬼)가 되었
고 장정들을 이끌고 분투한 윤보도 골짜기에 피를 뿌리며 숨
졌다 하지 않던가. 간신히 살아남은 사람들, 김훈장과 영팔이
와 용이, 그리고 길상이 이역 수천 리 남의 땅에서 지금 구차
스런 명을 잇고 있는 것이다.

"옴마, 나 잠 온다."

"온종일 뛰고 솟고 놀았인께 잠도 올 기다."

볼멘소리다.

"잠이 와서 못 걷겠다."

"업어도라 그 말이가?"

"응."

"총 메고 말 타고 왜놈을 쳐들어갈 기라 카더마는 그런 생각 함시로 업어돌라꼬?"

월선은 엎드리며 등을 내민다.

"치이. 잠이 오는데 머."

얼마 가지 않아 홍이는 등에 머리를 박고 잠이 들었다.

'언제 이리 컸는고 모르겠네. 제법 묵직하구나. 이자 한 칠팔 년만 있이믄, 칠팔 년만…… 그라믄 헌헌장부가 안 되겠나.'

가냘픈 두 어깨에는 아이 무게가 겨웁다. 그러나 무게만큼이나 월선의 기쁨은 크다.

'어디서 이눔자식 짝이 크고 있는지 모르겠네. 배필은 천상에서 맺어주는 기라 카더마는 우리 홍이 짝이라믄 월궁의 선녀 같아야지. 천지간에 다 봐도 우리 홍이겉이 잘생긴 아아는 없더라. 없고말고. 이만한 나이믄 한창 믑어질 땐데, 모두 솔밤싱이맨치로 믑어질 땐데.'

마음속으로 중얼중얼 중얼거리며 혼자 웃는다. 아이의 무게가 무거우면 무거울수록 미래의 찬란한 오색 무지개의 꿈은 더욱더 넓게 깃털을 펴서 걸음은 가벼워지고 월선은 갈 길이 먼 것을 잊어버린다.

용정 움막집 앞에 당도했을 때 밤은 꽤 저물었고 길켠에는

410

부채를 들고 아낙들이 나앉아 바람을 쐬고 있었다.

"홍이어망이. 어디 갔다 저물기 옵매까?"

"야아, 좀……."

"다 큰 아아르 업고 오당이, 무시기, 그리 키워 되겠습매?"

아낙 한 사람이 말을 걸었다.

"잠이 들어서……."

월선은 남폿불이 새나오는 움막 출입처에 늘어뜨린 거적자락을 걷고 아이 업은 등을 구부리며 안으로 들어간다.

"……?"

남폿불을 등지고 임이네가 앉아 있었다. 흡사 돌부처로 변한 것처럼 사람이 들어오는 것을 보면서도 미동을 않는다.

"자식이 우찌나 무겁던지 이자는 못 업고 댕기겠네."

중얼거리며 삿자리 위에 내려 뉘고 베개를 끌어당겨 머리 밑에 받쳐준다. 아이는 입맛을 다신다. 모로 돌아눕고, 그리고는 새끈새끈 고른 숨소리를 낸다. 임이네는 여전히 미동을 않는다. 월선은 무슨 일이 있구나 싶었지만 이웃 아낙들과 돈거래 때문에 싸웠거니,

"무슨 일이 있었나?"

"무슨 일이 있었느냐고?"

잡아먹을 듯 소리를 버럭 지른다. 남폿불을 등져서 얼굴에는 그늘이 졌는데도 눈이 번쩍번쩍 빛난다.

"와 그라는고?"

월선은 바보스럽게 되묻는다.

"와 그라다니!"

성님, 성님 하던 그 존댓말은 고사하고 손아래, 마치 집에서 부리는 종을 대하듯 표변한 임이네 언동에 월선은 어안이 벙벙해진다.

어차피 최참판네 서희가 허락지 않는 일이라면 임이네가 무슨 재주를 넘어도 월선이를 따라 국밥집에 들어갈 수 없다는 것은 확실하다. 물론 그것을 임이네는 공서방으로부터 말을 듣는 순간 알아차린 것이다. 그리고 또 월선의 어리둥절해하는 얼굴을 보아 월선은 아무것도 모른다는 것쯤 능히 짐작할 수도 있다. 그럼에도 치를 떨며 덮쳐들 듯이 사납게 나오는 것은 월선이 말고 달리 분노를 터뜨릴 곳이 없는 때문이다. 월선이야 억울하건 말건 헤아릴 여자도 아니겠지만 국밥집 때문에 빌붙어온 세월이고 보면 국밥집의 활용가치가 사라진 지금 월선을 어떻든 숙명적인 자신의 적수(敵手)로 간주할 수밖에 없는 임이네는 그런 여자다.

"이 수천 년 묵은 백여시 겉은 년!"

"아, 아니 뭐라 캤제?"

월선이 얼굴이 새파랗게 질린다.

"천년 묵은 백여시 겉은 년이라 했다! 했으니 우쩔다는 것고! 와, 나는 너한테 년 자 붙이지 못할 사람으로 알았더나?"

"아, 아닌 밤중에 홍두깨도 유분수지 무, 무신 영문이제?"

월선은 허둥지둥 일어섰다간 삿자리 위에 주질러 앉곤 한다.

"뭣이 어쩌고 어째? 김훈장한테 문안드리러 간다꼬? 그놈의 삼촌인지 공간지하고 자알 짰다, 자알 짰어! 한 년은 슬쩍 피하고 늙은 구렝이 겉은 게, 뭐 어쩌고 어째? 우리 모자한텐 객줏집 방 하나 비워주겠다고? 이, 순! 심보가 먹빛이다. 겉으로 숫되고 어진 척함서 속에 수년 묵은 땟국이 흐르고 있는 네년이다!"

"아이구 사람 참 기차네. 무, 무신 일이 우찌 됐는지 알기나, 아, 알기나 알아야."

"으뭉(의뭉) 떨어도 그걸 모를 내가 아니구마. 흥, 쓴 물 단물 다아 빨아묵고, 쓴 물 단물 다아 빨아묵고오! 이자는 소앵이 없어졌다아, 그 말이제? 그 말이제?"

임이네는 펄쩍 일어선다. 월선에게 덤벼들어 칠 기세다.

"하하핫핫핫…… 핫핫 서천 쇠가 웃일 기다! 순순히 물러나 갈 내가 아닌께. 몰작하게(물렁하게) 볼 사람이 따로 있지."

월선이는 민적민적 뒤로 물러나 앉으며 새파랗게 질린 채 입술을 떤다.

"머슴이 삼 년을 남의 집에 살믄 새경이 얼맨 줄 아나?"

통통하게 살찐 팔뚝을 휘두르며 삿대질이다.

"그냥은 안 나간다아! 그냥은 안 나가아! 산도 설고 물도 선 이 되놈으 땅에까지 와서 내 손발 잦아지게 종질했다! 새경을 내놓으란 말이다! 새경을! 못 내놓겠나? 이 순 백여시 겉은 년! 어림도 없다! 서방 뺏고 자식 뺏고 나를 종겉이 부리묵더마는 이자는 갈 데 올 데 없는 나를 떼어버리겠다 그 말이제? 어디 간대로 되는가, 허어 간대로는 안 될 기다! 천하없이도 안 될 기다! 내 눈에 이렇게 피눈물을 나게 하고 네년이 따신 방에 발 뻗고 잠잘 줄 알았나?"

청산유수요 고래고래 소리를 지르지만 목도 쉬지 않는다. 놀라 잠이 깬 홍이 한구석에 처박히듯 하고 앉아서 까만 눈을 굴리며 두 사람의 어미를 번갈아 본다.

"아, 아무래도 이, 이거 미쳤는갑다."

"오냐! 미쳤다. 환장 안 하고 우찌 사램이 살겠노! 어린 자식 데리고,"

다짜고짜다. 경위 설명이 없다. 경위 설명을 못하는 게 아니고 안 하는 거다. 경위 설명을 해버린다면 욕설을 퍼부을 구실이 없어지는 것이고 아예 사실은 깔아뭉개고 앉아서 하는 지랄인 것이다. 결국 아이고데고, 동네가 시끄럽게 울음 잡히는 것을 본 월선은 허둥지둥 밤길을 뛰어서 공노인네 객줏집으로 달려갔다. 그곳에서, 김훈장을 뵈려고 정호네 집에 간 새 일어났던 일과 서희의 의중을 알게 된 것인데, 그래서 임이네가 지랄발광을 하게 된 까닭도 알게 된 것인데, 알았다 하여 일이 해결되는 것도 아니요, 답답하기론 마찬가지다. 화가 머리끝까지 치밀지만 월선의 성미가 물러서도 그랬으나

벙어리 냉가슴 앓듯 말을 할 수 없는 형편이기도 했다. 공노
인의 경우도 답답하기론 마찬가지였다. 지독스런 계집에 대
한 미움과 노여운 생각 같아서는 평안감사도 제 하기 싫으면
고만이라고* 한마디 내뱉어버리면 그만이겠으나 그러질 못하
는 게 서로 얽혀서 살아가는 인간들의 미묘복잡한 사정이고
보면, 임이네가 공노인 객줏집에 옮겨만 준다면 문제는 썩 간
단하게 끝나지겠는데 가게에 함께 드는 것은 서희의 말이 일
단 떨어진 이상 될 법도 않는 일이요, 그러자니 움막에 그들
모자만을 남겨둘 수밖에 없고 사정이야 여하튼 우선 용이가
돌아와서 그들 모자만 움막에 뎅그마니 남은 꼴을 본다면 월
선이나 공노인의 처지가 실로 난감해지는 것이다.

"할 수 없십니다. 홍이아배가 올 때꺼지 가게는 비워두고
함께 있일랍니다."

"그래도 야아야, 아기씨께서 마음 내키신 김에…… 그러다
가 사정이 또 달라지면 죽도 밥도 아니다."

"……."

"무슨 놈의 계집이 그렇기 염치없고 뻔뻔한지, 아무래도 쇠
가죽을 덮어썼는갑다."

"……."

"떼거지를 쓰기만 하면 함께 밀고 들올 거라 생각는 모양인
데, 아닌 게 아니라 우리 걸으면 지겠다. 하야간에 지고 이기
고 간에 아기씨가 안 된다면 그건 안 되는 거 아니가."

"설마…… 홍이아배가 근일 간에 오기는 안 오겠십니까? 기
다리보겠십니다."

"하기야, 그렇게밖에 할 도리가 없겠지."

공노인은 입맛을 쩝쩝 다신다.

"사람 영악한 건 범보다 무섭다 하더라마는 이서방도 팔자
는 고약하지. 에잇……."

공노인은 재떨이를 끌어당겨 가래를 뱉고,

"거 담뱃대 좀 주소!"

걱정스럽게 쭈그리고 앉은 마누라에게 화를 된통 낸다.

월선이 움막에서 떠나지 않게 되자 이번에는 임이네 쪽에
서 당황하기 시작했다. 함께 가게로 들어간다는 것은 단념 안
하려야 안 할 수 없는 일이었고 자기가 야료를 부려서 월선을
움막에 묶어두었다 한다면 용이 돌아왔을 때 자기 처지가 불
리해질 것이 뻔하다. 그런다고 공노인네 객줏집에 든다는 것
은 월선이나 공노인의 입장을 좋게 할 뿐이고, 어떻든 한 가
지라도 자신에게 유리한 편을 취하는 것이 현명하리라는 생
각을 임이네는 했다. 월선은 가게에 들어야 하고 자기 모자는
움막에 남아서, 용이 돌아왔을 때 비참한 느낌을 주어야 한
다. 그들이 객줏집 방을 하나 치워서 들게 하려는 것도 바로
용이의 심정을 염려하는 때문이 아닌가.

'엿장수 마음대로? 누군 밸이 없는 줄 알았던가?'

해서 임이네는,

416

"내가 설어서 그랬소. 성님 생각해보이소. 처음엔 성님이 날 괄시하여 그러는 줄만 알았지 뭡니까? 좁은 소견에 사정이 그렇다는 것을 믿을 수 없더마요."

임이네가 그렇게 표변하고 나오자 뒤늦게 화가 치미는지 월선은 눈물을 찔끔거린다.

"성님이 여기 움막에 우리랑 함께 있다고 해서 밥 나오고 옷 나올 것도 아니겠고 염치없는 생각인지 모르겠소만 홍이를 위해서도 한 나이나 젊어 두 곰뱅이 성할 때 벌어야 안 하겠소? 공든 탑이 무너지겠소? 나한테도 그렇지마는 성님한테도 천지간에 누가 있십니까. 저거, 비리깽이 겉은 저눔 자식 하나뿐인데 짜작빠작(티격태격) 싸워쌓아도 우리 죽으믄 물 떠 줄 자식 아니겠소? 다 내가 잘못했소. 그러니 가게에 들도록 하이소. 객줏집에는, 성님도 생각해보소, 무신 염치로 내가 들겠소. 남우 영업집 방 하나를 내가 차지하다니 그기이 어디 될 말이겠소? 아즉은 여름이고 여기서 견딜 만도 하니, 장시 시작하믄 먹는 거사 갖다 묵을 기고."

장장 그칠 줄 모르는 사설에, 그 사설에 지쳐 자빠진 월선 은 아무튼 그도 그럴 법한 얘기 아닌가 싶기도 했고 삼사일의 승강이 끝에 임이네는 소기의 목적을 거두었다. 그동안에라 도 행여 용이가 들이닥치지 않을까 조마조마 마음을 써가면 서. 월선이 국밥집을 시작하자 임이네는 기다렸다는 듯이 다 시 횡포해져 갔다. 그것은 또한 돈을 장만하리라는 꿈이 깨어져버린 데서 온 통분 때문이기도 했다. 아무튼 국밥집에는 머슴아이 하나를 데렸고 객줏집의 송애도 때때로 와서 거들어 주고 해서 순탄하게 개업을 한 셈인데 임이네는 마치 인질처럼 홍이를 감시하여 가게에 보내는 일이 없었다. 결국 월선이 찾아가게 되고 찾아가면 임이네한테 자식 없는 설움을 뼈가 녹아나게 받아야 했다. 임이네는 세 끼 밥을 날라 오게 했다. 그게 다 심술인데, 양껏 밥은 먹고 할 일은 없고 본시 게으른 여자는 아니었으므로 임이네도 답답하기도 했을 것이다. 불더미 속에 사라져버린 돈 생각을 하면 당장 미쳐날 것 같았을 것이다. 그러나 회수하지 못한 돈이 있었던 게 다행으로 화재 때문에 망하기론 매한가지인 그런 사람을 번질나게 찾아다니며 단돈 십 전, 오 전이라도 받아내는 데 다소는 재미를 붙인 눈치였다.

6장 정 떼고 가려고

"하따야아, 굉장허구만."

헐렁하지만 풀기가 없이 축 늘어진 삼베 적삼 앞섶을 무심결인 듯 자꾸 잡아당기면서 주갑이는 눈꼬리가 찢어질 만큼 크게 벌리고 사방을 두리번거린다. 점두에서 새나온 불빛도 있었으나 거리는 아직 어둡지는 않았다.

"불도 대게 큰 불이었던 모양인디, 그보담도 고래 등 겉은 집들이 그단새 들어섰다 그 말이구만이라우? 무슨 수로 이리 들앉았다 말이란가? 하따야."

"만리장성도 쌓는데 머 그리 눈깔을 뒤집을 것도 없거마 는."

그새 또 달라진 거리를, 용이도 바라보며 낯선 고장에 들어 선 듯 공연히 찬바람이 이는 마음을 꾹꾹 눌러 지르면서 주갑 이 말에 비벼대듯 휘청거려지는 객담을 걸어보는 것이다.

"참말로, 참말로 걱정인디."

"걱정은 무신 걱정, 산 입에 거미줄 칠까 봐? 몸뚱아리 하 나 누일 곳 없일까 봐?"

오는 동안 무관해져서 용이 어투는 무척 조잡하다.

"거미줄 칠 양이면 입은 벌써 땅 밑에서 썩어 있을 기고 잠 자리야 한바다면 몰라도 대천지에 이내 한 몸 누일 곳 없을랍 디요? 그기이 아니란께로."

"그라믄."

"내 동포가 못살아도 걱정이요 잘살아도 걱정이다 그 말이 어라우. 못살면은 애간장이 타서 못 보겄고 잘사면은 부러워 서 주린 창자가 따끔따끔."

하는데 용이 걸음을 멈춘다. 그는 줄곧 걸으면서 국밥집을 눈 으로 찾고 있는 것이다. 국밥집, 월선옥, 뜨내기풍의 사내 서 너 명이 책상다리를 하고서 국밥을 먹고 있는 모습이 보인다.

월선은 가겟방에 넋 나간 것처럼 앉아 있었고 송애가 가마솥에서 국을 푸고 있다.

"주서방, 술 한잔 하겠소?"

"마달 사람이 있을 것이오?"

용이는 가게 안을 한 번 더 살펴보고 나서 고개를 푹 숙이며 들어선다.

"어, 언니, 아재가 오시오!"

송애가 먼저 보고 월선을 부른다. 주갑이 맹해진 표정을 짓고 월선이 역시 용이를 보기는 보았으되 맹해진 얼굴이다. 용이는 말없이 짚세기를 벗고 가겟방으로 올라간다. 주갑은 어릿더리하면서도 용에게 바싹 달라붙듯 신발을 벗더니 방으로 올라선다. 들고 온 짐꾸러미를 한구석에 밀어붙인 용이는 길다랗게 만들어놓은 판 앞에 앉는다.

"여기 술 좀."

월선이 얼굴이 순간 벌겋게 상기된다. 아침에 나갔다가 저녁에 돌아온 사람처럼, 용이를 모르는 사람이면 손님으로 생각했을 것이다. 집일 때문에 타처에서 찾아왔는지 국밥을 먹고 술을 마시는 뜨내기풍의 사내들도 용이를 단골손님쯤으로 보는 눈치다. 그러나 용이 거동은 새삼스런 것은 아니었다. 삼 년을 장사하는 동안 익힌 버릇이다.

눈에 띄게 완연하게 달라진 월선의 얼굴을 힐끔힐끔 숨어보는 사내들은 단골이기보다 정인(情人)이 아닌가고 추측을 해보는 것이지만 남의 정사에 호기심을 가져보기엔 너무 지쳐버린 하루살이의 인생들, 국밥 사발의 남은 국물을 쏟아붓고는 슬금슬금 자리를 뜬다. 용이는 가게 안의 분위기가 어떻게 돌아가고 있는지 아랑곳하지 않았다. 월선에게 등을 돌린 채 주갑에게 술을 권하고 자신도 메마른 속을 술로 축인다.

"대체 어찌 되는 거간디, 아까 들은께로 아재라 하였는디,"

용이는 월선이 있는 곳에 고갯짓을 한 번 하고 나서,

"저기 저 여편네가 내 안사람이오. 그렇거나 말거나 우리 술 마시는 것하고는 무신 상관이오? 보아하니 일은 제대로 돼가는 성싶고, 마음을 놓아도 좋을 것 겉고 하니 마지막으로 오늘 밤은 진탕 마십시다. 자아 주서방 술잔 비우라 카이."

용이는 주갑의 술잔에 술을 그득히 붓는다. 그러나 주갑은 국밥집 안주인이 용이 안사람이라는 것을 알고부터 뭣이 그리 불편한지 술을 마시기는 마시되 콧구멍을 후비다가 머리를 만지다가 발바닥을 쓸어보다가, 어느덧 손님들은 한 사람 없이 다 떠나고, 뻗치고 앉은 용이 뒷모습이 거북하였던지 송애도 온다간다 말없이 가버렸다. 월선은 월선대로 임이네와 홍이를 움막에 남겨둔 것이 죄책이 되어 얼어 있었다. 꽤 술이 돌았는 모양이다. 주갑은 별안간 상 위에 술잔을 소리 나게 놓더니,

"형씨!"

"와 그요?"

"이런 법은 없지라우! 경상도 법은 위띤지 모르겄소만 구중 궁궐도 아니겄고 아래위채 따로이 거하는 것도 아니겄고 공짜 술이니께로 국으로 처먹어라 그런지는 모르겄는디 지척간 얼굴을 빤히 대하고 있음서 인사 한마디 없이 술만 퍼마시라 그 말씀이란가? 나를 거지로 치부헌다 그 말이란가? 나 술 안 마실라요!"

가랑잎같이 마르고 가뿐해 보이는 몸뚱이가 뒤로 훌쩍 물러서 앉는다. 용이 피식 웃는다.

"아따! 얻어묵는 주제에 챙기는 것도 많다. 임자 여기 와서 인사하라고."

"야."

"오다가 만냈는데 알고 본께 영팔이하고도 아는 처지라, 또 고향이 전라도고, 주서방."

"야. 이런께로 성이 반분이나 풀리는디 워디 잡것이 굴러와 갖고 신소리하는 겐가 생각혔을 것이요잉, 미안스럽구마. 용서하시쇼. 이리 뵈야도 나무 패라면 팰 것이요 밥하라면 밥할 것인께, 형씨 말씸이 산엘 가자고 혔으니 도시 영문을 모르겄으라우."

"인사는 그만하소. 자아 술, 마시고 접어도 오늘 밤 아니믄 못 마실 기니."

다시 술잔이 오고 가는 데 따라서 말도 수월찮이 오고 간다.

"대체 워디다가 돈을 싸났기에 이 용정 바닥에 집들이 이렇그롬 번듯번듯하게 들어섰겄냐, 내 생각으로는 그렇다 그 말인디, 하, 세상 조화가 참말로 희안치도 않소. 비렁땅 내 고향두고 괴나리봇짐 겨드랑에 끼고 떠나올 적에는 그놈이 그놈인디, 눈깔 세 개 박힌 놈도 없고 그놈이 그놈인디, 하 참 보따리가 보통이 되고오 곁방살이가 제집살이 되고,"

"그거 다 까닭이 있지, 까닭이 있다니까."

"그만헌 까닭이야 내 모르는 배도 아닌디,"

"와? 주갑이 자네 이런 국밥집 차렸다고 날 빗대 하는 말인가!"

"엇따야, 이건 어느 보에서 터지는 물이란가?"

"나중에 보고 놀라 자빠지지 말고 하하하핫…….."

호탕하게 웃는 웃음소리에 월선은 껌쩍 놀란다. 전에는 들어보지 못했던 웃음소리다. 웃음에 이어서,

"여보게 주모, 여기 술 좀 더 가져오라고."

하며 돌아보지도 않고 주전자로 술판을 친다.

'여보게 주모…… 여보게 주모라니,'

얼굴은 파아랗다 못해 실룩실룩 눈 밑의 근육이 떤다.

술을 담은 주전자를 가지고 갔을 때 용이는 힐끗 눈을 들어 월선을 쳐다본다. 험악한 눈빛이다.

'불쌍한 것, 너에게 무신 죄가 있노. 죄가 있다믄 이 내, 이용이라는 이놈한테 죄가 있지. 하지마는 너가 좀 당해주어야

겠다. 너는 샐인죄인의 계집이 아니니 말이다!'

"월선이."

"야."

앉지도 못하고 가지도 못하고 월선은 엉거주춤 선 채 눈 밑
근육을 파들파들 떨고 있다.

"홍이에미하고 홍이는 어디 있노?"

"야, 저어,"

"저어? 저어라는 곳에 있단 말가?"

용이는 마음속으로 못난 놈 못난 놈 하고 외치며,

"어디 있노!"

"거기 움막에 있소."

"움막에?"

"야, 야—."

"으음 그렇게 됐구나. 그렇기는 그럴 테지."

"어찌 당신 남으 소, 속도 모르고 그러시오."

"내가 점쟁이가? 남으 속을 알게?"

"너, 너무하시오."

"여기 있는 연놈들이 너무했지! 내가 너무한 건 머 있노! 오
냐. 월선이 덕분에 내 계집새끼 잘 묵고 지내기야 했었지. 그
걸 누가 모르나?"

"참말이제 당신 환장하였소?"

주갑은 얄싹한 아래위 입술을 마음 놓고 벌린 채 안사람이

라 했다가 주모라 부르기도 한 이상야릇하기만 한 이들을 번 갈아 보기에 바쁘다. 길고 긴 세월, 질기고도 한 많았던 인연, 그 엄청나게 긴 세월 동안 한 번 거역이 없었던 월선의 눈에 처음으로 칼날이 섰다.

"네가 손가락에 불을 키고 득천을 해봐라. 자식 낳은 계집 을 버리는가! 오만천지 사람들이 손가락질하고 천대한다고 그 계집을 버릴 내가 아니란 말이다! 나쁜 연놈들! 젊은거나 늙은거나."

월선은 남부끄러운 것도 잊은 듯 퍼질러 앉더니 흐느낀다.

"내, 내가 멋을 우, 우떻게 했다고,"

용이는 별안간 상을 발길질하여 엎어버리더니 벌떡 일어선 다.

"아아니 형씨! 형씨 이게 무슨 짓이란가? 참말로 이게 무슨 놈의 행실이란가? 천하 명관도 알아야 송사헌다 혔는디?"

그러나 이미 용이는 신발을 신고 가게를 나서는 판이었다.

"이, 이거 어쩐디야? 이 이런 날벼락은 내 생전 첨인디 아주 머니,"

하다가 행여 용이를 놓칠세라 그도 짚세기를 반쯤 끌고 급히 달려나간다. 나가다가 돌아보고 엉거주춤하더니 에라 내 모 르겠다 싶었던지,

"형씨! 형씨!"

부르며 쫓아간다.

"형씨!"

용이를 뒤쫓은 주갑이는 어깨를 덥석 잡는다. 용이는 울면서 걷고 있었다.

"아, 아니 워찌 이런다요? 우는개 비여?"

"......"

"나 아무래도 사람 잘못 본 것 겉소."

"주서방."

"왜 그러요. 말허소."

용이는 울면서 한편 허허 하고 웃는다. 술냄새가 마구 풍겨온다.

"나 정 떼고 갈라고 그랬소. 이번에 눌러앉으믄 나는 개새끼거든. 아암 개새끼! 소 새끼! 사람 아니제."

"정을 떼고 가는 데도 유만부득이제. 제 가숙을 두고 정을 떼고 가다니."

"모르거든 말 마소. 지금부터 우리가 가는 곳에는 백 년 묵은 구렁이가 한 마리 있을 기요. 그 구렁이가 이 세상에서 하나밖에 없는 내 기출의 에미거든. 주서방."

"......"

"계집도 그렇겠지마는, 주서방."

"말허소."

"주서방 장개 안 들었소?"

"까매기괴기 먹었는개 비여. 낮에 말 안 헙디여?"

"식구가 없다는 것하고 장개 안 갔다는 것하고는 다르제."

"다르기는 뭐가 다를 것이오? 매한가지지."

"아 그러세. 하, 하여간에 계집도 그렇겠지마는 사내한테도 기영머리 마주 풀고 법으로 만낸 여핀네가 오래 살아주어야, 파뿌리 되도록 살아주어야, 계집이 팔자가 세도 안 되겠지마는 사내도 팔자가 세믄 그거는 볼장 다 보는 기라. 산다고 살아도 그거는 부평초 인생인 기라. 어이구 취한다. 으윽으."

하다가 용이는 또 쿡쿡 울음을 터뜨린다.

"참말 환장하겠으라우. 워찌 이런디야? 이런 세상에 못난 사내 또 보겠더라고?"

"정 떼고 가니라고 그런께 우는 거는 참견 안 했으믄 좋겠고, 어이구, 어이구 빌어묵을, 사내 되기가 이렇그름 어렵은 긴가, 어어 다 왔소, 다 왔구마, 주서방!"

"귀창 떨어지겠소."

"이자 다 왔구마. 이자는 보따리가 보퉁이가 되고 곁방살이가 제집살이 되고 그따위 주둥이는 안 놀릴 기구마. 홍아! 이놈 홍아!"

"아, 아부지다!"

홍이 총알같이 뛰어나왔다.

"흐음 나 술 묵었다. 너거 에미 자빠져 자나?"

"아니요. 옴마! 옴마! 아부지!"

거적을 걷고 용이는 움막 속으로 들어간다.

427

"주서방 들어오소. 마음 놓고, 여기는 큰 배 탄 것만치나 편할 기요."

주갑이 들어선다. 임이네는 쪽을 고쳐 비녀를 찌르면서 부어터진 얼굴이다. 그 얼굴을 삐딱한 몸짓을 하고 서서 눈에는 웃음기를 풍기면서 용이 바라본다.

"그간 아이 어른 편안하시고오?"

"이녁 보기에 편안했겠소?"

낯선 손님 주갑은 안중에 없는 모양이다.

"보아하니 잘 자시고 잘 주무시고 얼굴이 봉덕각시* 겉구마."

남폿불이 신나게 타고 있다.

"봉덕각시요? 기가 맥히요."

"그래 월선이는 어디 가고 없다 말고?"

"자게(자기) 길 찾아갔지 어디 가기는 가겠소."

"자게 길이라…… 홍아!"

"예!"

"황주, 황주 사오너라. 여기 돈."

하며 용이는 십 전짜리 두 닢을 홍이 앞에 던진다. 홍이는 술병을 들고 쫓아나간다.

"주서방 앉으소. 그라고 저기, 저기 앉은 여핀네가 내 아들 어미요."

하자 임이네는 빨끈해져서,

"처자식은 죽는지 사는지도 모르고 앞일을 생각하믄 눈앞이 캄캄한데 무신 주정은 주정이오! 그동안에 우떤 일이 생깄는가 알기나 알고 이러는 게요?"

"알지. 아니께 내일 짐 싸믄 되는 기라."

"머라꼬요?"

그러나 용이는 임이네에게 더 말을 시키지 않았다. 임이네는 용이가 옛날, 몹시 두려웠던 그 시절로 돌아간 것을 막연하나마 느낀다. 말이 없어도 의사를 쫓을밖에 없었던 사내. 한때는 남편보다 자식보다 돈만 있으면 보장된 앞날을 확신할 수 있었던 임이네에게 그 확신이 사라진 때문일까. 그것도 있었을 것이다. 그러나 용이 역시 삼 년간의 치사스러웠던 생활을 이미 굳게 청산하기로 마음먹고 돌아온 것이다.

밤이 깊어지도록 술을 마시던 용이는 차츰 말수가 줄고 주갑이 혼자 떠들어대다가 언제 쓰러져 잤는지 거의 동시에 두 사내가 눈을 떴을 때 해는 중천에 떠 있었다. 임이네는 움막에 남게 된 모자의 비참했던 꼴을 이모저모, 마치 금 간 곳을 찾으려는 듯 뚜드려보고 내비쳐보고 했으나 용이 도통 대꾸가 없었다.

점심인지 아침인지 밥을 먹은 뒤 용이는 주갑과 함께 아무 말도 남기지 않고 움막을 나와버렸다.

주갑은 신전을 하던 박서방을 찾아본다면서 가고 용이는 길상을 만나기 위해 서희 집으로 간다. 거의 집이 다 된 것을 보고 떠나기는 했어도 살림이 꽉 짜이고 사람이 살게 된 최서희의 거점, 늘씬늘씬하게 잡은 기와집은 용이 마음을 위압했다. 움막에 남아 있던 임이네 생각을 했기 때문인지도 모른다.

"이서방 앙입매까?"

점심을 먹고 나오던 응칠이가 반가워한다.

"언제 오셨습매까?"

"어젯밤에. 길상이 있나?"

"옛꼬망. 성님 방에 있습매다."

"방이 어딘데?"

응칠이는,

"저기 저 방입매다."

손가락질을 하며 가리켜준다.

"무시기 바빠서 나는 가겠습매다."

용이는 길상의 거처하는 방 앞에서 기침을 한 번 하고,

"길상이 있는가?"

길상이는 방문부터 열어 젖힌다. 수척해진 얼굴이다. 그러나 집일 할 때와 달리 낯빛은 본시대로 희었다.

"언제 오셨습니까."

"어젯밤에."

"영팔이아재는 편안하시고요."

"음 그럭저럭."

"올라오시지요."

"애기씨한테 인살 해야겠제?"

"하여간에 나중에 하시지요. 올라오시오."

길상과 마주 앉은 용이 허리춤에서 곰방대를 뽑으려 하는데,

"담배 여 있습니다."

하고 길상이 궐련을 내어놓는다. 담배에 불을 붙이고 그 담배가 절반쯤 타들어가는 동안 서로 말이 없다.

"김훈장께서는 안녕하시고."

"예."

"나…… 일간에 떠날까 싶어."

"영팔이아재 계시는 곳으로?"

"우선은."

"이번에…… 섭섭하게 생각지 마십시오."

"자네도 그런 말을 하나?"

"……."

"그러지 말게."

"제가 어디 몰라서 하는 말입니까?"

길상은 용이를 가만히, 유심히 바라본다.

"일간이라 하셨는데 언제쯤 떠나시려구요."

"와?"

용이 표정에는 준열한 것이 있었다. 용정에 온 이후 처음 보는 표정이다. 서로의 마음가짐까지가 전도된 것을 길상이 느낀다. 아직도 내가 애기씨 선심에 매달려 있는 줄 아느냐?

그런 눈빛이다. 아닌 게 아니라 길상은 용이를 위해 얼마간의
금전을 주선해보리라 생각하고 떠날 시기를 물었던 것이다.

"국자가에 가서 청인 목파를 만내본 뒤 떠날까 싶다."

"목파⋯⋯."

"겨울 한 철 벌목벌이나 해보까, 그리 작정을 했네."

"고될 건데요?"

"나는 아직은 젊다. 세상에 수울한 일이 어디 있을라구."

"그러나 사서 고생할 것까지는 없지 않습니까."

"세상에 못할 것은 맘고생이제. 육신을 부리묵는 기이 훨씬
편치. 안 그런가? 오장에 기름이 끼니께 인간이 더럽어지더구
마."

용이는 재떨이에 담배를 눌러 끈다. 길상은 대항할 듯이 용
이를 응시한다. 용이 말에서 서희를 위시하여 자기에 대한 비
난을 느낀 것이다. 그러나 용이는 이들을 비난했던 것은 아니
었다. 월선을, 공노인을 비난했던 것도 아니었다.

오히려 월선을 위해 가게를 마련해준 서희나 길상에게 감
사하는 마음이요 월선을 두고 떠나는 마당에서 공노인이 용
정에 있다는 것을 다행하게 생각하고 있었다.

"어쩐지 우리 생각이 다 변해가고 있는 것 같습니다."

"무신 뜻이제?"

"뿔뿔이 다 흩어져가고 있다 그 말이지요. 내 자신부터
가⋯⋯."

"……."

"실은 남들에게보다 지 자신 마음속에서 무엇이 흩어져가고 있다는 게 옳을 겁니다. 이렇게 살아야 하는 겐가……."

하다가 길상은 얼굴을 붉히며 눈에 노기를 띤다.

"얼굴이 안 좋구마는. 어디 몸이 아픈 거 아니가?"

용이는 말허리를 잘라버린다.

"용이아재는 제가 머 변명이라도 하고 있는 줄 아시오?"

길상의 음성이 별안간 투박해졌고 신경도 따라서 투박하게 모여든 느낌을 준다.

"나 장가들 생각입니다."

"들어야겠지."

"계집아이가 하나 따른 과부요."

"머라꼬?"

"나이는 스물셋인가 넷인가…… 얼굴도 반반하구요."

"무신 그런 소리를 하노?"

"와요? 종놈한테 과부라면 제격 아닙니까?"

"와 니가 종놈고. 종놈이라면 요즘 세상에, 니답지도 않다."

하면서 용이는 서희와의 소문을 머릿속에 떠올려본다.

7장 노동자들

　매사를 자기 뜻한 대로 주저 없이 한다고는 하지만 월선에게 들기를 허락한 가게 건에 관하여 여러 가지 면에서 서희의 심기가 좋지 않았을 것은 뻔한 일이다. 인사하는 용이를 쌀쌀하게 대하는 것도 그 때문이겠는데 용이로서는 서희 처사를 가혹하다 할 하등의 이유가 없고 원망하는 마음도 아니었지만 얼굴이 뻣뻣하게 굳어지는 것을 어쩌지 못한다. 자격지심과 누구에게랄 것도 없이, 대상도 분명찮은 분노 같은 것 때문인데 전혀 예기치 못했던 일은 아니었다. 임이네 문제가 거론되었더라는 그간의 사정은 능히 있음직한 것이다. 그럼에도 등에 붙어 다니는 혹 덩어리같이 흉한 임이네 과거사가 좀 더 명료하게 떠올려졌으리라는 상상은 견디기 어려운 것이었다.

　'설마 모릴 리가 있겠나. 그때는 나이 어린아이였다 하지마는 모릴 리가 없지. 그러세…… 혹 누가 옆에서 말 안 했다믄 모리고 기실 수도 있겄지. 무신 좋은 일이라고 일러 까바치까.'

　이따금 생각을 해보지만, 그래서 그나마 어정쩡하게 버텨왔었다. 지금은 모호한 안개가 걷히고, 햇볕을 가리던 차일도 걷히고, 타는 듯 뜨거운 햇볕이 정수리에 내리쏟아지는 것 같은 기분, 뜨겁고 아프다는 느낌이 어떤 영악한 소리를 충돌질한다. 자격지심이 격해지면 그럴수록 등에 붙은 흉한 혹처럼

434

험했던 이력을 짊어진 임이네를 전신으로, 온 심장으로 가려주고 싶은 증오와 연민이 격렬하게 갈등하는 그 숙명적인 감정을 용이는 가눌 만한 여유를 못 가진다. 서희의 처사를 가혹하다 생각지는 않으면서, 원망하는 마음도 아니면서 그러나 처음부터 남정네가 죄를 졌으면 남정네가 받을 것이요, 이미 벌을 받아 죽은 사람인데 어째 계집이 그 죄를 또 받아 짊어져야겠느냐, 그런 항변은 있었다.

"그래, 그곳에 간 일은 잘되었는가?"

가을이 다가오고 있다. 서희의 보랏빛 생수 겹저고리는 제철이건만 삼베 고의적삼의 용이 몰골은 간밤의 술이 과했던 탓도 있겠지만 누추했다. 세월에 바래어진 생활의 황막함이 전신에서 배어난다. 탈망(脫網)한 사내를 보면, 저, 저기 탈망한 사내가 온다! 기겁을 하며 숨던 고향의 사대부집 여인네들 생각을 했었는지 서희는 눈살을 찌푸리며 헝클어진 용이 맨상투를 바라본다.

"잘되고 못되고가 있겠십니까."

삐죽하니 비어져나온 듯 대꾸가 퉁명스럽다.

"잘되고 못되고가 있겠느냐구?"

서희도 말꼬리에서 감정을 치켜올린다.

"예. 본시부텀 땅 파묵던 놈이 두더지맨쿠로 땅 팔 일 말고 다른 무신 일이 있겠십니까."

"으음?"

"송충이는 솔잎을 묵어야지 갈잎을 묵으믄 죽십니다."

퉁명스런 정도를 넘어서 노골적으로 비꼬며 서희 권위를 때려 부수려 드는 기색이다. 오만했던 서희 눈빛이 별안간 흐려진다. 어둠에 자맥질하듯 절망 같은 것, 외로움 같은 것이 솟구쳤다 가라앉곤 한다. 드디어 서희 눈에는 환하게 영롱한 본시의 빛이 켜진다.

"내가 너희들한테 빚진 게 있느냐?"

"아, 아닙니다. 그런 말씀을,"

비로소 당황한다.

"왜들 이러는 게지? 모두들!"

작은 주먹으로 마룻장을 내리친다. 날카로운 음성이 넓은 집 안에 울려 퍼진다.

"너희들이 나로 인하여 이 만주 벌판에까지 왔더라 그 말이냐? 왜들 이러는 게지!"

용이 얼굴이 시뻘게진다.

'아닙니다, 애기씨! 지, 지가, 지 자신이 노엽아서 그렇십니다. 누, 누굴 원망하는 기이 아닙니다.'

"이제는 최참판댁 작인도 하인도 아니란 그 말이겠다? 세상이 달라지고 고장도 달라지고 오오라, 그 말이렸다? 그쯤은 나도 알고 있어! 모두 마음대로 하는 게야. 누가 발목을 묶어놨기에 제 갈 길을 못 가는 게냐. 마음대로 가면 될 거 아니겠느냐?"

용이는 입이 붙어버린 듯 말을 못한다.

"하동땅에서 의병인가 뭔가 일으켰으면 그게 어디 최참판 댁을 위해 한 짓이겠느냐? 김훈장 그 늙은이만 하더라도, 길 상이 역시, 난 다 알고 있어. 알고 있단 말이야. 고향서 살 수 없었던 것은 내 탓이 아니야! 최참판댁 탓도 아니야! 왜들 빚 준 것처럼 내게 감고 드는 게지?"

흥분했으나 서희는 임이네 말을 꺼내지는 않는다.

"사세가 불리하면 순임금이 독장사를 하더라*고 혈혈단신 계집아이가 사고무친한 이곳에 있기로 어찌 인심이 여반장, 간사스럽구나."

내리 두드리면서도 서희는 여전히 임이네 말을 꺼내지 않 는다. 역시 서희는 지혜로움을 잊지 않았다. 임이네 얘기를 꺼내면 마지막, 용이도 그렇거니와 자기 자신부터 용이를 다 시 대할 수 없으리라는 것을 아는 때문이다. 용이는 끝내 변 명 한마디, 항변 한마디 못한다.

서희 앞에서 물러난 용이는 그 집 담장을 끼고 걸어간다. 새로 쌓은 담장에서는 아직 마르지 않은 횟가루 냄새가 풍겨 왔다. 돌을 끼운 하얀 회벽의 담장과 맑아서 일렁이는 것 같 은 푸른 하늘과 멀리 멀리서, 지평선 저쪽에서 비적단이 사진 (砂塵)을 몰고 나타날 것만 같은 불안한 예감과—용이는 문득 옛날 최참판댁 담장을 생각한다. 치수 도령에게 까닭 없이 매 를 맞고 능소화(凌霄花)가 흐드러지게 핀 긴 담장 옆을 울면서

가던 어린 소년의 모습이. 능소화보다 짙은 놀이 하늘과 강
물을 미친 듯이 불태우던, 마치 엊그제처럼 생생히 떠오른다.
삼십 년도 전의 일이다. 울고 가는 소년은 용이 자신이었으나
홍이로 착각되기도 한다. 절에서 윤씨부인 가마를 따라오던
까까머리 길상이 같기도 하다. 잘못한 일도 없는데 왜 맞기만
해야 하느냐고 울부짖었을 때 도련님은 양반이고 너는 상사
람 자식이니께, 하던 어매 슬픈 눈도 생각난다. 참하게 생긴
누이, 서분이라는 이름과 같이 하얀 얼굴의 누이가 죽은 날은
언제였던지 송곳 같은 비가 억수로 쏟아지던 밤이었었던가?
조그마한 시체를 거적에 말아서 지게에 얹고 곡괭이를 지팡
이 삼아 뒷당산으로 올라가던 아비의 뒷모습, 비는 개고 일렁
이는 것처럼 맑고 푸른 하늘이었던 듯싶다. 싸리나무 울타리
밖에 서서 치수 도령은 울고 있었다.

치수 도령의 얼굴과 그의 딸 서희의 얼굴이 번갈아 눈앞을
어지럽힌다.

"의리 없는 놈이지요."

방금 과부한테 장가들겠다던 길상이 그 일과 나와 무슨 상
관이겠느냐 그러듯이 중얼거렸다. 내리깐 눈꼬리가 뚜렷하게
패여진 창백한 얼굴에 수염이 꺼무꺼무하다. 육신보다 영혼
이 피폐한 것 같다. 꽉 다물린 입술이 묘하게 육욕적이고 청
수(淸秀)했던 그 투명한 정열과는 다른, 암벽을 뚫고 나가려는

암담한 몸부림 같은 것이 느껴진다.

"무신 말을 하노?"

"나는 의리 없는 놈입니다."

"그거를 따지자 카믄 사람마다, 나부터가…… 사람이 도리를 다하고 의를 지키는 기이 어디 인력으로만 되더나?"

"그런 뜻이 아니고, 네. 그런 얘기는 아닙니다."

쓴웃음을 띠었다.

"……?"

"은혜를 입었으니까 은혜는 갚아야 한다, 사람의 도리는 그런 거라고…… 항상 들어오지 않았습니까? 수천 수만의 노비들이 말입니다. 상놈들이 말입니다. 양반들은 그렇게 가르치지 않았습니까."

"……?"

"이를테면 죽은 수동이아재걸이 말입니다. 마지막 피 한 방울까지 주가(主家)를 위해 바쳐야 하는 거로, 수동이아재는 그 생각이 골수에 박혀버렸던 사람이었지요. 실제 또 그렇게 살지 않았습니까? 그것도 무서운 정열이더군요. 용이아재도 아시다시피,"

낮은 소리를 내며 웃었다.

"도시 은혜란 뭡니까? 양반들 먹고 남은 찌꺼기를 던져주는 게 은헵니다. 상놈 노비들은 먹다 남은 찌꺼기를 얻어먹으면서 감지덕지 은혜를 받는 게지요. 나는, 나는 말입니다, 돌아가신 마님을 그렇게는 생각지 않았습니다. 괴팍한 서방님도 그렇게는 생각지 않았습니다. 은혜를 베푸는 사람으론 생각지 않았단 말입니다. 서방님은 어린 마음에도 영악한 분으로 생각했습니다. 그러나 정직한 사람이었던 것 같아요. 은혜를 준다거나 갚으라거나 그런 생각은 안 했던 분 같았습니다. 그런데 그분한텐 슬픔 같은 것, 그렇습니다. 한이라 하는 게 좋겠지요. 이 세상 아무도 믿지 않는 외로운 사람이었습니다. 마찬가지로 마님도. 그 어른을 나는 지금도 잊을 수 없습니다. 우러러 뵙고 싶은 분이었습니다. 나에게 글을 배우게 하시고…… 어릴 적에는 나는 그것을 크나큰 은혜로 알았지요. 그러나 그건 정(情)이었습니다. 사람이 사람에게 보내는 정 말입니다. 상전이 하인에게 베푸는 은혜, 그건 아니었습니다. 그 어른은 웃으신 일이 없었지만 웃음보다 더 정을 느끼게 하는 슬픔이 있었습니다. 그 어른 눈에는 자기 자신을 슬퍼하고 불쌍히 여기는 빛이 있었습니다. 자기 자신을 슬퍼할 줄 모르고 불쌍하게 생각는 마음이 없이 어찌 남을 위해 슬퍼하겠습니까. 배고파본 사람만이 배고픈 것을 알듯이 말입니다. 아파본 사람만이 아픔을 알듯이 말입니다. 해서, 그, 그렇지요 나, 나도 그렇습니다. 그분을 불쌍히 여기고 정을 느낀 겁니다. 애기씨의 경우에도…… 애기씬 세상에 귀한 보물이었지요. 연꽃이고 꾀꼬리 새끼고 뭣이든 원하는 대로 해드리고 싶었고…… 산에 있을 때 말입니다, 나는 부엉이 울음을 따라갔

습니다. 울음을 따라가면 낮에는 눈이 보이지 않는 부엉이를
잡을 수 있으리라 생각했습니다. 그러나 아무리 가도 울음소
리는 똑같은 거리 밖에서 울었습니다. 아무리 쫓아가도 쫓아
간 것만큼 앞서가는 달처럼 말입니다. 그래서 지치고 잠이 들
었지요. 어떤 때는 노루 새끼를 뒤쫓아 온종일 산을 뛰었습니
다. 잡으면 안아주고 맛난 풀을 먹여주고 가슴이 아파서 미어
지는 것만 같았는데 그놈의 노루 새끼는 한사코 달아나는 것
이었습니다. 진달래 철에는 진달래를 따 먹고 머루 철에는 머
루를 따 먹고 해가 져서 사방이 캄캄해진 뒤 돌아가곤 했습니
다. 우관스님이 이놈 다리몽댕이를 뿌질러놓겠다고 벽력 같은
소리를 지르며 정말 몽둥이를 들고 달려나오셨지요. 나는 스
님 눈에서, 호랑이한테 물려가지는 않았을까? 그런 겁에 질린
빛을 보았습니다. 돌아온 것만이 반가워 어쩔 줄 모르는 빛을
보았습니다. 나는 그 정을 확인하기 위해 번번이 산속을 헤매
다가 어두워서 절로 돌아가곤 했습니다. 스님은 몽둥이로 때
리진 않았지만 그럴 때마다 커다란 주먹으로 내 머리를 쥐어
박았습니다. 스님은 내게는 어머님이요 아버님이었습니다. 법
의에 싸인 넓은 가슴은 어머님의 품이었습니다. 하얀 눈썹 밑
에 굵다만 눈은 잊을 수 없는 아버님의 눈이었습니다. 어머님
의 눈이었습니다. 아버님도 어머님도 아니었던 노승…… 나는
그 어른이 보고 싶은 때가 많습니다. 나는 누구든 사람을 보
면 소나무에선 솔 냄새가 나고 느릅나무에선 구린내가 나고

계피나무에선 맵싸한 향기가 나듯이 단박에 그 사람의 냄새를 알 수 있습니다. 나쁜 사람 좋은 사람 그런 얘기는 아니고요, 사람의 정이 있느냐 없느냐…… 아무리 남에게 좋게 보여도 정이 없는 자는 거짓말쟁입니다. 네, 거짓말쟁입니다. 가증한 거짓말쟁입니다. 아무리 좋은 일을 해도 그건 거짓말쟁입니다. 자신을 슬프게 생각해본 일도, 불쌍하다 생각해본 일도 없는 사람입니다. 그런 사람일수록 슬픈 것처럼, 불쌍한 것처럼 읊조리지요. 남에게는 대자대비한 것처럼 몸짓이 아주 큽니다. 그것은 자기 자신한테 하는 거짓말입니다. 나는 언젠가 어느 주막에서 눈물 한 방울을 쪼르르 흘리며 이 보란 듯 옷고름으로 찍어내는 늙은 영감쟁이를 본 일이 있소. 눈물은 아니 흘려도 슬픈 것이요 비 오듯 쏟아져도 슬픈 것인데 어거지로 흘린 한 방울의 눈물을 소중하게 옷고름으로 찍어내는 그 품을 보고 구역질을 느낀 일이 있었습니다. 내가 왜 이런 얘기를 하고 있을까요? 네. 의리가 아니란 말입니다. 상전에 대한, 나를 길러 준 데 대한 의리가 아니라 그 말입니다. 서희애기씨는 보물입니다. 연꽃이지요. 꾀꼬리 새끼입니다. 윤보 목수는 웃어도 슬펐지요. 울어도 태평스럽고요. 그 못생긴 곰보 얼굴이 얼마나 예뻤는지 생각나시지 않습니까?"

꿈결의 헛소리처럼 지껄이는 것이다. 용이는 이렇게 지껄여대는 길상을 별로 본 일이 없다. 어쩌면 그는 마음속으로 혼자 지껄이고 있다는 착각에 빠져 있는지도 모른다.

'이눔 아아가 와 이라제?'

"사람의 탈을 쓰고 사람의 정이 없는 거짓말쟁이는 아무래도 탈바가지일 수밖에 없고 평산이 겉은 극악무도한 살인귀한테조차 느낄 수 있는 연민마저 느낄 수 없고, 나는 알고 있습니다. 김평산이가 제 자식 역성을 들어 막딸네를 때린 일을 말입니다. 그나마 쥐꼬리만 한 육친의 정이라도 있으니 말입니다."

"지나간 일 얘기하믄 머하노."

"네?"

길상은 용이를 물끄러미 쳐다본다. 생각에서 깨어난 사람 같았다. 여지껏 말을 했던 것이 아니었고 생각에 헤매고 있었던 것으로 착각하고 있음이 분명하다. 돌연 길상은,

"종이 종을 부리면 식칼로 형문(刑問) 친다더라고 그렇게 말들 하는 모양입디다만,"

내뱉었다. 지난 초여름 집일이 한창일 때 막둥이라는 젊은 일꾼의 면상을 쳐서 코피 쏟는 것을 보고 일꾼들이 길상에게 빗대어 한 말인데 그 말을 늘상 마음속에 새기고 있었던 모양이다.

"모리고 하는 소리를 맘에 낄 거 없다."

"과히 틀린 말 아니지요. 용이아재는 그렇게 생각 안 하신다 그 말씀이오? 나한테 유감이 없다 그 말입니까?"

"억지 쓰지 마라."

"억진지도 모르지요. 네, 억지 쓰는 겁니다. 이곳에 있는 이상, 그렇지요. 이 댁에 있는 이상 나는 종이 종을 부리면 식칼로 형문 친다는 허물에서 벗어나진 못할 겝니다."

"남이야 머라 카든,"

"용이아재는 남이 뭐라 하든 아무렇지도 않습니까?"

"그야,"

하다가 용이는 얼굴을 붉힌다.

"남이 뭐라 하든, 하기는 상관이 없겠지요……. 내 마음 때문이겠지요."

"전에 없이 니가 와 이라제?"

"전에 없이…… 그럴까요?"

"떠나겠다, 설마 그 생각은 아니겠제? 그런 생각 함시로 과부 장가들겠다 생각한 거는 아니겠제?"

"떠나고 싶지요. 어디든 말입니다."

오랫동안 두 사람 사이에 침묵이 지나간다. 뒤꼍에서 재재거리는 새침이 목소리가 들려온다.

"인간세상 오만 가지가 뜻대로 되는 기이 없다. 생각하믄 머리 깎고 중 되는 기이 젤 편치."

"다시 절로 들어갑니까?"

길상은 쓰디쓰게 웃었다.

용이는 걸음을 멈추고 아까 길상이 건네준 궐련 갑 속에서 담배 한 가치를 뽑아 문다. 불을 붙이고 한 모금 빨아당긴다.

'그러면은 어디로 가는 거지?'

떠날 것을 굳게 작정했건만, 물론 이 길로 떠나는 건 아니었지만 발길이 어디로 향해야 할지 여전히 방황하고 있는 자기 자신을 용이는 깨닫는다.

'에라 모르겠다!'

길켠 처마 밑에 가서 주질러 앉는다. 길폭은 넓지만 내왕이 번화하지 않는 뒷길은 차분히 가라앉은 분위기다. 햇볕도 여름과 달리 튀질 않고 스며들어 있다. 맞은켠에는 문살이 촘촘하고 잘게 된 출입문이 하나, 청인 집이다. 무슨 장사를 하는 집인지 검정 칠을 한 판때기에 금박을 한 흔적이 있는 글씨를 판 간판이 나붙어 있다. 출입문이 열리면서 여자가 우는 아이를 안고 나온다. 소매가 넓은 푸른빛 무명옷에 높이 걷어 올린 머리에는 요란스런 꽃잠을 꽂고, 전족을 아니한 것으로 보아 만주족인 듯 예쁘게 생긴 젊은 여자다. 아이는 울음을 그치지 않고 여자는 아이를 흔들어댄다. 다시 출입문이 열린다. 이번에는 변발한 사내가 나왔다. 그는 여자로부터 우는 아이를 받아 안으며 여자더러 집 안으로 들어가라고 말하는 눈치다. 여자는 들어가고 이마빡이 불거져나온 사내는 하늘을 한번 올려다보고 그리고 우는 아이를 흔들어대며 뭐라 중얼대며 어디론가 가버린다.

'짐승도 새끼를 낳고 새도 알을 까는데……..'

담배 연기를 후욱 뿜어낸다.

'마음을 말로는 다 못하지. 골백분을 말해보아야 그럴수록 마음과는 딴판이제. 죽으믄 육신이야 썩어서 흙이 될 기지마는…… 맘은 남아서 허공을 떠다니까? 그런다 카더라도 썩은 송장하고 멋이 다를꼬. 살아서도 버부리(벙어리) 혼이 떠다닌다고 입을 열까?'

어젯밤 월선에게 표독스럽게 군 것을 뉘우치는 것이다. 말로는 정을 떼고 가노라 그랬다 했고 여자를 위해 울기도 했으나 따지고 보면 움막에 남은 임이네 홍이를 위한 분노 때문이었다고, 그러는 편이 진심에 더 가까운 것을 모르는 용이는 아니다. 기영머리 마주 풀고 법으로 만난 여편네가 오래 살아주어야, 파뿌리 되도록 살아주어야, 어젯밤 술 마시고 주갑이한테 한 말도 생각이 난다.

"법으로 만낸 계집하고 파뿌리 되도록 살았이믄 흥, 흐흐흥……."

용이는 헛웃음을 웃는다.

월선이 무당 딸이 아니었더라면, 육례를 갖추어 혼인을 했더라면, 떡판 같은 아들 샛별 같은 딸을 낳아주었더라면, 수숫대 움막인들…… 이보다 더 좋은 얘기는 없다. 도깨비 방망이를 치면서 밥 나와라 하면 밥 나오고 옷 나와라 하면 옷 나오는 황당한 꿈이다. 밥 나와라 하면 밥 나오고 옷 나와라 하면 옷 나오는 도깨비 방망이같이 황당하고 선심만 쓰게 돼 있는 하느님이란 도시 어디메서 낮잠을 주무시는가. 천둥만 치지 않았더라면, 홍수만 나지 않았더라면, 흉년이 들지 않았더라면, 액병이 돌지 않았더라면, 전쟁만 나지 않았더라면……
우둔한 자의 별 따러 가는 얘기가 아닌가. 그래도 다시 강청댁한테 정을 붙이고 월선을 잊을 수 있었더라면, 보부상 늙은이한테 시집갔던 월선이 마을로 돌아오지 않았더라면, 월선이 또다시 마을을 떠나지 않았더라면, 하룻밤 실수, 임이네를 건드리지만 않았더라면, 강청댁이 자식을 낳아주었더라면, 죽지 않았더라면—회한 없는 세월이 어디 있을 것이며 세월과 더불어 가중(加重)되는 운명의 무게를 피할 자 그 누구이겠는가. 그러나 수고(受苦)는 싸움이지 복종이 아니기에, 회한과 운명의 무게와 더불어 있는 자만이 영혼은 높은 곳으로, 육신은 낮은 곳으로, 그리하여 도깨비 방망이와는 아무 상관이 없는 진실의 쓴 잔을 마시게 되는 것이다.

'과부 장가…… 길상이가 말이지?'

한 사내가 길 아래쪽에서 걸어온다. 우쭐우쭐 걸음걸이가 매우 활달하다. 홍서방이다.

"홍서방."

걷어 올린 바짓가랑이, 일을 하다 나왔는가 뚜룩뚜룩 정맥이 솟아난 정강이를 쳐다보며 용이 불렀다.

"어! 난 또 누구라고?"

군살을 흔들고 웃으며 홍서방은 용이 옆에 와서 펄썩 주저앉는다.

"담배나 한 대 피우고 갈까?"

허리춤에서 담뱃대를 뽑으려 한다. 용이 궐련 한 개비를 내밀어 준다.

"고맙소."

담배를 붙여 물고 성냥개비를 휙 던지며,

"퉁포슬에 갔다더니?"

"야."

"그래서,"

"그래서 머 금송아지라도 얻었일 것 겉소?"

"그야아 천년 묵은 동삼인들 못 얻으란 법 없지."

"흠, 하느님이 눈이 멀었다믄 모를까."

"하하핫하…… 하느님의 눈이 멀었는지 어쨌는지 그건 모르겠지만 부처님만은 아무래도 눈이 먼 모양이오."

"그거는 무신 소리요?"

홍서방 입에서 입김처럼 담배 연기가 새나온다.

"그놈의 운흥사, 중놈이."

"……?"

"세상이 망조라. 별 희한한 일이 다 있지."

"……."

"송씨댁 알지요? 이서방도."

"송씨댁이라믄 상의학교의,"

"그렇지. 꽤 인심도 쓰고 한 집안인데 그 댁 어른이 중풍으로 앓아누운 뒤는 집구석이 콩가루가 된 모양인데."

"그럴 리가 있겠소. 송선생님은 우리 아아 선생님인데 그 아주 잘난 사람 아니오?"

"그 동생 얘기가 아니오. 아직 장가 전이니 별문제고 그 댁 며느리 얘긴데 별의별 해괴망칙한 소문이 떠돌더니만 결국 끝장을 보기는 본 셈이지."

"어쨌기에 그러요?"

"운흥사 중놈을 붙어묵었더라 그 말 아니오."

"뭐라고요?"

"얼굴 반반하게 생긴 계집치고 행토 없는 게 없더라고, 저렇게 되면 그 집구석도 쑥밭이라."

"아무리 그렇지마는,"

"아아 바로 며칠 전에 운흥사 중놈이 몰매를 맞고 쫓겨났어도?"

"음……."

"덕분에 부처님은 촐촐하게 굶고 계실 터인즉 부처님 눈이 안 어둡고서야 사서 그 고생이겠소?"

"중이 개기맛을 알믄 머 우떻다 카더마는,"

"법당에 파리 떠날 날이 없다 그 말인데, 빌어먹을! 멀쩡한 상투 달고도 평생 코맹맹이 계집 하나 보고 살아가야 하는 이 눔의 팔자, 하기야 이서방 경우는 다르지."

홍서방은 곁눈질을 하며 씩 웃는다.

"요새는 어디서 일을 하고 있소?"

용이는 말을 돌려버린다.

"사람 괄시하누만."

"야?"

"아 그래, 내가 언제까지 남의 밑에서 일할 사람으로 보입디까?"

"얼굴에 안 써붙있이니께."

홍서방은 만족스럽게 몸을 좌우로 흔들어대다가 짤막해진 꽁초를 버린다.

"돈을 대준 사람이 있어서 엿도가 다시 차렸수다."

"그거 잘된 일이구마."

"개미 쳇바퀴 도는 격이지 뭐. 나는 그렇다 치고 이서방도 거 썩 잘됐구먼요."

"……."

"거기야 계란 노른자위 아니오? 게다가 공짜로 얻은 가게요, 부자 되기는 따놓은 당상, 옛말에도 불난 자리는 재수가 있다더구먼."

"갈쿠리로 돈 긁게 생깄소."

용이는 비웃음을 띠었다.

"남의 일 같네?"

"나하고 무신 상관이오."

"주머닛돈이나 쌈짓돈이나."

"실없는 소리는 안 했이믄 좋겠고, 박서방은 요새 머하는고
요?"

"그놈의 늘 푼수 없는 갖바치, 노상 그렇지요. 지 말로는
용정의 집일 끝나면 판자벽이라도 둘러쳐 놓고 가겔 내겠다
는 건데……."

"……."

"장사하기가 싫은 모양이라."

"그래도 생업인데."

"해골바가지처럼 말라서, 보기가 딱하더만. 하기는 딸린 식
구들이 많으니 고생이지. 이놈의 갖바치 박가야, 배운 도둑
질이나 해! 할라 치면 밑천을 벌어야지 흥! 주변머리 없는 자
식."

"일은 어디서 하는데요?"

"거 왜 전당포 뒤켠에 있던 지씨(池氏), 그 양반 집자리에 지
금 큰 기생집을 짓고 있거든요."

"기생집을,"

"아마 가을까진 그 집 일이 계속될 모양인데 말이 많더구
면."

"……."

"땅을 판 지씨도 욕을 먹는 모양이고, 왜 그런고 하니 뒷돈
을 대주는 게 왜놈이라는 게요. 서울서 기생 데려다 장사할
사람은 조선사람이지만, 그러니 실제 주인이 누군지 아무도

모른다 그 말이지."

"사단이 있는 집이구만."

"기생 천 명이 온들 우리하곤 아무 상관없는 일이긴 하지
만, 어이크! 내가 너무 오래 씨부렸구만. 해도 짧아지는데 움
직여야 먹고살지."

홍서방은 우쭐우쭐 걸어가 버리고 용이도 일어선다.

전당포 뒤켠 지씨 집터에는 공사가 한창이었다. 주갑이 혼
자 뒷짐을 지고서 바삐 움직이는 일꾼들 주변을 서성거리고
있었다. 일꾼들의 몸들이 좋아서 그랬던지 주갑의 목은 몹시
길어 보였고 박서방의 모습은 눈에 띄질 않았다.

"주서방."

"오매, 워찌 온다요?"

검버섯이 핀 얼굴에 가물가물한 웃음기가 번진다.

"큰애기, 혹 길이라도 안 잃었는가 싶어서 왔거마는."

"울 아부지 겉은 소릴 혀?"

"뭘하고 있소?"

"구갱하고 있었어라우."

"박서방은 안 보이네?"

"저어기, 안쪽서 흙 파는개 비여."

"만났소?"

"잠시, 남의 일 허는디 진 야길 헐 수도 없고 그런다고 갈
곳이 있는 것도 아니어서 헐 일 없이 어정거리고 있었지라우."

용이는 맞은켠 처마 밑에 가서 쭈그리고 앉는다. 따라온 주갑이 홍서방이 그랬던 것처럼 용이 옆에 털썩 주저앉는다. 날람하게 가벼워 보이는 몸집이 다를 뿐이다. 아까처럼 궐련을 나누어 피운다.

"형씨."

"야."

"불각처(별안간) 생각이 나는디, 계집이란 요물이란께."

"별소릴 다하네."

"저 집 짓는 것을 보니, 기생집이라 허니 말이오. 피 빨아먹는 깍다구 겉은 계집들이 모여들겠다는 생각이 든다, 그 말 아니겠어?"

"……."

"내가 봉밀구에 있을 적 이야근디 하 참, 그 불쌍한 광부들 땀 밴 푼돈을 노리고 깍다구 겉은 계집들이 모여든단 말시. 나도 푼푼 절용해서 모은 은 두 냥을 곱다시 빼앗기지 않았더라고? 처음엔 신세타령으로 사람 풀을 콱 직이놓고 다음은 살짝살짝 피함시로 간장을 녹여놓고 다음은 힘센 놈 불러다가 몽둥이질헙디다요. 그래 내가 은 두 냥을 어떻게 빼앗깄는고 허니 힘센 놈들 몽둥이질에 그만 항복혔다 그 말인디, 힘이 없인께로 맴이사 가뭄 날의 찰흙맨치나 단단혔지마는 무신 수로 당할랍디여? 더 있다가는 게우 붙어 있는 살가죽도 남아나지 않겄다 생각허고 줄행랑, 형씰 만내 여기 앉아 있는디 참말로 인생이란 일장춘몽이라. 그 일이 지금은 까마득허 요잉. 하하핫 하하하……."

용이도 따라 웃는다.

"그놈의 은 두 냥만 있었이믄…… 홍이 그눔아아 눈깔사탕을 사주는 긴데 그 빌어묵을 깍다구 겉은 계집년 밑구멍에 쑤시 넣었으니 제에기랄! 어른 체면이 말도 아니란께로."

주갑은 하늘을 쳐다보며 빙글빙글 웃는다.

"그라믄 내 돈 십 전 빌려줄 것이니 사탕 사주소."

용이 웃음을 머금은 채 주머니끈을 끄르려 하는데,

"그렇다믄 그 국밥집 아짐씨 박하분 한 통도 사주고 싶소 잉."

슬쩍 곁눈질을 한다.

"시시한 소리, 그라믄 다 집어치우소."

끄르려던 주머니서 손을 떼는데 그러나 용이는 기분이 나쁘지는 않다. 주갑이 옆에 있으면 왠지 함께 공연히 태평해진다. 와자지껄 떠드는 소리, 집일이 벌어지고 있는 곳에서다.

"이눔 새끼 무슨 잔소린 잔소리야! 품삯 정한 대로 주었으면 고만이지. 어제도 쫑얼쫑얼 턱주가릴 놀리더니 오늘 또오, 뭐 어째!"

캡을 쓰고 단쿠바지 입은 사내가 눈알을 굴리며 소리치는 것이었다.

"아아니, 그리 화만 낼 것도 아니란 말이오. 경위가 그렇지 않다 그 말 아니오."

상투가 헝클어지고 몸집들이 좋은 일꾼들 속에 유독 볼품 없는 사내, 박서방이다.

"개나발 같은 소리 하지도 말어! 따따부따 씨부려봐야 허기밖에 들 게 없어!"

"딴 데서 한 푼수가 있는데, 생각들 해보시오. 장골이 온종일 일을 하다 보면 힘도 부치고 국수 한 그릇 막걸리 한 잔이라도 마셔야 허릴 펼 것 아니겠소? 사람을 그리 우격다짐으로 부린다고 비용이 더 적게 드는 것도 아니라 그 말 아니오."

"그럼 딴 데 가서 일하면 될 거 아냐. 못 가게 누가 잡았나? 재수 없이 왜 자꾸 이 지랄이야."

일꾼들의 일손이 느적느적해지고 행인들이 서넛 모여든다.

"아니 저 따깔모자 쓴 자가 누구다요?"

엉덩이를 털고 일어선 주갑이 길 가다 멈추고 시비 구경을 하는 사람에게 묻는다.

"글쎄, 도급 맡은 모양인데 나도 모르겠슴. 차린 꼴로 봐 무시기, 왜물으 많이 퍼마신 것 같소꼬망."

행인도 단쿠바지 입은 사내를 좋잖게 바라본다.

"여기 다 물어보면 알 게요만 나는 술을 좋아하지도 않는다 그 말이오. 그러니 뭐 술 생각이 나서 하는 얘기도 아니고 뒷바라지할 여인네들이 없어서 점심을 안 내놓겠다는 것은 알 만한 얘기요만 술이야 술집에서 가져오는 거 아니겠소? 출출

한데 한 잔씩 들이켜면 일도 신이 나서 많이 할 게고."

박서방은 녹진녹진하게 물러서질 않는다.

"이눔 새끼가 도대체 너 뭐길래, 뭘 믿고 이러는 게지?"

"허허 참 믿을 것이 어디 있다고? 뭘 믿는단 말이오. 본시 술은 즐기지 않는다 그러지 않았소? 경위가 그렇지 않다 그 얘길 하는 게요."

엇비슷한 얘기의 되풀이에 사내는 사내대로 화통이 터졌는가,

"이런 벽창호 같은! 이 건방진 새끼야!"

사내는 주먹을 쥐고 박서방의 면상을 내리친다. 박서방이 퍼썩 쓰러지는 것과 거의 동시에 주갑이 달려간다. 어느덧 그는 사내 뒷덜미 양복 깃을 낚아챈다.

"아, 아니!"

사내는 목을 흔들어대며 돌아서려 한다. 그러나 좀처럼 그렇게 되지는 않았고 눈알만 뒤로 돌아가고 목은 삐딱하니 기울어 마치 목병 앓는 사람의 꼴이 되었는데 구경꾼들 사이에서 웃음이 터진다. 용이도 껄껄 웃는다. 몸집이 땅땅한 사내는 실상 입으로만 큰소리를 쳤지 힘은 별것이 아니었던 모양이고 삐쩍 말라서 뼈다귀만 남은 것 같았으나 노동에 단련된 주갑의 뚝심은 보기와는 달랐다.

"너, 넌 누구야!"

"누구긴, 조선사람이여라우."

"이, 이 새끼 죽고 싶어 이래!"

"엄살도 가지가지란께."

"못 놓겠어? 놓아!"

"놓는 거야 어렵잖은디 보아허니 나이도 많들 않은개 비여? 쇠가 굳은 것도 아닌개 비여? 곰배팔도 아닌개 비여? 헌디 워째 입정은 그리 더럽고 손목때기는 방정스럽다요?"

구경꾼들은 또 웃는다.

일꾼들은 숫제 일손을 놓고 모여든다. 버둥거리다가 간신히 빠져나간 사내 얼굴은 새파랗게 질려 있다.

"이 새끼!"

"하따 천지간에 새끼 아닌 게 있더라고? 사람 새끼냐, 짐승 새끼냐, 조선놈 새끼냐, 하 이거 아부지한테 미안스럽소잉. 용서하시쇼. 아무튼 조선사람 새끼나 왜놈으 새끼나, 그거는 구별되얐이믄 싶소잉. 따깔모자 썼다고 까불지 마시라 그 말인디."

"이 새끼 수상한 놈이구나."

사내는 위신을 찾으려고 무척 애를 쓴다.

"수상하기사 이녁 아닌게라우? 꼴을 보면 알조다 그 말인디, 얼마에 도급을 받았는지 모르겠소만 내 보기에는 도급 맡을 만한 인재도 아닌 성싶고오, 내 이런 형편은 다소 안다 그 말이여. 공사판 광산판 안 댕기본 곳이 없인께로 눈치 하나 벌었제. 물어보나 마나 뻔혀. 도급 맡는 인재라면 이렇금 곤

장허지는 않다 그거여. 십장이제 십장, 시쳇말로 감독이고,
허니 술값 점심값을 이녁 개비(호주머니)에 넣어부렀다 그거여.
뻔혀, 뻔허다 그거란 말시."

파랗게 질렸던 사내 얼굴이 순간 홍당무가 된다.

"이놈 새끼 죽어봐라!"

미치광이처럼 벽돌이 쌓인 더미 쪽으로 몸을 휙 돌린다. 벽
돌 하나를 집는 순간이었다. 크다만 짚세기 신은 발이 벽돌 집
은 손을 밟는다. 일꾼 중의 한 사람이었다. 험악해진 일꾼들의
눈이 밟힌 손으로 집중되고 주갑은 내리 지껄이고 있었다.

"모두 벅수여, 벅수란께로, 한 공사판에서 함께 품일 판달
라 치면, 같은 처지 한 형제 겉은 처지 아니더라고? 합심을 혀
얄 것인디 한 사람은 매를 맞고 다른 사람들은 구겡만 허고
어디 이런 인심이 있을 것이오? 다 같이 손해보는 처지랄 것
겉으면 다 같이 따져야 그래야 되는 것인디."

벽돌은 집지 못하고 간신히 손만 뽑아낸 사내, 겁에 질려서
사방을 둘러본다. 빙 둘러싼 일꾼들의 눈에는 살기가 돌고 그
살기에 기름을 붓듯이 주갑은 여전히 지껄여대고 있다. 사내
는 잽싸게 인부들 울타리를 비집고 뛰어나간다. 뛰면서,

"이 개새끼들! 영사관에 알려서 혼달음을 내줄 터이니 꼼짝
말고 있어!"

고함을 친다.

"굿한 뒤 날장구 치누나아!"

주갑이 사내 등을 향해 응수한다. 그러고는 허허어 허허어
하고 웃는다. 구경꾼 일꾼들도 웃는다. 박서방은 뒷전에 앉아
서 담배를 피우고 있었다.

　"좀도독이여, 좀도독, 두고 보란께? 내일이믄 점심값 술값
이 나올 것이오. 좀도독이란 본시 겁이 많으니께, 좀도독이란
으레 계집이나 아아새끼들, 심이 없는 사람들이나 이분이분*
건디리는 불쌍한 친구란께. 뭐 연장 들 것 없이 손목때기만
한 분 밟아주어도 간이 오그라들었일 기고오."

〈6권에서 이어집니다〉

꼬지는 타고 개기는 설 일: 고기는 안 익고 꼬챙이만 탄다. 경영하는 일은 잘 안되고 낭패만 본다는 의미의 속담.

꼴망태: 소나 말이 먹을 꼴을 베어 담는 도구.

꿩 떨어진 매: 쓸모없게 된 사물을 비유적으로 이르는 속담.

낫파후쿠[菜っ葉服]: 일본의 공장 노동자가 주로 입는 푸른빛의 작업복.

도코노마[床の間]: 일본식 방의 상좌(上座)에 바닥을 한층 높게 만든 공간.

둥개둥이를 치다: 마음대로 부리다.

마루마게[丸髷]: 머리 뒤쪽에 납작한 타원형으로 머리채를 묶은, 기혼녀의 머리 모양. 일본의 에도[江戸] 시대부터 메이지[明治] 시대까지 유행했다.

몽다리: 끝이 닳아서 쓸모없게 된 다리. 늑몽당다리

발등치기: 상대의 발등을 차 넘어뜨려 낭패를 당하게 하는 일.

봉덕각시: 얼굴이 복스럽게 생긴 여자.

부타고야[豚小屋]: 돼지우리. 작고 지저분한 집. 여기에서는 '감옥'을 칭함.

사고무친(四顧無親): 의지할 만한 사람이 아무도 없음.

상부지(商敷地): 상인들에게 필요한 용도로 쓰이게 된 땅.

세루: 서지(serge). 능직으로 짠 모직물.

순임금이 독장사를 하더라: 일이 천해서 못 하겠다고 할 때에, 참고 견디라고 격려하는 말.

손가락에 불을 켜고 득천한다: 손가락에 불을 붙이고 하늘에 오르겠다는 뜻으로, 상대편이 어떤 일을 하는 것에 대하여 도저히 할 수가 없을 것이라고 장담할 때 하는 말.

수양산 그늘이 강동 팔십 리를 덮더라: 수양산 그늘진 곳에 아름답기로 유명한 강동 땅 팔십 리가 펼쳐졌다는 뜻으로, 어떤 한 사람이 크게 되면 친척이나 친구들까지 그 덕을 입게 됨을 비유적으로 이르는 속담.

오비[帶]: 일본의 전통 허리띠. 천으로 되어 있으며, 허리에 감아 매어 옷을 고정시킨다.

이분이분: 귀찮게 구는 모양.

종성간도: 일제강점기 일본이 간도에 만든 행정구역.

종이 종을 부리면 식칼로 형문 친다: 남에게 눌려 지내던 사람이 귀하게 되면 전날을 생각지 아니하고 아랫사람을 더 심하게 누르고 모질게 대함을 비유적으로 이르는 속담.

청풍당석(淸風當席): 부드럽고 맑은 바람이 드는 자리라는 뜻으로, 살기 좋은 곳이나 지내기 좋은 시절을 이르는 말.

평안감사도 제 하기 싫으면 그만이다: 아무리 좋은 일이라도 당사자의 마음이 내키지 않으면 억지로 시킬 수 없음을 비유적으로 이르는 속담.

하늘이 돈짝만큼 보여: 하늘이 돈짝만 하다. 의기양양하여 세상에 아무것도 두렵지 아니하게 여김을 비유적으로 이르는 속담.

용정의 서희 일행

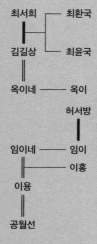

최서희 ━━━ 최환국

김길상 ━━━ 최윤국

옥이네 ━━━ 옥이

허서방

임이네 ━━━ 임이

이홍

이용

공월선

	부부 관계
······	형제 관계
═══	혼외 관계

새침이(서희 몸종)

달래오망이(찬모)

응칠이

안자

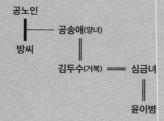

공노인

공송애(양녀)

방씨

김두수(거복) ═══ 심금녀

윤이병

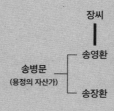

장씨

송영환

송병문
(용정의 자산가)

송장환

김영팔

주갑

박서방(갖바치)

홍서방(엿장수)

은씨(곡물상 주인)

추풍(무역상)

연해주 독립운동가

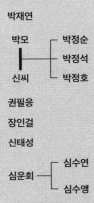

박재연

박모 ─┬─ 박정순
　　　├─ 박정석
신씨 ─┴─ 박정호

권필응

장인걸

신태성

심운회 ─┬─ 심수연
　　　　└─ 심수앵

동학 잔당

운봉 양재곤(동학 별파의 총수)　　　지삼만

　김환(묘향산 천가)　　　　　　　　석포

　　혜관스님　　　　　　　　조막손이 손가

　　송관수　　　　　　　　　순창의 강가

　　김강쇠

　　윤도집

서울의 부르주아 지식인

　　　　　　　이상현

황춘배 ────── 황태수

서참봉 ────── 서의돈

임역관 ─┬─ 임명빈
　　　　└─ 임명희

조준구

463

토지 5
2부 1권

초판 1쇄 인쇄 2023년 5월 5일
초판 1쇄 발행 2023년 6월 7일

지은이 박경리
펴낸이 김선식

경영총괄이사 김은영
콘텐츠사업2본부장 박현미
편집 임경섭, 한나래, 임고운, 임소정 **디자인** 정명희 **책임마케터** 박태준
콘텐츠사업6팀장 임경섭 **콘텐츠사업6팀** 한나래, 임고운, 임소정, 정명희
편집관리팀 조세현, 백설희 **저작권팀** 한승빈, 이슬
마케팅본부장 권장규 **마케팅4팀** 박태준, 문서희
미디어홍보본부장 정명찬 **브랜드관리팀** 안지혜, 오수미, 문윤정, 이예주
크리에이티브팀 임유나, 박지수, 변승주, 김화정 **뉴미디어팀** 김민정, 이지은, 홍수경, 서가을
지식교양팀 이수인, 염아라, 김혜원, 석찬미, 백지은 **영상디자인파트** 송현석, 박장미, 김은지, 이소영
재무관리팀 하미선, 윤이경, 김재경, 안혜선, 이보람 **인사총무팀** 강미숙, 김혜진, 지석배, 박예찬, 황종원
제작관리팀 이소현, 최완규, 이지우, 김소영, 김진경, 양지환
물류관리팀 김형기, 김선진, 한유현, 전태환, 전태연, 양문현, 최창우
외부스태프 교정 김태형

펴낸곳 다산북스 **출판등록** 2005년 12월 23일 제313-2005-00277호
주소 경기도 파주시 회동길 490
전화 02-704-1724 **팩스** 02-703-2219
이메일 dasanbooks@dasanbooks.com
홈페이지 www.dasan.group **블로그** blog.naver.com/dasan_books
용지 아이피피 **인쇄** 한영문화사 **코팅 및 후가공** 평창피엔지 **제본** 국일문화사

ISBN 979-11-306-9951-6 (04810)
ISBN 979-11-306-9945-5 (세트)